JN304235

ニューヨークの五番街沿いに店を構える〈フレンチズ・デパート〉の，いちばん目立つウィンドウに展示されていた壁寝台を作動させたとき，転がり出てきたのは女性の死体だった！　被害者はデパートの取締役会長フレンチ氏の後妻ウィニフレッド。遺体のくちびるは口紅が塗りかけで，所持していたスカーフと口紅は本人の物ではなかった。しかもその口紅の奥には，謎の白い粉が隠されていたのだ。人気デパートを揺るがす怪事件から唯一無二の犯人を導き出す，探偵エラリーの名推理。巨匠クイーンの地位を不動のものとした，〈国名シリーズ〉第二作。

登場人物

サイラス・フレンチ……………………〈フレンチズ・デパート〉の取締役会長
ウィニフレッド・マーチバンクス・フレンチ……………サイラスの後妻
マリオン・フレンチ………………サイラスの娘
バーニス・カーモディ……………ウィニフレッドと前夫の娘
ヴィンセント・カーモディ………ウィニフレッドの前夫
ジョン・グレイ
A・メルヴィル・トラスク
コーネリアス・ゾーン……………デパートの取締役
ヒューバート・マーチバンクス……デパートの取締役。ウィニフレッドの兄
アーノルド・マッケンジー…………デパートの店長
ポール・ラヴリ……………………家具デザイナー
ウェストリー・ウィーヴァー………サイラスの秘書
ウィリアム・クルーサー……………デパートの探偵主任

ピーター・オフラハーティ……デパートの夜警主任
ジェイムズ・スプリンジャー……デパートの書籍売り場主任
ダイアナ・ジョンソン……デパートの店員
ホーテンス・アンダーヒル……フレンチ家の家政婦
ドリス・キートン……バーニス付きのメイド
ソフィア・ゾーン……コーネリアスの妻
トマス・ヴェリー……部長刑事
ヘッス、ピゴット、フリント、リッター、
ヘイグストローム、ジョンソン……刑事
サルヴァトーレ・フィオレッリ……麻薬課の課長
サミュエル・プラウティ博士……首席検死官補
ヘンリ・サンプスン……地方検事
ティモシー・クローニン……地方検事補
スコット・ウェルズ……警察委員長
リチャード・クイーン……警視
エラリー・クイーン……警視の息子。推理小説作家
ジューナ……クイーン家の召使

フランス白粉の謎

エラリー・クイーン
中村有希訳

創元推理文庫

THE FRENCH POWDER MYSTERY

by

Ellery Queen

1930

目次

フランス白粉の謎

フレンチ事件の捜査過程における主要登場人物*

読者諸氏の便宜《べんぎ》をはかるため、ここに『フランス白粉の謎』に関わった人物の一覧表を置いておく。読者にはぜひ、この登場人物表をとっくりと読み、頭にたたきこんでから物語本編に挑むことをおすすめする。それぞれの名が印象深くしっかりと記憶に刻まれるはずだ。できれば物語を読み進めながら、何度でもこの人物表を参照してほしい……。推理小説に没頭して得られるもっとも心躍る愉しみは、著者と読者による頭脳戦であると、心に留め置かれよ。登場人物に徹底的に注意を払うことこそがしばしば、なによりも望ましい結末に至る方法なのである。

エラリー・クイーン

著者覚え書き

ウィニフレッド・マーチバンクス・フレンチ　〝安らかに眠りたまえ〟。彼女の死の裏には、どれほどの邪悪が渦巻いているのだろうか

バーニス・カーモディ　不運な娘

サイラス・フレンチ　典型的なアメリカの夢の権化——商人王、潔癖な道徳家

マリオン・フレンチ　たおやかなシンデレラ？
ウェストリー・ウィーヴァー　恋する秘書——そして作者の友人
ヴィンセント・カーモディ　陰のある、不運な男。骨董商
ジョン・グレイ　重役。ブックエンドの贈り主
ヒューバート・マーチバンクス　重役。故フレンチ夫人の、熊のような兄
A・メルヴィル・トラスク　重役。名家の紋章の汚点である、お調子者
コーネリアス・ゾーン　重役。太鼓腹に不平不満その他をつめこんだアントワープ成金
コーネリアス・ゾーン夫人　ゾーンの、メドゥサのごとく恐るべき妻
ポール・ラヴリ　正真正銘、生粋のフランス人。現代芸術の室内装飾の先駆者。美術分野の有名な専門書、『ファイアンス焼きの芸術』（一九一三年、パリ、モンスラ社出版）の著者でもある
アーノルド・マッケンジー　フレンチズ・デパートの店長。スコットランド人
ウィリアム・クルーサー　フレンチズ・デパートに雇われた法の番人たちを率いる長
ダイアナ・ジョンソン　黒檀色の肌をした役者
ジェイムズ・スプリンジャー　書籍売り場の主任。謎の人物《ミステリオーソ》

＊　前作『ローマ帽子の謎』でこの趣向が好評を博したことに気を良くし、クイーン氏は本作にもまた、同様のリストを書いてくれた。クイーン氏の読者の多くが、簡潔にまとめられた登場人物表が手元にあると重宝すると認めたのだ。

ピーター・オフラハーティ　フレンチズ・デパートの忠実な夜警主任
ハーマン・ラルスカ、ジョージ・パワーズ、バート・ブルーム　夜警たち
ホーテンス・アンダーヒル　哺乳類専制的家政婦属
ドリス・キートン　従順で内気なメイド
尊敬すべきスコット・ウェルズ氏　しがない警察委員長
サミュエル・プラウティ博士　ニューヨーク郡検死官補
ヘンリ・サンプスン　ニューヨーク郡地方検事
ティモシー・クローニン　ニューヨーク郡地方検事補
トマス・ヴェリー　クイーン警視庇護下にある部長刑事
ヘイグストローム、ヘッス、フリント、リッター、ジョンソン、ピゴット　クイーン警視指揮
　下にある刑事たち
サルヴァトーレ・フィオレッリ　麻薬課の課長
〈ジミー〉その姓はいまだ謎に包まれている、警察本部の指紋鑑定専門家
ジューナ　クイーン父子の愛する、なんでも屋の召使。登場が少なすぎるのが惜しまれる
刑事たち、警察官たち、店員たち、医師、看護婦、黒人の貸家の世話人、倉庫の警備員、等々、
　その他大勢

そして

リチャード・クイーン警視

今回の冒険では、厄介な問題にさんざん悩まされ、本領を発揮できなかった者

そして

エラリー・クイーン

実に幸運にも事件を解決した者

〈フレンチズ・デパート〉見取り図

A　エレベーター・シャフト
B　フレンチの私室への階段
C　フレンチの私室：洗面所
D　フレンチの私室：寝室
E　フレンチの私室：書斎
F　フレンチの私室：控えの間
G　フレンチの私室：カード部屋
H　エレベーターの扉（三十九丁目側の売り場の通路に面する）
I　階段の扉（五番街側の売り場の通路に面する）
J　ラヴリの実演展示用ウィンドウ
K　ウィンドウへの出入り口
L　オフラハーティのいた守衛室
M　倉庫からデパートにはいれる通用口

はじめに

編者の覚え書き：先《せん》に発表されたクイーン氏の推理小説*を読まれたかたなら、そのまえがきがJ・J・マック某と名乗る紳士によって書かれていたことを覚えておいでだろうか。両クイーン氏の友人である、この紳士の素姓を編者は当時、寡聞《かぶん》にして……いや、実はいまだに存じあげない。ともあれ、マック某氏は著者の願いに快く応じて、再び筆を執り、友人の新作のために序文を書いてくれた。以下にご紹介するのが、それである。

私はクイーン父子の波乱に満ちた冒険を長年にわたって、単なる好奇心以上の熱意を持って追い続けてきた。おそらく、彼らの大勢いる友人たちの誰よりも長く、と自負している。エラリーに言わせれば、そのせいで私は古典芝居における〝コーラス〟の役柄をになうという貧乏くじをひかされた、のだそうだ――〝コーラス〟とはひらたく言えば、観客の共感を得るため

＊『ローマ帽子の謎』エラリー・クイーン

に、大筋を紹介する前口上を芝居気たっぷりに語って、もらえる報酬は殺気立った観客の苛立ちが関の山、という、かわいそうな役目のことである。

しかし、いまひとたび、殺人と推理の現代劇で前口上を述べる役をここにこうして演じられることは、私にとって喜びにほかならないのだ。実はこの喜びには、ふたつの理由がある。まずは、クイーンというペンネーム《ノン・ド・プリュム》で彼が処女小説を出版するにあたり、私にも大なり小なりの責任があったのだが、作品が読者から温かく歓迎されたことがひとつ。そして、クイーン父子との長きにわたる友情を――正直、いろいろ骨が折れる思いもしてきたが――甘受できたことである。

〝骨が折れる〟とあえて言ったのは、ニューヨーク市警察勤めの警視の多忙な生活と、本の虫であり論理の虫でもある理屈屋の知的活動の双方と、足並み揃えてつきあおうとする一介の凡人の努力を表すには、それ以上にぴったりの表現がないからだ。リチャード・クイーン氏とは、彼が引退するはるか以前から、親しくさせていただいている。ニューヨーク市警察に三十二年間勤めたベテランの彼はまさに、エネルギーと勤勉さの塊そのものの、白髪で小柄の精力的な紳士だ。とにかく犯罪に精通し、犯罪者をとことん理解し、法というものを知り抜いている。しかも警視はそればかりでなく、捜査において大胆不敵な手法を採用することで、並みの警視よりもはるかにすぐれた名刑事との評判を取っていた。息子の、どちらかと言えば霊感の閃《ひらめ》きに近い捜査法を熱烈に支持しているわりに、警視自身は爪の先まで現実的な警察官だった。ニューヨーク市警殺人課は（役人のお偉方がどうしても推理や記者会見でのご高説をぶちかましたいがために刑事部をのっとった暗黒時代を除く）警視が統率していた長い期間に、主たる重大犯罪をかたはしから解決するという驚異の大記録を打ち立てた。この記録はいまだにニューヨーク市警察史上、塗り替えられてはいない。

エラリー・クイーンは、読者諸氏も想像がつくだろうが、父親の職業に想像力を働かせる場があまりないことを憂えていた。彼自身は、生粋《きっすい》の論理の虫でありながら、夢想家と芸術家の心を大いに合わせ持っている——その鋭い頭脳に追いつめられ、鼻眼鏡《パンスネ》越しに徹底的に分析される悪党にとっては、最悪の組み合わせと言えよう。そんな彼の〝ライフワーク〟は、父親が引退するまでほとんど人目に触れることがなかった。[*] 気が向いた時の手すさびに推理小説を書く習慣をライフワークと称していいものやらわからないが。もともと学究肌のエラリーは、教養や知識を学ぶことにその人生の大半を捧げてきた。さらに母方の伯父が、一生遊んで暮らせる収入を遺してくれて、〝すねかじり〟の身分を脱却してからは、みずから称するところの〝理想的な知的生活〟をゆうゆうと送っていた。そんなエラリーが幼少のころから、その家庭環境のおかげで、殺人や無法者の話にどっぷり浸かった毎日を過ごしてきた結果、犯罪にきわ

＊〝エラリー・クイーン〟が父親である警視の現役時代に本名で（もちろんクイーンではない）多くの推理小説を発表している事実はなかなか興味深いのでここに記しておく。それらの、ここでは明らかにしていない作品を、『フランス白粉の謎』が二作目となるエラリー・クイーン名義のシリーズと混同してはならない。後者は、著者と著者の父親が実際に手がけた事件の内容をほぼ忠実に記録したものである。だからして、あえてペンネームを使い、クイーン父子の身元を秘匿する必要があるのだ。

めて強い興味を抱くようになったのは、ごく自然の成り行きである。けれども、生来の芸術家肌のせいで、警察の地道なお決まりの捜査という分野が、エラリーは大の苦手だった。

もう何年もむかしに父子の交わした会話を、私はいまもありありと思い出す。犯罪捜査というものに対するふたりの見解が、真っ向から異なることが浮き彫りになった会話だ。ちょっと、ここに再現してみよう。なぜなら、これこそがふたりの個性の違いをはっきりと形にしたものであり――クイーン父子を完全に理解するために、なくてはならない要素だからだ。

その時の警視は私のために、彼の職業について詳しく説明している最中で、そんな私たちにはさまれるように、エラリーは自分の椅子でのんびりくつろいでいた。

「普通の犯罪捜査は」老人は語った。「ほとんどが機械的な作業だ。たいていの犯罪は〝犯罪者〟によって行われる――つまり、環境によって悪事に抵抗がなくなり、法を犯すことを繰り返すタイプの人間だな。こういう連中は、百人中九十九人が前科持ちだ。

「この九十九の場合においては、有力な手がかりが山ほどある。ベルティヨンの開発した人体測定法――わかりやすく言えば、指紋や個人的な写真や身元の詳細な記録書類だな。さらに、刑事がそれぞれ犯罪者の特徴をまとめた記録もある。だから、たしかに我々は犯罪科学捜査のこの分野ではロンドンやウィーンやベルリンの警察におくれを取っているが、とりあえずの基礎はできていると言っていい……

たとえばだ、開いたドアや窓から室内をうかがったり金庫をふっ飛ばしたりする方法が、毎度毎度同じやり口だという泥棒がいたとする。必ず不細工な手作りの覆面をかぶる強盗でも、いつも決まった銘柄の煙草の吸殻を現場に落としていく拳銃強盗でも、どうしようもない女好きのギャングでもかまわん。さもなければ、二階の窓から押し入る泥棒が必ず単独で盗みを働くとか、絶対に見張りを置くとか……。こういった犯行方法の特徴は、指紋と同じくらいはっきりと、個人を特定する確たる証拠となり得る。

素人には」クイーン警視は続ける前に（どうしてもやめられない習慣で）愛用の嗅ぎ煙草入れの中身をたっぷりと吸いこんだ。「犯罪者が常に同じ手口《モダス・オペランディ》を用いるというのが、奇妙に思えるだろう――いつも同じ具合に吸った煙草を落とす、毎回似たような覆面をかぶる、さらには、仕事のあとに複数の女たちと乱痴気騒ぎをする。しかし、素人さんは犯罪が犯罪者の〝仕事〟だということを忘れとるんだな。どんな職業においても、ビジネスマンたるもの、消そうとしても消せない痕跡を自分の仕事に残してしまうものさ」

「ところで、きみの心理学的警察官殿はだね」エラリーがにやりとした。「情報屋の手助けを軽んじていないんだよ、マック。情報屋ってのは迫りくる危険を知らせる、サイの背に止まったウシツツキ（ダニを常食としている鳥）のような存在……」

「いまから、その話をしようと思っとった」父親はそっけなく言い返した。「最初の方で言ったとおり、我々は常習犯の事件に対してなら、手がかりは山ほど集められる。しかし、せがれはひやかすがな、ありふれた事件を解決するには、手がかりより何より暗黒街の〝タレこみ屋〟、〝イヌ〟――さらにひどい呼び名もあるぞ――連中の助けをわしらは頼りにしとる。密告屋の連中がいなければ、犯罪の多くはいまだに解決しないままというのは、公然の秘密だ。法律屋にとって判例集の知識が必要であるように、大都会の警察にとって、密告屋はなくてはならん存在なのだ。これは当然だ――暗黒街というものは恐ろしいほどの情報網が張り巡らされとって、誰が大きな〝仕事〟の糸を裏で引いたのか、あっという間に知れ渡る。我々にとって大事なのは、目こぼし目当てに情報を売ってくれる〝タレこみ屋〟を見つけることだ。見つかったとしても、仕事が簡単になるとはかぎらんが……」

「子供の遊びだなあ」エラリーは挑発するように言い、そしてにやりと笑った。

「わしは断固として信じる」老警視は挑発にのらず、平然と続けた。「暗黒街からの密告がなくなれば、世界中の警察組織は半年で壊滅するぞ」

エラリーはやれやれといった顔で持論を展開し始めた。「あなたの言ったことはほとんどがそのとおりで間違いないですよ、父上。だからこそぼくは、あなたの捜査の九割に、これっぽっちも魅力を感じないんですがね。しかし、残りの一割というのが！

警察が情けなくも失敗するのはね、J・J」彼は笑顔で私を振り返った。「実行犯が常習的な犯罪者ではないおかげで、警察の台帳に指紋の記録が残っておらず、過去に一度も犯罪をおかしたことがないという馬鹿馬鹿しいほど単純な理由で、当人を特定する癖も特徴も知られていない場合だ。こういう犯人の場合、えてして暗黒街とはつながりがないものだから、たとえ密告屋をとことんしぼりあげようが、有力な情報はかけらも手にはいりゃしない。

あえて言おう。そういう場合、手がかりは」彼は鼻眼鏡をひねりまわしながら続けた。「犯罪そのものと、検分や捜査によって発見される証拠や遺留品以外には、まったくない。間違いなく——ことわっておくが、ぼくはおやじの大昔の仕事にふさわしい敬意を払っているよ——そういう事件の犯人をあげるのは、恐ろしく難しい問題で、さんざん頭を痛めるはめになる。それこそが、ふたつの事実の説明になっているのさ——我が国における未解決事件のパーセンテージが恐ろしく高いことと、ぼくがこの道楽に血道《ちみち》をあげていることの、ね」

＊

『フランス白粉の謎』はクイーン父子の事件簿から掘り出した中でも、特に古い事件である——前に述べたとおり、これは実際に起きた事件であり、エラリーがその特異な才能のきらめきを見せた場でもある。フレンチ事件を捜査しながら、エラリーは律儀に記録を取っていた(彼の数少ない有益な習慣のひとつだ)。犯人の正体を暴いたのち、エラリーは現実の事件のあらましに即しつつも、事実を誇張し、文学的なスタイルにかなうように脚色をほどこして、本一冊分の原稿を書きあげた。

私はエラリーに、その原稿に手を入れて、彼のペンネームを用いた二冊目の小説として出版することをすすめた——この時、私はイタリアにあるクイーン家の山荘の、聖なる屋根の下に滞在していた。読者諸氏はご記憶だろうが、エラリーはいまや結婚して、すっかり落ち着いてしまい、かつての頭脳的職業からは完全に足を洗って、みずからが携わった事件の記録をファイル戸棚の奥底に隠していたので、いい具合に熟れた原稿に日の目を見させるには、このおせっかいな友人が、熱心な説得の爆撃を執拗に繰り返すしかなかったのだ。

ここでひとつ、クイーン警視の名誉のために心に留めおいていただきたいのだが、この老刑事がフレンチ事件において比較的、小さな役割しか演じていないように見えるのは、あの多忙極まる暗黒時代に、怒濤のごとく押し寄せた膨大な公務と、新たにニューヨーク警察委員長の座についた民間人、スコット・ウェルズがやたらとくちばしをはさんでくるのに、対応しなければならなかったからである。

さて、結びの言葉として、この原稿を書いている間も、クイーン父子はイタリアの小さな山荘で暮らしていること、エラリーの息子がよちよち歩きを覚え、無邪気にも大まじめに「おじいちゃん」という言葉を発するようになったこと、ジューナが健康そのもので、最近では、小悪魔のような田舎娘とめくるめく恋愛劇の張りつめた日々を経験したこと、警視はあいかわらずドイツの雑誌に専門的な論文を書いており、大陸の警察機構を視察するために、折に触れて旅行をしていること、最近、病に伏したエラリー・クイーン夫人が無事に快癒《かいゆ》したこと、最後に、エラリー・クイーンその人は、去年の秋にニューヨークを訪れたのち、ウェストサイドの娯楽を捨てることになんの未練もない、と言いきって(私は疑っているが)、〝宝玉をちりばめたような〟ローマの風景の中に戻ってきたのを心の底から感謝していたことをご報告しておこう。

そろそろ書くことがなくなってしまった。が、本書を手に取ったあなたが『フランス白粉の謎』を、私と同じくらい、大いに愉しんでくださることを、切に願うものである。

ニューヨークにて

J・J・マック

第一の挿話

注釈めいた言いかたをすれば……事件の数は星の数ほどあるとはいえ、犯罪捜査における成功と失敗の違いはただひとつ、つまり……（刑事の理解力が）〝見せかけの事実〟のまつ毛の隙間からうまく中に染みこみ、〝確たる事実〟という根幹の流れにたどりつくまで、いわば浸透を、すんなりできるかできないかにかかっているのです。

ルイジ・ピナ博士著『犯罪のための処方箋』

1　「女王様がたは客間にいた」

クイーン父子のアパートメントで、古い胡桃《くるみ》材のテーブルを囲んでいるのは――なんとも珍妙な取り合わせの五人だった。まずはすらりと細い身体つきで輝く瞳の持ち主のサンプスン地方検事。その隣に坐るのは麻薬課の課長で、ただでさえ恐ろしげな眼《まなこ》を不機嫌にぎょろつかせたサルヴァトーレ・フィオレッリは、右頬に長い黒ずんだ傷跡の走るたくましいイタリア男だ。そして、サンプスンの片腕こと赤毛のティモシー・クローニンもいる。リチャード・クイーン警視とエラリー・クイーンも、肩を並べて坐っていたが、ふたりの表情は大海をへだてるほどに異なっていた。老人の方は、仏頂面《ぶっちょうづら》で口ひげの端を噛んでいる。エラリーはぼんやりとフィオレッリの傷跡を眺めている。

そばの机にのったカレンダーには、一九××年五月二十四日とあった。穏やかな春風が窓のカーテンをひらめかせている。

不意に、警視が一座をじろりと睨《ね》めまわした。「ウェルズはいったい何をした？　教えてほしいもんだな、ヘンリ！」

「まあまあ、Q、スコット・ウェルズは、あれでそう悪い奴じゃないんだって」

「猟犬を連れて狩りに出る、ゴルフのスコアは91、だから警察委員長（ニューヨーク市長が民間人から任命する）にふさわしいって？　ああ、そうだろう、そうなんだろうとも！　奴がわしらに押しつける、どうでもいいくだらん仕事の山ときたら……」

「そこまで悪かないさ」サンプスンが口をはさむ。「うんと公平に見れば、少しは役にたつことをしてるよ。洪水被害救済委員会だの、福祉関連事業だの……政治と無関係の分野であれほど熱心な男は、まったくの役たたずとは言えないさ、Ｑ」

警視は鼻を鳴らした。「やっこさんがうちに来てから、どのくらいたつ？　いや、教えてくれんでいい――わしが言おう。ふ、つ、か、だ……そして、この二日間であの男がわしらに対して、何をやってのけたと思う。いいか、並べてやるから、よく嚙みしめてみろ。

ひとつ――失踪人課の人事を解体して、一から組みなおした。かわいそうなパーソンズがクビになった理由を、わしは知らん……。ふたつ――七つの分署の署長を総入れ替えしたものだから、連中はもともと勤めていたなじみの所轄《しょかつ》にさえ、地図を見なけりゃ帰れなくなった。なんのために？　ぜひ、教えてほしいもんだ……。三つ――Ｂ、Ｃ、Ｄの交通系統をめちゃくちゃに変えた。四つ――きっかり二ダースの二級刑事を、交番巡査に降格した。理由？　あるとも！　大伯父の姪が知事の第四秘書の知り合いだという誰かさんが、血に飢えとるというわけだ……。五つ――警察学校をひっかきまわしたうえ、校則を変えた。そのうえ、今度はついに、わしの大事な殺人課にまで目をつけ始めている……」

「気をつけないと、きみ、血管が破裂するぞ」クローニンが言う。

「おまえさんは何も知らんから、のんきにかまえとるんだ」警視は苦虫を嚙み潰したような顔で言い返した。「いまじゃ、一級刑事は全員、その日の報告書を書かされとる――義務として、だ――毎日毎日、ひとりひとりが報告書を直接、警察委員長殿のオフィスに提出しろだと！」

「へえ」クローニンはにやりとした。「あの委員長様がじきじきに、それを全部、読むつもりなんだ、偉いな。刑事君の半数は、〝殺人〟って単語さえ、綴《つづ》りをまともに書けないのに」

「読むわけないだろうが、ティム。あれが自分の時間をそんなことに浪費するタマか？　いやいやいや、まさか。きみのマーサおばさんにかけて、とんでもはっぷんだ！　シオドア・B・B・セントジョーンズって名の、ぴかぴかにめかしこんだちびすけの秘書に報告書の山を持たせて、わしのオフィスに届けさせるんだぞ、ご丁寧な伝言つきでな。〝警察委員長より、リチャード・クイーン警視に敬意を表す。添付した報告書の正確さについて、一時間以内に貴殿の意見を聞かせてもらえれば幸いに存ずる〟。おかげさまで、わしはこの麻薬捜査のために頭をはっきりさせておくだけで、おはじきのような汗をかくはめになった――部下たちの報告書の山に、えんえんと署名し続けとる」警視は嗅ぎ煙草入れの中に、獰猛《どうもう》に指をつっこんだ。

「あんたはまだ半分もぶちまけちゃいねえぜ、クイーン」フィオレッリが憤懣《ふんまん》やるかたないといった唸り声を出した。「あのぎょろ眼のセイウチ野郎、こそこそ歩きの〝民間人〟野郎め、おれの部署に何食わぬ顔ではいってきて、部下どもの間を嗅ぎまわって、アヘンのはいった缶をくすねて、そいつをジミーに送りつけて、言うにことかいて――いいか、聞いて驚け――指紋を検出しろとぬかしやがった！　指紋だとよ、指紋！　一ダースものギャングが触りまくった缶から、いくらジミーでも、ヤクの売人の指紋だけを見つけられると思ってんのか。そもそも指紋なんざ、とっくに手に入れてる！　なのに、野郎、こっちがいくら説明したって聞きゃしねえ。おかげでスターンが缶を捜して上を下への大騒ぎをやらかしたあげく、しまいにゃ、おれんとこに駆けこんできて、指名手配犯が警察本部に乗りこんでアヘンの缶をかっぱらっていったとか、アホな与太話をする始末だ！」それだけ言って、フィオレッリは大きな両手を広げてみせると、ちびた両切りの黒葉巻を口につっこんだ。

　ここでエラリーが急にテーブルの上から表紙の破れた小さな本を取りあげて読み始めた。

サンプスンのにやにや笑いが消えた。「冗談はさておいてだ、諸君、この麻薬組織の捜査で何か成果をあげないと、ぼくら全員、まずいことになる。ウェルズもなあ、いまさらホワイトの試訴（その判決が先例として他の類似事件に影響を与える訴訟）を無理やり再調査しろなんて言いだして、こっちは迷惑もいいところだよ。むしろいまは、組織のギャング連中の方が――」そこまで言って、彼は心もとなげに首を振った。

「それだ、腹がたつのは」警視はこぼした。「せっかく、ピート・スレイヴィン一味の動きをつかみかけとるのに、わしときたら、日がないちにち法廷で証言して時間をどぶに捨てとる」

沈黙がおりたが、すぐにクローニンの声にそれは破られた。「そういえば、キングズリー・アームズ殺しではどうやってオショーネシーが犯人だとわかったんだ」彼は興味深そうに訊ねた。「全部、ゲロったのか？」

「昨夜な」警視は答えた。「ちょいと汗をかかせてやらにゃならなかったが、こっちが決め手を握っているのを知ると、素直に吐いたよ」口のまわりの険しい皺がやわらいだ。「エラリーがすばらしい仕事をしてくれた。まあ、考えてもみろ、わしらは一日じゅう調べて、オショーネシーがヘリンを殺した証拠のかけらも手に入れられなかったんだ、奴が犯人だとわかっとるのに――そこにうちのせがれが来て、現場を十分間うろついただけで、犯人をとっちめるのに十分な証拠をめっけてくれたよ」

「またしても奇跡というわけか、え？」サンプスンはくすくす笑った。「では、その裏話を聞こうじゃないか、Q」一同はエラリーに視線を向けたが、ご当人は椅子の中で背中をまるめ、熱心に本を読み続けている。

「丸太を転がすのと同じくらい簡単な話さ」クイーン警視は誇らしげだった。「せがれの説明じゃ、いつもそうらしい――ジューナ、もっとコーヒーをくれ」

きびきびした小柄な少年が小さな台所から飛び出してくると、にっこり笑って、黒髪の頭をぴょこんと下げ、また消えた。ジューナはクイーン警視の小姓で、何でも屋で、料理人で、メイドで、非公式ではあるが殺人課のマスコットでもあった。[*]パーコレーターを持って現れた少年は、テーブルのカップそれぞれに注ぎなおした。エラリーは手探りでカップを取り、コーヒーに口をつけたが、眼は本に釘づけのままだった。

「簡単なんて言葉じゃすまない」警視は再び、口を開いた。「ジミーは部屋じゅうに指紋採取用の粉をまきちらしたんだが、ヘリン本人の指紋しか見つからん――だが、ヘリンは生き腐れの鯖《さば》よりも確実に死んでおる。部下たちは部下たちで、あっちに粉をまけ、こっちに粉をまけ

＊『ローマ帽子の謎』を参照のこと。

と、適当なことを言って部屋じゅうに粉をばらまかせる――まったくひどい騒ぎだった……」

そこで警視は、ばしんとテーブルを叩いた。「ここに登場したのがエラリーだ。わしは事件のあらましを説明して、それまでに発見できた証拠を見せた。きみたちも覚えとるだろう、食堂の床の、ばらばらにくだけた漆喰《しっくい》の粉の中にへリンの足跡が残っとったのを。あれにはまったくめんくらったよ。現場の状況からして、へリンが食堂にはいるのは不可能だった。このトリックをひっくり返したのが、まあ、いわゆる優秀なおつむというわけだ。エラリーはこう言ったよ。〝へリンの足跡だというのは間違いないんですか〟わしは、疑う余地はないと答えた。根拠を話してやると、エラリーも納得した――しかし、へリンがあの部屋にはいることは不可能だったというのも、また事実だ。なのに足跡がそこにあるというのは、嘘だとしか考えられない。〝なるほど。なら、彼は食堂にはいらなかったのかもしれませんね〟と、うちの大事なせがれは言いだした。〝しかし、エラリー――足跡がある!〟わしは言い返した。〝思いついたことがあります〟そう言って、せがれは寝室にはいっていった。

「そして」警視はため息をついた。「せがれにはたしかに思いつきがあったんだ。寝室で、エラリーはへリンの死体がはいている靴を脱がし、ジミーから指紋採取用の粉をもらい、オショーネシーの指紋の記録を持ってこさせたうえで、靴に粉を振りかけた――すると、親指の指紋がくっきりと浮き出てきた! せがれがそれを記録と照合すると、オショーネシーのものであることが証明された……わかるかね、わしらは指紋を捜して、部屋じゅうくまなく調べたつもりだったが、指紋のある唯一の場所だけは調べなかった――死体そのものはな。殺人犯の指紋を捜すためにガイシャの靴を調べるなんて、誰が思いつくかね？」

「ありそうもねえ場所だよな」イタリア男が野太い声で応じる。「なんでそんなところを調べようと思ったんだ」

「エラリーの理屈じゃ、もしヘリンが食堂にはいっていないのに、靴がはいったのであれば、単純に考えて、何者かがその靴をはくか、持っていって靴の跡をつけるかしたに違いないというのさ。まったく子供だましの初歩的な話じゃないかね。しかし、それを思いつくのが、たいへんなんだ」ここで老人はとうとう我慢できなくなったのか、うつむいたままのエラリーの頭に向かって、叱った。「エラリー、いったい何を読んどる？　まったくおまえときたら、お客さんに失礼だろう」

「素人さんに指紋の知識があるのも役にたつっていい例だね」サンプスンはにんまりした。

「エラリー！」

エラリーは興奮の色を浮かべ、顔をあげた。そして勝ち誇ったように本を振りまわすと、あっけにとられているテーブルの一同に向かって朗読を始めた。「〝彼らがサンダルをはいたまま眠ると、革紐が足に食いこみ、サンダルは凍りついて、はがれなくなってしまった。これは、古いサンダルがだめになったため、急遽《きゅうきょ》、はいだばかりの牛の生皮をなめさずに作ったことが原因でもある〟*お父さん、これでぼくはすばらしいアイディアを思いつきましたよ」彼は顔を輝かせ、鉛筆に手を伸ばした。

クイーン警視は勢いよく立ち上がり、ぶつぶつと文句を言った。「こいつがこんな調子の時には手のつけようがない……行こう、ヘンリ――きみも来るか、フィオレッリ？――それじゃ、お役所に出かけるとしようか」

2　「王様がたは勘定部屋にいた」

クイーン警視が西八十七丁目のアパートメントを出て、サンプスンとクローニンとフィオレッリと連れだって刑事裁判所に向かったのは、十一時のことだった。

きっかり同時刻、南に数マイル離れたところでは、ひとりの男が自分のアパートメントにある書斎の屋根窓（傾斜した屋根から突き出した屋根裏部屋の窓）のそばに、無言でたたずんでいた。そのアパートメントは五番街にある〈フレンチズ・デパート〉の六階にあった。窓辺の男の名は、サイラス・フレンチ。フレンチズ・デパートの筆頭株主であり、取締役会長《とりしまりやく》である。

フレンチは五番街と三十九丁目通りの交差点で渦巻く車の流れを、見るともなしに眺めていた。陰気でいかめしい顔つきをした六十五歳の彼は、ずんぐりとよく肥えた男で、髪は鉄色を帯びた灰色だった。ダークスーツの襟元《えりもと》には白い花が光っている。

その彼が口を開いた。「今朝の会議は十一時から始まると、徹底しておいたんだろうな、ウェストリー」そして窓際の、天板にガラスの板がのった机のそばに坐る男に鋭い視線を向けた。

ウェストリー・ウィーヴァーはうなずいた。爽やかな面立ちの機敏そうな三十代前半の青年である。

「徹底しました」明るく答えて、それまで書きつけていた速記用のノートから顔をあげた。「間違いのないように、昨日、私がタイプした覚え書きのカーボンの写しがここにあります。役員それぞれに一枚ずつ渡しましたし、今朝、その机にも一枚、置いておきました」彼は電話機の横に置かれている一枚の青みがかった紙を指差した。机のガラスの表面には、右端のオニキス（縞めのう）でできた円柱形のブックエンドにはさまれた五冊の本と、電話機と、青みがかった紙のほかは、何ものっていない。「三十分前に、ひとりひとりに電話をかけて念を押しました。皆さん、時間どおりにいらっしゃると約束してくださいましたよ」

フレンチは咽喉の奥で唸ると、窓に向きなおり、またも朝の車の混沌ぶりを見下ろした。やがて背中で両手を組み、かすかにきしるような声で業務について口述を始めた。

五分後、待合室となっている続き部屋の控えの間越しにドアをノックする音で、仕事は中断された。フレンチは苛立った声で呼ばわった。「どうぞ！」すると、ふたりからは見えないドアノブを、誰かががちゃつかせる音が聞こえてきた。フレンチが言った。「ああ、そうか、鍵がかかっているんだな。開けてやれ、ウェストリー」

＊　この時、私は『クセノフォン』を読み返していたのだが、ちょうど古代アルメニア王国の山岳地帯を抜けて一万人部隊が撤退するくだりで、はきものに関するこの記録を読んだ時に、短編小説のアイディアを思いついた。あとから思えば、なんとも馬鹿馬鹿しい出来事だが、当時の私はその滑稽さにまったく気づいていなかった。――E・Q

ウィーヴァーが素早く控えの間を通り抜け、重たい扉を大きく開け放った。すると、しなびた小男が、色の悪い歯ぐきを見せて笑いながら、その年齢にしては驚くほど俊敏に、軽やかな足取りではいってきた。

「ここのドアはいつも鍵がかかっとるのを、どうしても覚えられんよ、サイラス」甲高い声でそう言うと、ウェストリーとフレンチと握手をした。「私が一番乗りかね」

「そうだよ、ジョン」フレンチはほんのりと苦笑を浮かべていた。「ほかの連中もすぐに来るだろう」

ウィーヴァーが老人に椅子をすすめた。「どうぞ、おかけください、グレイさん」

グレイの積み重ねてきた七十年の月日が、痩せた双肩にちょこんとのっていた。薄い白髪の頭は、まるで小鳥を思わせる。羊皮紙のような黄味がかった灰色の顔が、始終、笑い皺でくしゃくしゃになるたびに、白い口ひげが真っ赤な薄いくちびるの上ではねあがった。襟の前が三角に折れたウィングカラーに、アスコットタイをつけている。

彼はすすめられた椅子に、信じられないほど身軽な動きで腰をおろした。

「出張はどんな塩梅《あんばい》だったね、サイラス」老人は訊ねた。「ホイットニーはこっちの言いなりになりそうか」

「ああ、首尾は上々だ！」フレンチは行ったり来たりし始めた。「今朝のうちに、公式に完全な合意を得られれば、ひと月もかからずに合併できるだろう」

「上等上等！　こいつは幸先《さいさき》いいねえ！」ジョン・グレイは妙な手つきで両手をこすりあわせ、

耳障りな音をたてた。

ふたつ目のノックの音がした。ウィーヴァーがまた控えの間に消えた。

「トラスクさんと、マーチバンクスさんです」彼は報告した。「それから、見たところ、エレベーターの方からゾーンさんがこちらに向かってこられるようです」男ふたりが部屋にはいってきたあと、一拍おいて、三人目がはいってきた。そしてウィーヴァーが、机の脇の席に急ぎ足で引き返してきた。ドアが勝手に閉じる、かちゃりという音がした。

新たな訪問客たちはそれぞれと握手を交わしてから、部屋の中央にでんと置かれた長い会議用テーブルについた。珍妙な取り合わせの集まりだった。トラスク——紳士録によるとA・メルヴィル・トラスク——はいつもどおりのだるそうな態度で、椅子の中で四肢をだらしなく伸ばし、目の前のテーブルの上で、つまらなそうな顔で鉛筆をいじくっている。が、同席の者たちは彼を気に留めなかった。ヒューバート・マーチバンクスは傍若無人《ぼうじゃくぶじん》にどすんと腰をおろした。四十五、六歳のでっぷりとした血色のよい男で、不格好な手をしている。がらがら声で喋っては、一定の間隔で喘息の発作を起こして咳きこんでいた。コーネリアス・ゾーンは同輩たちを古風な金縁眼鏡の奥から眺めていた。禿げあがり、角ばった頭の彼は、太い指の持ち主で、赤い口ひげをたくわえていた。背丈は低いが、椅子の中にみっしりとおさまっている。どう見ても、繁盛している肉屋の親方そのものだ。

フレンチは上座につくと、おごそかに一同を見回した。

「諸君——これはデパート業界の歴史に刻まれる集《つど》いになる」そこで言葉を切り、空咳をした。

「ウェストリー、ドアの前に見張りを置かせろ、絶対に邪魔がはいらないように」

「かしこまりました」ウィーヴァーは机の電話の受話器を取りあげた。「クルーサー君のオフィスを」ややあって、彼は続けた。「クルーサーかい。え、誰？　ああ、きみか……いや、捜しにいかなくていい、きみに頼む。探偵をひとり、フレンチ会長のアパートメントのドアの前によこしてくれないかな。役員会議の間、邪魔がはいらないように見張ってもら……いや、わざわざ部屋の中にはいってこなくていいから――まっすぐドアの前に来て、そこで待機してくれれば……誰をよこす……ああ！　ジョーンズか！　いいね、けっこうだよ。クルーサーが出勤してきたら、そう伝えておいて……クルーサーは九時から出勤している？　ふうん、なら見かけた時でいいから、かわりに伝えておいてくれないか。ぼくはいま手が離せないんだ。じゃ」

彼は受話器を置くと、急いでフレンチの右手にある椅子に戻った。そして、鉛筆を取りあげ、ノートの上でかまえた。

五人の役員はそれぞれ、食い入るような眼で書類を読んでいた。フレンチは窓の外の五月の青空を眺めながら、彼らが書類の詳細をすっかり飲みこむのを待っていたが、そのどっしりした両手は、長テーブルの上で落ち着きなく動いている。

不意に、彼はウィーヴァーに向きなおると、小声で言った。「忘れるところだった、ウィーヴァー。うちに電話をしてくれ。いまは――十一時十五分か。なら、いくらなんでも、もう起きているだろう。家内が私を心配しているかもしれん――昨日、グレイトネックに出かけてからずっと連絡を取っていなかった」

ウィーヴァーは交換手にフレンチの自宅の電話番号を告げると、すぐに受話器に向かってきびきびと言った。

「ホーテンス？　奥様はもうお目覚めかい……なら、マリオンさんは？　バーニスさんでもいい……わかった、マリオンさんを頼む……」

そう言うと、ジョン・グレイ老人と小声で話しているフレンチから、そっと身を遠ざけた。ウィーヴァーの眼が輝き、顔が急に紅潮する。

「もしもし！　マリオン？」彼は受話器に囁いた。「ウェスだよ。ごめん——その——いま、デパートのアパートメントからかけてる——お父さんがきみと話したいそうだ……」

女の声がひそやかに聞こえてきた。「ウェストリー！　いいの、わかっていてよ……でも、残念だわ、ダーリン、お父様がいらっしゃるなら、あまり長くお喋りできないもの。だけど、ねえ、あなた、わたしを愛していて？　言ってよ！」

「そ、それは、無理だよ」必死に囁くウィーヴァーの背中は、実に大まじめでしゃちこばっていた。が、フレンチからそむけている顔の表情が、雄弁にその心情を物語っていた。

「無理なのはわかっていてよ、もう、お馬鹿さんね」娘はころころと笑った。「ちょっと困らせてみたかっただけ。でも、ね、愛してるでしょ、どう？」また、娘は笑った。

「もちろん、もちろん。もちろんだよ！」

「なら、お父様とかわって、ダーリン」

ウィーヴァーは慌てて咳払いをすると、フレンチに向きなおった。

「いま、やっとマリオンさんがお出になられました、会長」受話器を老人に差し出しながら、彼は言った。「ホーテンス・アンダーヒルの話では、奥様とバーニスさんはまだ寝室から出てこられないそうです」

フレンチはウィーヴァーの手から受話器をひったくった。「マリオン、お父様だ。たったいまグレイトネックから戻ってきたばかりだ、元気だよ。うちは変わりないか……どうした？ 疲れているようだな……ああ、わかった。とりあえず、無事に帰ったと連絡したかっただけだ。お義母《かあ》様に伝えておいてくれるか――今朝は忙しくてな、電話をかけなおすひまがない。ああ、またあとでな」

彼は席に戻ると、重役たちを重々しく見回し、口を開いた。「では諸君、私がホイットニーとはじきだした数字をじっくり読む時間はあっただろうから、そろそろ本題にはいろうか」そして、人差し指を勢いよく振った。

*

十一時四十五分に電話のベルが鳴り響き、フレンチとゾーンの白熱した議論を中断させた。ウィーヴァーの手が素早く受話器に伸びる。

「もしもし！ 会長はいま全然、手が離せな……あれ、ホーテンスじゃないか。どうした……ちょっと待った」彼はフレンチを振り返った。「すみません、会長――ホーテンス・アンダーヒルから電話です。ひどく取り乱しているようで。いまお話しになりますか、それとも、あとでかけなおしますか」

フレンチは、汗びっしょりの猪首をごしごしぬぐっているゾーンを睨《ね》めつけたあと、ウィーヴァーの手から受話器をひったくった。

「なんだ！」

おろおろと震える女の声が答えた。「旦那様、恐ろしいことが起きたんでございます。奥様とバーニスお嬢様がどこにもいらっしゃいません！」

「なんだと？　どういうことだ。なら、あれたちはどこにいる？」

「存じません。今朝はおふたりとも、呼び鈴を一度も鳴らされませんでしたので、メイドたちも寝室にうかがわなかったのでございます。それで、何かいけないことがあってはと思いまして、つい先ほど、二階に上がってみたんです。そうしましたら――お信じになられないと思いますが、旦那様――わたしにはどうにもわけがわか――」

「だから、なんだ！」

「おふたりとも、ベッドを使われたあとがないんです。お屋敷でお休みにならなかったのではないでしょうか」

フレンチの声は怒りではねあがった。「この馬鹿者が――そんなことで役員会議の邪魔をしたのか。昨夜は雨が降っただろう、どうせ知り合いの家にそのまま泊めてもらっただけだ」

「でも、旦那様――それならきっとお電話か何かで――」

「いいかげんにしろ、ホーテンス！　とっとと仕事に戻れ。あとでわしも調べる」彼は受話器をフックに叩きつけた。

「まったく馬鹿者めが……」ぶつぶつ言って肩をすくめた。そして、再びゾーンに向きなおり、テーブルに両手をついた。「さて、どこまで話した？　きみはたった数千ドルのはした金のために、この合併に二の足を踏むというのかね。いいか、よーく考えてみろ、ゾーン……」

3「ハンプティダンプティ　高い塀から落っこちた」

フレンチズ・デパートは、ニューヨークのど真ん中で、五番街沿いのまるまる一ブロックを占拠していた。おしゃれで高級なアップタウンと、オフィスビルが立ち並ぶダウンタウンの端との境に位置しているおかげで、店は富裕層と貧困層の両方の顧客からひいきにされている。昼の十二時をまわるころは、デパートの上から下までどの売り場の広い通路も、近隣の店の売り子やタイピストでごった返した。午後遅くなると、客層は目に見えて金持ちがぐっと増える。そう、フレンチズはもっとも安い商品から、流行の最先端の商品に至るまで、ニューヨークでも最大の品揃えを誇っていた。お手頃価格の品と、最高級の品の双方を販売することで、フレンチズは街いちばんの人気デパートとなったのだ。朝の九時から夕方の五時半まで、店内は買い物客であふれ返り、大理石造りの本館といくつもの翼を取り囲む歩道は、人ごみで歩けないほどだった。

デパート創設者の草分けであるサイラス・フレンチは仲間の重役たちに支えられ、その強大な組織が持てるあらんかぎりの財力を投入し、フレンチズを——フレンチ家が二代にわたって所有しているこのデパートを——街でも特に美しい名所にした。そのむかし、合衆国内で芸術の風が吹き始めるよりずっと以前には、日用品も衣料品も実用一点張りのものが求められたが、フレンチはヨーロッパの業者と契約を結び、芸術品のような装飾品や、美術品のような家具や、モダンな調度品を、公開展示していた。このような展示品は、ますます店に大勢の客を呼び寄せた。五番街に面したいちばん目立つウィンドウは、舶来品を定期的に実演展示する場であった。このウィンドウは全ニューヨーク市民の眼を集める中心点となった。物見高い見物客が、いつでも板ガラスの囲いの外に押し寄せていた。

五月二十四日の火曜日の朝、正午の三分前になると、ウィンドウの中に続く、枠のない重たいドアが開いて、黒い制服に白いエプロンと白いキャップをつけた黒人の女が登場した。女はウィンドウの中をもったいぶった様子でゆっくりと歩きながら展示品ひとつひとつに感心するようなそぶりを見せていたが、急にぴたりと直立不動の姿勢で動かなくなった。まるで、謎の仕事を始めるため、あらかじめ決められた時を待つかのように。

片隅の説明書きによれば、ウィンドウの中は居間と寝室を合わせた部屋を模していて、パリのポール・ラヴリなるフランス人が手がけた、時代の最先端をいくモダンな内装であるということだった。説明書きにはさらに、展示品の中でもラヴリの作り出した作品について言及され、〈五階にてムッシュウ・ラヴリによる特別講演があります〉と書かれている。先ほど黒人の女がはいってきたドアのある奥の壁は一切飾りがついておらず、ほんのりとパステルグリーンに色づけられているだけだった。その壁には縁なしの不規則な形をした巨大なヴェネチアングラスの鏡がかかっていた。壁際に置かれた細長いテーブルは白木の表面が蠟でみがきあげられ、木目をくっきりと浮き立たせている。テーブルに置かれたずんぐりした虹色ランプの曇りガラスは、オーストリアでも当代唯一の近代美術工房でしか作ることができないらしい。さまざまな調度品が――椅子も、エンドテーブルも、書棚も、何もかもが変わっていて、一種独特で、大胆な構想にもとづいて作られていて――そのどれもが、ウィンドウの中に作られた部屋の、ぴかぴかの床のあちらこちらに点在していた。左右の壁は、数点の調度品の背景として利用されている。

天井と両脇の壁に取りつけられた照明はすべて、大陸でいままさに流行となって広がりつつある〝間接式〟だ。

正午きっかりの鐘が鳴ると、ウィンドウにはいってきてからずっと動かずにいたあの黒人の女が急に行動を開始した。すでにウィンドウの外には山のような人だかりがガラスに張りつき、いまかいまかと眼を輝かせ、そわそわと肩を揺すりながら、女の実演を待ち構えている。

女は、シンプルな文字だけの、説明用の札がたくさんかかっている金属のラックをセットすると、象牙の長い指示棒を取りあげ、一枚目の説明文を示してから、おごそかに東側の壁に取りつけられた装置に歩み寄り、身振り手振りでその構造や特徴を説明し始めた。

五枚目の札には――このころには見物人の数は倍にふくれあがり、歩道からはみ出していた

——こう書かれていた。

壁寝台

この調度品は
西側の壁の内部に
収納されており
ボタンを押すと
電動で機能します。
ムッシュウ・ポール・ラヴリ作。
国内では唯一の装置です。

念を押すように、説明文をいま一度示したうえで、女はまじめくさった足取りで西側の壁に歩み寄り、真珠のように輝くパネルの上の小さな象牙のボタンを大げさに指し示してから、長く黒い指を一本伸ばしてボタンに指先をのせた。

ボタンを押す前に女はもう一度、ウィンドウの向こうでわくわくしながら、押し合いへし合いしている見物人に顔を向けた。誰もが鶴のように首を伸ばし、これからどんな摩訶不思議《まかふしぎ》が現れるのかしらと、固唾《かたず》をのんで見守っている。

彼らが見たものは、たしかに摩訶不思議そのものだった——誰ひとりとして予想だにしなかった、そのあまりに恐ろしく、グロテスクな光景が出現した瞬間、人々の顔は、信じられないという驚愕に凍りついた。それはまさに、信じがたい悪夢の一瞬だった——なぜなら、象牙のボタンが押されたとたん、壁の一部が四角く切り抜かれたように動きだし、そのままゆるやかに手前に倒れて、するすると音もなく下に向かって開きながら、折りたたんでいた木製の小さな脚を寝台の頭に当たる部分から伸ばすと、床と平行に固定された壁板が寝台と化し——青白い顔をした、全身がよじれ、ねじくれ、衣服の二ヵ所がべっとりと血に染まった女の死体が、絹のシーツの上から黒人の女の足元に転げ落ちてきたからである。

十二時十五分、きっかりのことであった。

4 「王様の馬が全部集まっても」

黒人の女は、ウィンドウの分厚いガラスの外まで突き抜ける、すさまじい悲鳴をあげたかと思うと、ぐるんと白目をむき、気絶して死体のそばに倒れた。

外の見物人たちは、活人画と化したままだった——無言のまま硬直し、恐怖で石像のようになっている。歩道に立ってガラスにひたと顔を押しつけていたひとりの女が、不意にけたたましい悲鳴をあげた。それまで動かなかった人の山が、狂乱したように崩れ、静寂はざわめきに、やがて阿鼻叫喚《あびきようかん》の嵐となった。ウィンドウから離れようと、客たちは狂ったようにうしろの人人を押し戻し、我先にと逃げ出した。子供がひとり転んで、人の足に踏みつけられる。呼び子を吹き鳴らして駆けつけた、ひとりの制服警官が警棒をふるい、怒号をあげながら、群衆をかきわけてくる。警官は突然のこの騒動に困惑しているようだった——彼はまだ、実演用のウィンドウでまったく動かないふたりの姿に気づいていなかった。

突然、ウィンドウの中のドアが勢いよく開くと、ぴんと先のとがった顎ひげと片眼鏡《モノクル》の細身の男が駆けこんできた。男は大きく眼を見開いて、ぴかぴかの床に倒れたふたつの動かない身体を認めると、外を取り囲む群衆と警棒を振りまわしている制服警官に向かって、一度はぎこちない動きでふらふら歩きだしたものの、茫然とした顔のまま、問題の床の方に戻ろうとした。が、急に男は、外には聞こえないが何やら叫びながら前に飛び出してきて、ガラス窓の片隅にぶらさがる重たい絹紐をつかんでひっぱった。紗《しゃ》のカーテンがさっと落ち、通りにあふれる半狂乱の人々を視界から遮断する。

顎ひげの男は、黒人の女の傍《かたわ》らに膝をついて脈を取ってから、おそるおそる、もうひとりの女の肌に触れたとたん、さっと立ち上がり、ドアの外に駆け戻った。いつしか、一階の女店員も買い物客も、ウィンドウのすぐ外にどんどん押しよせてきている。三人の男が——フロアマネージャーたちが——走ってきて、中にはいろうとした。

すでにウィンドウの中にいた男は鋭く言った。「きみ——探偵主任をすぐに呼んで——いや、いい——来た——クルーサー君！　クルーサー君！　こっちだ！　こっち！」

がっしりした体格で肩幅の広い、顔色がまだらになった男が悪態をつきながら、人ごみをかきわけてやってきた。彼がようやくウィンドウの入り口にたどりつくのと同時に、歩道の群衆を追い払った警官が走ってきて、あとに続いてはいってくる。三人ともウィンドウの中にはいってしまうと、制服警官がドアを叩きつけるように閉めた。

顎ひげの男が引き下がって、ふたりに道をあけた。「恐ろしい事故だ、クルーサー……よかった、おまわりさん、来てくれて……ああ、たいへんだ！」

店専属の探偵主任は、どすどすと展示品の間を通り抜け、ふたりの女をじろりと見下ろした。

「そこのおねえちゃんはどうしたんですかね、ラヴ・リーさん？」

「気絶したんだ！」

「クルーサー、おれが見よう」警官は無造作にラヴリを押しのけた。そして、ベッドから転げ落ちてきた死体の上にかがみこんだ。

クルーサーはもったいぶって咳払いをした。「まあ、聞きたまえ、ブッシュ。調べてるひまはない。とにかく警察本部に知らせるまで、何も触らないこと。この場はラヴ・リーさんとおれが見張ってるから、きみは電話をかけてくれ。ほら、行った行った、ブッシュ、ぐずぐずしないで！」

警官は一瞬、決めかねるように立ちつくしたものの、頭をかいて、ようやく急ぎ足で部屋を出ていった。

「それにしてもまったくなあ、最悪だ」クルーサーは呻いた。「いったい、どういうことですかね、ラヴ・リーさん？　そもそも、この女は誰なんで？」

ラヴリは驚いた顔になると、そわそわして、長い指で顎ひげをつまんでひっぱり始めた。

「知らないのか？　まあ、きみが知らなくても無理はないか……しかしクルーサー、弱ったことになった」

クルーサーは顔をしかめた。「ほらほら、興奮しないで、ラヴ・リーさん。こいつは間違いなく警察にまかせる問題ですよ。おれがこんなに早く現場に来たのも、ある意味ラッキーじゃないですか。まあ、とにかく、落ち着いて――」

ラヴリは探偵を冷ややかに見た。「私は完全に落ち着いているよ、クルーサー君」彼は言った。「私から提案するが――」威厳たっぷりに、ひとことひとことに重みをこめて続けた。「――すぐにきみの部下を招集して、一階の秩序を保たせるようにはからうべきだ。何ごともなかったように、うまくごまかしたまえ。マッケンジーさんを呼ぶんだ。誰をやってフレンチさんと役員たちにも知らせて。いま、上階にみんな集まって、会議をしている。これは――とにかく一大事なんだ――きみが考えているよりもずっとおおごとだ。早く行きたまえ！」

クルーサーは、何か言い返したそうにラヴリを見たが、頭を振ると、おとなしく出口に向かった。彼がドアを開けると、入れ替わりに、医者用の鞄を持った小柄な黒髪の男がはいってきた。男はせかせかとあたりを見回してから、ひとことも言わずに部屋を突っ切って、倒れているふたりの女の身体に近づいた。

男は黒人の女をぞんざいに見やり、脈を診た。そして顔もあげずに言った。

「ええと――ラヴリさん？――手伝ってくれませんか――あとひとり、男性の助っ人を外から呼んで――こっちは気絶しただけだな――誰かに水を持ってきてもらおう、そこの長椅子に寝かせて――それと、医務室から看護婦をひとり呼んでもらえますか」

ラヴリはうなずいた。戸口に歩み寄り、ひそひそ囁きあう群衆の頭越しに見回す。

「マッケンジーさん！　こっちに、来てください！」

医師は、もうひとりの女の死体をせっせと調べていた。動きまわる彼の身体が、女の顔を隠している。ラヴリとマッケンジーは、意識を取り戻しつつある黒人の女を立たせて、長椅子にどうにか連れていった。外のフロアマネージャーのひとりが水を取りにいかされ、またたくまにグラスを持って戻ってきた。女は、がぶりとひと口飲んで呻き声を出した。

医師が深刻な顔で見上げた。「亡くなっています」宣言した。「死後、かなりの時間がたっている。撃たれてますね、心臓を。殺されたんですよ、ラヴリさん！」

「畜生《ノン・デュ・シャン》！」ラヴリはつぶやいた。顔面蒼白になっている。

マッケンジーがあたふたと小走りに部屋を横切り、丸まった死体をひょいと見下ろした。そのとたん、わっと叫んであとずさった。

「たいへんだ！　フレンチ会長の奥さんだ！」

5　「王様の家来を全部集めても」

ウィンドウのドアがさっと開いて、ふたりの男がはいってきた。ひとりはひょろ長い細身の男で、黒葉巻をふかしながら部屋にはいってすぐ立ち止まると、あたりを見回し、死体が目にはいったとたん、床に落ちた女の死体と壁寝台があるいちばん奥の壁に歩み寄った。男は鋭い視線で小柄な医師を上から下までじっくり見ると、ひとつうなずいただけで、無言で床に膝をついた。しばらくして、彼は顔をあげた。

「おたく、ここの専属の医者？」

医者は不安そうにうなずいた。「ええ。ざっと調べただけですが。そちらのかたは亡くなっています。私は——」

「そのくらい、わかる」新入りの客は言った。「ぼくはプラウティ、検死官補だ。手伝ってもらうよ、ドクター」再び死体の上にかがみこみながら、片手で鞄を開けた。

ふたりのうち、二番目にはいってきた男は、鋼《はがね》の顎を持つ巨人だった。男は戸口に立つと、ドアをそっと後ろ手に閉めた。巨人はそのままの姿勢で、ラヴリや、マッケンジーや、デパート付きの医者の、凍りついたようにこわばった顔を順繰りに見ていた。彼自身の顔は冷たく、無愛想で、無表情だった。

プラウティ博士が仕事にかかったとたん、大男は命を吹きこまれたように動き始めた。彼はマッケンジーに向かって、ずいと一歩踏み出したが、突然、誰かが乱暴に叩きだしたドアがびりびり震えだすと、足を止めた。

「どうぞ!」鋭く叫んで、男はドアとベッドの間に立ち、新たにはいってきた闖入者《ちんにゅうしゃ》の眼から死体を隠した。

ドアが大きく開いた。小隊ほどの男たちがなだれこんできた。大男は立ちはだかり、彼らの道をふさいだ。

「待った」ゆっくりと言った。「そんなに大勢は入れられない。あんたは誰です?」

サイラス・フレンチはむかっ腹をたてて真っ赤になると、ぴしゃりと言い放った。「私はこの店のオーナーで、こちらの紳士たちも同席する資格がある。うちの重役だ――クルーサーはうちの店で雇っている私立探偵だ――きみ、どきたまえ」

大男は動かなかった。「フレンチさん、ですな。それと重役さんがた……ああ、クルーサーか……で、そっちの人は」グループの隅で、少しく青ざめた顔でうろうろしているウェストリー・ウィーヴァーを指差した。

「ウィーヴァー君、私の秘書だ」フレンチは苛立った声で答えた。「きみは誰だね。ここで何が起きたのかね。通したまえ」

「なるほど」大男は一瞬考えて、ためらったものの、やがて、きっぱりと言った。「殺人課のヴェリー部長刑事です。申し訳ないが、フレンチさん、この中では私の指示に従ってもらいます。では、はいって。ただし、何も触らないで、それから指示に従うことを忘れずに」大男は一歩、脇にどいた。彼はさっきからずっと、いまかいまかと何かを待っているようだった。ラヴリは、サイラス・フレンチがベッドに向かって歩きだすのを見たとたん、目玉が飛び出すほど大きく眼を見開いて駆けだした。そして、老人の襟《えり》をつかんで引き留めた。

「フレンチさん――見ちゃいけません――いまはまだ……」

フレンチは腹だたしげに振り払った。「邪魔するな、ラヴリ！　これはどういうことだ――隠しだてする気か？　まったく、自分の店で指図されるとはな」彼がそのままベッドに突き進むと、ラヴリは表情豊かな顔に諦めの色をありありと浮かべて引き下がった。が、不意に何か思いついたようにジョン・グレイをそっと脇に連れ出すと、その耳に何ごとか囁いた。グレイは青ざめ、茫然自失の体《てい》で棒立ちになったが、急にわけのわからない叫び声をたてて、フレンチの隣にすっ飛んでいった。

間に合った。デパートのオーナーは興味深そうにプラウティ博士の肩越しに覗きこんだが、床の上の女をひと目見るなり、声もたてずに気絶してしまった。あわやというところで、グレイがその身体をつかまえた。ラヴリも飛んできて、ぐんにゃりした老人の身体を、反対側の壁際にある椅子に運ぶのを手伝った。

白いキャップと白い制服の看護婦がいつのまにか来ており、長椅子でヒステリーを起こしている黒人の女を介抱していた。看護婦は素早くフレンチに近寄ると、鼻の下にガラス瓶を近づけ、ラヴリに、老人の両手をこすって温めるように指示した。グレイは不安そうに行ったり来たりしながら、ぶつぶつと何やらつぶやいている。デパート付きの医師はすぐさま看護婦の加勢に駆けつけた。

役員たちと秘書はすっかり怖気《おじけ》づいていたが、ひと塊になって、おそるおそる死体に近づいていった。ウィーヴァーとマーチバンクスは、女の顔を見た瞬間、悲鳴をあげた。ゾーンはくちびるを噛んで、くるりとうしろを向いた。トラスクはぞっとしたように顔をそむけた。そして一同は揃って、機械仕掛けのような動きで、ゆっくりと部屋の片隅に向かってあとずさりながら、おろおろと互いの顔を見合っていた。

ヴェリーが太い指を曲げてクルーサーを呼んだ。「おまえさんの措置《そち》は?」

デパートのおかかえ探偵はにやりとした。「細かいことは全部やっときましたよ、心配ご無用。うちの部下を全員一階に集めて、野次馬を追っ払わせました。抜かりありませんって。まあ、このビル・クルーサーを信用してくださいい、部長! いまんとこ、警察のやる仕事はほとんどないはずですがね」

ヴェリーはがらがら声を出した。「待つ間にひとつ仕事をくれてやる。この場所を隔離するんだ、一階にロープを張ってくれ。デパートの出入り口は、いまさら封鎖しても遅すぎる。無駄だな。この仕事をやってのけた奴はいまごろ、はるか彼方にずらかっているだろう。行け、クルーサー!」

探偵はうなずいて、回れ右したが、また向きなおった。「ところで部長——そこの床の上の女は誰なんです? 誰なのかがわかれば、こっちの調査の足しになると思うんですが」

「ほお」ヴェリーは冷ややかな笑みを浮かべた。「どんな足しになるかわからんが。まあ、あれが誰か知るのは、特に骨を折るまでもない。フレンチのかみさんだ。まったく、殺しにはぴったりの場所だな！」

「なんだって！」クルーサーの口が、まるで顎がはずれたようにあんぐりと開いた。「会長の奥さん？　そいつはまた、なんて……いやはや！」彼はフレンチのぐったりした姿を一瞥《いちべつ》して出ていき、やがて、外で部下たちに指示を飛ばす彼の声が窓の向こうから聞こえてきた。

ウィンドウの中に作られた実演展示用のモデルルームは沈黙に支配されていた。片隅にかたまる一団は身じろぎひとつしない。黒人の女とフレンチは、どうにか正気を取り戻していた——女は看護婦の糊のきいたスカートにしっかりしがみついて、狂ったような眼できょときょとまわりを見回している。フレンチの方は練り粉のように真っ白な顔で椅子にぐったりともたれたまま、グレイが小声で囁く慰めの言葉を聞いている。そんなグレイ自身もまた、いつもの元気すぎるほどの元気がどこかに吸い取られてしまっているようだ。

ヴェリーは、プラウティの肩先で不安そうにうろうろしていたマッケンジーを手招きした。

「マッケンジーさんですね、ここの店長の？」

「さようです、刑事さん」

「そろそろ捜査に移りたいんですよ、マッケンジーさん」ヴェリーは冷たい眼で彼を見据えた。「しゃきっとしてくれませんかね。誰かがしっかりしていてくれないと困るんだ。それにこいつはある意味、あなたの仕事でもある」デパートの店長は背筋を伸ばした。「そう。いまから言うのは重要なことで、確実に実行してもらわなければ困るんですが」ヴェリーは声をひそめた。「従業員をひとりもこの建物から出しちゃいけない――こいつがひとつ目の仕事で、あなたに責任を持ってやってもらいたい。ふたつ目に、いま現在、持ち場を離れている従業員を全員洗い出してほしい。三つ目は、今日、欠勤している従業員をひとり残らずリストアップすること。もちろん休んだ理由も含めてです。さあ、早く!」

マッケンジーは従順に、もごもごと返事をして、せかせかと出ていった。

ヴェリーは、ウィーヴァーと立ち話をしていたラヴリを、部屋の隅にひっぱっていった。

「あなたは、ここではそれなりに偉いかたのようだ。どういうかたか、うかがってもいいですか?」

「私はポール・ラヴリと申します。五階で現代的な家具を展示しているんです。このウィンドウの部屋は、私の展示会のサンプルでして」

「なるほど。うん、あなたは冷静なようだ、ラヴリさん。そこの亡くなっている女性はフレンチ夫人ですね?」

ラヴリは眼を伏せた。「そのとおりです、刑事さん。私たちみんな、ひどいショックを受けました。いったい奥様はどうやってここ――」しまった、というように、彼はいきなり言葉を切った。

「どうやってここにはいりこんだのか、と言うつもりでしたね?」ヴェリーは容赦なかった。

「そう、それが問題だ。私は――失礼、ラヴリさん」

彼はきびすを返すと、足早に戸口に近づき、新たにはいってきた一団を出迎えた。「おはようございます、警視。クイーンさんも！　来てくれて助かりましたよ。まったくひどいありさまで」一歩下がって、大きな手を室内と、その中にひしめく人々に向かって振ってみせた。「たいしたもんでしょう？　犯行現場ってより、お通夜ですな！」ヴェリーにしては珍しい長広舌だった。

リチャード・クイーン警視は――小柄で、小粋な、ふさふさとした白髪の小鳥を思わせる紳士だったが――ヴェリーの回した手の動きを、眼で追った。

「なんだこれは！」警視は仰天して叫んだ。「なんでここに、こんなに大勢おるんだ？　おまえさんの仕事とは思えんぞ、トマス」

「警視」ヴェリーの重々しい声にクイーン警視は言葉を切った。「お話ししておきたいことが――」そして、他人には聞き取れないほど声を落として、警視の耳にふたことみこと囁いた。

「うん、うん、わかった、トマス」警視は彼の腕を軽く叩いた。「あとで聞こう。まず、死体を見てからだ」

きびきびと部屋を横切り、警視は壁寝台の向こう側の床にすいと立った。死体を忙しく調べていたプラウティが、軽く会釈する。

「殺しだね」検死医は言った。「銃はない」

警視は、女の不気味な死に顔をしげしげと見つめてから、乱れた着衣に視線を走らせた。

「ふん、あとで部下に調べさせよう。続けてくれ、先生」警視はため息をつき、部屋の反対側の壁際にいるヴェリーのそばに引き返した。

「それじゃ聞こうか、トマス。最初から話せ」ヴェリーが小声で、過去三十分間の出来事のあらましを早口にざっと説明する間、警視の小さな眼はすべてを見通すように、室内の人々を次々に眺めていた……。部屋の外には私服刑事の一団と、そこらじゅうに散った制服警官たちが見えた。例のブッシュ巡査もその中にいる。

エラリー・クイーンは閉めたドアに寄りかかった。長身ですらりと痩せた彼は、運動家らしいしっかりした手をしていたが、指はすらりと長く、先が細かった。非の打ちどころのないグレーのツイードに身を包み、ステッキと軽いコートを持っている。ほっそりした鼻梁《びりょう》には鼻眼《パンス》鏡《ネ》がのっていた。その上の広い額は白く、皺ひとつない。つややかな黒い髪。コートのポケットからは、色あせた表紙の小さな本がはみ出ている。

彼は物珍しそうに、室内のひとりひとりを見ていた——ゆっくりと、じっくりと、観察そのものを愉しんでいるかのように。ひとり、またひとりと、視線をずらしつつ、それぞれの特徴を、脳の片隅にしっかりとしまいこんでいく。まるで消化しつくし、すべてを解析し、飲みこんでいくようだ。とはいえ、全神経を集中させているわけではない。彼はヴェリーが警視に話している言葉をひとこともらさないように、しっかりと聞いていた。そうやって、ひとわたり見回していた彼の眼が、部屋の隅の壁にしょんぼりともたれているウェストリー・ウィーヴァーの眼と、不意にぶつかった。

双方の眼が互いを認めて、はっと見開かれた。ふたりは同時に両手を差しのべ、進み出た。

「エラリー・クイーン。どうしてきみが！」

「ビザンチン皇帝テオフィロスに捧げられし妃候補の七人の処女にかけて——ウェストリー・ウィーヴァーじゃないか！」ふたりは、喜びを隠そうともせずに、しっかりと両手を握りあった。クイーン警視は、おやおやという顔で、ちらりとふたりの方を見たが、すぐにヴェリーががらがら声でする報告の残りに耳を傾けた。

「全然変わらないな、きみって。また懐かしい顔を見られて嬉しいよ、エラリー」ウィーヴァーはぼそぼそと言った。顔に緊張の皺が戻ってくる。「きみは——てことは、あの警視が？」

「疲れなき肉体を持つ我が父その人さ、よく鼻の利く——それより教えてくれ。いや、それもそうだが——参ったな！——最後に会ってから、五、六年になるか？」

「そのくらいたつね、エラリー。きみが来てくれて嬉しいよ、会えたってだけじゃなくてさ、エル。少し、ほっとした」ウィーヴァーは低い声で言った。「これ——今度のこれは……」

エラリーの微笑がすっと消えていった。「この悲劇ってことだね、ウェストリー？　教えてくれ——この件にきみはどう関わっている？　まさか、きみがあのご婦人を殺したってんじゃないだろうね」冗談めかした口調だったが、その奥には、耳ざとい父親が聞きつけた、ある種の不安の響きが潜んでいた。

「エラリー！」ウィーヴァーはエラリーの瞳を、真っ向から見つめた。「いまのは笑えない冗談だ」言い返したところで、打ちひしがれた表情がじわじわと戻ってきた。「ひどいことになった、エル。とにかくひどすぎる。どれだけひどいか、きみにはわからないよ……」

　エラリーはウィーヴァーの腕を軽く叩きながら、無意識らしい動きで鼻眼鏡をはずした。

「ぜひ、全部聞かせてもらうよ。あとできみと膝つきあわせて《テ・タ・テート》話そう。ちょっとだけ辛抱していてくれるかい？　あっちでおやじが、狂ったようにぼくを手招きしているんでね。元気を出せ、ウェス！」そう言うと、また笑顔になり、離れていった。ウィーヴァーは眼にひと条《すじ》の希望の光を浮かべ、再び、壁にもたれかかった。

　警視は息子に、くぐもった声で何やら話しかけた。エラリーは低い声で答えた。そして、エラリーはベッドのある離れた壁に向かって足早に歩いていくと、プラウティのそばに立ち、検死官補が手早く死体を調べる様子をじっと見ていた。

　警視は部屋に集まった一同に向きなおった。「少し、静粛《せいしゅく》に願いますよ」

　重たい沈黙のとばりが部屋を包んだ。

6　証　言

　警視が前に進み出た。

「皆さんには、ここで待ってもらうことになります」じゅんじゅんと説くように切り出した。

「こちらで初歩的かつ重要な捜査をしている間ずっと、です。まず、あらかじめ言っておきますが、特別な待遇の要求のたぐいは一切、遠慮願います。これは疑いの余地のない殺人です。

殺人事件においては、ある個人に対してもっとも重い告発がなされる可能性があります。法は、身分や組織を一切考慮しません。ひとりの婦人が暴力によって命を失いました。誰かが殺したのです。その誰かはこの瞬間、すでに遠くに逃げてしまっているかもしれないが、この部屋の中にいるかもしれない。ご理解いただけるでしょうが、皆さん——」（そして、警視は疲れた眼で、特に五人の重役たちを見回した。「——少しでも早く仕事をすれば、それだけ犯人に近づける。すでに時間を無駄にしすぎました」

やにわに、警視は戸口に近寄り、ドアを開けると、空気を貫く鋭い声で呼ばわった。「ピゴット！　ヘッス！　ヘイグストローム！　フリント！　ジョンソン！　リッター！」

六人の刑事がぞろぞろと部屋にはいってきた。たくましい肉体の持ち主のリッターがドアを閉めた。

「ヘイグストローム、記録を」刑事は瞬時に手帳と鉛筆を取り出した。

「ピゴット、ヘッス、フリント——部屋を！」そう叫んで、小声で何やら言い添えた。三人の刑事はにやりとして、室内の各所に散っていった。そして調度品や床や壁をひとつひとつ順序よく、じっくりと捜査し始めた。

「ジョンソン——ベッドだ！」残ったふたりのうちひとりが、壁寝台にまっすぐ近寄ると、その装置全体を調べだした。

「リッター——待機していろ」警視は両手をコートのポケットに入れると、愛用の古い茶色の嗅ぎ煙草入れを捜し出した。そのかぐわしい中身を鼻孔に詰めこみ、深々と香気を吸いこんでから、再びポケットにしまった。

「では！」警視はそう言うと鋭い眼で、室内の怯えてすくみあがった一同をぐるりと見回した。「そこの！　きみ、そう、きみだ！」警視が追及するように指先を突きつけると、黒人の女は眼を大きく見開いて見つめ返し、恐怖のあまり、その顔色は灰色がかった紫色になった。

「は、はあ」震える声で返事をし、女はよろめきながら立ち上がった。

「名前は？」クイーン警視はぴしりと言った。

「だ――ダイアナ・ジョンソン、でごぜえます、けえじ様」かすれ声で答えた女は、蛇に魅入られた蛙のように、ただただ警視を見つめている。

「ダイアナ・ジョンソン、だね？」警視は一歩前に出ると、その指をあらためて、女の鼻先に突き出した。「なぜきみは今日の十二時十五分に、そのベッドを開いた？」

「そ――そうしなきゃ、ならなかったもんで」女は口ごもった。「それが――」

ラヴリが控えめに、警視に手を振った。「そのことでしたら、私からご説明できますが――」

「お静かに！」

ラヴリは顔を赤らめ、そして、勝手にしろというような笑みを浮かべた。「きみから言うんだ、ジョンソン」

「は、はい、旦那様！　それが、ここの実演の、決まった時間だったからでごぜえます、けえじ様。わたしはいつも、この部屋に十二時三分前にはいって、実演の準備をするんでごぜえます」言葉が次々にこぼれ出てきた。「だもんで、そっちに行って、あすこのへんてこな物を、お客様に見して――」女が指差したのは、ソファとベッドと本棚が組み合わさったような長椅子だった。「――そいから、そっちの壁んとこに行って、ボタン押して、そんで――あの死んだ女が、足んとこに落っこちてきて……」女はぶるっと震えて、大きく息を吸い、彼女の言葉を素早く速記しているヘイグストローム刑事をちらりと見た。

「きみはボタンを押した時に、中に死体がはいっているとは思いもしなかったのかな?」警視は念を押した。

黒人の女は、かっと眼を見開いた。「冗談じゃねえ! そんなこと知ってたら、千ドルもらったって、あんなベッドなんか触るもんかね!」制服の看護婦が引きつった声でくすくす笑いだした。警視がじろりと一瞥《いちべつ》すると、看護婦はすぐにまじめくさった顔に戻った。

「なるほど、よくわかった。それだけだ」警視はヘイグストロームに顔を向けた。「全部、記録したか?」刑事はうなずき、老人が素早く目配せしたのを見て、わざと怖い顔で重々しい沈黙を守った。クイーン警視は一同に向きなおった。「看護婦、ダイアナ・ジョンソンさんを上階の医務室に連れていって、わしから連絡するまで一緒にいるように!」

黒人の女はウィンドウの部屋を一刻も早く離れたい様子で、転びそうになりながら出ていった。看護婦はおもしろくなさそうな顔でついていく。

警視はブッシュ巡査を呼ばせた。巡査は敬礼すると、死体が転げ落ちてきた瞬間の歩道の様子や、その後のウィンドウの中の状況について説明したあとで、再び五番街の持ち場に戻るように命じられた。

「クルーサー！」デパートのおかかえ探偵はエラリーとプラウティ博士の隣に立っていた。彼は猫背ぎみにのっそりと進み出て、不遜にクイーン警視を正面から見つめた。「きみがこの店の探偵主任か？」

「そうですよ、警視」片足に体重を移し替えると、にやりと笑って、ニコチンで汚れた歯を見せた。

「ヴェリー部長の話では、死体発見直後に部長がきみの部下を一階全体に配置させるように指示したそうだが。そのとおりにしてくれたのかね？」

「しましたよ、警視。外を半ダースの探偵に見張らせて、一階にも〝眼〟を集められるだけ集めました」打てば響くように、クルーサーは答える。「しかし、まだ怪しい人間は見つかっちゃいません」

「あまり期待はできんだろうな」警視はもうひとつまみ、嗅ぎ煙草をつまんだ。「きみがここに駆けつけてからのことを話してくれ」

「そうですねえ、ええと、まず、おれがこの殺人事件の発生を知った経緯ですが、上階のオフィスに、うちの部下のひとりが電話をかけてきて、外の歩道で何かが起きてると――暴動か何か騒ぎが起きていると、連絡をよこしてきたんですよ。それですぐ、下に飛んできたんですが、ウィンドウの前を通りかかったら、ラヴリさんが大声でおれを呼んでるのが聞こえまして。駆けこんだら死体が転がってて、黒人のおねえちゃんが気絶して倒れてたってわけです。巡回中のブッシュ巡査が、すぐあとからはいってきました。おれは中にいた全員に、警察が来るまで絶対に何にも触らないように指示してから、外で大騒ぎしている野次馬を追っ払って、ヴェリー部長が到着するまで、だいたい目を配っていましたよ。そのあとは部長の指示に従っていました。まあ、そんなところですね。おれは――」

「おやおや、クルーサー、そりゃご活躍だったな」警視は言った。「ここにいてくれ、あとで働いてもらうかもしれん。見てのとおり、人手が足らんのでな。まったく、よりによってデパートだと!」警視は何やらぶつくさとひとりごとをつぶやいてから、プラウティ博士を振り返った。

「先生! もうすんだか?」

ひざまずいている検死医はうなずいた。「もうちょっとだ、警視。いまここで始めてほしいか?」一般人たちの前で情報を披露することが賢明かどうかを、それとなく訊いているらしい。

「かまわんよ」クイーン警視は暗い声で言った。「どうせ、たいしたことはわからんのだろう」

「それはどうかね」プラウティは、どっこいしょと立ち上がり、黒葉巻をいっそう強く嚙みしめた。

「この女性は二発の弾丸を撃ちこまれて殺されている」検死医はゆっくりと慎重に語り始めた。「どちらもコルト・三八口径のリボルバーから発射されている。おそらくは同じ銃だろう――顕微鏡で調べないと、正確には言えんが」つぶれて完全に原形をとどめていない、赤黒く染まったふたつの金属の塊を差し出した。受け取った警視が、つまんでひっくり返して見たあとにエラリーに手渡すと、彼はすぐさま、興味深そうにしげしげと観察を始めだした。

プラウティはポケットに両手をつっこんだまま、ぼんやりと死体を見下ろしている。「弾丸のひとつは」彼は続けた。「心臓部のど真ん中から体内に侵入している。心膜《しんまく》ずたずた、みごとな傷だよ、警視。弾は胸骨を粉砕し、胸腔内で心臓をくるんで隔離している保護膜、すなわち心膜に突き刺さったあとは、お定まりのコースをたどっている――まずは、いちばん外側の線維性心膜、次に心膜液をたくわえた袋状の漿膜《しょうまく》性心膜、最後に心臓の前面の端にぶつかっていて、ここは大動脈が集まっている場所だ。むろん、黄色い心膜液もずいぶん飛び散ってるよ。弾丸が体内にはいりこんだ角度のおかげで、傷はひどいことに……」

「即死ですか？」エラリーが訊いた。「二発目の弾丸は必要なかったんですか？」

「ないね」プラウティはそっけなく答えた。「どっちの弾丸だけでも即死だ。実のところ二発目の弾の方が――いや、二発目じゃないかもしれんよ、どっちが先に撃たれたのかわからん――第二の弾の方が、第一の弾よりもいい仕事をしている。こいつは前胸部《プレコルディア》を貫通しているんだ。心臓の少し下、腹部の少し上のあたりだな。これも傷口がずたずたに裂けていて、しかも前胸部ってのは筋肉や血管の集まった最重要の部位だ、むしろ心臓そのものより致命的……」

突然、プラウティが口をつぐんだ。何やら気に入らないという眼で、床の上の死んだ女を探るように見ている。

「至近距離から撃たれたのか？」警視が口をはさんだ。

「火薬の焦げ跡はないな」プラウティはそう答えながらも、まだ眉間に皺を寄せて、死体を凝視している。

「どちらの弾丸も、同じ位置から発射されたものですか？」エラリーが訊いた。

「断言できんね。横からの角度は同様だから、どちらの弾も女の右側から撃たれたってことはわかるよ。しかし、下に向かう角度が、どうも気になる。似すぎてるんだ」

「どういう意味です？」エラリーはぐっと身を乗り出して詰問した。

「つまりだな」プラウティは葉巻をぐっと噛んで唸った。「その女が、どっちの弾を撃たれた時もまったく同じ姿勢を取っていたとすれば――ほぼ同時に二発、立て続けに撃たれたと仮定しての話だよ、もちろん――心臓の傷よりも前胸部の傷の方が、ぐっと下向きの角度になるはずだ。前胸部は心臓よりも下に位置するからね、つまり、銃はもっと下向きにかまえなきゃ、そこに当たらない……まあ、余計な意見だったかもしれないな。角度の違いに関しちゃ、説明なんていくらでもつくさ。ま、ケン・ノウルズに弾と傷を調べさせればいい」

「何かつかんでくれればいいがな」警視はため息をついた。「それで全部か、先生？」

エラリーは、しきりにふたつの弾丸をためつすがめつしていたが、顔をあげた。「死後どのくらいたっていますか」

プラウティは即座に答えた。「およそ十二時間ってところか。解剖のあとなら、もっと正確に死亡時刻を出せるだろうがね。しかし、零時より早いってことは絶対にないし、夜中の二時よりあとってこともなかろうよ」

「終わったかね？」クイーン警視が苛立ったように言う。

「ああ。ただ、さっきから気になっているんだが……」プラウティは、奥歯を噛みしめた。

「どうもおかしいんだな、警視。ぼくの知識をもとに言わせてもらえば、前胸部の傷がこんなに出血が少ないなんて、まず信じられない。おたくも気づいているだろうが、どっちの傷のまわりの服の生地も、血が凝固してごわごわになっているとはいえ、面積は思ったほど広がっていない。すくなくとも、医者が思うほどにはね」

「なぜだろう」

「ぼくは前胸部の傷なら、いやってほど見ているが」プラウティは淡々と言った。「そりゃ、すさまじいものだよ、警視。もう、どばどば出血する。特に今回のように、弾丸が身体にはいった角度のせいで傷口が大きく裂けている場合は、文字どおりの血の池地獄だ。心臓そのものも傷つけばかなり出血するが、みんなが期待するほど景気よくびゃーっと噴き出すわけじゃない。しかし前胸部の出血は――とにかく、どうにも不自然なのでね、一応、注意しておくよ」

返事をしようと口を開きかけた老人に、エラリーがちらりと鋭い視線を向けた。警視はすぐにくちびるをしっかり結び、顎をしゃくってプラウティに退出をうながした。エラリーがふたつの弾丸をプラウティに返すと、彼はそれを大切そうに鞄にしまった。

検死医は壁から突き出ているベッドからシーツを取ると、それで死体をゆっくりとおおい、出ていった。別れ際に医者が残していった言葉は、死体の運搬車をできるだけ急がせる、という約束だった。

「ここのデパート付きの医者はおるかね」クイーン警視が訊いた。

小柄で浅黒い肌の医者が部屋の隅からおずおずと進み出た。口を開くと、歯が光った。「なんでしょう？」

「プラウティ博士の分析に、何かつけ加えることはありますか、先生」クイーン警視は安心させるように優しく言った。

「いいえ、何も。何もないです」デパート付きの医師は、帰っていくプラウティの姿を見送っていた。「ざっと大まかな説明でしたが、正確だったと思います。弾丸は体内に――」

「ありがとうございました、先生」クイーン警視は小柄な医師に、さっと背を向けると、今度は探偵に向かって、大至急というように慌しく手招きした。

「クルーサー」警視は声をひそめて言った。「夜警主任は誰だ」

「オフラハーティ――ピート・オフラハーティです、警視」

「ここの夜警は何人態勢だ？」

「四人ですね。オフラハーティは三十九丁目側の裏口で見張りについて、ラルスカとパワーズが巡回して、ブルームは夜間の貨物用入り口に詰めています」

「ありがとう」警視はリッター刑事に向きなおった。「店長のマッケンジーをつかまえて、オフラハーティ、ラルスカ、パワーズ、ブルームの自宅住所を聞き出して、タクシーでできるだけ早く全員ここに連れてこい。行け！」リッターは重々しい靴音をたてて出ていった。

エラリーが急にしゃんと背筋を伸ばし、鼻眼鏡《パンスネ》の位置を直してから、大股で父のそばに戻っていった。父子は短い間、ひそひそと何やら話していたが、やがてエラリーは静かにベッドのそばの、室内がよく見える位置に引き返し、警視は指を曲げてウェストリー・ウィーヴァーを呼んだ。

「ウィーヴァーさん」警視は訊いた。「あなたはフレンチさんの腹心の秘書、そうですな?」

「はい」ウィーヴァーは弱々しく答えた。

警視は横目でちらりとサイラス・フレンチを見た。椅子の中でぐったりと、ぼろ布の塊のようにへたりこんでいる。ジョン・グレイの小さな白い手が気遣うように、フレンチの腕をそっと叩いている。「いまのフレンチさんは事情聴取ができる状態ではないようなのでね——今朝、あなたはずっと彼と一緒でしたか」

「はい」

「フレンチさんは奥さんがデパートに来ていることに気づいていなかった?」

「もちろんです!」はじかれたように、鋭い答えが即座に返ってきた。ウィーヴァーは探るような眼でクイーン警視をじっと見る。

「あなたは?」

「私? いいえ、まさか!」

「ふううむ!」警視は顎の先を胸にめりこませるようにして、自分自身としばらく何か会話をしているようだった。いきなり、警視の指が、部屋の反対側の壁の前にかたまっていた取締役の一団を、射るように指した。「皆さんはどうです。あなたがたのうち誰か、ここにフレンチ夫人がいたことを知っていましたか——今朝でも昨夜でも」

恐怖に満ちた、いいえという声がコーラスのように響いた。コーネリアス・ゾーンの顔が真っ赤になった。彼は腹だたしげに抗議を始めた。

「すみませんが！」警視の語気に、一同ははっと口をつぐんだ。「ウィーヴァーさん。こちらの皆さんはなぜ今朝、店に出てきとられるのかな。毎日というわけではないんだろう」

ウィーヴァーの実直そうな顔が、ほっとしたように明るくなった。「当社の役員は全員、店の経営に積極的に関わっているのです、警視さん。全員、必ず毎日顔を出します、たとえ一時間ほどだとしても。それに今朝は、上階にあるフレンチ会長個人のアパートメントで、役員会議があったものですから」

「ほう」クイーン警視は驚くと同時に、喜んだ顔になった。「上階に会長個人のアパートメントがあると。何階ですか」

「六階――最上階です」

エラリーが命を吹きこまれたように動きだした。再び部屋を突っ切り、またもや父親に何やら耳打ちすると、再び老人はうなずいた。

「ウィーヴァーさん」続ける警視の声は、熱がこもっていた。「あなたと役員の皆さんは、今朝、どのくらいの間、フレンチさんのアパートメントにいましたか」

ウィーヴァーはその質問にめんくらったようだった。「それは、朝出勤してからずっとでしたけれど。私は八時半ごろに出てきて、フレンチ会長は九時ごろ、ほかの役員は十一時少し過ぎくらいに来ました」

「なるほど」警視は考えこんだ。「その間に、あなたは部屋から一度でも外に出ましたか」

「いいえ」そっけない返事が返ってきた。

「ほかの――フレンチさんや、役員の皆さんは?」警視は辛抱強く追及する。

「いいえっ! 当店の契約探偵が、ここで事故が起きたと知らせに来るまで、私たちは全員、部屋におりました。ひとこと言っておきますが、警視――」

「ウェストリー、ウェストリー……」エラリーが小声でたしなめると、ウィーヴァーはびっくりした眼で彼を振り返った。そして、エラリーの雄弁なまなざしにぶつかると、ウィーヴァーは視線を落として、不安げにくちびるを嚙んだ。そして、言いかけた言葉を飲みこんだ。

「では、うかがいますが」警視は疲れた様子だったが、愉しんでもいるようだった――室内の困惑した人々の眼を完全に無視して。「答えてください! ただし、慎重に願います。その知らせが来たのは何時ですか」

「十二時二十五分でした」ウィーヴァーは前よりも落ち着いた声で答えた。

「たいへん結構――その時に、全員で部屋を出たわけですね」ウィーヴァーはうなずいた。

「あなたは鍵をかけましたか」

「ドアは私たちが出たあと、閉まったままです、警視さん」

「では、アパートメントはそのままほったらかしなのかな、見張りもなしで?」

「いいえ」ウィーヴァーはすぐに答えた。「今朝、会議を始める時にフレンチ会長のご意向で、当店の探偵をひとり、アパートメントのドアの外に配備して見張りをさせておきました。たぶんいまもそこにいるでしょう、この命令は彼だけに特別に出された指示ですから。たしか、私たち全員で、ここで何が起きたのか走って見にくる時に、部屋の外でぶらついているのを見た気がします」

「たいへん結構！」老人はにこやかな笑顔になった。「店の探偵と言いましたな。信用できますか？」

「完全に信用できますよ、警視」クルーサーが、ひっこんでいた部屋の隅から答えた。「ヴェリー部長も彼をご存じで。ジョーンズって名前です――元警官で――むかしはヴェリー部長と組んで巡回していました」警視が確かめるようにヴェリーを見ると、部長刑事は保証するようにうなずいた。

「トマス」クイーン警視は嗅ぎ煙草をやろうと、脇ポケットに片手をつっこみながら言った。「きみが直接、確認してきてくれるか。そのジョーンズってのが、いまもそこにおるのか、ずっとそこにおったのか、何か見たか、フレンチさんとウィーヴァー君とほかの役員たちが出ていったあとに部屋にはいろうとした人間がおったのか。それから、うちの連中からひとり連れていって、交替させて休ませてやってくれ――休ませるんだぞ、いいな？」

ヴェリーは無表情で咽喉の奥から唸り声を出すと、重たい足音をたててウィンドウの部屋を出ていった。彼が出ていくのと入れ違いに、警官がひとりはいってきて、クイーン警視に敬礼し、報告した。「すぐそこの皮革製品売り場にですが、ウェストリー・ウィーヴァーという人に外部から電話がかかってきています、警視」

「なに？　電話？」警視は、部屋の隅でうなだれて立っているウィーヴァーを振り返った。

ウィーヴァーは、しゃんと背を伸ばした。「たぶん監査役のクラフトからです」彼は言った。「今朝、私が報告書を提出することになっていたんですが、役員会議もありましたし、そのあとにいろいろあって、すっかり失念して……ちょっと行ってきてもいいでしょうか」

クイーン警視は一瞬ためらってから、ちらりとエラリーを見た。ぼんやりと鼻眼鏡をもてあそんでいるエラリーは、軽くうなずいた。

「どうぞ」警視はいかめしく言った。「ただし、すぐに戻ってきてください」

ウィーヴァーは警官に先導されて、ウィンドウの部屋の扉のすぐ向かいにある皮革製品売り場カウンターに歩み寄った。店員がさっと受話器を手渡した。

「もしもし──クラフト？　ウィーヴァーだ。ごめん、報告書の件は──誰？　あ、ああ」

受話器の向こうにマリオン・フレンチの声を聞いたとたん、彼の表情がおもしろいほど変化した。そして、すぐに声をひそめ、電話機の上にかがみこんだ。背後をぶらついていた警官はそっと近づいて、会話を聞き取ろうとした。

「ねえ、どうしたの」マリオンの声には一抹《いちまつ》の不安がまじっている。「何かあって？　あなたと話したくてアパートメントに電話をかけたのに、誰も出ないんですもの。交換手があなたを捜してくれて……今朝、お父様は役員会議にいらしたのではなくって？」

「マリオン！」ウィーヴァーは熱のこもった声で囁いた。「いまは本当に説明できないんだ。困ったことが起きてね、ダーリン──困った……」彼は口をつぐみ、煩悶《はんもん》しているようだった。やがて、きっとくちびるを結んだ。「スイートハート、お願いを聞いてくれるかい」

「でも、ウェス」娘の不安そうな声が聞こえてくる。「本当にどうしたの。お父様に何かあったの?」

「そうじゃない――そうじゃなくて」ウェスはいっそう電話機の上にかがみこんだ。「頼むから、もう何も訊かないで……いま、どこにいる?」

「あら、家よ。だけど、ウェス、本当に何があったの」声に恐怖がまじり始める。「ウィニフレッドかバーニスに関係あること? ふたりとも家にいないのよ、ウェス――ひと晩じゅう、いなかったみたい……」そこで彼女は急に小さく笑った。「まあ、わたしったら! あなたに心配をかけちゃいけないわね、ダーリン。いまからタクシーでそっちに行くわ、十五分くらい待って」

「そうすると思ったよ」ウィーヴァーは緊張が急に解けて思わず泣き声が出そうになった。「何があっても、スイートハート、ぼくはきみを愛してるよ、愛してるからね、わかった?」

「ウェストリーったら! もう、お馬鹿さん――あなたのせいで、なんだかとっても怖くなっちゃったじゃない。それじゃ、またね――すぐ、ダウンタウンに行くわ」小さな優しい音が受話器の向こうから聞こえて――キスの音らしい――ウィーヴァーはため息をつきながら、受話器を置いた。

ウィーヴァーが振り向くと、警官はさっと飛びのいた――顔じゅう、にやにや笑いを浮かべている。ウィーヴァーは頭のてっぺんまで真っ赤に染まり、何か言いかけて、かぶりを振った。

「いま、若いご婦人がここに来ます」彼は早口に言った。「十五分ほどで着くそうです。着いたら、知らせてもらえませんか。マリオン・フレンチというご婦人です。ぼくはウィンドウの中にいますから」

制服警官は真顔に戻った。「そうですねえ、そいつは」彼は顎をかきながら、ゆっくりと言った。「自分にはわかりかねます。警視に頼んでください。自分には権限がないもので」

彼は青年の抗議には耳を貸さず、がっしりした手を青年の腕にかけて、ウィーヴァーをウィンドウの中に連れていった。

「警視」うやうやしく声をかけた警官の腕は、ウィーヴァーの腕をがっちり握って放さなかった。「このかたが、マリオン・フレンチという若いご婦人がここに来たら、教えてほしいとおっしゃるんですが」

クイーン警視は驚いて顔をあげたが、その驚きはすぐに語調の鋭さに変わった。「電話はクラフトさんとやらからだったのかね？」警視はウィーヴァーに訊いた。

ウィーヴァーが答える前に、警官が割りこんだ。「全然違いましたよ、警視。ご婦人からで、このかたは〝マリオン〟と呼んでいたと思います」

「聞いてください、警視さん！」ウィーヴァーはかーっと熱くなって、制服警官の手を振りほどいた。「馬鹿な話なんです。ぼくはてっきり、クラフトさんからの電話だと思ったんですが、ミス・フレンチから――フレンチ会長のご令嬢です。その――半分、仕事の電話で。それで、ぼくは話のついでに、すぐこっちに来てくれるように頼んでみたんです。それだけですよ。これは犯罪になりますか？　彼女が着いた時に知らせてほしいと言ったのは――令嬢が何も知らずにこの部屋にはいってきて、いきなり義理のお母さんの死体が床に転がっているのを見て、ショックを受けてほしくなかったからなんです」

警視は嗅ぎ煙草を指先でつまみ取ると、ウィーヴァーからエラリーに優しい眼を向けた。「なるほど、なるほど、いや、失礼、ウィーヴァーさん……そのとおりなんだね、きみ？」さっと制服警官に向きなおり、ぴしりと言った。

「はい、警視！　この耳ではっきり、ひとこともらさずに聞き取りました。この人は本当のことを言っています」

「そうしてくれて、この人のためには実によかった」警視は唸った。「また待機していてください、ウィーヴァーさん。令嬢が到着したら、お話をうかがいましょう……それでは！」警視は両手をこすりながら声を張り上げた。「フレンチさん！」

老人はすっかり混乱した様子でぼんやりと顔をあげたが、眼は虚ろで何も見ていなかった。「フレンチさん、この謎を少しでも解きほぐすのに役だつ情報を、なんでもいい、お持ちではありませんか」

「はあ――な――な――なんですって？」舌をもつれさせつつ、フレンチは椅子の背もたれのクッションから、必死に頭をもたげた。妻の死の衝撃で、すっかり頭が働かなくなったのか、まるで廃人のようだった。

クイーン警視はフレンチに憐れみのこもったまなざしを向けてから、不気味なほど面変わりしたジョン・グレイの瞳をじっと覗きこみ、「なんでもありませんよ」と小声で声をかけ、あらためてしゃんと背を伸ばした。「エラリーや、ひとつじっくりと死体を見てみようじゃないか」ふさふさした眉の下から、警視はエラリーをじっと見た。

エラリーは身じろぎした。「〝傍観者は〟」彼ははきはきと言った。「〝演じる役者より、よく物が見えているものである〟。と、まあ、いまの引用がぴんとこないなら、お父さんは自分の息子がいちばん気に入っている作家を知らないってことですね――名無し、という名前の。さ、それじゃ、開演といきましょう!」

7 死体

クイーン警視は部屋の反対側に移動した。そちらのベッドとウィンドウのガラスの間に、死体が転がっている。寝具の間をくまなく探っていたジョンソン刑事を、警視は手のひと振りで脇にどかせて、死んだ女のそばの床に膝をついた。白いシーツをはがした。エラリーも父の肩越しに覗きこんだ。高い視点は死体から離れてしまうが、見おろすことで、全体がよく見える。

死体は奇妙に丸まった姿勢で横たわっており、左腕を伸ばし、右腕を軽く背中の下に曲げていた。頭は横向きで、茶色のトーク帽がつぶれたように片眼の上に押しつけられている。フレンチ夫人は小柄でほっそりした女性で、手も足も華奢《きゃしゃ》だった。眼は驚いたように一点を見つめ、かっと開かれている。口はよだれを垂らし、顎にはつたい落ちる黒く細い血の条《すじ》が乾いてこびりついている。

服はシンプルでほとんど飾り気はないが、上等な品で、フレンチ夫人ほどの年齢と地位の女性にふさわしいものだった。襟《えり》と袖口に茶色い狐の毛皮をあしらった淡い栗色の布のコート。胸と腰にオレンジと茶色の模様がある、ジャージー素材の褐色のドレス。絹のストッキングは茶色で、歩きやすい散歩用の靴ももちろん茶色だ。

警視は顔をあげた。

「靴の泥に気がついたか、エル」小声で訊いた。

エラリーはうなずいた。「たいした観察力は必要ないですね」彼は評した。「昨日は一日じゅう雨が降っていたし。夜に土砂降りになったのを覚えていますか。かわいそうなご婦人が、もったいなくも高貴なるおみ足を濡らしたのも、不思議じゃないですよ。だいたい、そのトーク帽の縁だって、濡れたあとがうっすら残っている――そうです、お父さん、フレンチ夫人は昨日、外で雨にあたったんですよ。さして重要なことじゃないですが」

「なぜ」老人はコートの襟のあたりをそっと両手でなぞりながら訊ねた。

「歩道を突っ切って店にはいるまでの間に、濡れたのかもしれないでしょう」エラリーは言い返した。「それは？」

警視は答えなかった。探っていた手が急にコートの襟の中に差しこまれ、春霞《はるがすみ》のように薄く柔らかな、女物のスカーフと共に現れた。

「こんな物があった」警視は紗《ゴース》のような代物を手の中でひっくり返して見ている。「ベッドから落ちた時に、コートの内側にすべってはいりこんだらしいな」不意に、警視の口から興奮したような大声があがった。スカーフの隅に絹糸でモノグラム（イニシャルを組み合わせた飾り文字）が刺繍《ししゅう》されている。エラリーは父親の肩越しに、いっそう前に身を乗り出した。

「M・F」彼は読み上げた。そして、まっすぐに身を起こすと、無言で眉を寄せた。

警視は部屋の反対側で身を寄せあっている役員たちに、頭を振り向けた。彼らはしっかりかたまって、警視の一挙手一投足をじっと眼で追っている。警視が振り向いたとたん、彼らは何かうしろめたい様子で、ぎくっとした顔になり、いっせいに眼をそらした。

「フレンチ夫人の名前は？」クイーン警視が一同に訊ねた。すると全員が、まるで自分が質問されたかのように声を揃えて答えた。「ウィニフレッドです！」

「ウィニフレッド、か」老人はつぶやくと、死体の上に再び視線をさまよわせた。やがて、灰色の瞳でウィーヴァーをじっと見据えた。

「ウィニフレッド？」警視は繰り返した。ウィーヴァーは反射的にうなずいた。彼は警視の手の中のひらひらした絹を、怯えた眼で見つめている。「ウィニフレッド、だけですか。ミドルネームや、イニシャルをはさんだりは？」

「ウィニフレッド――ウィニフレッド・マーチバンクス・フレンチ、です」秘書は口ごもりながら答えた。

警視はそっけなくうなずいた。そして立ち上がると、どんよりした、すっかり途方にくれた眼で、ぼんやりと警視を見ているサイラス・フレンチに、大股に歩み寄った。

「フレンチさん――」クイーン警視は富豪の肩をそっと揺すった。「フレンチさん、これは奥さんのスカーフですか」警視はスカーフをフレンチの目の前に差し出した。「わしの言うことがわかりますか。このスカーフは奥さんの物ですか？」

「ええ？ 私は――見せてください！」老人は不意に、逆上したように警視の手からそれをひったくった。おおいかぶさって食い入るような眼で見つめ、布地を平らに伸ばし、モノグラムを熱に浮かされたような指でなぞり――またもや、がっくりと椅子に沈みこんだ。

「奥さんの物ですか。フレンチさん？」警視はスカーフを取りあげながら、追及した。

「違う」生気のない、どんよりした、なんの感情もない否定の言葉が返ってきた。

警視は無言の一団に向きなおった。「どなたか、このスカーフの持ち主をご存じのかたは？」警視はスカーフを高々とかかげてみせた。答えはない。もう一度、質問を繰り返しながら、警視はひとりひとりの顔をじっと見ていった。ただひとり、ウェストリー・ウィーヴァーだけが、眼をそらした。

「なるほど！ ウィーヴァー君は知っとるんだな。いいや、ごまかしても無駄だぞ、若いの！」クイーン警視はぴしりと言うと、秘書の腕をつかんだ。「M・Fのイニシャルは誰を表すのかね――マリオン・フレンチか」

ひっと息をのみ、青年が苦渋《くじゅう》に満ちたまなざしをすがるように向けてくると、エラリーは眼に同情をこめて見返してから、サイラス・フレンチに視線を移した。老人はぶつぶつとひとりごとをつぶやいている……

「冗談じゃない、あの人が関係してるなんて――こんなことに！」ウィーヴァーは両手を盛大に振りまわして絶叫した。「馬鹿馬鹿しい――狂ってる！……彼女が関わってるなんて、そんなこと信じるなんて、どうかしてますよ、警視。あの人は、とても善良で、とても若くて、とても――」

「マリオン・フレンチ」警視はジョン・グレイに向きなおった。「たしかフレンチさんのお嬢さんだと、さっきウィーヴァーさんが言いましたな」

グレイはしぶしぶうなずいた。サイラス・フレンチが突然、椅子から立ち上がろうともがいた。そして、しゃがれた声で叫んだ。「違う、違う！　マリオンじゃない！　マリオンじゃない！」彼の眼に炎が燃え上がると、老人のいちばん近くにいたふたりの役員、グレイとマーチバンクスが慌てて、震える身体を支えようとした。衝動はほんの一瞬のことだった。老人は椅子の上にくずおれた。

警視はそれ以上ひとことも言わず、死んだ女の身体をあらためる作業に戻った。エラリーはいまの小さなドラマを無言で眺めている間じゅう、ひとりひとりの顔を鋭いまなざしで素早く観察していた。やがて、テーブルにもたれてすっかりしょげきっているウィーヴァーに、元気を出せ、と眼ではげましてからしゃがみこむと、死んだ女のもつれたスカートに隠れてほとんど見えなかった物を拾い上げた。

それは焦げ茶色のスエードの小さなハンドバッグで、W・M・Fのイニシャルを組み合わせたモノグラムがついていた。エラリーはベッドの端に腰をおろし、両手でバッグを何度もひっくり返して見ていた。やがて、物珍しそうに蓋を開け、マットレスの上にバッグの中身を広げ始めた。小さな小銭入れ、金色の化粧ポーチ、レースのハンカチーフ、金色の名刺入れ、そのすべてにW・M・Fのモノグラムがあしらわれている。最後に出てきたのは、打ち出し模様をほどこした、銀の口紅ケース。

警視が顔をあげた。「何を持っとる」鋭い声で訊く。

「故人のバッグです」エラリーは小声で答えた。「調べたいですか?」

「調べたいかだと――」警視は息子を睨みつけ、怒ったふりをした。「エラリー、おまえにはときどき、堪忍袋の緒が切れそうになる!」

エラリーは微笑し、それを手渡した。老人はバッグを仔細に調べた。そのあと、ベッドの上の品物をしばらくいじくっていたが、とうとう、うんざりしたようにやめた。

「何もないな」警視は鼻を鳴らした。「わしは――」

「何もないですか?」エラリーが挑発するように言う。

「どういう意味だ?」挑戦の響きを聞き取った父親は、バッグの中身に視線を戻した。「財布、化粧品入れ、ハンカチ、名刺入れ、口紅――何かおもしろい物があるか?」

エラリーはベッドの上に広げた小物を隠すように真正面に身体をずらし、背中で人々の視線を遮った。そうしてから、こっそりと口紅を取りあげ、父親に手渡した。老人は怪訝そうな面持ちで注意深く受け取った。不意にその口から驚きの声があがった。

「そう――C、です」エラリーは囁いた。「どう思います?」

口紅のケースは大きく、深かった。そのキャップに、Cのイニシャルが上品に打ち出されている。警視は愕然として、ためつすがめつしていたが、やおら、室内の面々に質問しようとした。が、エラリーは、目顔でやめるように警告すると、父の指の間から口紅をつまみあげた。イニシャルのついたキャップを引き抜き、ケースのドラム部分をひねって、筒の口から赤い口紅を一センチほど出す。エラリーの視線が、死んだ女の顔に向けられた。そこに何かを見つけて、彼の眼がさっと輝いた。

エラリーは父親の隣に素早く膝をつき、ふたりの身体で壁を作り、自分たちの動作がまわりから見えないように隠した。

「これを見て、お父さん」声をひそめて囁くと、彼は口紅を手渡した。老人はめんくらった顔でそれを見た。

「毒入りだと言うのか」警視は訊ねた。「おまえ、無茶を言うな――分析もしないでどうしてわかる」

「いや、いや！」エラリーは声をひそめたまま、強く否定した。「色です、お父さん――色！」

警視の顔が晴れやかになった。そして、エラリーが手に持っている口紅から、死んだ女のくちびるに目の先を移した。一目瞭然だ――くちびるに塗られた紅はエラリーが持っている口紅ではない。くちびるに塗られている色は、ほぼピンクと言っていいほど淡い赤だったが、口紅本体は濃い赤色だ。

「おい、エル――ちょっと貸せ！」警視はそう言うと、むき出しにされた口紅を受け取り、死んだ女の顔に、すっと赤い線を引いた。そして、シーツの端で、口紅の汚れを拭き取った。「しかし、どういうことだ――」

「うん、違う」彼はつぶやいた。

「もう一本、別の口紅があるのかもしれませんね」エラリーは軽く言うと、立ち上がった。

老人は女のハンドバッグを乱暴につかむと、慌てて、中をもう一度調べた。しかし、残念ながら、ほかの口紅は影も形もなかった。警視はジョンソンを手招きした。

「ベッドか、そこのクロゼットの中で何か見つけたか、ジョンソン」

「何もありませんでした、警視」

「たしかか？　口紅は？」

「ありません」

「ピゴット！　ヘッス！　フリント！」三人の刑事は即座に部屋を捜索する手を止めると、まっすぐに警視のもとに戻った。老人はいまの質問を繰り返した……成果はなかった。刑事たちはこの室内に、怪しい物を何ひとつ見つけられずにいた。

「クルーサーはどこだ。クルーサー！」店のおかかえ探偵は急いでやってきた。

「店内の様子が気になって、ちょっと見回りしてきました」訊かれもしないのに、彼は説明した。「どこもかしこも整然として、落ち着いたもんです――うちの部下が、ずいぶんがんばってくれましてね――どんな用件ですか、警視」

「きみが死体を見つけた時、このあたりに口紅はなかったか？」

「口紅？　いいえ、全然！　そもそも見つけたって、触りゃしません。全員に、何も触るなと言っておきましたし。おれだってね、そのくらい心得てますよ、警視！」

「ラヴリさん！」フランス人はのろのろと近づいてきた。いいえ、口紅なんて、まったく見ていません。もしかすると、あの黒人の女なら――？

「そうは思えんがな！　ピゴット、上階の医務室に誰かをやって、あのジョンソンって女が見とるかどうか確かめさせろ」

警視は眉間に皺を寄せて、エラリーを振り返った。「なあ、どうも変だと思わんか、エラリー。ここの連中がそんな物をねこばばするか？」

エラリーはくすりと笑った。「〝せっせ、せっせ、正直に働くと、愛らしい顔になる〟というトム・デッカーじいさんの言葉はまことに正しいとはいえ、遺憾ながらお父さん……口紅泥棒を見つけようという方向性の、お父さんの努力はたぶん無駄ですよ。ぼくはいい仮説を思いついていますが……」

「どういう意味だ、エラリー」警視は不機嫌な声を出した。「なら、どこにあると言うんだ、誰も盗ってないんなら」

「それについては、時が来ればわかるでしょう」エラリーはしれっとした顔で言った。「しかし、もう一度、我らが気の毒なご婦人の顔をよく見て、お父さん――特にくちびるのあたりを。口紅の色のほかに、興味をひかれるものはありませんか？」

「なんだと」警視は驚いた眼を死体に向けた。手探りで嗅ぎ煙草入れを取り出すと、気を落ち着けようとするように、たっぷりとつまみ出した。「いや、わしにはさっぱりわか――おお！」

警視は吐息の下から声をもらした。「口紅が――塗りかけだ……」

「そうなんです」エラリーは鼻眼鏡《パンスネ》を指先でひねりまわしていた。「死体を見た瞬間に、ぼくはまず、それが気になりました。いまだ花も盛りの美しいご婦人が、あろうことか口紅を塗りかけのままでいるとは、いったいどんな驚くべき状況が重なったのか？」彼は口をすぼめ、深深と考えこんだ。その目は死んだ女のくちびるから離れることはなかった。くちびるは上下共にピンクの口紅がついている。上は二ヵ所、下は中心に一ヵ所、塗り広げる前の口紅が、ぽつん、ぽつんとのせられている。口紅がのっていない部分のくちびるは、不気味な紫色だった――ありのままの死の色。

警視が疲れたように手で額をこすった時、ピゴットが戻ってきた。

「どうだ？」

「あの黒人の娘は気絶しちまったんです」刑事は報告した。「その壁寝台から死体が転がり落ちた瞬間に。だから何も見ちゃいません。当然、口紅もです」クイーン警視は困惑して黙りこむと、死体をシーツでおおった。

8　見張り

ドアが開くとヴェリー部長が、眼光鋭い黒服の男を従えてはいってきた。新参者はうやうやしく警視に敬礼し、直立不動で待っている。

「ロバート・ジョーンズを連れてきました、警視」ヴェリーは深みのある声で、いつもどおり早口にはきはきと言った。「このデパートの警備に雇われている探偵で。彼の身元は、あたしが個人的に保証します。ウィーヴァーさんが今朝、役員会議の間、誰にも邪魔されないように、あの部屋のすぐ外に見張りを立たせてほしいと電話で要請して、派遣された探偵がこのジョーンズです」

「それでどんな塩梅《あんばい》だったんだね、ジョーンズ？」クイーン警視は訊いた。

「私は今朝十一時に、フレンチ会長のアパートメントに出向くよう、命じられました。役員会議の間、邪魔がはいらないよう、外で見張りをつとめろと。その指示に従い……」

「その指示ってのは、誰が出した？」

「ウィーヴァーさんが電話で指示を出されたと理解していますが」ジョーンズは答えた。警視がウィーヴァーを見ると、うなずいたので、ジョーンズにそのまま話を続けるよう、身振りでうながした。

「指示に従い」ジョーンズは言った。「一切、会議の邪魔をするなということでしたので、アパートメントのドアの外をうろついていました。そのまま六階の部屋近くの廊下で、私は十二時十五分ごろまで見張りについていました。その時、ドアが開いて、フレンチ会長と、役員の皆さんと、ウィーヴァーさんが飛び出してきて、エレベーターに乗って階下におりていきました。皆さん、興奮していたようで……」

「フレンチさんや、ウィーヴァーさんや、ほかの人たちが、そんなふうに部屋から飛び出してきた理由を、きみは知っとったのか？」

「いいえ。申し上げたとおり、皆さんはとにかく興奮して、私が目にはいらないようでした。フレンチ会長の奥様が亡くなったと知ったのは、三十分ほどたって同僚が教えに来てくれたからです」

「役員たちは部屋を出る時に、ドアを閉めていったか？」

「ドアは閉まりました――あれは勝手に閉まるんです」

「それじゃ、きみは部屋には、一歩もはいっとらんのか？」

「とんでもありません！」

「今朝、きみが見張りに立っていた間に、誰か、部屋に来た人間は？」

「ひとりもいません、警視。役員の皆さんが出ていってからも、さっき話した同僚がひとり立ち寄ってくれただけで、彼も話がすむと、すぐに階下に戻っていきました。私は五分前にヴェリー部長刑事が部下をふたり連れて交替させにきてくれるまで、ずっと持ち場についていました」

警視は考えこんだ。「では、きみはアパートメントの中に誰もはいっていないと断言できるわけだな、ジョーンズ？　これはきわめて重要なことだ」

「絶対に、誰もはいっていません、警視」ジョーンズはきっぱりと言いきった。「皆さんが出ていってからも私があそこに残っていた理由は、あの状況でどう行動すればいいのかわからなかったのと、何か非常事態が起きた場合はみだりに行動を変えない方が安全だと、経験で学んでいたからです」

「でかした、ジョーンズ！」警視は言った。「いまのところ、それだけだ」

ジョーンズは敬礼すると、クルーサーに歩み寄り、今後の指示を仰いだ。探偵主任は胸を張ると、店内の客たちをうまく誘導するのを手伝うように細かく指示を出した。そしてジョーンズは立ち去った。

9　見張りたち

警視は急ぎ足でドアに近寄り、騒然とする一階の、野次馬たちの頭越しに見回した。

「マッケンジーさん！　マッケンジーさんはどこだ！」警視は怒鳴った。

「ここです！」店長の怒鳴り返す声がかすかに聞こえてくる。「いま行きます！」

クイーン警視は小走りに部屋の中に戻りつつ、嗅ぎ煙草入れを手で探った。そして、茶目っ気のあるまなざしを、役員たちに向けた。一瞬、上機嫌が戻ったかのようだ。深い悲しみにすっかり腑《ふぬ》抜けてまわりの出来事を理解できずにいるサイラス・フレンチという例外を除いて、このころにはもう室内の人々はかなり恐怖を振り払い、そわそわと次第に落ち着きをなくしつつあった。ゾーンはずっしりした金の懐中時計を何度もちらちらと盗み見ている。マーチバンクスは、やけぎみに部屋の中を行ったり来たりしている。トラスクは規則正しい間をあけて、顔をそむけてはポケットから酒瓶《フラスク》を取り出し、ウィスキーをあおっている。グレイは髪の色と同じくらい真っ白になった顔で、フレンチ老人の椅子のうしろに何も言わずに立っている。ラヴリは声を押し殺し、ひたすら好奇心に満ちた輝く瞳をできるかぎり動かさないようにしながら、警視と部下たちを観察している。ウィーヴァーは少年のような顔に緊張の皺を刻み、苦痛にじっと耐えているかのようだ。どうせ救いの手は差し伸べられないと本能的に悟っているのに、それでもすがるように、助けを求めるまなざしを何度となくエラリーに向けてきている。

「皆さん、ご辛抱を。どうかご協力願います」警視は小さな手の甲で口ひげをなでつけながら言った。「もう少しだけ、ここでやっておかなければならないことが――ああ、あなたがマッケンジーさんか。それから、夜警もみんないるな。どうぞ、中へ！」

中年のスコットランド人が、怯えた顔で両手をもじもじさせている四人の年かさの男たちをひったてるように、ウィンドウの中にはいってきた。リッターがしんがりをつとめている。

「はい、警視。それから、ヴェリー部長さんの指示どおりに、従業員たちの行動を確認しています」マッケンジーは四人の男たちに身振りで前に出るようにうながした。男たちはのろのろと、部屋の中央に向かって一歩進んだ。

「夜警の主任は?」警視が訊いた。

ふくよかな顔と穏やかな眼の、でっぷりと肉付きのいい老人が、額をこすりながら前に出た。

「わしです、旦那——ピーター・オフラハーティってもんで」

「昨夜は当番だったのか、オフラハーティ?」

「そうでさ」

「何時からいた?」

「いつもと同じでさあね」夜警は答えた。「五時半でさ。三十九丁目側の守衛室にオシェインと交替で入《へえ》ったんで。そこの三人は——」たこだらけの太い人差し指で、うしろの三人の男を示した。「——わしの仲間ですわ。昨夜もわしと一緒の当番でね、いつもどおりでさ」

「なるほど」警視は言葉を切って考えた。「オフラハーティ、何が起きたか知っとるか?」

「聞きやした。いやはや、お気の毒なこって」オフラハーティはきまじめに答えた。そう言いながらサイラス・フレンチのぐんにゃりした身体をちらりと盗み見たが、悪いことをしてしまったと恥じるように、素早く警視に顔を向けなおした。仲間たちもつられて老人に目をやったものの、まったく同じように慌てて前に向きなおった。

「きみはフレンチ夫人を見知っとったのか」警視は鋭い小さな眼で、夜警をじっと観察している。

「知ってやしたよ」オフラハーティは答えた。「店じまいのあとに会長がここに残ってる夜は、奥さんが来ることもあったんで」

「たびたびかね」

「いやあ、しょっちゅうってわけじゃ。まあ、それでも奥さんの顔をしっかり覚えちまう程度には」

「ふうむ」クイーン警視が、ほっと力を抜いた。「では、オフラハーティ、よく注意して――嘘いつわりのないところを答えてくれ。証人席に立ったつもりでな――昨夜、フレンチ夫人を見たか？」

沈黙が部屋の中に落ちた――心臓の鼓動と切迫する脈拍の響きをはらんだ沈黙が。役員全員の眼が老いた夜警の染みだらけの大きな顔に集まる。夜警はくちびるをなめなめ、しきりに考えていたが、ぐいと胸を張った。

「ああ、見やしたぜ、旦那」耳障りなかすれ声で答えた。

「何時ごろだ」

「十一時四十五分ちょうどでさ」オフラハーティは答えた。「店じまいしちまうと、夜は入り口がひとつっきゃなくなるんで。ほかのドアも通用口も全部、シャッターがおりちまいやす。開いてるドアは三十九丁目側の従業員用の出入り口だけで。店に出はいりする道は、ほかにひとつもないんでさ。わしは――」

エラリーが唐突に身動きしたので、全員の視線が彼に向けられた。彼はすまなさそうに、オフラハーティに微笑みかけた。「すみません、お父さん、ちょっと思いついたことが……オフラハーティさん、あなたはいま、閉店後はこの中にはいる道は、ただひとつしかないと――従業員用の出入り口だけだと、言いましたね？」

オフラハーティは青々とした年老いた顎にぐっと力を入れ、考えこんだ。「言いやしたよ、旦那」老人は答えた。「なんか、おかしいですかい？」

「いいえ、ただですね」エラリーはにこりとした。「たしか三十九丁目側には、貨物用の夜間搬入口があったはずだな、と……」

「ああ、あれですかい！」老いた夜警は鼻を鳴らした。「あんなもん、入り口のうちにはいりませんぜ、旦那。たいがい閉まってまさあ。それで、さっきの話の続き――」

エラリーはすらりとした手をあげた。「ちょっと待った、オフラハーティさん。いま〝たいがい閉まっている〟と言いましたね。それはどういう意味です？」

「意味って、そりゃ、なんたって」オフラハーティは頭のてっぺんをかきながら答えた。「あすこは十一時から十一時半の間以外はいつも、虫一匹入《へえ》れねえように、きっちり閉めきってあるんでさ。だから、あれは勘定に入れる必要がねえんで」

「それは、あなたの考えであって」エラリーは引き下がらなかった。「そもそも、そこにひと晩、特別にひとり、わざわざ見張りをつけておくには、それなりの理由があってもおかしくない。そこの当番は誰です」

「そのブルームって奴でさ」オフラハーティは答えた。「おいブルーム、前《めえ》に出な。皆さんに、ご挨拶しろ！」

がっしりした身体つきの、白髪まじりの赤毛の中年男が、ためらいがちに進み出た。「あたしです」男は言った。「貨物用入り口にいましたが、昨夜は別に何も異状なかったですよ、それが知りたいんでしたら……」

「本当に？」エラリーは鋭い眼で彼を見据えた。「貨物の搬入口はなぜ、十一時から十一時半の間は開いているんです」

「野菜とか、肉とか、いろいろ運びこむんですよ」ブルームは答えた。「毎日、店内のレストランでは、そりゃあたくさん売り上げがありますし、従業員用の食堂もある。毎日、夜の間に新しい食材を仕入れとかないと」

「運送はどこの業者を使っとるんだ」警視が口をはさんだ。

「バックリー＆グリーンです。毎晩、そこから同じ運転手と荷運びが来ます」

「なるほど」警視は言った。「書き留めたな、ヘイグストローム、それから、そのトラックの連中に事情聴取することもメモしておけ……まだ何かあるか、エラリー」

「あります」エラリーはもう一度、赤毛の夜警に向きなおった。「バックリー＆グリーンのトラックがここに来てからの、いつもの作業手順を教えてください」

「ええと、あたしは十時から持ち場についてるんですが」ブルームは言った。「毎晩、十一時になるとトラックが来て、ジョニー・サルヴァトーレって運転手が、搬入口の外にある夜間用の呼び鈴を鳴ら……」

「その搬入口の扉ですが、五時半以降は鍵がかかっていますか」

店長のマッケンジーが口をはさんだ。「はい。あの扉は、閉店と同時にオートロックがかかります。十一時にトラックが来るまでは絶対に開きません」

「続けて、ブルームさん」

「ジョニーが呼び鈴を鳴らしたら、あたしが鍵をはずして、扉を——扉っつっても、鉄板のシャッターみたいなもんですがね——開けてやります。そしたらトラックが中にはいってきて、荷運びのマリーノが荷物を車からおろして倉庫に積み上げる間、ジョニーとあたしは、搬入口近くの詰め所の中で、間違いがないか見張ってます。そんだけですよ。作業が終わったら、ふたりはトラックに乗って出てって、あたしはシャッターをおろして、鍵をかけて、そのまま朝までずっと詰め所にいます」

エラリーは考えこんだ。「そのシャッターは、トラックが荷下ろしをしている間、開けっぱなしなのかな」

「そりゃまあ、そうですが」ブルームは答えた。「たった三十分のことだし、あたしらの目を盗んで中にはいりこむなんて芸当、誰にもできませんよ」

「言いきれますか」エラリーは鋭く訊いた。「自信があると。絶対だと誓えますか」

ブルームは怯《ひる》んだ。「だって、どうやったら忍びこめるのか、あたしにゃ、見当もつかないんですが」しどろもどろに言う。「マリーノが荷物を運んでうろうろしてるし、ジョニーとあたしが入り口のすぐ近くの詰め所にいるし……」

「倉庫には照明がいくつありますか」エラリーはさらに追及した。

ブルームはきょとんとした。「トラックの真上にでかいのがひとつと、あたしのいる詰め所に小さいのがひとつ、ついてますよ。それとジョニーがトラックのヘッドライトをつけっぱなしにしてますし」

「倉庫の広さは？」

「そうですねえ、奥行きが二十メートルちょい、幅が十五メートルそこそこってところですか。うちの店が持ってる臨時便トラックも、夜間はあそこの中に停めてます」

「トラックの荷下ろしですが、あなたの詰め所からどれくらい離れた場所で作業を？」

「ええと、ずっと奥の方にはいって、厨房からのシューターがあるあたりです」

「そして、その真っ暗でだだっぴろい中に、照明はひとつきりか」エラリーはつぶやいた。「詰め所というのは、壁に囲まれているのかな」

「倉庫の内側が見えるように、ガラス窓がひとつだけありますが」

エラリーは鼻眼鏡《パンスネ》をもてあそんでいた。「ブルームさん、仮に、あなたの目を盗んで入り口を通過して倉庫にはいりこむことは人間わざでは不可能であると、宣誓しろと言われたら、あなたは誓えますか」

ブルームはやれやれ、といったように苦笑した。「いやあ、旦那。そこまで言われちゃ、ちっと自信ないですねえ」

「昨夜、シャッターを開けっぱなしで、あなたとサルヴァトーレが詰め所の中で荷下ろしのチェックをしている間に、誰かがはいりこんでくるのを見ましたか」

「いいえ、全然！」

「しかし、はいりこんだ可能性はある？」

「はあ——まあ、あるっちゃあ、あるかも……」

「では、もうひとつだけ」エラリーは優しく言った。「その荷物は毎晩、一日も欠かさずに、まったく同じ決まった時刻に搬入されるんですね」

「それはもう」

「あなたはひと晩じゅう、シャッターのそばにいたわけですか」

「はい、そうですよ。シャッターの脇の椅子に坐って」

「変わったことは、まったくなかったわけですね。怪しいものを見たり聞いたりということは、ひとつもなかった？」

「はい、旦那」

「もし——何者かが——デパートの——外に——その——シャッターから——出て——いこうと——すれば」エラリーは、ひとことひとこと、やたらと強調して言った。「あなたはその人物に気がつきましたか？」

「そりゃあ、気がつきますよ」ブルームは弱々しく答えると、助けてくれ、というようにマッケンジーを見た。

「よくわかりました。では」エラリーは気取った口調で言うと、気がすんだ様子でブルームに向かって腕を振った。「どうぞ、質問をお続けください、警視」そして、うしろに下がると本を開き、恐ろしい勢いで書きこみ始めた。

警視はやり取りをじっと聞くうちに、少しずつ晴れやかな表情に変わってきていたが、やがて太い息を吐いて、オフラハーティに声をかけた。「きみは、フレンチ夫人が十一時四十五分にこのデパートに来たと言っとったな、オフラハーティ。その続きを聞こう」

夜警主任はかすかに震える手で額をぬぐうと、おどおどした眼でエラリーの方をちらりと見やった。それから、また話の糸をたぐりだした。「はあ、わしはひと晩じゅう、守衛のデスクに坐って――ずっと、そこにへばりついてやした。ラルスカとパワーズは一時間ごとに巡回に行きやす。そこにいるってのが、わしの仕事なもんで――残業した人だの、重役さんだの、いろんな人たちの名前を全部、記録しとかにゃならねえし、だから旦那、わしは――」

「落ち着きなさい、オフラハーティ」警視は興味をひかれたように、身を乗り出した。「フレンチ夫人がここに着いた時のことを正確に話してくれ。十一時四十五分というのは、間違いないのか」

「間違《まちげ》えねえです。デスクの横の時計を見たんで。店に誰かが出入りする場合は全員、名前を記録表に書かなきゃならねえ決まり……」

「なに、記録表？」クイーン警視はつぶやいた。「マッケンジーさん、いますぐ、その記録表とやらの昨夜の分を見たいんだが。従業員たちの調査報告はあと回しでよろしい」マッケンジーはうなずいて去っていった。「よしよし。オフラハーティ。続けて」

「はあ、まあそれでね、旦那、通路をはさんだ夜間出入り口のドアの外に、タクシーが近づいてきて、会長の奥様がおりてくるのが見えたんでさ。奥様が運賃を払って、ここに来てドアをノックして、わしは外に誰がいるのかを確かめて——ささっとドアを開けやした。奥様が機嫌よく、こんばんはと挨拶してくだすって、サイラス・フレンチ会長がデパートの中にまだいるかどうか訊かれたんで、会長なら昼過ぎに帰られやしたよ、って答えやした。それってのも、会長はブリーフケースを持って出ていかれたんでね。そしたら奥様は、礼を言ってくだすったあと、ちいっと考えて、やっぱり会長の部屋に行くことにしたと言って、守衛室を出て、専用の直通エレベーターの方に歩いていかれたんでさ。そんなら警備員をひとりお供につけて、アパートメントの鍵を開けさせやしょうかって訊いたんですがね。奥様はそりゃあ丁寧に、ありがとう、大丈夫、と言って、バッグの中をかきまわして鍵を捜しとるようでした。ちゃんと持っとられやしたよ——バッグから出して見せてくれたんで。そんで——」

「ちょっと待ってくれ、オフラハーティ」警視は困惑しているようだった。「奥さんがアパートメントの鍵を持っとっただと？　なぜだ、おまえさんは理由を知っとるか？」

「そりゃ、旦那、フレンチ会長のアパートメントの鍵は決まった数、作ってあるからでさ」オフラハーティはいくらか気楽そうに答えた。「わしの知っとるかぎりじゃ、サイラス・フレンチ会長が一本、奥様が一本、マリオンお嬢様が一本、バーニスお嬢様が一本——わしはここに十七年も勤めとるんで、ご家族のこともよく知ってるんでさ——ウィーヴァーさんも一本、それから、守衛室のデスクにいつも必ずマスターキーが一本。全部で六本だ、旦那。マスターキーは緊急用でさ」

「守衛室を出る前に、フレンチ夫人が自分の鍵をきみに見せたと言ったな、オフラハーティ。どうしてそれが、アパートメントの鍵だとわかる？」警視は追及した。

「そりゃ、簡単な話でさ、旦那。その鍵は——特注のイエール錠で——一本一本にちっちゃい金の飾りがついていてて、それぞれのイニシャルが彫ってあるんで。奥様が見せてくれたのにもついてやした。それに、わしはその鍵がどんな鍵か、見て知っとるんでね、ありゃ間違いなく、本物でしたわ」

「ちょっと待った、オフラハーティ」警視はウィーヴァーに向きなおった。「きみもアパートメントの鍵を持っとるのかね、ウィーヴァー君。見せてもらえるか？」

ウィーヴァーはベストのポケットから革のキーケースを取り出し、クイーン警視に手渡した。何本もある鍵の束の中にひとつ、端に小さな穴の開いている金の円形のつまみがてっぺんについた鍵があった。小さな円盤にはW・Wというイニシャルが彫られている。警視は顔をあげて、オフラハーティを見た。

「こんな鍵か？」

「まったく同じやつでさ」オフラハーティは答えた。「違うのはイニシャルだけで」

「よくわかった」クイーン警視はキーケースをウィーヴァーに返した。「では、オフラハーティ、続ける前に教えてほしい——おまえさんが管理しとる、アパートメントのマスターキーはどこだ」

「デスクの特別な引き出しの中でさ、旦那。昼も夜も、ずっとそこに」

「昨夜もあったのか」

「ありやしたとも。あれだけはいつも特別気をつけて、必ず確かめてまさあ。鍵はありやした――間違いなく、その鍵でした。あれにも同じ飾りがついてるんですわ、〈マスター〉って彫ってあるやつが」

「オフラハーティ」警視は静かに訊いた。「昨夜はずっとデスクにいたのかね。実は守衛室を離れたということは？」

「ねえですよ！」老いた夜警は語気も荒く答えた。「五時半に、ここに出勤してから、八時半に昼番のオシェインと交替するまで、一度も守衛室を離れちゃいねえ。わしはオシェインよりも長い時間、詰めとるんでさ。オシェインは昼番だから、やらなきゃならねえ仕事がわしより多いんでね、従業員の勤務表をチェックしたりなんだりで。わしはデスクの前を離れんでいいように、家から弁当どころか、熱いコーヒーだって魔法瓶に入れて持ってきとるんだ。だから、わしはほんとにひと晩じゅう、ずうっとここにおったんでさ」

「なるほどな」クイーン警視は疲労の霧を払おうとするかのように頭を振ると、夜警に身振りで話を続けるように指示した。

「それでね旦那」オフラハーティは言った。「奥様が守衛室を出ていきなさる時、わしは椅子から立って、通路に出て様子を見守っとりやした。奥様はエレベーターまで歩いてって、ドアを開けて中にはいられましたよ。あれが、奥様を見た最後でさ。奥様がエレベーターでおりてこなくても、わしはなんとも思いやせんでした。奥様が会長の部屋に泊まられるのは、別に珍しいこっちゃなかったんで。ああ、今夜も泊まったんだな、ぐれえにしか思わなかったんで。わしが知っとるのは、そんだけでさ、旦那」

エラリーが動いた。死んだ女のハンドバッグをベッドの上から取りあげると、夜警の目の前にぶらさげた。

「オフラハーティさん」ゆっくりと、一語一語伸ばすように、エラリーは言った。「これを見たことはありますすか」

夜警は答えた。「ありやすよ、旦那！　昨夜、奥様が持っとられたバッグでさ」

「ということは、このバッグから」エラリーは穏やかに問いつめた。「金の飾りのついた、その鍵を取り出したわけですね」

夜警はきょとんとした。「そりゃ、そうでさ」エラリーは満足した様子でうしろに下がり、父親の耳に何ごとか囁いた。警視は眉を寄せ、そしてうなずいた。彼はクルーサーに向きなおった。

「クルーサー、三十九丁目側の守衛室にあるマスターキーを取ってきてくれんか」クルーサーは陽気に咽喉の奥で返事をすると、去っていった。「さて、それでは」警視は死体から見つけた、M・Fのイニシャル入りの透けるように薄いスカーフを取りあげた。「オフラハーティ、奥さんが昨夜、これを身につけとったかどうか覚えとるかね？　よく考えてくれ」

オフラハーティはごつごつした太い指で、ひらひらの絹を受け取り、何度もひっくり返してためつすがめつしていたが、やがて眉間に皺が刻まれてきた。「それがなあ」とうとう、ためらいがちに口を開いた。「はっきりとは言えねえんで。最初に見た時には、奥様がつけてた気もしたんだが、もう一度見ると、つけちゃいねえ気もするし。悪《わり》いが、旦那、ちょっとはっきりとは言えねえです。申し訳ねえ」そして、お手上げというように、スカーフを警視に返した。

「そうか、わからんか」警視はスカーフを、またベッドの上に落とした。「昨夜は特に異状はなかったのかね。警報は鳴らなかったのか」

「そうなんでさ、旦那。もちろん、店にはちゃんと防犯装置のスイッチがはいってますがね。昨夜は教会みてえに静かなもんだった。わしの知るかぎり、何もなかったはずなんで」

クイーン警視はヴェリー部長刑事に言った。「トマス、警備会社に電話して、昨夜、通報があったかどうか調べろ。まあ、ないと思うがな、いまの時点で、うちが何も聞いとらんのだから」ヴェリーは、いつもと変わらずに無言で出ていった。

「オフラハーティ、昨夜はフレンチ夫人のほかに、デパートにはいってきた人間はおったか？夜の何時でもいいが」警視は質問を続けた。

「いや、絶対に誰も入《へえ》っちゃいねえです。ひとりも」オフラハーティは、スカーフの件ではっきりと答えられなかったためか、この点に関しては明言しようと、必死になっているようだ。

「ああ、マッケンジーさん、戻ってきたか！　記録表を見せてください」クイーン警視は、引き返してきたばかりの店長から、罫線の引かれている長い紙を受け取った。警視はざっと素早く見た。何かが彼の目に留まったようだった。

「この記録表によればだ、オフラハーティ」警視は言った。「ウィーヴァーさんとスプリンジャーさんが、昨夜、この店を最後に出たことになっとるな。これはきみの書いた記録かね」

「そうでさ、旦那。スプリンジャーさんが六時四十五分に出てって、その二、三分あとにウィーヴァーさんが出ていかれたんで」

「それであっとるか、ウィーヴァー君」警視は秘書に向きなおりながら訊いた。

「はい」ウィーヴァーは淡々と答えた。「昨夜は、フレンチ会長が今日使うための資料を準備していたんで、少し遅くなりました。ひげも剃ったと思います……七時少し前に出ました」

「そのスプリンジャーというのは誰かな」

「ああ、ジェイムズ・スプリンジャーは書籍売り場の主任です、警視」マッケンジーが控えめに口をはさんだ。「よく遅くまで残っています。実にまじめな男でして」

「なるほど、なるほど。では――そこのきみたち！」警視はまだひとことも喋っていないふたりの夜警を指差した。「何か話すことはあるかね。オフラハーティの話につけ加えることは。一度にひとりずつ話してもらいたい……きみ、名前は？」

夜警のひとりは不安そうに空咳をした。「ジョージ・パワーズです、警視。いいえ、自分からは、何も申し上げることはありません」

「巡回中は異状なかったのかね。きみはこのあたりを担当しとるのか？」

「はい、警視、自分の巡回中にはまったく異状ありませんでした。いいえ、警視、自分は一階を担当しております。ラルスカの担当です、ここにいる」

「ラルスカ？　そうか、きみ、ファーストネームはなんだね、ラルスカ」警視は訊ねた。

三人目の夜警は耳障りに大きく息を吐き出した。「ハーマンですよ、警視さん。ハーマン・ラルスカってもんです。おれ、思うんですけど――」

「思った？」クイーン警視は振り向いた。「ヘイグストローム、全部、記録しとるな？」

「もちろんです、警視」刑事はにやりとしながらも、忙しく鉛筆を手帳に走らせ続けていた。

「さて、ラルスカ、きみは間違いなく、何か大事なことを思ったわけだな」警視は挑みかかるように言った。またも、びりびりと苛立っているようだ。「何を思ったんだね」

ラルスカはしゃちこばって答えた。「おれ、この一階フロアで変な音を聞いたと思うんです」

「ほほう！　変な音を聞いたと。正確に、どこでだね」

「ちょうどこの辺です――ウィンドウの部屋のすぐ外で」

「なんだと！」クイーン警視は急に黙りこんだ。「このウィンドウのすぐ外か。いいぞ、ラルスカ。それはなんだった？」

クイーン警視の声から苛立ちが薄れたことで、夜警は勇気を得たようだった。「午前一時ごろのことでした。その二、三分前だと思います。おれは五番街と三十九丁目通りの交差点側に近いあたりを回ってました。このウィンドウは五番街に面してるから、守衛室からはずいぶん離れてるんです。変な音がしました。なんだかよくわかりませんでしたが。誰かが動いてるように思いました、足音か、ドアが閉まった音か、何か――よくわからないんですが。別に怪しいとは思いませんでした――夜中にこんな仕事をしてると、いろんな音が聞こえる気がするんですよ……それでも音がした方向に行ってみたんですが、別に何も見えなかったので、きっと自分の空耳だと思いました。ウィンドウにはいるドアもいくつか、ノブをつかんで開くかどうかためしてみたんです。でも、全部、鍵がかかってました。一応、このウィンドウのドアも確かめました。そのあと、とりあえず守衛室に行ってオフラハーティに話して、また巡回に戻りました。それだけです」

「ふうむ」クイーン警視はがっかりしたようだった。「ということは、きみは物音の出どころを知らないのか——本当に物音がしたとすれば」

「そうですね」ラルスカは慎重に答えた。「もし音がしたとすれば、一階フロアのこの区画の、実演用の大ウィンドウの近くだと思います」

「昨夜、ほかに何かなかったか?」

「なんにもです」

「わかった、きみたち四人に訊きたいことはこのくらいだ。家に帰って、ゆっくり寝てくれたまえ。今夜はまた、いつもどおりに出勤してもらいたい」

「はい、警視、わかりやした、旦那」夜警たちはウィンドウの出口に向かってそろそろあとずさると、消え去った。

警視は手に持った記録表を振り振り、店長に声をかけた。「マッケンジーさん、この記録表を見ましたか」

スコットランド人は答えた。「はい、警視さん——きっと興味をお持ちになるだろうと思いまして、ここに来るまでの間に目を通しておきました」

「結構だ！　マッケンジーさん、あなたの見たところ、どうだね。昨日、出勤していた従業員は全員、帰っとるのかな」クイーン警視の顔は落ち着いていて、冷静だった。

マッケンジーの言葉に迷いはなかった。「ご覧のとおり、当店ではひと目でわかる出社退社の記録をとっております――部署ごとに……。ですから、昨夜、店内にいた従業員はひとり残らず、店の外に出たと断言できるのです」

「それは役員のような、上の人たちも含まれるのかね」

「そうです、警視さん――皆さんの名前も、しかるべき場所に記録されています」

「なるほどな――ありがとう」そう言うと、警視は考えこんだ。「欠勤者のリストを作るのを忘れんでください、マッケンジーさん」

ちょうどこの時、ヴェリーとクルーサーが揃って部屋に戻ってきた。クルーサーは警視に鍵を一本、手渡した。ウィーヴァーが持っていたものとそっくり同じだが、金のつまみ部分には、オフラハーティの証言どおりに〈マスター〉と彫られている。一方、部長刑事は警備会社からの否定の返答を伝えに来たのだった。夜間には特に何も変わったことは起きていないという。

警視はまたマッケンジーを振り返った。「オフラハーティは、どのくらい信用できるかね」

「それはもう、完全に。あの男はフレンチ会長のためなら命も投げ出しますよ、警視」マッケンジーの声は温かかった。「当店で、もっとも古株のひとりです――会長の若いころからの知り合いで」

「間違いありませんよ」クルーサーもかぶせるように言った。自分の意見も参考にしてほしくてたまらないらしい。

「ちょっと思ったんだが……」クイーン警視はもの問いたげな顔をマッケンジーに向けた。

「フレンチさんのアパートメントというのは、どのくらい個人的なものなのかね。フレンチさん一家とウィーヴァーさん以外に、誰がはいれる？」

マッケンジーは顎をゆっくりとかいた。「ほとんど誰もはいれませんね。もちろん、役員の皆さんは会長のアパートメントに、役員会議やら何やらで、定期的にはいられます。ですが、鍵はオフラハーティが申し上げた本数しかなく、先ほどのかたがたしか持っていません。実のところ、フレンチ会長のアパートメントについて、私どもは不思議なくらい、何も存じていないのです。このデパートとこれほど深く関わり、十年以上も勤めているというのに、私自身、覚えているかぎりでは、あの部屋に五、六回しかはいったことがありません。実は、先週、フレンチ会長が当店の経営について、特に指示を出されるというので部屋に呼ばれたのですが、その時に、ちょうどそんなことを思いました。ほかの従業員ですが――そうですね、フレンチ会長はむかしから、プライバシーを守ることに関しては、それはもう気難しいかたでして。オフラハーティが、週に三度掃除に通ってくるメイドのために鍵を開けて、掃除がすんだあと、会長の出勤前にメイドを帰らせる以外には、あの部屋に出入りできる者も、機会のある人間もいないはずです」

「なるほど、なるほど。会長のアパートメントか――どうやら、その部屋にも行ってみにゃならんようだな」警視はつぶやいた。「よし！　もう、ここでやることはなさそうだ……エラリー、おまえはどう思う」

エラリーは、珍しくやたらと鼻眼鏡を振りまわしながら、父親を見つめた。その瞳の奥には、困惑の色がちらりと光っている。

「思う？　思うですって？」彼はやけぎみにえくぼを彫った。「ぼくの推理機能はこの三十分近くというもの、とあるちょっとした厄介な問題にかかりっきりで、いっぱいいっぱいなんですがね」そう言って、くちびるを嚙んだ。

「問題？　どんな問題だ」父親は文句を言ったが、その声には愛情がこもっていた。「わしはまともに考えるひまもなかったのに、おまえは問題があると言いだしおる！」

「問題というのは」エラリーは、はっきりと発音しながらも、他人に聞かれないように声を抑えて宣言した。「フレンチ夫人が持っていたはずの、夫のアパートメントにはいるための鍵が、なぜなくなっているのかということですよ」

10　マリオン

「たいした問題じゃなかろう」クイーン警視は言った。「その鍵が見つからにゃならん理由は、特にあるまい——この場所で。そんなことが、たいして重要な問題とは思えん」

「では《アロール》——そのことは、ちょっと脇においておきましょうか」エラリーは微笑んだ。「ぼくはいつも見落としがないか、気になるんです」そう言うと、うしろに下がり、手探りでベストのポケットの煙草ケースを捜し始めた。父親は鋭い眼でその様子を見つめた。エラリーが煙草を吸うことは、めったにない。

その時、ひとりの警官がウィンドウの入り口のドアを開けて、慌しく警視に歩み寄った。

「外に、マリオン・フレンチと名乗る若いご婦人が来ています。ウィーヴァーさんに面会を求めていますが」彼は息を切らしながら囁いた。「野次馬と警察官が大勢いることで死ぬほど怯えています。フロアマネージャーをひとり、付き添わせていますが。どうしましょうか、警視？」

警視は眼をすがめた。彼はウィーヴァーをちらりと見た。秘書は、警官の囁き声を聞き取っったわけではないが、伝言の大切な内容にはぴんときたようで、すぐに前に進み出た。

「すみません、警視」彼は意気込んで言った。「もし、ミス・フレンチがいらしたのなら、いますぐ会いにいきたいんですが——」

「すばらしい第六感だ！」警視は急に大声をたてると、白い顔を笑い皺でくしゃくしゃにした。

「うん、そうだな、そう——では、一緒に行こう、ウィーヴァー君。令嬢に紹介してもらおうか」彼はさっとヴェリーを振り返った。「しばらくここをまかせるぞ、トマス。誰も外に出すな。すぐに戻る」

生気を取り戻したウィーヴァーに導かれ、警視はウィンドウの中から足早に出た。

ウィーヴァーは一階フロアに出たとたん、駆けだした。刑事と警官が集まっている、その人だかりの中央に、若い娘が身をこわばらせて立ちすくんでいる。顔色を失い、瞳いっぱいに言いつくせない恐怖を浮かべて。ウィーヴァーの姿を見たとたん、娘はくちびるから震えるような叫び声をもらしたかと思うと、弱々しく倒れかかってきた。

「ウェストリー！ どうなっているの？ こんなにおまわりさんが——刑事さんまで——」彼女は両腕を伸ばしてきた。笑顔の警察官と警視の目の前で、ウィーヴァーと娘はしっかり抱きあった。

「スイートハート！ しっかりしなきゃだめだ……」ウィーヴァーは、すがりついてくる娘の耳元に、必死に囁きかける。

「ウェス——教えて。誰なの？ まさか——」娘は、はっと男から身を離し、おののく瞳で見つめた。「まさか——ウィニフレッドじゃないでしょうね」

彼がうなずくよりも先に、娘は男の瞳に答えを読み取った。

警視が、小柄な身体をするりとふたりの間に割りこませた。「ウィーヴァー君」警視はにこりとした。「よろしければ……」

「ああ、そう——そうでした！」ウィーヴァーは慌てて、娘の身体から手を離すと、うしろに下がった。まるで一瞬、場所も状況も時間もすっかり忘れていたかのごとく、邪魔がはいったことに本気で驚いているようだった……「マリオン、紹介するよ。こちらはリチャード・クイーン警視だ。警視——ミス・フレンチです」

クイーン警視は差し出された小さな手を取り、腰をかがめた。マリオンは、しどろもどろに挨拶を返しつつも、自分の手の上にかがみこんでいる、きれいに白い口ひげを整えた小柄な熟年紳士にたいそう興味をひかれたようで、大きな灰色の眼をさらに大きく丸くしている。

「あなたが調べているということは――事件ですの、クイーン警視様？」娘は口ごもり、すくみあがってあとずさりつつ、ウィーヴァーの手にすがりついた。

「はい、残念ですが、お嬢さん」警視は答えた。「こんな不愉快な歓迎をするはめになって、本当に心苦しく思っとります――言葉では言い表せないくらいに……」ウィーヴァーは驚き呆れ、憤怒に燃える眼で睨みつけた。この、たぬきおやじ《マキァヴェリ》め！　これから何が待っているのか、知っているくせに、よくもいけしゃあしゃあと……！　警視は優しい口調で続けた。「あなたの義理のお母さんですよ、お嬢さん――恐ろしいことに、殺されたのです。いやはや！　なんともはや！」警視は、世話好きなおばさんのように舌を鳴らした。

「殺された！」娘は動かなくなった。ウィーヴァーの手の中で、手が一度、びくんと痙攣《けいれん》したかと思うと、だらりと力が抜けた。一瞬、ウィーヴァーも警視も彼女が失神すると思い、無意識に助けようと飛び出しかけた。娘はよろめきながら、あとずさった。「いえ――大丈夫ですわ」令嬢は吐息のような声をもらした。「そんな――ウィニフレッド！　あの人もバーニスも――ひと晩じゅう、いないと思ったら……」

警視はぴんと背筋を伸ばした。そして、嗅ぎ煙草入れを手で探り始めた。「いま、バーニスとおっしゃいましたな、お嬢さん」警視は言った。「夜警もその名を口にしとりましたが……

お姉さんか妹さんですか」猫なで声で訊ねた。

「まあ――わたしったら何を言って――ああ、ウェス、連れてって、どこかに連れてって！」

そう言うと、ウィーヴァーの上着の襟《えり》に顔を埋めた。

ウィーヴァーは、その頭越しに言った。「まったく自然な話なんですよ、警視。家政婦のホーテンス・アンダーヒルが今朝、会議中にフレンチ会長に電話をかけてきて、奥様も、奥様の娘さんのバーニスも、家で寝たあとがないと報告してきて……だから、わかるでしょう、警視、マリオン――もとい、ミス・フレンチが……」

「うん、うん、わかるとも」クイーン警視は微笑むと、娘の腕にそっと触れた。彼女はびくっと身体を震わせた。「こっちに来てもらえますかな、お嬢さん――頼むから、気をしっかり持ってください。あなたに――見てもらいたいものがあります」

警視は待った。ウィーヴァーは眼を怒らせて彼を見たものの、勇気づけるように娘の腕をとると、ゆっくりとウィンドウに向かって導いていった。警視はふたりのあとをついていきながら、近くにいた刑事をひとり手招きした。三人がウィンドウの入り口から中に消えると、くだんの刑事はすぐにドアの前に待機した。

ウィーヴァーが娘を支えてウィンドウの中にはいっていくと、室内には興奮のさざなみがたった。フレンチ老人さえもが瘧《おこり》にかかったように震えながらも、娘の姿を見たとたんに、眼に理性の光をよみがえらせた。

「マリオン！」フレンチが、ぞっとするような声で叫んだ。

彼女はウィーヴァーを振り払うと、父の椅子の前にひざまずいた。誰も口をきく者はいなかった。男たちは気まずそうに眼をそらした。父と娘はしっかりと抱きあっている……この死の部屋に足を踏み入れてから初めて、死んだ女の兄であるマーチバンクスが口を開いた。

「これは――ひどい」獰猛《どうもう》な口調で、のろのろと言うと、警視のこぢんまりした身体を、血走った眼で睨みつけた。部屋の隅にいたエラリーは身を乗り出し、身構えた。「私は――ここから――出させて――もらう」

警視がヴェリーに合図をした。筋骨たくましい部長刑事はのっそりと部屋を横切り、両腕を脇に垂らしたまま、無言で、マーチバンクスの前にそびえるように立った。ぶくぶく太ったマーチバンクスは、巨漢の部長刑事の前で縮みあがった。彼は赤くなり、何ごとか口の中でつぶやくと、うしろに下がった。

「では」警視は淡々と言った。「お嬢さん、一、二、三、質問してもかまいませんか」

「ちょっと待ってください、警視」エラリーが警告するように指を振っているのを無視して、ウィーヴァーが抗議した。「そんなことが本当に必要だと思いま――」

「はい、かまいません、警視様」娘の静かな声が返ってきた。立ち上がった彼女は、いくらか眼を赤くしていたものの、しっかりと落ち着いていた。父親は椅子の中にまたくずおれてしまっていた。すでに娘のことなど忘れているようだ。彼女は弱々しくウィーヴァーに向かって微笑んだ。彼は部屋の向こう側から、燃えるような眼で彼女を見守っている。娘は、ベッド脇の部屋の片隅で、シーツをかけられて横たわる死体から眼をそらしていた。

「お嬢さん」そう言うと警視は、死んだ女が身につけていたひらひらのスカーフを、彼女の目の前で振ってみせた。「これはあなたのスカーフですか？」

マリオンは真っ青になった。「はい。どうして、それがここに？」

「それは」警視は淡々と言った。「わしの方が知りたい。それがここにある理由を、あなたは説明できますか？」

娘は一瞬、きっと眼を怒らせたが、冷静な口調で答えた。「いいえ、警視様。できません」

「お嬢さん」息詰まる沈黙ののち、警視は続けた。「あなたのスカーフは、夫人のコートの下で、首のまわりに巻かれているのが見つかりました。そのことに心当たりはありませんか――何か、説明がつくような」

「あの人が、身につけていたんですって？」マリオンは息をのんだ。「わたし――わたしには、わかりません。あの人は――いままで一度も、そんなことをしませんでした」おろおろとウィーヴァーを見てから、さまよったマリオンの視線は、エラリーの眼とぶつかった。

一瞬、ふたりは、はっと見つめあった。エラリーの眼に映ったのは、けぶるような髪と深いグレーの瞳を持つ、華奢《きゃしゃ》な娘だった。その若々しい肢体には、自然な清潔感があり、エラリーはウィーヴァーのために心ひそかに喜んだ。率直でまっすぐな意志の持ち主のようだ――正直そうな眼、きりっとした口元、小ぶりだが引き締まった手、愛らしく筋の通った顎、すっきりとまっすぐな鼻。エラリーは微笑した。

マリオンが見たのは、長身の、いままさに青年から壮年に生まれかわりつつあるスポーツマンだった。その額にも口元にも、驚くほどの知性をたたえた彼は、冷静沈着で、実に落ち着いている。三十歳を過ぎて見えるが、実は越していない。衣装は、どうやらロンドンのボンドストリート仕立てらしい。すらりと長い指で小さな本をつかんだまま、鼻眼鏡《パンスネ》越しにじっとこちらを見つめている……マリオンはぽうっと顔を赤らめ、おどおどと警視に視線を戻した。

「最後にこのスカーフを見たのはいつですか、お嬢さん？」老人は質問を続けた。

「あら、わたしは――」マリオンの口調が変化した。彼女はすっかり自制心を取り戻していた。「昨日、つけたように思います」ゆっくりと答えた。

「昨日？　それは興味深いですな。どこにつけていったのか、思い出せますか――」

「おひるをいただいて、すぐに家を出ました」マリオンは答えた。「スカーフはコートの下につけましたの。カーネギーホールでお友達と待ち合わせをして、午後は一緒にリサイタルを聴いて過ごしました――パステルナークのピアノです。そのあと、お友達と別れて、バスに乗ってここに参りました。スカーフは一日じゅう、つけていたと思うのですけれど……」令嬢は愛らしく眉間に皺を寄せた。「でも、家に帰った時につけていたかどうかは覚えていません」

「店に来たとおっしゃいましたが」警視は丁重に、口をはさんだ。「何か特別な理由でも？」

「あら――いいえ、特には。ただ、もしかしたら父をつかまえられるかもしれないと思ったんです。グレイトネックに出張に行くことは知っていましたが、いつ出発するのかまでは――」

警視はおもちゃのように小さな、白いてのひらをあげて止めた。「ちょっと待ってください、お嬢さん。お父さんは昨日、グレイトネックに行かれたと言うんですか」

「ええ、そうですけれど。仕事で父がそちらに行くと聞いたものですから。あの――それは何か――何か、あの、いけないことでしたの、警視様？」マリオンはくちびるを噛んだ。

「いやいや――そんなことはない、大丈夫！」警視は笑顔になった。そして、ウィーヴァーを振り返った。「なぜ、フレンチさんが昨日、出張に行ったことを言わなかったんだね、ウィーヴァー君」

「訊かれなかったからですよ」ウィーヴァーは言い返した。

警視はぽかんとし、そして、おかしそうに笑いだした。「これは一本取られた。たしかにそのとおりだ。フレンチさんはいつ戻られたのかな、そして、どんな理由で行ったのかね」

ウィーヴァーは心から気の毒そうな顔で、茫然として動けずにいる雇い主のぐったりした姿を見つめた。「会長は昨日の昼過ぎに、ファーナム・ホイットニーの屋敷で、ホイットニーと協議をするために出かけられました。会社の合併についての話です、警視――今朝の役員会議も、その話し合いでした。会長からは、今朝早くホイットニーがつけてくれた運転手に送ってもらったと聞いています――九時に店に到着したそうです。ほかに何か？」

「いや、さしあたっては何も」クイーン警視はマリオンに向きなおった。「話の腰を折ってすみませんな、お嬢さん……それで、デパートに着いてからどこに行きましたか」

「六階の父のアパートメントです」

「なんだって？」警視はつぶやいた。「さしつかえなければ聞かせてもらえますかな、なぜ、お父さんのアパートメントに行こうと？」

「普段からデパートに参りますと、たいてい父のアパートメントに寄るんですの。この店には、しょっちゅう来るわけではありませんけれど」マリオンは説明した。「それに、ウィーヴァーさんがそこでお仕事をしてらっしゃると聞いたものですから――ちょっとご挨拶したいと思いましたの……」彼女は父親を気にして、ちらりと見やったが、父親の耳には、そんな言葉など届いていないようだった。

「店にはいってから、まっすぐにお父さんのアパートメントに行ったわけですか。そして、すぐに出ていった？」

「はい」

「こうは考えられませんか」警視はごく優しく、可能性を示唆してみせた。「アパートメントでスカーフを落としたかもしれないと」

マリオンはすぐには答えなかった。ウィーヴァーは必死に彼女の眼を見つめ、声を出さずに〝ノー！〟と、やっきになって、何度もくちびるを動かしていた。マリオンはかぶりを振った。

「そうかもしれませんわ、警視様」マリオンは静かに答えた。

「なるほど」警視はにこりとした。「では、フレンチ夫人を最後に見たのはいつですか」

「昨夜のお夕食の席です。わたしは夜に約束があったので、ぐずぐずしないで、すぐに家を出てしまいました」

「夫人の様子はいつもどおりでしたか。言動に何か不自然な点は？」

「それは……バーニスのことを心配していたようですけれど」マリオンはゆっくりと言った。

「ああ！」クイーン警視は手をこすりあわせた。「ということは、あなたの――義理のお姉さん、でいいのかな――バーニスさんは、家で夕食をとらなかったんですか」

「はい」マリオンは一瞬、躊躇《ちゅうちょ》したものの、返事をした。ウィニフレッドに――義母《はは》に言われたんです、バーニスは外出してしまって、お夕食は家ではいただかないことになったと。でも、そう言いながら、なんだか心配そうでした」

「心配の理由は何も言ってなかった？」

「ええ、まったく何も」

「お義姉《ねえ》さんの名前は？　やはりフレンチさんと？」

「いいえ、警視様、義姉は父方のカーモディ姓を名乗っています」マリオンは口ごもるように言った。

「そうですか、なるほど」警視は立ったまま、考えにふけり始めた。ジョン・グレイが苛々と身じろぎし、コーネリアス・ゾーンにひとことふたこと耳打ちしたが、ゾーンは悲しげにかぶりを振って、どうにもならないというようにフレンチ翁の坐る椅子の背に寄りかかった。クイーン警視は彼らにまったく注意を払っていなかった。警視は眼をあげてマリオンを見た。まったく抗う様子もなく、疲れた華奢な身体がぐったりとしおれている。

「とりあえず、もうひとつだけ質問させてください、お嬢さん」警視は言った。「そうしたら、休んでいただいて結構です……何か心当たりがありませんか、フレンチ夫人の過去や、身のまわりの事情や、ごく最近に起きた出来事——昨夜、もしくは昨日のうちにでも——なんでもいい、心当たりはありませんか」警視は繰り返した。「こんな事件が起きたことの理由になりそうなことを？　もちろん、これは殺人ですし」彼女が答える前に、急いでつけ加えた。「あなたが返答に慎重になるのもわかります。ゆっくり時間をかけてください——じっくり考えて、最近に起きた出来事すべてを思い出して……」言葉を切った。「どうですか、お嬢さん、何か話しておいた方がいいようなことは、ありませんか」

痛いほどの沈黙が室内に垂れこめた——眼に見えない静寂が、脈打つように、生々しいほどに、大気を叩き続けている。何人もが、はっと息をのむ音をエラリーは耳にした。彼らの身体が緊張し、眼が鋭くなり、手が引きつるのも見える。サイラス・フレンチという例外を除いて室内にいる者はひとり残らず、真正面に立って自分たちを見ているマリオン・フレンチを、前のめりになり凝視している。

けれども、マリオンは淡々と「いいえ」と答えただけだった。警視はまたたいた。全員が、身体の力を抜いた。誰かがほっとため息をついた。エラリーは、それがゾーンであることを心に留めた。トラスクは震える手で煙草に火をつけたが、すぐ消えてしまったことにも気づかないようだった。マーチバンクスは椅子の中で凍りついている。ウィーヴァーは身も世もない風情でそわそわしている……

「では、これでおしまいです、お嬢さん」クイーン警視は娘と同じくらい淡々とした口調で言った。警視はラヴリのフォーマルなネクタイが気に入って、夢中で見つめているようだ。「これはお願いですが」あくまで感じよく、彼は言い添えた。「このウィンドウの外に出ないよう願います……ラヴリさん、ちょっといいですか」

マリオンがうしろに下がると、ウィーヴァーが椅子を持って彼女の脇にすっ飛んでいった。マリオンは弱々しく笑みを浮かべて、その椅子に崩れるように坐りこむと、片手で力なく眼をおおった。もう片方の手はウィーヴァーの、しっかり握りしめてくる手の中にこっそりすべりこんでいた……エラリーはそんなふたりをしばらく見守っていたが、鋭い眼をラヴリに向けた。

フランス人はお辞儀をすると、指で短い顎ひげをいじりながら、じっと待っていた。

11　いくつもの謎

「聞くところによると、ラヴリさん、あなたはこの現代的家具展とやらの責任者であるそうですが」警視の口調は、がらりと変わっていた。

「そのとおりです」

「この展示会はどのくらい続いとるんです」

「だいたいひと月になります」

「展示会の本会場は？」

「五階です」ラヴリは五本の指を広げてみせた。「おわかりでしょうが、これはニューヨークでも画期的な企画なのですよ、警視さん。私は、この流行にたいそう理解あるフレンチ会長と役員のかたがたから、私の作品を何点かアメリカの皆さんの前に展示するようにと招かれたのです。つけ加えますと、今回の実演展示会を催すにあたって、細かいアイディアはフレンチ会長が出されたものですが」

「というと？」

ラヴリはにっこりと歯を見せた。「たとえば、このウィンドウをそっくり実演用のモデルルームに変えてしまうことですよ。ほとんどがフレンチ会長のアイディアなんですが、きっとこのデパートのたいした広告になったと思いますよ。おかげで、お客様が外の歩道から五階の本会場まで、どんどんおいでになるものですから、特別に案内人たちをつけて、会場整理をしなければなりませんでした」

「なるほど」警視は丁重にうなずいた。「つまり、このウィンドウで実演をやるのは、フレンチさんの発案だと。ああ、いや――それはさっき、あなたが言われたことか……このウィンドウがこんなふうに飾りつけられたのは、いつからですか、ラヴリさん」

「ええと――今日はたしか――居間兼寝室の展示、二週目の最終日ですから」ラヴリは当世風の洒落《しゃれ》た短い顎ひげをしごいていた。「きっかり十四日目です。明日からは、この部屋をすっかり模様替えして、食堂に作り替えて展示することになっています」

「ほう、ウィンドウというのは半月ごとに模様替えするわけですか。ということは、いまのこの部屋は、あなたの関わった展示としては、二回目にあたるわけですか？」

「そのとおりです。一回目は、居間と兼用ではない寝室だけの部屋という展示でした」

クイーン警視は、誰の眼から見ても明らかなほど、考えこんでしまった。眼は疲労で落ちくぼみ、そのすぐ下の肌には黒ずんだたるみが目立っている。警視はわずかな距離を行ったり来たりしていたが、またもラヴリの前で足を止めた。

「それにしても、わしには」警視はラヴリにというよりも、むしろ自分自身に向けて話しているようだった。「この不幸な事故と、事故にまつわる状況とが、偶然にしては信じられないほど、うまく合わさってしまったように思えてならん……まあ、それはおいておくとしてだ！　ラヴリさん、このウィンドウでの実演というのは、毎日、同じ時刻にやっとるわけですか」

ラヴリはきょとんとした。「はい——ええ、もちろんです」

「毎日、正確に何時から？」警視は追及した。

「ああ、なるほど！」ラヴリはうなずいた。「この展示会が始まって以来、あの黒人の女がずっと、毎日正午にウィンドウにはいります」

「ほう、そうですか！」警視はまた喜んでいるようだった。「では、ラヴリさん——ここで展示が始まってから一カ月の間に、あなたの知るかぎりにおいて、時間が守られなかったことが、一日でもありましたか」

「いいえ」ラヴリは自信たっぷりに答えた。「そんなことがあれば、私には必ずわかるのですよ、警視さん。毎日、彼女が実演している間じゅう、私は一階のウィンドウの裏で、待機しておりますから。上階での私自身の講演は、午後三時半にならないと始まらないので」

警視が眉をあげた。「ほう、あなたの講演もあるわけですか、ラヴリさん？」

「もちろんですとも！」ラヴリは叫んだ。「私の講演は評価されております」彼は重々しくつけ加えた。「アールヌーヴォーを代表するウィーンのホフマン作品についての私の解説は、芸《モンド・》術《アルティスティック》界にちょっとした旋風を巻き起こしたと」

「ほう、それはそれは！」警視は微笑んだ。「もうひとつだけ質問させてください、ラヴリさん、これでとりあえず、あなたへの質問は終わりにするつもりです――この展示会というのは、その日その日の運まかせで開いとるわけではないんでしょうな。つまり、わしが言いたいのは」警視はつけ加えた。「このウィンドウの実演だの、上階のあなたの講演だのがあることは、計画的に前もって宣伝されたんでしょうな？」

「そのとおりですよ。宣伝広告はきわめて念入りに計画をたてました」ラヴリがあとを引き継ぐように言った。「すべての芸術学校と、関係団体に告知してあります。掛売りの得意先には、経営陣が個人的に手紙を出しているはずです。一般のお客様向けには、新聞広告という手段でお知らせしました。もちろん、警視さんもご覧になったでしょう？」

「いや、わしはデパートの広告というものを、あまり読まんもので」警視は慌てて答えた。

「つまり、ありとあらゆる手段で宣伝を講じてもらえたと？」

「はい――はい、そうなんですよ」ラヴリは再び、白い歯をきらめかせた、「もし、私のスクラップブックをご覧になりたいとお思いでしたら――」

「それには及びません、ラヴリさん、長々とおつきあいいただいてありがとうございました。

とりあえず、いまはこのくらいで」

「ちょっと――よろしいですか？」エラリーが微笑みながら、一歩前に出た。警視はちらりと息子を見て、まるで「そっちの証人だ！」とでもいうように、さっと手を振ると、ベッドに戻って腰をおろし、ため息をついた。

ラヴリは引き返しかけていたが立ち止まり、顎ひげをなでながら、丁重に質問を待ち受けるまなざしを向けてきた。

エラリーはしばらく無言だった。そうして鼻眼鏡《パンスネ》をくるくると回していたが、不意に顔をあげた。「ぼくはあなたの仕事にとても興味を持っているんですよ、ラヴリさん」ひとなつっこそうな表情で彼は言った。「残念ながら、芸術に関するぼくの知識は、現代室内装飾の分野に関して、それほど詳しくないのですが。実は、先日のブルーノ・パウルに関するあなたの講演は、とてもおもしろく……」

「では、あなたは上階で私が開いている、にわか講演に参加してくださったんですか？」ラヴリは喜びに顔を上気させて叫んだ。「もしかすると、パウルに関する話では、少々熱がこもりすぎたかもしれませんが――私は彼をよく知っているものですから……」

「そうなんですか！」エラリーはそう言うと、床を見た。「ところで、あなたは前にアメリカにいたことがありますよね、ラヴリさん――あなたの英語には、あまりフランスなまりがない」

「まあ、それなりに広く旅していますよ」ラヴリは認めた。「合衆国はこれで五度目の滞在です……クイーンさん、でしたね？」

「ああ、失礼！」エラリーは言った。「そう、クイーン警視の不肖のせがれです……ラヴリさん、このウィンドウでの実演は、一日に何回行われるのですか」

「一度だけです」ラヴリは黒々とした眉をあげた。

「一回の実演にかかる時間は？」

「ぴったり三十二分間です」

「おもしろい」エラリーはつぶやいた。「ところで、このウィンドウの部屋は普段、一般に開放されているんですか」

「とんでもない。この部屋にはたいへん貴重な品も展示しています。実演で使われる時以外は、鍵をかけていますよ」

「ああ、それはそうですね！　馬鹿なことを言いました」エラリーは微笑んだ。「もちろん、あなたが鍵をお持ちですね？」

「鍵はいくつもあるんですよ、クイーンさん」ラヴリは答えた。「ここに鍵をかける目的は、夜中の泥棒よけというよりはむしろ、日中に一般の方が迷いこむのを防ぐためなんです。閉店後はデパート全体の警備がこれだけしっかりしているわけですから――最新式の警報装置やら、警備員やら、何から何まで――ですから泥棒に対しては、この部屋は安全だと判断しています」

「失礼します、よろしゅうございますか」マッケンジー店長の穏やかな声が割りこんできた。「その鍵についてのご質問でしたら、ラヴリさんよりも私がお答えする方が適任と存じますが」

「ありがたい。お願いしますよ」エラリーはすぐにそう答えたものの、またもや鼻眼鏡をくるくる回し始めた。警視はベッドに腰かけたまま、固唾《かたず》をのんで見守っている。

「合鍵はいくつもございます」マッケンジーは説明した。「どのウィンドウにもです。そしてこのウィンドウの場合ですが、まずラヴリさんがひとつ、実演担当のダイアナ・ジョンソンがひとつ（これは彼女が仕事から帰る前に、毎日必ず、従業員控え室の机に返しています）、それから、一階のこの区画のフロアマネージャーと、当店で雇っております探偵たちがひとつずつ、さらに、中二階にある総務にすべてのウィンドウの合鍵がひと揃い、保管されています。残念ですが、ウィンドウの鍵は大勢の人間がいじることができるのでして」

エラリーは特に動揺した様子はなかった。突然、つかつかと戸口に近づくと、ドアを開け、ちらりと一階フロアを覗いてから引き返してきた。

「マッケンジーさん、このウィンドウの正面にある皮革製品売り場のカウンターの店員を呼んでもらえますか？」

マッケンジーは部屋を出ていき、ほどなくして、ずんぐりむっくりの中年男を連れて戻ってきた。男は真っ青な顔で不安そうにしている。

「今朝はずっとあそこにいましたか」エラリーは優しく訊ねた。男は肯定するように、ぴょんと首を縦に振った。「昨日の午後も？」再び首が縦に振られる。「今日の午前中か昨日の午後に、一度でも持ち場を離れることがありましたか」

ようやく、店員は声を出せるようになった。「いいえ！」

「たいへん結構です！」エラリーは穏やかに続けた。「昨日の午後か今日の午前中に、このウィンドウの部屋に出入りする人に気づきましたか」

「いいえ」男の口調は自信たっぷりだった。「私はずっとあそこにおりました。もしこの部屋に出入りする人間がいたら、絶対に気がつきます。あまり忙しくなかったものですから」そう言い添えて、申し訳なさそうに横目でマッケンジーを見た。

「ありがとう」店員はそそくさと出ていった。

「やれやれ！」エラリーはため息をついた。「前進してはいるようだが、何ひとつ、形にならない……」肩をすくめ、もう一度、ラヴリに向きなおった。

「ラヴリさん、このウィンドウの中は、暗くなってからは照明がつくんですか」

「いいえ、クイーンさん。実演後はカーテンを閉めて、翌日までそのままです」

「ということは」エラリーは、ひとことひとことを強調するように言った。「ここにある照明装置は、どれもこれも見せかけってわけですか」

待ちくたびれて、みじめな気持ちでどんよりしていた人々の眼が、何かを期待するように、エラリーの腕が指し示す方向を追った。その腕は、壁に取りつけられた奇妙な形の曇りガラスの照明器具を指し示している。やがてすべての眼がきょろきょろと、部屋じゅうについているいくつもの不思議な形をした照明を見回し始めた。

答えるかわりに、ラヴリはうしろの壁に大股に近づき、しばらく手を動かして、現代的な備えつけの照明をひとつ、取り外した。電球がはまっているはずのソケットは、からっぽだった。

「ここは照明をつける必要がないので」ラヴリは言った。「電球は入れてないんですよ」そして、素早い動きで照明器具を再び壁に戻した。

エラリーは力強く、一歩前に進み出た。が、かぶりを振って引き下がり、警視の方を向いた。

「今後は、すくなくともいまのところは、ぼくはだんまりを決めこみます」彼は微笑した。

「古代ローマの哲学者を気取ることにしますよ」

12 ウィンドウの外へ……

警官がひとり、人をかきわけながら部屋にはいってきて、上役の視線をつかまえようとするかのように、うろうろまわりを見回していたが、老クイーンに呼びつけられて、ふたことみこと小声で何やら伝えると、はいってきた時と同様に素早く出ていった。

警視はすぐにジョン・グレイを部屋の隅に連れていき、小柄な重役の耳に何ごとか囁いた。グレイはうなずくと、サイラス・フレンチのそばに寄った。老人は虚空をぼんやり見つめ、ぶつぶつとひとりごとをつぶやいている。ウィーヴァーとゾーンの手を借りて、グレイはフレンチの椅子を回して死体に背を向けさせた。フレンチは何も気づいていない。デパート付きの医者が手際よく脈を取った。マリオンは手で咽喉のあたりを押さえていたが、さっと立ち上がり、父の椅子の背もたれのうしろに寄り添った。

するとドアが開いて、つばつきの帽子をかぶった白衣の男がふたり、担架を持ってはいってきた。ふたりが警視に向かって敬礼すると、警視は親指でシーツにおおわれた死体を指した。

エラリーはベッドの奥の片隅にひっこみ、ひとりで鼻眼鏡《パンスネ》と親睦を深めていた。しばし鼻眼鏡をじっと睨み、それで手の甲をとんとん叩いていたが、やおら薄いコートをベッドに放りだし、腰をおろして両手で頭をかかえた。とうとう、手詰まりだと諦めたのか、それともなんらかの結論にたどりついたのか、コートのポケットから本を取り出すと、遊び紙に殴り書きで何かを書きつけ始めた。死んだ女の上にかがみこんでいるふたりの警察医には、目をくれようともしない。

担架を運んできたふたりに続いて、無言のままはいってきた神経質そうな男に、挨拶もなしに居場所から追い立てられても、抗議しようとしなかった。あとから来たその男は、助手の助けを借りて、死んだ女や、倒れている場所の床や、ベッドや、ハンドバッグや、その他、被害者に関係するもろもろの写真を撮っていた。エラリーは眼で鑑識のカメラを追っていたものの、放心しているようだった。

不意に、彼は音をたてて小さな本を閉じ、ポケットにしまうと、じっと考えこみながら父親と眼が合うのを待った。

「やれやれだよ、エラリー」警視は近づいてくると、そう言った。「疲れた。まったく頭が痛い。おまけに心配で心配で、わしはもうずっとやきもきしとる」

「心配？　何を言ってるんですか――そんなに落ちこまないでくださいよ、お父さん。何を心配する必要があるんです？　事件は解決に近づいていますよ、順調に……」

「ああ、きっとおまえは、もうとっくに殺人犯を捕まえて、ベストのポケットに隠しとるんだろう」老人はぶつくさ言った。「わしは別に、殺人犯のことでやきもきしとるわけじゃない。ウェルズのことでやきもきしとるんだ」

「ご愁傷様！」エラリーは身を寄せた。「ウェルズなんか、うっちゃっときなさい、お父さん。でも、ぼくはお父さんが言うほど、悪い奴だとは思いませんけどね。まあ、あの男がお父さんの邪魔をする間は、かわりにぼくが手足になって働きましょう――それならどうです？」

「悪い話じゃないな」警視は言った。「しまった！　あの男のことだ、いつ、ここに乗りこんできてもおかしくないぞ、エル！　いままで思いつかなかった！　いまごろはもう、あの男のところに電話で報告がいって――ああ！　なんだ、どうした」

制服警官がつかつかとはいってきて、伝言のメモを手渡し、出ていった。

警視は呻いた。「ウェルズがいまこっちに向かっとるそうだ――ということは、やれ逮捕だ、尋問だ、拷問だという騒ぎになって、記者がそこらじゅうを走りまわって、それはそれは愉しい祭りが――」

エラリーの態度から冷やかしが消えた。父親の腕をつかみ、素早く壁の隅に連れていく。

「そういうことなら、お父さん、いまのうちにぼくの考えを話しておきます――手短に」そう言ってあたりを見回した。ふたりに注意を向ける者は誰もいない。エラリーは声を落とした。

「これはという結論に、お父さんは達しましたか？　ぼくの考えを話す前に、まずお父さんがどう思ったのかを知っておきたいんです」

「そうだな――」老人も用心深くこっそりとあたりをうかがってから、小さな両手で筒を作って口元に当てた――「ここだけの話だがな、この事件全体が何やらキナくさい気がする。細かい点についちゃ、まだはっきりせん――おまえの方がはっきり見通せとるとしたら、傍観者という有利な立ち位置にいたからだろう。それにしても、この事件そのものといい――ありえそうな動機といい――裏事情といい――わしはな、フレンチ夫人殺しそのものは、殺人を引き起こすはめになったおおもとの原因に比べれば、我々にとって半分も重要ではない気がしてならんのだ……」エラリーはなるほど、というようにうなずいた。「念入りに計画された殺人であることに疑いの余地はない。舞台があまりにとっぴで、事件も一見ひどく雑に見えるくせに、手がかりは恐ろしく少ないからな」

「マリオン・フレンチのスカーフはどうです?」エラリーは訊いた。

「馬鹿馬鹿しい!」警視はさげすむように言った。「あんな物にたいした意味があるとは、まったく思えん。いちばんありそうな可能性としては、あの娘がどこかに忘れてきたのを、フレンチ夫人が拾ってきたってところだろう……だが、我らが警察委員長殿がそのスカーフに食いつく方に、わしはクッキーを一枚賭けてもいいぞ」

「そこんとこは、お父さんが間違ってると思いますね」エラリーは言った。「あの委員長さんは、フレンチに手を出す度胸はないんじゃないかな。悪徳撲滅協会長としてのフレンチの権力をみそこなっちゃいけない……いや、お父さん、当面、ウェルズはマリオン・フレンチには手を出さないと思いますよ」

「それじゃ、おまえはどう見とるんだ？」

エラリーは小さな本を取り出すと、ついさっき書きつけていた遊び紙の部分をめくった。そして顔をあげた。「ぼくはこの殺人の裏に深い事情があるとは、思ってもみませんでしたよ、お父さん。しかし、言われてみると、たしかに事件そのものより、裏に隠れた動機の方が重要な気もしてきた……実を言うと、いまのいままでもっと直接的な事柄をずっと考えていたんです。ぼくは解明しなければならない謎を四つ拾いました。よく聞いてくださいよ。

ひとつ目、これはおそらくもっとも重要な謎ですが」エラリーは自分の書きつけを示しながら語り始めた。「フレンチ夫人の鍵の謎です。一応、時系列はそこそこわかっています。まず夜警のオフラハーティが、昨夜十一時五十分ごろに被害者が金色の円形のつまみがついた鍵を持っているのを確認しています。彼女は今日の十二時十五分に死体で発見されるまで、行方不明でした——死してなお、夫人は店内にとどまっているというのに、鍵は現場になかった。なぜ鍵は消えたのでしょう？　一見、単に見つければそれで解決する、という事柄に思えます。しかし——あらゆる可能性を考えてください。いまのところ、この鍵の紛失は犯罪そのものと、いや、むしろ殺人犯と直接結びついていると考えるのが、もっとも妥当ではありませんか。犯人が消え、鍵も消えた。双方が同時に消えたと想像するのは難しいことではありません。仮にそうだとすると——とりあえず、そうだという前提で話を進めますよ——なぜ、犯人は鍵を持ち去ったのでしょうか？　残念ですが、その疑問に答えることはできません——いまはまだ。しかし——我々はいま、殺人犯がとある部屋の鍵を所持していることを知っているわけです

――六階にある、フレンチ氏個人のアパートメントの」

「たしかにな」警視はつぶやいた。「おまえが、すぐにうちの部下をアパートメントにやって、見張りをつけるように言ってくれて助かったよ」

「まあ、ちょっとした思いつきだったんですけどね」エラリーは言った。「しかし、いま気になっているのは別のことです。自問せずにいられないんですよ。あの鍵が消えているという事実は、ひょっとして、死体が別の場所からこのウィンドウの中に移動させられたことを意味しているんじゃないか、と」

「それがさっぱりわからん」警視は言い返した。「なんで、それとこれとに関係があるんだ」

「言い争うのは、ひとまずおいておくとして」エラリーは囁いた。「ぼくは、いまの疑問を論理的に明らかにしてくれそうな、おもしろい可能性をひとつ思いつきましたよ。マリオン・フレンチのスカーフの件も、同じ方向を指していると思っています。事実を調べればすぐに確認できるはずで――うまくいけば、いまのぼくの仮説が正しいという根拠を得られる……。では、第二の謎ですが。

このウィンドウの中で死体が発見されたのですから、犯罪はここで実行されたと考えるのが自然です。もちろんですとも！　普通は、そこで疑問に思ったりはしません」

「わしは変だと思ったがな」警視は眉間に皺を寄せた。

「ああ！　お父さんもそう思いましたか。たぶん、もう少ししたら、そのお父さんのもやもやを、晴らしてあげられますよ」エラリーはほがらかに言った。「ぼくたちはウィンドウの中にはいった。死体を見た。当然こう言うわけです、犯罪はここで行われた、と。しかし、そこで立ち止まって、よく考えてみます。プラウティの見立てでは、あの女性はおよそ十二時間前に殺された、という話でした。死体が発見されたのは正午過ぎです。言い換えれば、フレンチ夫人が死んだのは、深夜零時を少し回ったころということになります。つまりどう転んでも、犯行が真夜中に行われたのは間違いない、という事実をよく考えてください。その時間、このウィンドウの中は――というよりも、建物のこの一角はどんな状態だったか。真っ暗でした！」

「それで――？」警視は淡々と言った。

「人がせっかくドラマチックに演出しているのに、まじめに聞いてくれないんですね」エラリーは笑った。「繰り返します。いいですか、まったくの暗闇ですよ。にもかかわらず、我々はこのウィンドウの部屋が犯行現場と考えている。我々はこの中をうろつきながら自問します。ここに照明はあるだろうか？　あれば、話はそれで終わりです。ドアが閉まっていて、通りに面した窓ガラスが分厚いカーテンで遮られているのなら、たとえ照明をつけていても、ウィンドウの外からは中の光が見えません。そして我々は調べてみます。照明は――ない。ひとつもない。電灯はたくさんある、ソケットも山ほどある――しかし、電球がない。そもそもここの電灯に線がつながっているかどうかも怪しいと思いますけどね。まあ、そんなわけで――突然ですが、この犯行はまったくの闇の中で行われたことになりました。どうです――お父さんはこの考えが気に入りませんか？　ぼくもですよ！」

「おまえも知っているだろうが、この世には懐中電灯という便利な物があってだな」クイーン警視が反駁《はんばく》する。

「ええ、わかっていますよ。それも思ったんです。そして、自問しました。仮に、ここが犯行現場だとすれば、そこに至るまでの必然的な経緯というものがあるはずです。まず会って、おそらくは口論になり、殺人が起き、さらに今回のケースでは、非常にへんてこで、不便な場所に死体を隠しています——壁寝台の中に……そのすべてを、懐中電灯の光の中でやってのけたと！ あの名高いシラノでもこう言うでしょう。冗談じゃない、と！」

「犯人は自前で電球を持ちこんだのかもしれんぞ」警視はつぶやいたが、エラリーと眼が合うと、同時に笑いだした。

エラリーが真顔になった。「とりあえずいまは、照明という小さな問題はおいておきます。しかし、この件だけでも、ここが現場としては不自然な匂いがするのは認めてくれますね？ さて、お次はあの、実に心ひかれるちっちゃいすてきな代物に注目するとしましょうか」彼は続けた。「Cという文字が彫られた口紅のケース。これがぼくの思う第三の謎です。あらゆる点から見て、これは実に重要な謎ですよ。まずわかるのは、このCの文字のはいった口紅はフレンチ夫人の物ではないことです。夫人のイニシャルは、バッグから見つかった三つの品物につけられていたとおり、W・M・Fだ。ところで、Cの文字入りケースの口紅は、死体のくちびるについていた口紅よりも、明らかにずっと濃い色でした。この事実は、Cの口紅がフレンチ夫人の物ではないという仮説を裏づけるばかりでなく、どこかにもう一本、フレンチ夫人が持っていた別の口紅があるはずだという仮説を導き出すのです。ここまで、いいですか？

……では、その口紅はどこにあるのでしょう。ウィンドウの中は隅から隅まで捜したのに、見つからなかった。ということは別の場所にあるはずだ。犯人が鍵と一緒に持ち去ったのか？それはいくらなんでも馬鹿げている。しかし――ああ、我々には手がかりがなかったでしょうか？　もちろんあります！　まずは……」彼は言葉を切った。「死体のくちびるです。口紅が塗りかけだ！　しかも、もっと薄い色の口紅が。これは何を意味するでしょうか。間違いなく、フレンチ夫人はいま紛失している方の口紅を塗っている最中に、邪魔されたのです」

「なぜ邪魔されたとわかる」警視が訊いた。

「口紅を塗りかけて半分でやめてしまう女性なんて、お父さんは見たことがあるんですか。いませんよ、そんな女。つまり、女性がくちびるをきれいに塗ってしまうのを妨げるほどの邪魔がはいったに違いないんです。それも乱暴な邪魔が。賭けてもいい、女性がくちびるにのせた口紅の赤い点を、最後まで塗り広げるのを邪魔できることなんて、そうそうありはしませんよ」

「それが殺人か！」警視は眼をぎらつかせて声をあげた。

エラリーはにっこりした。「可能性はあります――でもお父さん、いま言った事実の裏の意味に気づいていますか？　もしも殺人、あるいは殺人に先立つ出来事に邪魔がはいったとして、その口紅がウィンドウの中にないということは――」

「なるほど、なるほどな！」老人は感嘆の声をあげた。そして、我に返っていた。「おまえの言うとおりだ。しかし、口紅は犯人がなんらかの目的で持ち去ったという可能性もあるぞ」

「逆に」エラリーは言い返した。「犯人が持ち去っていなければ、口紅はこの建物の中か近辺にあるはずです。というわけですから、お父さん、捜索隊を組んで、この死体置き場と化した百貨店の一階から六階まで捜させたらどうですか」

「無理だ！　まあ、いずれはそうしなけりゃならんのだろうが」

「まあ、十五分後にはその必要はなくなるでしょうけどね」エラリーは言った。「なにはともあれ、ここで純粋に興味深い疑問が生まれます。Cの文字入りの口紅ケースは、フレンチ夫人の物でないとすれば誰の物なのか？　調べた方がいいですよ、お父さん。まあ、この疑問に対する答えはきっと厄介の種になるという予感がしますが――スコット・ウェルズ風の……」

警察委員長の名を出されて、警視は浮かない顔になった。「話をさっさとすませろ、エラリー。奴がいつ、ここに到着するかわからん」

「そうします」エラリーは鼻眼鏡をはずし、空中で危なっかしく振りまわした。「第四の謎に進む前に、女性の持ち物をふたつ捜《シェルシェ》していることを、心に留めておいてくださいよ――夫人の《ラ・リップ》口紅《ステイック・ド・マダム》と鍵《エ・サ・クレ》を……。

ではいよいよ第四の謎ですが」エラリーは遠くを見るようなまなざしで続けた。「第四の謎を考察するにあたって、まずは、不当なほどの安月給に文句も言わずに働いてくれる尊敬すべき医者、我らがサム・プラウティの鋭い診断は、ほぼ間違いないと信頼をおくことが前提となります。彼は、フレンチ夫人の傷の性質からみて、あれほど出血が少ないのは不自然だと感じていました。一応、死体と衣類に血痕は多少、残っていましたが……ところで、夫人の左のてのひらに乾いた血がこびりついていましたね――もちろん気づいたでしょうが」

「ああ、見た」警視はぼそぼそと答えた。「たぶん、撃たれた瞬間、思わず手で傷口を押さえたんだろうな、そして――」

「そして」エラリーがあとを引き取った。「彼女が死んで、手がだらりと垂れさがると、神聖な霊液がすべての物理法則に従って、我らが友人サムの言葉を信用するなら、流れ出たわけですが――結果はどうです？　あらためて言いましょう、その結果は」彼は間をおくと、真顔で続けた。「不変の科学の絶対的な法則に従い、血はどっとばかりにほとばしり出たのです……」

「おまえの言う意味はわかるぞ……」老人はつぶやいた。

「どっとほとばしり出ました――しかし、このウィンドウの中ではなかった。言い換えれば、大量出血間違いなしのふたつの傷が、死体の発見時にはほとんど出血していなかったという現象に合理的な説明をつけてくれる要因の、興味深い組み合わせを探さなければならない、ということです……

　ここで一度、手がかりを整理してみましょう」エラリーは早口に続けた。「フレンチ夫人のアパートメントの鍵がなくなっていること、このウィンドウの中には一般的な照明器具が備わっていないこと、フレンチ夫人のくちびるが塗りかけということは当然、死の直前まで持っていたであろう彼女自身の口紅が見つからないこと、科学的には大量に出血するはずの傷から、実際にはたいして血が出ていないこと、マリオン・フレンチのスカーフが見つかったこと、さらにもうひとつ、漠然としているとはいえ、説得力のある要素がありますが――それらすべてが、ひとつの結論に向かって収束します」

「つまり、殺人はこのウィンドウの中では行われなかったという結論だな」警視は落ち着いた手つきで嗅ぎ煙草をつまんだ。

「そのとおりです」

「それで、結論を示す、さらにもうひとつの要素というのはいったいなんだね、エラリー」

「お父さんは一度も思いませんでしたか」エラリーはゆっくりと答えた。「犯行現場の舞台として、このウィンドウという場所は、あまりにも非常識きわまりない選択肢であると」

「それは思ったぞ、たしかさっきも言ったが、しかし――」

「お父さんは枝葉末節《しようまっせつ》にこだわりすぎて、心理的な側面というものを考えていない。念入りに計画された殺人というものは、人目を避け、秘密裡に、できるだけ手間をかけずに行おうとするものでしょう。なのにここは――犯人にとって、どんな舞台です？　照明もなく、定期的に夜警が巡回するウィンドウですよ。最初から最後まで危険だらけだ。おまけに一階のいちばん目立つ場所、しかも夜警たちのたまり場のすぐ近くです。夜警主任が常駐する守衛室から、十五メートルしか離れていない。よりによって、なぜこんな場所を？　いやいや、お父さん、馬鹿馬鹿しくて話にならない！　ここに来てぼくがまず思ったことがそれでした」

「たしかにな」警視はつぶやいた。「しかし――仮にそのとおりで、ここが現場でないとすれば、どうして犯人は殺したあと、死体をここに移動させたんだ。どう控えめに見積もっても、最初からここで殺すのと同じくらい危険に思えるがな……」

エラリーは眉間に皺を寄せた。「もちろん、それは思いましたが……何か理由があるはずです。絶対に。ぼくは繊細でずるがしこい手が操っているのが見える気がしてきましたよ……」

「ともあれだ」やや苛立ったように、警視が口をはさんだ。「おまえの分析ではっきりしたことがある。このウィンドウはどう考えても犯行現場じゃない。わしが思うに――ああ、むろんそうだ――お天道様のようにはっきりしとる――上階のアパートメントが現場なんだ！」

「ああ、そのことですか！」エラリーは気のない返事をした。「そりゃそうです。それ以外、考えられない。鍵、理の当然として口紅がふさわしい場所、人目を避けられる空間、照明……そのとおり、六階のアパートメントに違いない。そこがぼくの次の目的地です……」

「しかし、おいまずいぞ、エル！」警視は、何かに気づいたように叫んだ。「考えてもみろ！あのアパートメントは、今朝、ウィーヴァーが八時半に出勤してから、さらに五人の人間がずっと使い続けとった。そのうちの誰ひとりとして、あの部屋で何があったのか気づいていないということは、八時半より前に犯罪の痕跡はすでに消されとるに違いない。参ったな――もしも……」

「まあまあ、悪いことばかり想像して、そのかわいそうな白髪頭を悩ませないでください！」急に、エラリーは上機嫌に戻って笑った。「もちろん、犯罪の痕跡は消し去られているでしょう。いわば、地層のいちばん上は。まあ、悪くすると中層くらいまでは。しかし、うんと深く掘ってみたら、もしかすると何かが見つかる――かもしれないでしょう？　そう、そこがぼくの次の目的地です」

「わしは、このウィンドウが使われた理由が気になってしかたないんだが」警視は顔をしかめた。「時間という要素でもないかぎり……」

「おっと！　さてはいよいよ天才ですね、お父さん！」エラリーは愛情たっぷりに笑った。「ぼくも、その小さな問題をようやく解いたところです。なぜ、死体はウィンドウに置かれたのか？　ここであやまつことなき絶対の論理《ロゴス》の出番ですよ……

　ふたつの可能性があります。このふたつのうち、どちらか片方、もしくは両方が正しいのです。その一。本物の犯行現場、つまり、まず間違いなくアパートメントですが、ここから注意をそらすため。その二。これはさらに論理的な解答になりますが、正午前に死体が発見されることを防ぐため。毎日の実演スケジュールの時刻が厳守されているという事実が――それはお父さんが理詰めに証明してくれましたが、ニューヨークじゅうの人間が知っていたことです――この推理にぴたっと当てはまります」

「しかし、なぜだ、エラリー」クイーン警視が反駁する。「なぜ、死体の発見を正午まで遅らせる必要がある」

「それさえわかればねえ！」エラリーはつぶやき、肩をすくめた。「ですが、常識的に考えれば、死体が十二時十五分に発見されるように――発見されるのは百も承知だったはずですからね――しておいたということは、つまり、犯人は十二時前に何か、どうしてもしなければならない仕事があって、死体が見つかってしまうと、その仕事の実行が不可能になるか、もしくは危険が増すということです。ここまではよろしいですか」

「しかし、いったい何を――」

「ええ、いったい何を」エラリーは情けない顔で答えた。「犯人は、犯行の朝、しなければならなかったのか。ぼくは知りません」

「結局、わしらは暗闇を歩きまわっとるだけだな、エラリー」警視は軽い呻き声をあげた、「前提から出発して、よろよろと結論に向かっとるものの、あいかわらず、ひと条《すじ》の光明も見つからん……たとえば、犯人はなぜ、そのしておかにゃならん仕事とやらを、昨夜のうちにこのデパートの中でやらなかった？　その仕事というのが、誰かと連絡を取ることならば、電話があるだろうに……」

「電話があるんですか。それは――あとで確認しないと」

「いますぐ確認する――」

「ちょっと待った、お父さん」エラリーが引き留めた。「アパートメント直通のエレベーターにヴェリーをやって、血痕があるかどうか確かめさせては？」

警視は愕然と息子を見つめて、こぶしを握った。「畜生！　わしはなんて馬鹿だ！」警視は叫んだ。「当然だ！　トマス！」

ヴェリーがのっそりと部屋を突っ切ってくると、まわりには聞き取れない声で指示を受け、すぐに出ていった。

「もっと前に気づくべきだった」警視は呻きながら、エラリーに向きなおった。「当然だ、殺人があったのがアパートメントだったのなら、六階からここまで死体をおろさにゃならん」

「たぶん何も見つからないでしょう」エラリーは意見を言った。「ぼくは階段を調べてみますよ……それより、お父さん。ぼくのためにやってほしいことがあるんです――ウェルズがいつここに来てもおかしくありません。いまのところ、このウィンドウはどこから見てもりっぱな犯行現場です。彼のことだ、すべての証言を自分でじかに聞くと言いだして、もう一度繰り返させようとするでしょう。彼をうまく、ここに足止めしておいてくれませんか――一時間、ぼくがウェス・ウィーヴァーとふたりきりで上階にいられるように。いますぐ問題のアパートメントを見なければならない。会議が中断してからは、まだ誰もその部屋にはいっていません――ずっと見張りがついていたわけですから――必ず何かがあるはずだ……お願いできますか」

警視は途方にくれたように、両手をよじった。「もちろんだ、エル――なんでもおまえの言うとおりにしてやる。おまえの方がわしよりも、ずっと曇りのない眼で調べることができるだろう。ウェルズはできるだけ長くここに引き留めておくよ。どうせ、従業員用出入り口前の守衛室も、倉庫も、一階フロアのありとあらゆる場所も、しらみつぶしに調べにゃならん……しかし、なぜウィーヴァーを連れていくんだね」警視は声をうんとひそめた。「エラリー――おまえ、まさか危ない橋を渡るつもりじゃなかろうな」

「なに言ってるんですか、お父さん！」エラリーの眼が素直な驚きにまん丸くなった。「どういう意味です。もしかわいそうなウェスをちょっとでも疑ってるんなら、いますぐ気を楽にしてください。ウェスは学生時代のルームメイトですよ。ぼくが友達と一緒にメイン州で夏休みを過ごした年があったでしょう。あれはウェストリーのおやじさんの家ですよ。あの気の毒な男のことなら、お父さんのことと同じくらい、よく知っています。おやじさんは牧師で、おふくろさんは聖女です。生い立ちはまったくきれいなもので、いつだって真っ正直に生きてきた。秘密もない、過去もない……」

「しかし、ニューヨークに出てきてから、どんな人生を歩んできたのかは知らんのだろう、エラリー」警視は異議を唱えた。「もう何年も会っとらんのだから」

「ねえ、お父さん」エラリーはおごそかに言った。「いままでぼくの判断力を信用して、間違いがありましたか？　今度も信用してください。ウィーヴァーはこの件に関しては子羊のように無垢そのものです。あいつがぴりぴりしてるのは、マリオン・フレンチが関わっているからというだけで……ああ！　鑑識のカメラマンがお父さんに話があるみたいですよ」

ふたりは皆の方に引き返した。クイーン警視はしばらく撮影係と話をしていたが、やがて彼を解放し、いかめしい顔でスコットランド人の店長を手招きした。

「マッケンジーさん、ちょっと訊きたいんだが――」唐突に質問した。「閉店後は、ここの電話のシステムはどうなっとるんです」

マッケンジーは答えた。「親回線以外のすべての子回線は、六時に切られます。親回線は、夜間出入り口前にある守衛室の、オフラハーティのデスクにつながっています。外から電話がかかってくれば、オフラハーティがすべて受けることになっております。夜間は、そこ以外の電話は一切使うことができません」

「オフラハーティの書いた記録表と報告書によれば、昨夜はかかってきた電話も、外にかけた電話もなかったようですな」警視は書類を検分しつつ、そう言った。

「オフラハーティでしたら、信用していただいて絶対に間違いありませんよ、警視さん」

「ふむ」クイーン警視はさらに追及した。「もし、ほかの部署が残業をしとったら？　そこの電話回線は開けておくのかな？」

「はい」マッケンジーは答えた。「ですが、そこの主任が書面で申請した場合のみにかぎられます――そんなことは、ごくまれにしかありませんが。フレンチ会長は常日頃から、閉店時間を厳守するように主張しておられます。もちろん、ときどきは例外もありますが――もしも、オフラハーティの報告書に記載されていないのであれば、昨夜はすべての子回線が切られていたのは間違いありません」

「フレンチ会長個人のアパートメントもかね」

「フレンチ会長個人のアパートメントもです」店長はそっくり繰り返した。「会長かウィーヴァーさんから、回線を開けておくようにとの指示がないかぎりは」

警視がウィーヴァーに目顔で問いかけると、ウィーヴァーは力強くかぶりを振って否定した。

「もうひとつ、マッケンジーさん。フレンチ夫人が昨日よりも前、最後にこのデパートに来たのがいつだったかわかりますか」

「一週間前の月曜だったと思いますが」いくらか逡巡《しゅんじゅん》したあとに、マッケンジーは答えた。「ええ、たしかです。舶来物のドレス用の生地のことで、私に直接、相談にお見えでしたよ」

「その後はまったくここに来なかったのだろうか」クイーン警視は室内のほかの面々をぐるりと見回した。答える者はなかった。

この時、ヴェリーが再びはいってきた。彼は上司に何ごとか囁いて、うしろに下がった。警視はエラリーを振り返った。「エレベーターには何もない――血痕はまったくないそうだ」

警官がひとり、ウィンドウにはいってきて、警視に近づいた。

「委員長がお見えです、警視」

「すぐに行く」警視はうんざりした声で言った。部屋を出ようとすると、エラリーが意味ありげな眼をちらりと向けてくる。警視はごくわずかに、うなずいてみせた。

数分後、でっぷり太って尊大にふんぞり返ったスコット・ウェルズ警察委員長と、そのお付きの刑事や警察委員の小さな軍勢を案内して警視が戻ってきた時には、エラリーとウェストリー・ウィーヴァーはすでに消えていた。そしてマリオン・フレンチは椅子に坐ったまま、父親の手をしっかり握りしめ、まるで彼女の心と勇気のかけらがちぎれて、ウィーヴァーと共に出ていってしまったかのように、ウィンドウの外に続く扉を見つめていた。

第二の挿話

Clue（手がかり）という単語の起源は、神話の中に見ることができる……。その語源はClew に由来するもので（それはたとえば Trew、Blew といった、多くの同じ語尾の単語と同様である）……ギリシャ語の糸という単語を文字どおりに訳した古い英語なのだが、もともとは、テセウスがミノタウロスを殺したあとに迷宮から脱出するために、アリアドネが授けた糸玉の伝説につながっているのだ……犯罪捜査における手がかりは、実体のないものもあれば、実体を備えた物もあるだろう。事実の場合もあれば、心理的な場合もあろう。あるはずの物がない、あるいは、ないはずの物があるという事実そのものが手がかりとなる場合もあろう……。しかしいつでも、どんな性質のものでも、手がかりとは、犯罪捜査官を重要なデータが皆無な迷宮から完全なる理解の光明の中へと導く、ひと条《すじ》の糸であることに変わりはないのだ……

ジョン・ストラング著『犯罪の手法』に寄せられた
ウィリアム・O・グリーンの序文より

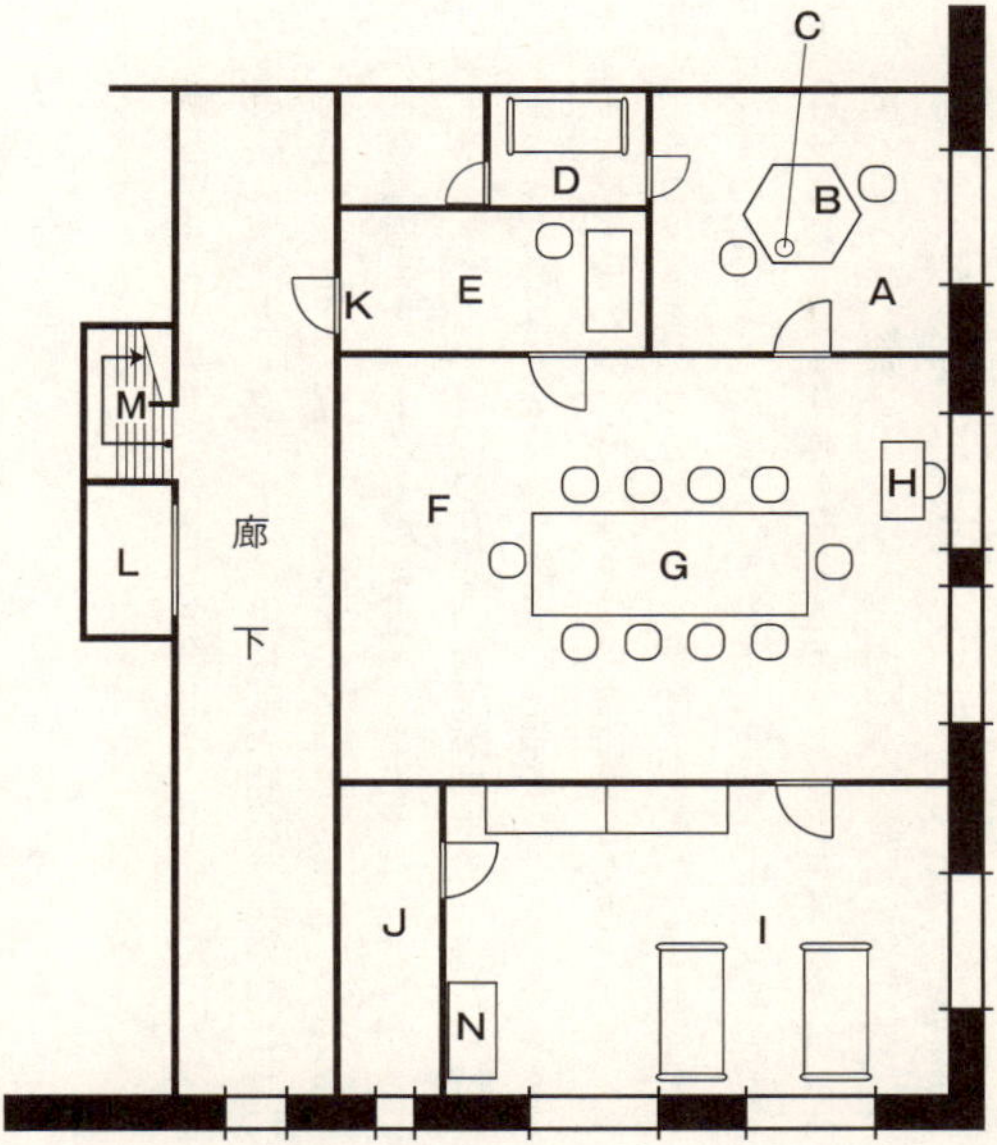

サイラス・フレンチのアパートメント

A	カード部屋	H	平机
B	カードテーブル	I	寝室
C	吸殻のある灰皿	J	洗面所
D	使用人の部屋	K	アパートメントのドア
E	控えの間	L	エレベーター
F	書斎	M	階段
G	会議用テーブル	N	鏡台

13　私室にて　寝室

エラリーとウェストリー・ウィーヴァーは、一階の人ごみを誰にも気づかれずにすり抜けた。デパートの裏に出ると、ウィーヴァーは壁の曲がり角の向こうにある、小さな鉄格子の扉を指差した。警官がひとり、背中を鉄格子に向けて立っている。

「あれが私室専用エレベーターだよ、エラリー」

エラリーは、クイーン警視の几帳面な筆跡による、警察の特別通行許可証を差し出した。警官は帽子にさっと触れて敬礼し、格子戸を開けた。

エラリーは格子戸の隣に階段があるのを確認したあと、エレベーターに乗りこんだ。慎重に扉を閉め、6のマークがついたボタンを押すと、かごが上昇を開始する。ふたりとも無言で、ウィーヴァーの方はくちびるを皺が寄るほど嚙みしめていた。

エレベーターは青銅と黒檀の化粧をほどこされ、床は合成ゴムがはめこまれていた。どこもかしこも染みひとつ、塵ひとつなく、掃除が行き届いている。奥の壁には黒いベルベット張りの低い長椅子風の腰かけが用意されていた。エラリーは鼻眼鏡《パンスネ》の位置を直しながら、興味津々で見回した。そしてベルベット張りの腰かけの上にかがみ、近くでしげしげと眺めてから、さらに首を伸ばして、壁と腰かけの間の怪しげな暗い空間を覗きこんだ。

「ヴェリーが何ひとつ見逃さないことは、わかってたんだ」彼は胸の内でつぶやいた。

かくん、とエレベーターが止まった。自動的にドアが開くと、ひろびろとした無人の廊下にふたりは足を踏み出した。廊下の片方のどんづまりには、高い位置に窓が見える。エレベーターのドアのほぼ真正面に、マホガニーの一枚板で作られた重厚な扉があった。扉に貼りつけられたきれいな小さい銘板には、こんな文字が記されていた。

私　室
サイラス・フレンチ

私服刑事がひとり、退屈そうに戸枠に寄りかかっていた。彼はすぐにエラリーが何者か気づいたようで、会釈すると一歩、脇にどいた。

「はいりますか、クイーンさん？」刑事は訊ねた。

「もちろん！」エラリーは陽気に答えた。「ぼくらがこの中を調べている間、申し訳ないが、ここでがんばっててくれないか。もし、誰かが――つまり、お偉いさんだ――来るのが見えたらノックしてほしい。一般人なら追い返すんだ。いいね？」

刑事はうなずいた。

エラリーはウィーヴァーを振り返った。「鍵を貸してくれるか、ウェス」彼はごく普通の口調でそう言った。ウィーヴァーはひとことも言わずに、少し前にウィンドウの中でクイーン警視に調べられたキーケースを手渡した。

エラリーは金のまるいつまみつきの鍵を選び取ると、鍵穴に差しこんだ。そのままひねると、シリンダー錠のタンブラーが音もなく回転した。彼は、分厚い扉を押し開けた。

そのずっしりした重みに驚いたのか、エラリーが手を離して一歩下がると、扉はすぐにばたんと閉まった。彼はノブをためした。鍵は再びかかっていた。

「馬鹿だな」エラリーはつぶやくと、もう一度、扉の鍵をはずした。彼はウィーヴァーを手招きして、先に部屋にはいらせると、またもや扉がひとりでに閉じるにまかせていた。

「特別製のスプリング錠だよ」ウィーヴァーが口を開いた。「なんで驚いてるんだい、エラリー？　完全なプライバシーを保障するためだ。ご老体はプライバシーとなると、そりゃうるさいんだよ」

「それじゃ、この扉は鍵がないと、外からは絶対に開けられないんだね？」エラリーは訊いた。

「シリンダー錠の舌が動かないように固定して、一時的に鍵がかからないようにしたりできないのか」

「この扉はそれほどヤワじゃないんだよ」ウィーヴァーはちらりと一瞬だけ笑みを見せた。

「でも、そんなことがどんな違いになるのか、ぼくには全然わからないな」

「天と地ほどの違いがある、のかもしれないね」エラリーは眉を寄せた。やがて、彼は肩をすくめ、あたりを見回した。

ふたりが立っているのはほとんどなんの飾りもない小さな控えの間で、天井は改造したらしく、みごとな明かり取りの天窓となっている……床にはペルシャ絨毯が敷かれ、ドア正面の壁際には詰め物のされた革張りの長いベンチと灰皿スタンドが並んでいた……左側に目をやれば、椅子が一脚と小さなマガジンラックがある。室内にあるのはそれだけだった。

四番目の壁には、玄関扉ほどいかめしくはない、もう少し小さな扉があった。

「あまり、ぼく好みとは言えないね」エラリーは評した。「こういうのが、我らが億万長者の趣味なのかい」

ウィーヴァーは、エラリーとふたりきりになったことで、持ち前の快活さをいくらか取り戻したようだった。「ご老体を誤解しないでくれ」彼は慌ててかばった。「あの人は本当にまともな感覚の持ち主なんだよ。飾り気のない部屋とごてごてした部屋の違いだって、ちゃんとわきまえている。だけど、あの人がこの控えの間を作ったのは、悪徳撲滅協会の用で会いにくる連中を、一カ所に集めときたかったからなんだ。ここは、まあ言ってみれば、待合室かな。正直言って、あまり使われてないんだけどね。ほら、フレンチさんはアップタウンに悪徳撲滅協会のもっと大きいオフィスを持ってるから、ほとんどの仕事はそこですませちゃうんだ。でも、この部屋を作った当初は、協会の中でも親しい人たちを、どうしてもここでもてなしたかったんだと思うよ」

「そういう客が最近、ここに来たか?」エラリーは訊ねて、奥に続く扉のノブに手をかけた。

「いいや、全然! もう何カ月も来てないな、たしか。あの人はいま、間近に迫っているホイットニーとの合併話にかかりきりなんだ。おかげで悪徳撲滅協会は結構ワリを食ってると思うね」

「ふうん、それじゃ」エラリーは分別くさく言った。「ここには興味をひかれる物がないようだから、先に進むとしようか」

ふたりが次の部屋にはいると、扉は背後でばたんとひとりでに閉じた。しかし、こちらの扉には鍵がなかった。

「ここは」ウィーヴァーは言った。「書斎だよ」

「そうみたいだね」エラリーは扉に寄りかかり、好奇心を隠そうともせずに室内を眺めている。ウィーヴァーは沈黙に耐えられないようだった。彼はくちびるをなめて、言った。「それと、役員会議を開く会議室でもあり、ご老体の隠れ家でもあり、まあ、いろいろと使われる部屋だよ。なかなか趣味のいい部屋だろ?」

エラリーの見たところ、すくなくとも六メートル四方はあるようで、くつろいだ雰囲気ではあるが、ビジネスにふさわしいたたずまいの部屋だった。部屋の中央にはマホガニーの長テーブルが鎮座し、そのまわりを、どっしりした赤い革張り椅子が取り囲んでいる。椅子は机のまわりに乱雑に散らばっており、朝の会議が中断された時の慌てぶりがうかがい知れた。でために積まれた書類がテーブルじゅうに散らばっている。

「いつもはこんなふうじゃないんだ」エラリーが、感心しないといったように顔をしかめているのに気づいて、ウィーヴァーがとりなした。「でも、とても重要な会議でみんなが興奮しているところに、階下で事故があったって知らせが飛びこんできて……もっとひどい散らかりようじゃないのが奇跡だと思うよ」

「そりゃそうだ！」

エラリーの真正面の壁にかかった簡素な額縁の中に、一八八〇年代に流行した服に身を包んだ、赤ら顔で傲慢そうな顎の男の肖像画があった。エラリーは眉をあげて問いかけた。

「フレンチ会長のお父さん——創業者だよ」ウィーヴァーが言った。

肖像画の下には、作りつけの書棚と、大きな坐り心地のよさそうな椅子と、モダンなデザインの側卓があった。椅子の真上には銅版画がかかっている。

廊下側の壁と、その向かい側に立つふたりのそばの壁は、趣味のよい調度品で彩られていた。残る左右の壁のどちらにもそっくりな、双方向に開く蝶番のスイングドアがはめこまれていた。スイングドアは、きめこまかな縮れ模様のついた赤革で仕上げられ、真鍮の鋲に飾られている。

五番街に近い奥の壁から一メートル半ほど離れたあたりに、大きな平机が置かれていた。そのぴかぴかの表面には、フランス風の電話機と、青い社用箋がのっており、部屋の内側を向いている側の端には、オニキスの美しいブックエンドにはさまれて、本が半ダースほど並んでいる。机のうしろの壁には、明かり取り用の大きな屋根窓が切られており、厚い赤いベルベットのカーテンがかかっている。この窓の真下が五番街だ。

エラリーは、じっと同じ位置に立ったまま、眉を寄せて観察していたが、ようやく満足したようだった。そしてまだ手に持っていたウィーヴァーのキーケースを見下ろした。

「ところで、ウェス」唐突に呼びかけた。「これはきみ自身の鍵かい。誰かに貸したことがあるか」

「ぼくの鍵だよ、エラリー」ウィーヴァーは、それがどうした、という顔で答えた。「どうしてそんなこと訊くのさ」

「いや、ただ、この鍵がきみの手を離れたことがあるとわかれば、おもしろいことになるんじゃないかと思ってね」

「ないよ、悪いけど」ウィーヴァーは返した。「ぼくの手を離れたことはない。そもそも知ってるかぎりじゃ、このアパートメントが作られて以来、五本の鍵はそれぞれの持ち主にしっかり管理されていたはずだ」

「そんなことはない」エラリーは淡々と言った。「きみはフレンチ夫人の鍵を忘れている」彼はじっと考えこみながら、鍵を見つめた。「なあ、きみにかなり迷惑をかけることになるかな、ウェストリー、この鍵をしばらく貸してもらったら。ぼくは、この特別な鍵を集める仕事に取りかかろうと思うんだ」

「いいとも」ウィーヴァーは小声で答えた。エラリーはくだんの鍵をはずし、ケースをウィーヴァーに返した。そして鍵は自分のベストのポケットにおさめた。

「ところで」エラリーは言った。「ここはきみのオフィスでもあるのかい」

「いや、とんでもない！」ウィーヴァーは答えた。「ぼくは五階に自分のオフィスをもらってるよ。毎朝、ここに上がってくる前にそこで報告書をまとめる」

「それでは《アンファン》！」エラリーが唐突に動いた。「戦闘準備《オ・ザルム》！　ウェストリー、失礼は重々承知だが、どうしてもフレンチ氏の寝室を見たいんだ。案内してもらえるかな？」

ウィーヴァーは、反対側にある真鍮の鋲を打った扉を示した。ふたりは毛足の長い絨毯の上を足音もなくえんえんと歩いて横切り、ウィーヴァーが扉を押し開けた。ふたりがはいりこんだのは、ひろびろとしたほぼ正方形の部屋で、窓は五番街と三十九丁目通りの両方を見下ろしていた。

部屋を見回したエラリーの慣れない眼にとっては、この寝室は色合いといい調度品といい、度《ど》肝《ぎも》を抜かれるほど、やたらと近代的だった。まず目を引くのが、ぴかぴかにみがき抜かれた楕円形の木のパネルの上に置かれた、床すれすれの高さのツインベッドだ。男物が詰まったへんてこな形の衣装戸棚と、大胆なデザインの婦人用鏡台があり、フレンチ夫人も夫と同様にここを私室として使っていたことがわかる。壁にはおとなしめな色合いの、キュビズムの影響を受けた、目を引く模様が二ヵ所にあり、その内側がどうやらクロゼットになっているようだ。風変わりな椅子が二脚、小さなナイトテーブルが一台、ツインベッドの間に電話台がひとつ、床には鮮やかな色の敷物が数枚散らばっている——大陸風の流行に、とんと疎《うと》いエラリーにしてみれば、このフレンチ夫妻の寝室は実に興味深い研究対象だった。

廊下側の壁には一枚のドアがあった。半分開いている。エラリーはその奥に、色とりどりのタイルにおおわれた、寝室に負けず劣らず近代的な洗面所を見つけた。

「何を捜してるのさ、何か特別な物を捜してるのかどうか知らないけど」ウィーヴァーが訊いてきた。

「口紅だ。ここにあるはずなんだ……それと鍵を。ここにないことを祈るけどね」エラリーは微笑し、部屋の中央に進み出た。

ベッドが両方とも、きちんと整えられているのを、エラリーは確認した。すべて完璧に整然としているようだ。つかつかと衣装戸棚に近づき、何も置かれていない天板の上を見る。ふと、鏡台が彼の視線をとらえた。まるでそこで見つかるはずの物を恐れているように、エラリーはそろそろと近づいた。ウィーヴァーが興味津々の顔で、あとをついてくる。

鏡台の上にあるのは、わずかな品だった。真珠母でできた小さなトレイ、白粉の瓶、手鏡。トレイの上には女性の身のまわり品がいくつか置いてある――小さなはさみ、爪やすり、爪みがき。どれも最近使われた形跡はない。

エラリーは眉を寄せた。首を回しかけて、鏡台に引き寄せられるように再び向きなおった。

「どうしたって」彼はつぶやいた。「ここにあるはずなんだ。どこよりも、論理的にここに決まっている。ああ、そうか!」

彼の指がトレイに触れた。貝殻形のトレイは端がほんの少し湾曲している。トレイを動かしたとたん、ころころと何かがいままではさまっていたトレイの端から転がり出て、床に落ちた。

勝利の笑みを浮かべて、エラリーはその物体をつまみあげた。小さな、打ち出し模様をほどこした金の口紅ケースだ。ウィーヴァーは驚嘆の表情を浮かべて発見した物を見に近寄ってきた。エラリーがキャップに彫られた三つのイニシャルを指差した。W・M・F。

「これ、会長の奥さんのじゃないか!」ウィーヴァーは叫んだ。

「親愛なるフレンチ夫人のね」エラリーは吐息の下からもらした。彼は筒をひねってキャップから中身を抜いた。ピンクに近い色の練り物が出現した。

「まさにこいつだと思うな」彼は声に出して言った。そして、何か思いついたように、上着のポケットを探ると、ウィンドウで死んだ婦人のバッグにはいっていた、銀を打ち出したひとまわり大きな口紅ケースを取り出した。

ウィーヴァーは驚きの声を出しかけて、慌てて押し殺した。エラリーは彼を見据えた。

「なるほど、きみはこれを見たことがあるんだね、ウェス」彼は微笑んだ。「さあ、話してくれ――いまぼくらはふたりきり《テ・タ・テート》だし、ぼくの前では何もとりつくろう必要はない、信頼してくれ……このCのマーク入りの口紅は誰の物なんだ？」

ウィーヴァーは顔をしかめ、視線をあげて、エラリーの冷静な瞳と眼を合わせた。「バーニスのだ」のろのろと彼は答えた。

「バーニス？　バーニス・カーモディか。行方不明の」エラリーはひとことひとこと、ゆっくりと言った。「フレンチ夫人はたしか、彼女の実母だったな」

「奥さんは後妻なんだ。会長の娘は、最初の奥さんとの間にもうけたマリオンだよ。その奥さんは七年くらい前に亡くなった。バーニスは、再婚した新しい奥さんの連れ子だ」

「で、これはバーニスの口紅なのか？」

「ああ。ひと目でわかった」

「みたいだね」エラリーはくすくす笑った。「きみが飛び上がった様子を見ればわかる……それで、ウェス、バーニスの失踪について何を知っている？　そういえばマリオン・フレンチは、振る舞いを見るかぎり、何かを知っていそう……おいおい、ウェス——落ちつけ！　ぼくは恋に目がくらんでいないから、ずけずけ言ってるだけだ」

「だって、マリオンが何も隠してないのは間違いないんだ！」ウィーヴァーは抗議した。「さっき、警視とぼくが入り口近くまでマリオンを迎えにいった時、マリオンが警視に言ったんだよ、バーニスと奥さんが、家をひと晩あけたって……」

「なんだって！」エラリーは本気で驚いていた。「どういうわけだ、ウェス。事実を話せ、とにかく事実を全部！」

「今朝、会議の直前に」ウィーヴァーが説明を始めた。「ご老体がぼくに、自宅に電話をいれて、グレイトネックから無事に戻ったことを奥さんに伝えてほしいと言ったんだ。ぼくが電話をかけたら、ホーテンス・アンダーヒルって家政婦が出て——実際は家政婦以上の人なんだけどね、もう十二年もあの家で働いてる。そのホーテンスが、いま起きていて電話に出られるのはマリオンだけだと言った。十一時ちょっと過ぎだったな。フレンチ会長はマリオンと、まあ、なんてことない普通の会話をしてた。

十一時四十五分になると、今度はホーテンスの方から、なんだかずいぶん慌てて電話をかけてきた。奥さんとバーニスがいつまでたっても起きた様子がないので、心配になって寝室にはいってみたら、どっちのベッドももぬけの殻で、しかも寝た様子がないって言うんだ。つまり、ふたりともひと晩、家をあけていたことになる……」

「フレンチ氏の反応は？」

「心配するより、怒ってるみたいだったな」ウィーヴァーは答えた。「会長は、ふたりが友達の家に泊まったと考えたみたいだよ。それで、そのまま会議を続けたけど、あの知らせが飛びこんできて中止になった――わかるだろ」

「どうしておやじは、その失踪の件を追及しなかったんだ……」エラリーは珍しく渋い顔になってつぶやいた。そして電話機に飛びつくと、デパートの交換手にヴェリー部長刑事を呼ぶように指示した。ヴェリーの太い声が受話器の向こうから響いてくると、エラリーは手に入れた事実を早口に伝え、可及的《かきゅうてき》速やかにバーニスを捜し出すことが必要だと思うと、警視に知らせるように言った。さらに、ウェルズ警察委員長をクイーン警視の力の能《あた》うかぎり長く階下に引き留めるよう、念を押してくれと頼んだ。ヴェリーは、すべて了解したとがらがら声で答えて、電話を切った。

間髪をいれずに、エラリーはウィーヴァーにフレンチ邸の電話番号を訊き、交換手に伝えた。「もしもし！」聞き取りづらいぶつぶつ言う声が、受話器の奥底からのぼってきた。「もしもし。警察の者です。ホーテンス・アンダーヒルさんですか？……いまはそんなことはどうでもいいんです、ミス・アンダーヒル……バーニス・カーモディさんは帰られましたか……なるほど……お願いします！　すぐにタクシーをつかまえて、まっすぐフレンチズ・デパートに来てください。そう、そう、大至急！……ところで、カーモディさん付きのメイドはいますか……たいへん結構。一緒に連れてきて……そう、六階のフレンチさんの私室です。着いたら、一階のヴェリー部長刑事に会ってください」

そして電話を切った。「バーニスはまだ戻っていない」彼は穏やかに言った。「いったいなぜなのか、運命の女神《フォルトゥナ》のみぞ知る、だ」彼は考えこみながら、てのひらの二本の口紅を見た。

「フレンチ夫人は未亡人だったのかい、ウェス？」しばらくして、エラリーは訊ねた。

「いや。カーモディと離婚したんだ」

「それはひょっとして、骨董商のヴィンセント・カーモディだったりするのかな」エラリーは表情を変えずに訊いた。

「そう、その男だよ。知ってるのか」

「ちょっとね。店に行ったことがある」エラリーは眉間に皺を寄せて、しげしげと口紅を見つめた。不意に、その眼が鋭くなった。

「もしかすると……」言いながら、金の口紅ケースを置いて、銀のケースを指先でひねり始めた。キャップを抜き、筒をねじると、濃い赤の練り物が現れた。その濃い赤の口紅がすっかり現れるまで、エラリーは無心に筒をひねり続けた。中身が出きったあとも、彼はさらに回そうとした。本人も驚いたことに、どこかでカチッという音がしたかと思うと、銀のケースから口紅が金属の台ごと、ぽろりとてのひらに落ちてきた。

「中に、何かはいってるのか？」純粋な驚きの言葉を口にしながら、エラリーは空洞になった筒を覗きこんだ。ウィーヴァーはもっとよく見ようと、身を乗り出した。エラリーはケースを逆さにして、振ってみた。

直径がおよそ一・五センチ、長さは三センチほどの小さなカプセル状の容器が、てのひらに落ちた。中には白い結晶のような粉が詰まっている。

「それは何だい」ウィーヴァーが息をのむ。

エラリーはカプセルを振り、持ち上げて光に透かして見た。「そうだな、我が友よ」彼はゆっくりとくちびるの端を持ち上げて、ぞっとする微笑みを浮かべた。「ぼくの眼には、これがヘロインそっくりに見える！」

「ヘロイン？　麻薬ってことか？」ウィーヴァーは興奮して訊いた。

「そのとおりだよ」エラリーはカプセルを口紅のケースの中に戻し、練り物を元どおりにはめこむと、口紅ケースをポケットに戻した。「上物の商売用のヘロインだ。間違っている可能性もあるが、おそらく当たっていると思う。鑑識に分析してもらおう。ウェストリー」フレンチの秘書に正面から向きなおった。「本当のことを話してくれ。きみの知るかぎり、フレンチ家の中に麻薬中毒者がいるか――いや、過去でもいい、いたことがあるか？」

ウィーヴァーは意外なほど即座に答えた。「このヘロインが本物であれば、の話だけど、いま思うと、バーニスの挙動にはおかしなところがあった気がする、特に最近。それ、バーニスの口紅だろ――エラリー、バーニスが中毒だったとしても、ぼくは全然驚かないよ。いつもびくびくそわそわして、やたらと神経質で、ものすごく痩せてきて――ふさぎこんでいたかと思えば、急にはしゃぎだして……」

「きみが並べ立てたのは、どれもこれもヘロイン中毒患者の症状そのものだ」エラリーは言った。「バーニスねえ。そのご婦人は一秒ごとに興味深い存在になってくる。フレンチ夫人はどうだ——フレンチ氏は——マリオンは？」

「違う——マリオンは違うよ！」ウィーヴァーはほとんど絶叫に近い声をあげた。そして、気まり悪そうに照れ笑いを浮かべた。「ごめん。いや、エラリー、きみはご老体が悪徳撲滅協会の会長だってことを忘れているよ——ありえない！」

「まあ、立場が立場だものね」エラリーは微笑んだ。「で、夫人の方はまともだと思うかい？」

「そりゃもう絶対に」

「一家の中でバーニスが麻薬中毒者だと疑っている人間は、きみのほかにいるか？」

「いないと思うな。うん、いないはずだよ。とりあえず、ご老体は絶対知らないはずだ。マリオンが何回か、バーニスの様子が変だと言ってたけど、そういうふうに疑ってはいないと思うよ、きっと。奥さんは——うーん、あの人は何を考えているのか、ちょっと読めないんだよな。かわいいバーニスのこととなると何も言わないし。たとえ疑っていたとしても、何もしないんじゃないかなあ。でも、ぼくは何も知らないと信じたいよ」

「しかしながら——」エラリーの眼がきらりと光った。「ちょっとおかしいと思わないか、ウェストリー、この証拠品がフレンチ夫人の死体から見つかったというのは——正確にはハンドバッグの中からだが……どうだ？」

ウィーヴァーは弱々しく肩をすくめた。「ぼくの頭の中は完全にぐるぐる回っている」

「なら、ウェストリー」エラリーは鼻眼鏡をもてあそびながら追及した。「フレンチ氏は自分の家族の中に麻薬中毒患者がいると知ったら、どう言うだろうな」

ウィーヴァーが身震いした。「きみは激怒したご老体の癇癪《かんしゃく》がどんなものか知らないんだ。そんなことを知ったら、あの人は手がつけられないほど怒り狂うに決まっ――」彼はぴたりと口をつぐみ、不安そうにエラリーを見た。エラリーは微笑した。

「ぐずぐずしていられない」元気よく言ったものの、エラリーの眼には悩ましげな光が揺れていた。「次は洗面所だ!」

14　私室にて　洗面所

「ここで何が見つかるか、実はぼくもよくわかっていないんだが」ふたり揃ってぴかぴかの洗面所に立つと、エラリーは心もとない様子でそう言った。「実のところ、洗面所なんて、いちばん何も見つかりそうにない……どこも何も変わりないか、ウェストリー。何かおかしなところはないか」

ウィーヴァーは即座に答えた。「いや、別に」けれども、その声には自信のない揺らぎのようなものが、かすかにまじっていた。エラリーはじろりと彼を見てから、室内を見回した。

洗面所は細長かった。浴槽は床より低く埋めこまれていた。洗面台はすっきりと現代風だった。その上には目立たぬよう、巧みに周囲に溶けこませた戸棚が吊り下がっている。エラリーは隠された戸棚の扉を開けてみた。中には三枚のガラス板の棚があり、家庭薬の瓶が数本と、ヘアトニックと、軟膏と、歯みがき粉のチューブと、シェービングクリームと、一風変わった形の木箱におさまった安全剃刀《かみそり》と、櫛《くし》が二本と、その他こまごました品がはいっている。

エラリーは、やれやれという顔で扉をばたんと乱暴に閉めた。「行こう、ウェス」ぶっきらぼうに言った。「時間を無駄にした。ここには何もない」そう言いながらも、一度立ち止まり、横にあるドアを開けた。タオル類をしまうクロゼットだった。エラリーは洗濯かごに手をつっこみ、汚れたタオル数枚をひっぱり出した。それらをざっと調べて、再びかごに投げこみ、ウェストリーを見て……

「おい、ぶちまけたまえ！」彼はほがらかに声をかけた。「さっきから気になってることがあるんだろう。デンマークでけしからんことが起きてるのか（『ハムレット』より）？」

「どうもおかしいんだ」ウィーヴァーは考えこみながら、くちびるをつまんでひっぱった。

「さっきもおかしいと思ったんだが、こうしていろいろあったあとじゃ、やっぱり――ますますおかしい気がしてきた……エラリー、なくなってる物があるんだ！」

「なくなってる？」エラリーの手ががばっと突き出され、ウィーヴァーの腕を恐ろしい力で握りしめた。「なんだと、それなのに黙ってたのか、いままで！　何がなくなってる？」

「いや、ぼくのことを馬鹿みたいだと思われそうで……」ウィーヴァーはためらいがちに話しだした。

「ウェストリー！」

「ごめん」ウィーヴァーは空咳をした。「その、どうしても知りたいなら言うけど、実は剃刀の刃が一枚、なくなってるんだ！」そしてエラリーの顔に、なあんだ、という表情が浮かぶのを期待するように見返した。

しかし、エラリーは笑わなかった。「剃刀の刃？　その話を聞かせてくれ」そう急《せ》かすと、彼はクロゼットのドアにもたれかかった。その眼は洗面台の上の吊戸棚をじろじろと探るように見つめている。

「ぼくは今朝、いつもより少し早めにここに来たんだ」ウィーヴァーは不安そうに眉間に皺を刻み、語りだした。「ご老体が来る前に準備しておかなきゃならなかったし、役員会議のための書類をたくさん用意する必要もあった。普段、ご老体は十時まで、ここには来ない。早く来るのは特別な時だけだよ――こういう役員会議のような……それで、ぼくは朝、慌てて家を出てきたんだ、ここでひげを剃ろうと思って。よくそうしてるんだ――それが、この部屋に剃刀を置いている理由でもあるんだけどね……そして今朝、ここに来て――八時半ごろだ――急いで剃刀のところに行った。だけど、刃がなかったんだ」

「それは、そう驚くようなことじゃないと思うがね」エラリーは微笑を浮かべた。「戸棚に刃を入れておかなかったってことだろう」

「だけど、ぼくは残しておいたんだ！」ウィーヴァーは言い返した。「おかしいと思った理由は、昨夜、店から帰る前に、ここでひげを剃ったからだ。その時、刃を剃刀に残しておいた」

「予備はなかったのか？」

「いや。ちょうどきらしてしまったので、補充するつもりでいたんだ。だけど今朝、持ってくるのを忘れたんだよ。だから、ここでひげをこそげとろうと思ったのに、どうしようもなかったのさ。刃が消えていたんだ！　馬鹿げてるだろ？　でも、昨日はたしかに、剃刀の刃を残していったんだよ、実は前にも刃の買い置きを忘れたことがあって、その時に、古い刃でも一度くらいはどうにか剃れるとわかったから」

「本当になくなってるのか？　剃刀に古い刃を残していったのはたしかなのか」

「絶対に。わざわざ洗って、もとどおりにはめておいたんだ」

「刃を折ったとか、そういうことはないんだな？」

「ないよ、エラリー、間違いない」ウィーヴァーは辛抱強く答えた。「刃はあった」

エラリーのくちびるの両端が、愉快そうに持ち上がった。「なかなかすてきな問題だ」彼は言った。「それできみの顔がむさくるしいことになってるのか」

「そうなんだ。今日は、一度も顔を剃る機会がなかったんだよ」

「待て、ちょっと変じゃないか」エラリーは考えこんだ。「つまり、戸棚の中に刃が一枚しかなかったってのはさ。フレンチ氏の剃刀の刃があるだろう？」

「あの人は自分で顔を剃ったりしないよ」ウィーヴァーはいくらかすまして答えた。「一度も剃ったことはない。毎朝、ひいきの床屋に剃らせてるんだ」

エラリーはそれ以上、何も言わなかった。彼は戸棚を開けて、木製の剃刀ケースをおろした。その中のごくシンプルな銀の剃刀をよくよく見つめたが、彼の興味をひくものは何もなかった。

「今朝、この剃刀に触ったかい」

「いや！　全然。刃がないのを見た時点で、もうどうでもよくなった」

「それは実に興味深いね」エラリーは銀の表面に触らないように気をつけて、剃刀の柄の先をつまみ、眼の高さまで持ち上げた。そして息を吹きかけた。一瞬で、それは曇った。

「指紋の跡がまったくない」エラリーは結果を述べた。「拭き取られてるな、間違いなく」突然、にこりとした。「どうやら昨夜、ここに幽霊か死霊か何かがいた痕跡が次々に見つかってきたようだな。まったく用心深い奴じゃないかね、男か女か、ひとりか複数か知らないが」

ウィーヴァーは声をたてて笑った。「それじゃ、きみはぼくの盗まれた剃刀の刃が、今回のごたごたと関係があると考えてるのか？」

「考えることは」エラリーがおごそかに言った。「それすなわち、知ることなり……よく心に留めおきたまえよ、ウェストリー。たしか、さっききみは階下で、昨夜は七時前に店を出たと言ってたな。つまり、剃刀の刃は昨夜の七時から今朝の八時半までの間に、この部屋から持ち去られたということになる」

「驚いたね！」ウィーヴァーは鼻の先でふんと笑ってつぶやいた。「探偵になるためにはそんな手品を身につけなければならないのか」

「おお、笑うがいい、下郎め！」エラリーはぴしゃりと返した……が、ふと何やら考えて、妙な顔で立ちつくした。「そろそろ次の部屋に行ってみようか」がらっと違う声音で言った。

「ぼくには小さな光明が見えてきた。まだまだ遠いが——儚《はかな》い小さな光とはいえ、光明は光明だ！　さあ《アロン・ザンファン》、行こう！」

15　私室にて　カード部屋

何かをめざすような足取りで洗面所をあとにしたエラリーは、寝室を突っ切り、再び書斎に戻った。ウィーヴァーはあとをついていったが、その顔にはついさっきまでの不安とはうってかわって、隠しきれないほど興味津々な表情が浮かんでいた。心にかかえていたものを忘れてしまったかのように。

「あのドアの向こうには何がある？」いきなりエラリーが、向かい側の壁にある、真鍮の鋲を打った赤革張りの二枚目の扉を指差した。

「そっちはカード部屋だよ」ウィーヴァーは興味深そうに答えた。「あんなところに何かあると思うのかい、エラリー。まったく、きみのおかげで、こっちまでなんだかわくわくしてきたよ！」そう言ったとたん、不意に彼は口をつぐんで、浮かない顔になると、自分の立場を思い出したように、親友の様子をおそるおそるうかがった。

「カード部屋だって？」エラリーの両眼が輝いた。「教えてくれ、ウェス――今朝、この部屋に最初にはいったわけだから、きみがいちばんよく知ることのできる立場にいるはずだ――今日、この書斎に来たうちで、ほかの部屋にはいった人間はいるか？」

ウィーヴァーはしばらく考えていた。「今朝、ご老体がここに来て、寝室にはいって、コートと帽子をそこに置いてきた以外は、誰も書斎から出ていないよ」

「フレンチ氏は洗面所で顔を洗ったりしなかったのか」

「いや。あの人は会議の準備のために、店の事業に関する書類を口述するので、ものすごく急いでいた」

「彼が寝室にはいった時はきみも一緒だった？」

「うん」

「そしてきみは、ほかの面子《メンツ》が――ゾーンも、トラスクも、グレイも、マーチバンクスも――朝はずっとこの部屋を出なかったと、自信を持って断言できるわけだね」エラリーはせかせかと部屋の中を歩きまわった。「ところで、きみはずっとこの部屋の中にいたんだろう」

ウィーヴァーはにこりとした。「今日のぼくは、午後ずっと肯定的な気分らしいな――どちらの質問も答えはイエスだ」

エラリーはしめしめというように両手をこすりあわせた。「つまりこのアパートメントの中は、唯一の例外である書斎以外、すべての部屋が八時半にきみが出勤してきた時のままの状態であると。すばらしい、最高だよ、我が全知全能なる比類なき助け手、ウェストリーよ！」

そして、きびきびとカード部屋に向かって突き進み、扉を押し開けると、ウィーヴァーもすぐあとに続いてはいってきた。そのとたん、エラリーの広い肩のうしろで、ウィーヴァーが心底から驚いたような声をあげた……

カード部屋は書斎や寝室よりも小さかった。壁は胡桃《くるみ》材の羽目板張りだった。五番街を見下ろす、ただひとつの大窓には、華やかなカーテンがかかっていた。毛足の長い絨毯が床をおおっている。

けれどもエラリーは、じっと動かないウィーヴァーの視線の先を追い、彼が部屋中央にある六角形の、けばだった緑色のフェルトでおおわれたカードテーブルを、信じられないものを見るような眼で凝視していることに気づいた。テーブルの上には小さな青銅の灰皿と、不思議な形に配置されたトランプのカードがのっている。どっしりした折りたたみ椅子が二脚、テーブルから押しのけられている。

「どうした、ウェス」エラリーは鋭い声で訊いた。

「だって、あの——あのテーブルは昨夜、あそこに出てなかったんだ！」ウィーヴァーは口ごもった。「帰る前にパイプを捜しに、ここにはいったから絶対にたしかなんだ……」

「なんだって！」エラリーは小さく声をもらした。「つまり、そのテーブルは折りたたんで、どこかにしまってあったというのか」

「そうだよ！　この部屋は昨日の朝、メイドが掃除していった。それに、あの灰皿の吸殻……エラリー、昨夜、ぼくが帰ったあとに、誰かがこの部屋にはいったんだ！」

「らしいね。そして、例の消えた剃刀《かみそり》の刃の話が間違いないとすれば、洗面所にもはいったんだ。大事なことは——その人物はなぜ、ここにはいったのかってことだ。ちょっと待った」彼は素早くテーブルに近づくと、興味深そうにカードをじっと見下ろした。

テーブルの両端にはふた組の小さなカードの山ができていた——片方の山は表を上に、もう片方は伏せて置いてある。緑色のフェルトの中央には、表を出したカードの山が四つずつ二列に並んでおり、エラリーが注意深く確かめてみると、強いカードから順に積まれていた。二本の列の間にはさらに、小さなカードの山が三つある。

「バカラバンク（ヨーロッパ風バカラ）か」エラリーはつぶやいた。「変だな！」彼はウィーヴァーを見た。「当然、きみはこのゲームを知ってるよな？」

「いや、全然」ウィーヴァーは答えた。「並べかたを見れば、それがバンクだってことはわかるよ、フレンチ会長の屋敷でやってるところを何度も見てるから。でも、ぼくはそのルールがよく飲みこめないんだ。頭痛がしてくるんだよ。まあ、どんなカードゲームでも頭が痛くなってくるんだけど。ぼくはもともとカードが得意じゃないんだ」

「そういえばそうだったな」エラリーは笑いだした。「ブルームベリーの家でスタッドポーカーをやった夜、きみが百ドルすっちまったのを、ぼくがかわりにはいって取り返したことがあったな……ところで、フレンチ邸でこのゲームをやってたのを見たことがあると言ったね――それが実におもしろい。これはいろいろと質問の必要がありそうだ。ロシア風のバンクのやりかたを知ってる人間はそう多くない」

ウィーヴァーは妙な目つきでエラリーを見た。その視線はこっそり、灰皿の吸殻に向けられた。が、視線はすぐに戻った。「あの一家ではふたりだけだ」咽喉を締めつけられるような声で言った。「バンクをしたのは」

「それで、そのバンクをする――いや、きみが過去形を使ったのにならえば、バンクをしたふたりというのは誰だ？」エラリーは淡々と訊ねた。

「奥さんと――バーニスだ」

「ほほう！」エラリーは小さな口笛を吹いた。「とらえどころのないバーニスか……ほかにやる人は？」

「ご老体はどんな形でもギャンブルと名のつくものを嫌悪している」ウィーヴァーはしきりに人差し指でくちびるを触っていた。「カードなんか絶対やらないよ。一の札《エース》と二の札《ジュース》の区別もつかないくらいだ。マリオンはブリッジをやるけど、それは社交界のつきあいで必要だからだよ。彼女はカードゲームが大嫌いだし、ぼくはフレンチ会長に雇われるまで、バンクなんて聞いたこともなかった……でも奥さんとバーニスはもう中毒だったな。とにかく機会さえあればやってたよ。あれはちょっと誰にも理解できなかった。もう救いようのないギャンブル狂ってやつだと思う」

「一家の友人知人には？」

「そうだな」ウィーヴァーはゆっくりと言った。「ご老体は自分の家の中でカード遊びを禁じるほど狭量じゃなかった。だから、このアパートメントにもカード部屋を用意してあるんだよ、余談だけど。役員たちのためにね――たまに、会議の合間にやってる。会長の自宅で客や友人がカード遊びをしているのを何度となく見たよ。だけど、奥さんとバーニス以外に、バンクをやる人は見たことがないな」

「いいね、いいね――実に美しい」エラリーは言った。「すばらしく均整の取れた、決定的な確証じゃないか！　ぼくは好きだよ、こういうのが……」しかし、ここで彼は何やら気になるように眉間に皺を寄せた。「それでその煙草だがね、我が友よ——どうしてこの五分間というもの、きみはその灰皿の中の吸殻を見ないようにがんばってるんだい？」

　ウィーヴァーはばつが悪そうに真っ赤になった。「ああ！」彼は黙りこんだ。「ぼくには言いづらいんだ、こんなこと、エラリー——とにかくぼくはいま、想像もつかないほど辛い立場に立たされて……」

「その煙草はもちろん、バーニス愛用の銘柄なんだろ……さっさと言っちまえよ」エラリーはやれやれというように言った。

「どうしてわかるのさ？」ウィーヴァーは叫んだ。「でも——うん、頭の鋭い人には、きっとすぐにわかるんだろうな……そう、それはバーニスのだよ。バーニス専用の。彼女は——自分のためだけに、特別に注文して作らせてるんだ」

　エラリーは吸殻を一本、つまみあげた。銀色の吸い口の下に筆記体で銘柄が印刷されている——〈公爵夫人《ラ・デュセス》〉。エラリーは残りの吸殻の山に指先を入れて、かきまわしてみた。そのどれもが例外なく、ほぼ同じ長さ——吸い口から二センチ足らずのところまで、ほとんど吸いきられていることに気づくと、彼の眼は鋭くなった。

「ほぼ根元まで吸ってあるな、どれもこれも」彼は言った。そして、指の間にはさんでいる煙草の匂いを嗅ぐと、怪訝そうな顔でウィーヴァーを見た。

「そうだよ、香りづけしてある。すみれだったかな」ウィーヴァーは即座に答えた。「そこのメーカーが、顧客の好みに応じて好きな匂いをつけてくれるんだ。たしか少し前、ぼくがあの屋敷に行った時、バーニスが注文していたよ——電話で」

「つまり〈公爵夫人〉は捜査において重要な位置を占めるというわけか……運がいい、よな？」彼は友人に、というよりむしろ、自分自身に言い聞かせるかのようだった。

「どういう意味だい」

「まあ、気にするな……そういえば、もちろん夫人は喫煙しないんだろう？」

「ええっ——どうしてわかったんだ」ウィーヴァーはびっくりして訊いた。

「また、何から何まできれいに話が合うね」エラリーはつぶやいた。「えらくきれいに、それはもうぴったりと。で、マリオンは——吸うのか？」

「冗談じゃない——吸わないよ！」

エラリーはからかうようなまなざしで友人を見た。「そうか！」唐突に、彼は言った。「それじゃ、こっちのドアの向こうを見てみようか」

彼は部屋を突っ切り、窓の向かい側の壁をめざした。飾り気のない小さなドアを開けると、簡素な小さい寝室に続いていた。そのさらに奥には小さな洗面所がある。

「使用人の部屋だ」ウィーヴァーは説明した。「もともとは従僕に使わせる予定で作ったはずだが、ぼくの知るかぎりじゃ、一度も使われたことはない。ご老体はあまりそういうことにこだわりがないし、むしろ自分の従僕は五番街の悪徳撲滅協会のオフィスにおきたいようだ」

エラリーはふたつの小部屋を素早く調べた。やがて、肩をすくめながら戻ってきた。

「ここには何もない、あるはずもないが……」言葉を切り、空中で鼻眼鏡《パンスネ》を振りまわした。「我々はかなり驚くべき事態に直面しているぞ、ウェス。考えてもみろ、ぼくらはバーニス・カーモディ嬢が昨夜、このアパートメントにいたという直接的な証拠を三つも持っている。いや、むしろふたつの直接的な証拠と、ひとつの——状況証拠と言う方がいいか。つまり、ひとつ目の証拠は——フレンチ夫人のハンドバッグから出てきたCのしるしつきの口紅ケースだ。もちろん、バーニスにとって、こいつは三つのうちで、もっとも不利でない証拠だよ、なぜならこれはバーニスがここにいたことを証明しない。夫人がここに持ちこんだ物かもしれないからね。とはいえ、心に留めておかなければならない要素だ。証拠のふたつ目は、バンクに狂っていたのが、一家の中でもまわりでも、フレンチ夫人とバーニスのふたりだけだったということだ。おそらく大勢の信頼できる証人が、きみと同じくらいきっぱりと確信を持って証言してくれる。きみも気づいただろう、ゲームがまさに白熱したところで中断されていたのを。あのカードの並べかたでは——まさに競り合いになった、実にいいところでやめたように見える……。そして三つ目、これこそがもっとも致命的ともいえる証拠だな——あの煙草、〈公爵夫人〉だ。バーニスの物であることは明白だから、法廷では有力な証拠として認められるね、もし強力な状況証拠に裏打ちされたなら」

「状況証拠って？　どういうことだ、いったい——」ウィーヴァーは叫んだ。

「バーニス・カーモディ嬢が失踪したという、疑わしい事実のことだ」エラリーは重々しく答えた。「まあ、ひらたく言えば、高飛びってやつかな？」彼はその単語をウィーヴァーに投げつけた。

「ぼくには信じられない――信じない」ウィーヴァーは弱々しく言ったものの、妙にほっとした空気がその声にまじっていた。

「母殺しというのは、人の道にはずれた異常な犯罪だが」エラリーはつくづくと考えこんだ。「しかし、まったくないわけではない……可能性なら――」彼の考察は、アパートメントの扉を慌しく叩く音に邪魔された。カード部屋の壁ばかりか待合室までをへだてているのに、その音は驚くほど大きく響いた。

ウィーヴァーはぎょっとした顔になった。エラリーはびくっと顔をあげ、もう一度素早く見回してから、先に行け、と身振りでウィーヴァーに示した。そして、真鍮の鋲が打たれた扉を、優しくそっと閉じた。

「おそらく、きみの善良なる家政婦のホーテンス・アンダーヒルとメイドだな」エラリーは陽気とも言える口調で言った。「あのふたりは、さらにもたらす者となるだろうか――バーニスにとって不利な証拠を！」

16　私室にて　再び寝室

ウィーヴァーが外の扉を勢いよく開け、ふたりの女を招き入れた。そのうしろから、トマス・ヴェリー部長刑事がのっそりとはいってくる。

「こちらのご婦人がたを呼びましたかね、クイーンさん」質問するヴェリーの広い肩が、扉のあった空間をふさいでいた。「一階にいたうちの者が、エレベーターの番をしていた警官の前をすり抜けて、乗りこもうとしているところをつかまえたんですが――このふたりは、あなたに呼ばれたと言っています。本当ですか？」

無遠慮な眼で、ヴェリーはアパートメントの中をじろじろ見回した――立っている戸口から見える、精いっぱいの範囲だけではあるが。エラリーは微笑した。

「いいんだ、ヴェリー」彼はのんびりと答えた。「まかせてくれて万事ＯＫだよ……それと、親愛なる警察委員長様は、警視殿相手に、どんな具合に捜査を進めているかな？」

「スカーフにがっぷり食いつきましたな」ヴェリーは太い声でそう言うと、ウィーヴァーが瞬時に握りしめたこぶしを、じろりと見た。

「電話できみに伝えた手がかりは追ってみたかい」エラリーはほがらかに訊いた。

「はい。女は行方不明ですがね。もう、うちのをふたり、そっちにかからせています」部長刑事の凄みのある顔が、ちらりと微笑でほころんだ。「あとどのくらい長く、警視の――ええと、一階での協力が必要ですかね、クイーンさん」

「こっちから連絡するよ、ヴェリー。さあ、もう行った行った、いい子だから」ヴェリーはにやりと笑ったが、くるりときびすを返した時にはもう、その顔はいつもの凍りついた無表情に戻っており、そのままエレベーターに向かっていった。

エラリーが振り返ると、女ふたりは身を寄せあい、不安そうにじっと彼を見つめていた。彼は、ふたりのうちで背の高い、年かさの――五十代前半と思われる、板のようにこわばった身体つきで、ごま塩頭の、冷ややかで情の強《こわ》そうな青い瞳の女に声をかけた。

「ホーテンス・アンダーヒルさんですね」彼は前置き抜きにずばりと訊いた。

「そうです――フレンチ様のお屋敷で家政婦をしております」その声は見た目とかけ離れてはいなかった――薄く、鋭く、鋼《はがね》を思わせる声だった。

「そしてこちらが、バーニス・カーモディ嬢のメイドさんですか」

もうひとりの女は、色あせた栗色の髪と、冴えない容貌の、おどおどした小柄な娘で、直接話しかけられたとたん、びくっとすくみあがり、ホーテンス・アンダーヒルの陰に隠れるようにいっそう身を寄せた。

「はい」フレンチ家の家政婦は答えた。「ミス・ドリス・キートンです。バーニスさん付きのメイドですわ」

「たいへん結構」エラリーはにこりとすると、うやうやしく会釈をして、一歩脇にどいた。「どうぞ、こちらについてきてくれますか――」彼は赤い革張りの扉を抜け、ふたりを大きな寝室に導いた。ウィーヴァーはおとなしくうしろからついてきた。

エラリーは寝室にあった椅子を二脚、指し示した。「かけてください」ふたりの女は腰をおろした。ドリス・キートンは気の弱そうな大きな眼でエラリーをじっと見つめたまま、こっそりと自分の椅子を家政婦の椅子に近寄せた。

「アンダーヒルさん」エラリーは鼻眼鏡《パンスネ》を手に口を切った。「この部屋にはいったことはありますか」

「ございます」家政婦はエラリーを睨み負かそうと決意したようだった。冷ややかな青い瞳が、さらに冷たい炎にきらめいている。

「ああ、そうですか」エラリーは視線をはずさずに、礼儀正しく間を取った。「では、いつ、どんな機会に、ここにはいられたのですか」

家政婦は彼の冷静さにも、まったく怯《ひる》む様子はなかった。「何度もです。そうとしか申し上げられません。ですが、奥様に頼まれた時以外に参ったことはございません。いつも、お召し物のことで」

「お召し物？」エラリーはきょとんとした。

家政婦はけんもほろろな態度でうなずいた。「もちろん。もうだいぶ前のことになりますけれども、奥様がこちらにお泊まりになられる時には、いつも翌日のお着替えを持ってくるように言われましたから。それでわたしはここに――」

「待ってください、アンダーヒルさん――」考えこんだエラリーの眼が、きらりと光った。「それは、夫人のいつもの習慣だったわけですか」

「わたしの知るかぎりでは」

「それでは――」エラリーは身を乗り出した。「――夫人があなたにそうするように頼んだのは、いつが最後でしたか」

家政婦はすぐには答えなかった。「ふた月ほど前だったと存じます」ようやく、彼女は答えた。

「そんなに前なんですか」

「ふた月、と申しました」

エラリーはため息をつき、背筋を伸ばした。「ということは、あそこのクロゼットの片方は夫人の物ですか」そう言いながら、壁にある作りつけのモダンなふたつのドアを示した。

「ええ――そちらのが」家政婦は即座に答え、洗面所に近い方の目立たないドアを指差した。

「でも奥様のお召し物だけではありません――お嬢様がたもときどき、ご自分のお持ち物をそこにしまっておいででした」

エラリーの眉がはねあがった。「本当ですか、アンダーヒルさん！」彼は鋭い声をもらした。その手は顎をそっとなで始めた。「推察するに、マリオンさんとバーニスさんはときどき、お父さんのアパートメントを使っていたということですね」

家政婦は彼を真っ向から見返した。「ときどきです。それほど頻繁《ひんぱん》にではございません。奥様がここをお使いになっていない時に、女友達と泊まられることがございました――はめをはずす、とでも申しましょうか」

「なるほど。それで、お嬢さんがたはここに――その、〝女友達〟とですか――最近、泊まりましたか」

「いいえ、わたしの知るかぎりでは。すくなくとも五、六カ月前が最後でしたね」

「たいへん結構！」エラリーはさっと鼻眼鏡を宙でひらめかせた。「ではアンダーヒルさん。あなたがカーモディ嬢の姿を最後に見たのはいつ、どんな状況だったのかを、できるかぎり正確に話してください」

　ふたりの女は意味ありげに視線を交わした。メイドはくちびるを噛み、うしろめたそうに眼をそらした。が、家政婦は冷静な態度を崩さなかった。「その質問が来るのはわかっていましたよ」淡々とした声で言いきった。「あなたがどんなお偉いかたか知りませんがね、わたしのかわいそうなふたりの子羊さんがこのことに関わっているなんて、考えるだけ無駄ですよ。あの子たちはどちらも、何もしていませんし、聖書に誓ったってかまいません。わたしはバーニスさんがどこにいるのか存じませんけど、でも、きっとはめられたに違いな……」

「アンダーヒルさん」エラリーは優しく言った。「興味深いお話ですが、我々はいま急いでいるんです。ぼくの質問に答えていただけますか――」

「いいでしょう、どうしても答えろとおっしゃるなら」彼女はきっとくちびるを結び、膝の上に置いた両手を組み、なんの感情もない眼でウィーヴァーを見てから、口を開いた。「昨日のことです――おふたりが朝、お起きになったところから始めるのがよろしいでしょう、それがきっといちばん簡単でしょうから――そう、奥様とバーニスさんは昨日の朝十時に起きてこられて、メイドがおぐしを結いに、それぞれのお部屋にうかがいました。そのあと、おふたりともお召し替えをなさって、ほんの少し、食事をつままれました。マリオンさんはもう、おひるをおすませでした。お給仕はわたしがいたしました……」

「失礼、アンダーヒルさん」エラリーが口をはさんだ。「ふたりが昼食の席で何を話していたのか、聞きましたか？」

「わたしは自分と関係のない話に耳をそばだてるようなまねはいたしません」家政婦はぴしゃりと言い返した。「ですから、わたしにわかるのは、おふたりがバーニスさんのためにあつらえる新しいドレスの話をしていたことだけです。そのあと奥様は少しぼんやりされているようでした。お袖をコーヒーカップにつけてしまわれたりして——おかわいそうに！　でも、奥様は最近、少し様子が変でしたから——もしかしたら、何か予感していたのかもしれませんねえ——奥様の御霊《みたま》が安らかでありますように！——とにかく、おひるをあがったあとは、おふたりとも音楽室で二時ごろまで、お喋りなどしてくつろいで過ごされました。もちろん何を話していらしたのかは、知りませんからね！　でも、邪魔をしてほしくないようでした。とにかく、音楽室から出てこられると、奥様がバーニスさんに、上階に行って着替えてくるようにとおっしゃるのが聞こえました——セントラルパークでドライブを愉しまれるおつもりで。バーニスさんが上階に行きましたけど、奥様は残ってわたしにエドワード・ヤング、運転手ですけれども、彼に車を回すように伝えなさいとおっしゃいました。そのあと、奥様もお召し替えのために、上階に行かれました。ところが、それから五分くらいして、バーニスさんがすっかり、街行きの服に着替えておりてこられたんですが、わたしを見つけると、気が変わってドライブしたくなくなったから買い物に行ったとお母様に伝えてちょうだい、とわたしに言われて——ひそひそ声で、ですよ——そのまま走って、出ていってしまったんです！」

エラリーはじっと考えこんだ。「多少、舌がすべりすぎたきらいはあるものの、いまの説明でよくわかりましたよ。それで、カーモディ嬢の精神状態は、あなたから見てどうでしたか」

「よろしくありませんでした」家政婦は答えた。「でも、バーニスさんはもともと神経質なお嬢さんなんです。でも、考えてみれば、昨日はいつもよりぴりぴりしていましたわね。お顔も真っ青で、やたらとそわそわしてらっしゃいましたねえ、お屋敷を抜け出した時には……」

ウィーヴァーが、はっと身動きした。エラリーは目顔で止め、家政婦に先を続けるようにうながした。

「いくらもたたないうちに、奥様がドライブ用の服に着替えておりてこられました。バーニスさんのことを訊ねられたので、ついさっき出ていかれたことを話して、ことづけをお伝えしました。わたしは本気で、奥様が失神されるんじゃないかと思いましたよ――おかわいそうに！――あんまり真っ青で、本当にご病気のようで、まったく奥様らしくありませんでしたけど、すぐに気を取りなおして、こうおっしゃいました。〝わかったわ、ホーテンス。それなら、ヤングに車をガレージに戻すように言って。わたくしもドライブに行かないことにしたから……〟そして、また上階にまっすぐお戻りになりました。ああ、思い出した！　奥様は二階に戻られる前に、バーニスさんが家に帰ったらすぐに知らせるようにおっしゃいました……ええ、これが、わたしが最後に見たバーニスさんと、ほとんど最後に見た奥様です。お気の毒な奥様は、午後はお部屋にこもりきりで、マリオンさんとお夕食をとるためにおりてこられただけでした。バーニスさんのことをいままでになく心配されていて、二回も電話をかけにいこうとして、結局、おやめになっていましたけれど。とにかく、夜の十一時十五分に奥様が帽子とコートをお召しになって階下におりてこられて——ええ、どうせあなたに訊かれるのはわかっていますよ、茶色いトーク帽に狐の毛皮の縁取りのついた布コートです——外出するとおっしゃって。そのまま出かけてしまわれました。それが、かわいそうな奥様を本当に最後に見たお姿です」

「車を回すように言われなかったんですか」

「ええ」

エラリーは室内を歩きまわった。「で、マリオン・フレンチ嬢は、その日いちにち、どこにいましたか」唐突に、彼は質問した。ウィーヴァーはショックを受けたように、エラリーをまじまじと見つめた。

「あら！　マリオンさんは朝早くからお目覚めで——いつだって早起きなんですよ、とてもいいお嬢さんです——おひるをあがったあとはすぐに、お友達とショッピングに行く約束をしているとおっしゃって、お出かけになりました。午後にはカーネギーホールにも行かれたと存じます、なんとかいう外国人のピアニストのチケットを見せてくださいましたもの。とても音楽がお好きなんですよ！　五時半ごろに、やっとお帰りになりました。そして奥様と夕食を一緒に召し上がって、バーニスさんがいないことにびっくりしておいででした。ともかく、お夕食のあとは、また着替えてお出かけになりました」

「マリオン・フレンチ嬢は、何時に家に帰りましたか」

「それは存じません。わたしは夜になって使用人たちを自由にさせてから、十一時半に休みましたので。どなたがお帰りになるところも見ておりません。奥様にも、起きて待っていなくていいと言われましたし」

「特別がちがちに厳しい家ってわけでもないんだな」エラリーは誰にともなく言った。「アンダーヒルさん、カーモディ嬢が家を出た時の服装を教えていただけますか――たしか二時半ごろでしたね」

ホーテンス・アンダーヒルは、椅子の中でそわそわと身じろぎした。メイドはまだ、鈍そうな怯えた眼でエラリーを、おどおどとうかがっている。

「そうですね」家政婦は口を開いた。「そう、バーニスさんはたしか――ちょっと考えさせてくださいまし――あのきらきらした飾りのついた青いフェルト帽に、グレーのシフォンドレス、グレーの毛皮の縁取りつきのコート、そしてラインストーンのバックルつきの黒い革のパンプスを身につけておいででした。これでよろしゅうございますか?」

「たいへんよろしいです」エラリーはひとなつこい微笑を浮かべて答えた。そしてウィーヴァーを片隅にひっぱっていった。「ウェス、ぼくがこのふたりのかけがえのないご婦人たちを、捜査会議にわざわざお呼び立てした理由がわかるかい」小声で訊ねた。

ウィーヴァーはかぶりを振った。「ただ、きみがバーニスのことを知りたかったとしか……あっ、まさかエラリー、バーニスがここにいたという、より確実な証拠を捜してるんじゃないだろうね」彼は怯えた声で問い返した。

エラリーは顔を曇らせてうなずいた。「新聞記者風に言えば、我々はかの若い婦人がこのアパートメントを訪れたと疑うに足る明らかな証拠を三つ持ち合わせている……しかし、ぼくの勘ではまだあると思う。ぼくには見つけられないような証拠が。しかし家政婦なら――そしてあのバーニス付きのメイドになら――」そこで言葉を切り、自分の考えに苛立ったように頭を振った。そして待っている女たちを振り向いた。「ドリス・キートンさん」メイドは眼にまじりけのない恐怖を浮かべて飛び上がった。「そう怖がらないで、キートンさん」エラリーは優しく言った。「ぼくは嚙みつきませんよ……昨日の午後、昼食のあとに、バーニス嬢の着替えを手伝いましたか」

娘は蚊の鳴くような声で答えた。「はい」

「たとえばですが、バーニス嬢が昨日身につけていた物がいまここにあったら、あなたにはそれがわかりますか?」

「は――はい、わかると思います」

エラリーは洗面所に近い方のクロゼットのドアに歩み寄ると、大きく開け放ち――色とりどりのドレスがさがるラック、ドアの内側に取りつけられた絹袋のポケット状の靴入れ、頭上の棚にいくつか並ぶ帽子箱を明らかにすると――一歩下がって言った。

「ここからはあなたの領分だ、キートンさん。何が見つかるか、やってみてください」彼は娘の真うしろにぴったり張りつくと、その鋭く聡い眼で見つめた。彼はメイドの動きを追うのにすっかり集中していて、ウィーヴァーがすぐ隣に来ていることにも気づかなかった。家政婦は痩せた石像のように椅子に坐ったまま、一同をじっと見ている。

ラックの無数のドレスの間をまさぐるメイドの指は震えていた。すべてのドレスを調べてしまうと、メイドはおどおどとエラリーを振り向き、かぶりを振った。彼は続けるようにと身振りでうながした。

メイドはつま先立ちになると、棚の上から帽子箱を三つおろした。そしてひとつひとつ開けて素早く、しかし注意深く調べていった。最初のふたつの箱にはフレンチ夫人の帽子がはいっている、とメイドは口ごもりながら言った。その言葉を、ホーテンス・アンダーヒルが冷ややかにうなずくことで裏打ちした。

メイドは三つ目の箱の蓋を開けた。そのとたん、息詰まるような小さな悲鳴をあげ、あとずさり、エラリーに軽くぶつかった。その接触はまるで、彼女の肌を焼いたかのようだった。メイドは飛びのき、手探りでハンカチーフを捜し始めた。

「どうでした？」エラリーは優しく言った。

「そ――それ、バーニスお嬢様のお帽子です」メイドは囁くと、不安そうにハンカチーフを嚙んだ。「それ――昨日の午後にお嬢様がおつけになったお帽子なんです！」

エラリーは、箱の中に鎮座している帽子を、つばの端からてっぺんまで、とっくりと眺めまわした。帽子は入れかたのせいで、柔らかな青いフェルトの頭の部分がへこみ、ひしゃげている。きらきら光るピンブローチが下向きのつばにつけられているのが、ちょうど彼の立つ位置から見える……言葉すくなにエラリーが頼むと、メイドは言われるままに帽子を箱から取りあげ、差し出した。エラリーがそれを手に持ち、ひっくり返して見てから、無言で娘に手渡すと、メイドもまた無言で受け取り、帽子の頭の部分に手を入れて形を整えつつ、帽子の上下をさかさまにし、そのままの形で手際よく箱に戻した。きびすを返しかけていたエラリーは、思わず、はっと動きを止めた。が、何も言わず、娘が帽子箱を次々に棚に戻していくのを見守っていた。

「では、靴を」エラリーは言った。

メイドは素直に、クロゼットのドアの内側に下がる絹でできた靴ポケットの前にかがみこんだ。そして、パンプスを一足、抜き取ろうとしたその時、エラリーはメイドの肩を叩いて止め、家政婦を振り返った。

「アンダーヒルさん、これが本当にカーモディ嬢の帽子かどうか確かめてくれませんか」

彼は長い腕を伸ばして、例の青い帽子のはいっている箱をおろすと、中身を取り出し、ホーテンス・アンダーヒルに手渡した。

家政婦は手早く調べた。エラリーは、どういうわけかクロゼットから遠ざかり、洗面所のドアの前に立っていた。

「そうです」家政婦は喧嘩腰で視線をあげた。「でも、それがどういう意味なのか、わたしにはわかりかねますが」

「正直でいらっしゃる」エラリーは微笑んだ。「では、戸棚にそれを戻していただけますか」

そう言いながら、ゆっくりとまた前に歩いてきた。

女は、ふんと鼻を鳴らすと、帽子の頭の部分に片手を入れて、くるりとひっくり返し、天地逆にしたまま帽子箱に入れた。そして慎重にそれを棚の上にあげ、同じくらい慎重な足取りで自分の椅子に戻っていった……ウィーヴァーは、エラリーが急ににやりとしたのを見て、わけがわからずぽかんとした。

すると、エラリーはまったく驚くべき行動に出た――彼を見守っていた三人ともが、己が眼を疑い、まじまじと見つめなおしたものだ。なんと、エラリーはまたもや棚に手を伸ばし、同じ帽子箱をおろしたのである！

彼は箱を開けると、でたらめな口笛を吹きながら、あのさっきからいじくりまわされている青い帽子を抜き取り、ウィーヴァーが見られるように差し出してきた。

「そら、ウェス、男性の視点からの意見を聞こう」彼は陽気に言った。「これはバーニス・カーモディの帽子か？」

ウィーヴァーは驚き呆れて友人を見つめていたのだが、うっかり帽子を受け取ってしまった。肩をすくめ、彼は帽子を眺めた。「見覚えがある気はするよ、エラリー、でも断言はできないな。ぼくは女性の服なんて、あまりよく見ないんだ」

「ふむ」エラリーは咽喉の奥で笑った。「それじゃ、帽子をしまいなおしてくれ、ウェス君」

ウィーヴァーはため息をつくと、慎重に帽子のてっぺんをつかみ、つばを下にして箱の中に落とした。そして不器用に蓋をがたがたやってようやく閉めると、箱を棚の上に戻した――三度目の正直となったこの作業は五分とかからなかった。

エラリーはてきぱきとメイドを振り返った。「キートンさん、カーモディ嬢は自分の衣類に関して、どのくらい気難しい人ですか」鼻眼鏡をいじりながら、彼は訊ねた。

「あの——あの、どういう意味で、ございますか」

「あなたの手をかなりわずらわせる人ですか。自分の持ち物を自分でさっさと片づける人ですか。あなたは正確にはどういう仕事をしているんです？」

「ああ！」メイドの眼はもう一度、指示を仰ぐように家政婦に向けられた。そして、彼女は絨毯を見下ろした。「あの、あの、バーニスお嬢様は——お召し物も、お持ち物も、とても大事になさるかたです。外から帰られますと、たいていいつでも、お帽子もコートもご自分で片づけられるんです。わたしの仕事は、お身のまわりのこまごましたお世話が多いんです——おぐしを結ったり、お召し物を揃えたり、そんなことです」

「とても気配りのあるお嬢様ですよ」ミス・アンダーヒルが冷ややかに口をはさんだ。「いまどきとても珍しい、貴重なお嬢さんだとわたしは常日頃から申しております。マリオンさんも同じです」

「そううかがって、ぼくは嬉しいですよ」エラリーは大まじめに言った。「嬉しい、という言葉では言い表せないほどにね……よし、キートンさん、シューンを！」

「えっ？」娘はきょとんとした。

「シューズ——靴です、靴（shoon は shoes の古語）」

クロゼットのラックに一足分ずつ下がっている靴ポケットからは、さまざまな形や色の靴が、すくなくとも一ダースは顔を出していた。例外なく、どの靴もそれぞれのポケットに先端をつっこみ、踵《かかと》をポケットの縁にひっかけて外に出している。

メイドのキートンは仕事に取りかかった。並んでいる靴をひととおり眺めてから、何足か引き抜いて丹念に見ていく。突然、ポケットのひとつにおさまっていた黒い革のパンプスに飛びついたと思うと、勢いよく引き抜いた。パンプスにはラインストーンの大きな重たいバックルがついていて、エラリーの前に突きつけられると、陽の光をまばゆくはね返した。

「これ！　このお靴です！」メイドは叫んだ。「昨日、バーニスお嬢様がお出かけになる時に、これをはいていかれたんです！」

震える指から、エラリーは靴を受け取った。そしてすぐさまウィーヴァーを振り向いた。

「泥はねのあとがある」彼は簡潔に言った。「濡れたあともあるな。これはもう疑う余地はないだろう！」エラリーがそれを返すと、メイドは震える手で靴ポケットにおさめた……不意に、エラリーの眼が鋭くなった。彼女は靴の踵をポケットの中に入れたのだ。ほかの靴はすべて、踵がポケットの外に出ているのに。

「アンダーヒルさん！」エラリーは黒いパンプスをポケットから引き抜いた。家政婦は仏頂面《ぶっちょうづら》で立ち上がった。

「これはカーモディ嬢の物ですか？」エラリーは靴を手渡しながら詰問した。

彼女はちらりとそれを見た。「ええ」

「完全な意見の一致をみたようですね」エラリーは急に声に笑みをまじえてのんびりと言った。

「では、お手数ですがラックに戻していただけますか」

ひとことも言わずに、彼女は従った。エラリーはその様子を間近で観察していたが、家政婦がメイドとまったく同じように、パンプスを踵からラックにおさめ、靴の先とバックルをポケットの外にはみ出させたのを見て、得たりとばかりに笑った。

「ウェストリー！」すぐに彼は言った。ウィーヴァーが疲れたように近寄ってきた。彼はいままで窓辺に立って、もの憂げに五番街を見下ろしていたのだった……そして、ウィーヴァーはパンプスをラックに戻す時に、踵の方をつかんで靴の爪先からポケットに押しこんだ。

「どうしてそんなことをする？」エラリーがそう訊ねるころには、ふたりの女たちはついに、彼は狂人に違いないと確信し、そろそろとクロゼットから遠ざかっていた。

「何をするって？」ウィーヴァーはつっかかるように言い返した。

エラリーは微笑んだ。「落ち着けよ、ハムレット……どうしてきみはその靴の踵が外に出るようにポケットに入れた？」

ウィーヴァーは眼を丸くした。「だって、ほかのは全部そうしてあるじゃないか」彼はきょとんとしていた。「どうして逆にしなきゃならないんだ」

「なるほど《アロール》」エラリーは言った。「一理あるね《オ・ナ・レゾン》……アンダーヒルさん、あなたはなぜ、ほかの靴はすべて踵が外に出ているのに、その靴だけは爪先を外に出すように、ポケットに入れたのですか」

「誰にでもわかることですよ」家政婦はぴしゃりと言った。「その黒いパンプスには、大きなバックルがついています。ウィーヴァーさんが、爪先から入れたらどうなったか見たでしょう。バックルがポケットにひっかかっているじゃありませんか！」

「おそるべきご婦人だな!」エラリーはつぶやいた。「ということはむろん、ほかの靴はどれもバックルがついていないんですね……」家政婦の眼に、エラリーは肯定の光が浮かぶのを見てとった。

ふたりをクロゼットの前に立たせたまま、エラリーは寝室の端から端まで無言で行ったり来たりし始めた。くちびるをうんととがらせ、真剣に考えこんでいる。が、不意にミス・アンダーヒルを振り返った。

「このクロゼットを隅から隅まで、うんと注意深く調べてもらえませんか、アンダーヒルさん。そして、もしできれば、ここにあるはずなのになくなっている物があれば、教えていただきたい……」彼はうしろに下がり、手をそちらに向けて振った。

家政婦は行動に取りかかり、てきぱきとドレスや帽子箱や靴を、もうひとわたり調べた。ウィーヴァーとメイドとエラリーは、無言でその様子を見守っていた。

ふと、家政婦は途中で手を休め、自信なさそうに靴ポケットを見つめて、次に棚を見上げ、躊躇《ちゅうちょ》したのち、エラリーを振り返った、

「はっきりとは申し上げられませんが」考え考え、口を切った彼女の、冷え冷えとしたまなざしが探るようにエラリーの眼を見つめた。「奥様のお持ち物はすべてここにあるようですが、バーニスさんのお持ち物がふたつ、なくなっているような気がいたします!」

「やっぱり!」エラリーは吐息をもらした。特別に驚いた様子はなかった。「帽子と靴ですよね、もちろん」

彼女は、はっと彼を見つめなおした。「どうしておわかりに？……ええ、わたしはそう思いました。何カ月か前に、こちらに奥様のお身のまわりの品をお持ちした時に、バーニスさんがグレーのトーク帽を持っていってほしいとおっしゃったのを覚えています。そして、わたしはそのとおりにいたしました。それから、いいえ、ローヒールのグレーのキッドの靴も――濃さの違う二色使いのグレーの靴が――わたしは、たしかにこちらに持ってきたと思うのですが……」家政婦は振り返り、鋭い眼でドリス・キートンを見た。「あのお帽子とお靴は、バーニスお嬢様のお部屋のクロゼットにあるかい、ドリス？」

メイドは力いっぱいかぶりを振った。「いいえ、アンダーヒルさん。もうずっと前から、そのふたつは見ていません」

「そう、やっぱり。グレーのフェルトでできた、縁なしのぴったりしたトーク帽と、グレーのキッドの散歩靴があったんですよ。このふたつがなくなっています」

「そうですか、では」エラリーが会釈したので、ミス・アンダーヒルは眼をみはった。「これですっかりおしまいです。どうもありがとうございました……ウェストリー、アンダーヒルさんと、恥ずかしがり屋のキートンさんを玄関まで送ってくれるかな？　外の見張りに、おふたりをヴェリー部長刑事のところに連れていって、ほかの連中がここに上がってくるまでは、ウェルズ警察委員長に見つからないようにするよう、頼んでくれ……アンダーヒルさん、マリオン・フレンチさんは」そして、また家政婦に頭を下げた。「あなたのような母性あふれる温かな存在がそばにいてくれれば間違いなく喜ばれるでしょう。では、ごきげんよう！」

ふたりの婦人とウィーヴァーが控えの間にはいってドアを閉めた瞬間、エラリーは書斎を走り抜け、カード部屋に突進した。大股に駆けこみ、カードテーブルにきれいに積まれたボール紙の束と、吸殻だらけの灰皿をじっと見下ろす。そして椅子に腰をおろすと、じっくりとカードを調べ始めた。目の前の伏せたカードの大きめの山を取りあげると、順番を変えないように開いていく。しばらくして、テーブル中央に十一あるカードの山をすべて広げてみた彼は眉を寄せた……やがて立ち上がり、わけがわからないといった様子で諦めてしまった。そして、すべての山を見つけた時のままにまとめなおした。

憂鬱な顔で吸殻を睨んでいると、扉のかちゃりという音に続いて、ウィーヴァーが書斎にはいってくる気配がした。エラリーはさっと振り向き、カード部屋をあとにした。赤い革張りの扉が背後で、しゅっと柔らかな音をたてて閉まった。

「ご婦人たちの方は、片をつけてきてくれたかい?」彼はさりげなく訊いた。ウィーヴァーはむっつりとむくれたような顔でうなずいた。エラリーはぐっと胸を張り、眼をきらめかせた。「マリオンのことを心配してるんだろ」彼は言った。「心配性だなあ、ウェス。おばあちゃんだぞ、それじゃまるで」彼はゆっくりと書斎を見回した。ややあって、屋根窓のすぐ前にある机の上で、眼が止まった。「思うんだが」偉そうに宣言すると、机に向かってぶらぶら歩きだした。「ちょっとくつろいで、何が出てくるかじっくり調べてみないか。いみじくもプルタルコスが言うように、休息こそは労働の甘美なソースなり、だ——さあ、坐れよ、ウェス!」

17　私室にて　書斎

ふたりは腰をおろした。エラリーは机の前の、坐り心地のいいゆったりした回転椅子に、ウィーヴァーは会議用テーブルに並ぶ革張りの椅子のひとつに。

ゆうゆうとくつろいで、エラリーは書斎の壁から壁を見回し、次いでテーブルの上に眼を移し、散乱している仕事関係の書類や、壁にかかった写真や、目の前の、ガラス板をのせた机を眺めていた……その視線がふと、電話機のそばにある青みがかった社用箋の上に落ちた。彼は何気なく、その紙を取りあげて一読してみた。

それは業務上の覚え書きだった。几帳面にタイプされている。

いま一度、エラリーは、食い入るような眼で読み返した。かと思うと不意に顔をあげ、悶々としているウィーヴァーを見つめた。

お知らせ

✓フレンチ殿

グレイ殿
マーチバンクス殿
トラスク殿
ゾーン殿
ウィーヴァー殿

一九××年五月二十三日　月曜日

写し

五月二十四日、火曜日の午前十一時より、会議室にて特別役員会議を開きます。必ずご出席くださるよう、お願い申し上げます。本会議では、ホイットニー-フレンチの合併計画の詳細について討議する予定です。その場にて、最終的な結論を出したい所存であります。全員の参加が不可欠となります。よろしくお願いいたします。

ウィーヴァー氏は、九時に会議室でフレンチ氏と落ちあい、役員による最終決議に間に合うよう必要書類を作成すること

署名　サイラス・フレンチ
記　ウェストリー・ウィーヴァー

「こいつはひょっとして……」言いかけて、エラリーは不意に口をつぐんだ。「教えてくれ、ウェス――この覚え書きはいつタイプした？」

「え？」ウィーヴァーはエラリーの声の調子にびっくりした。「ああ、それのことか！　それは役員全員に送った案内状だよ。昨日の午後に打ったんだ、ご老体がグレイトネックに出発したあとに」

「何部作った？」

「七部だよ――役員全員と、ぼくの分と、保存用に一部。それはご老体の分だ」

エラリーは間髪をいれずに言った。「どうしてこれが机の上にあったんだ？」

ウィーヴァーは、一見つまらなく思えるエラリーの質問にすっかりめんくらっていた。「たいしたことじゃないよ！」彼は言い訳がましく答えた。「いつもどおり、ただの形式さ。そうしておけば、朝ご老体がそれを見て、ぼくが手配をすませておいたとわかるだろ」

「てことは、これはここに――机の上に――あったのか、昨夜、きみがこのアパートメントを出た時には」エラリーは追及した。

「そりゃそうだろ！　ここ以外のどこにあるのさ。それに、昨日だけじゃない、今朝、ぼくがここに来た時もまだあったよ」ウィーヴァーはそう言うと、ちょっと笑ってみせた。

しかしエラリーは真剣だった。その眼がきらりと光る。「たしかか？……」そして妙に興奮した様子で、回転椅子から立ち上がりかけた。が、すとんとまた腰をおろした。「これでパズルの残りのピースが埋まったな」彼はつぶやいた。「おかげで、説明のつかなかった唯一のポイントが、なんと美しく、ぴったりと説明がついたことか！」

考えこみながら、彼は胸ポケットから大きな紙ばさみを取り出し、青い紙をたたまずにはさみこんだ。

「このことは誰にも言わないでくれるよな、もちろん」エラリーはゆっくりと言った……ウィーヴァーはうなずくと、再びぼんやりと物思いに沈んだ。エラリーは前かがみになり、机のガラス板に肘をのせ、てのひらに顎をのせた。そして、じっと前を凝視した……何かが、どうにもひっかかる。ぼんやりと、特に何を見るでもなかった眼の焦点が、ちょうど視線のまっすぐ先に鎮座ましましている、オニキスのブックエンドにはさまれた数冊の本の上に、次第に定まってきた。

不意にエラリーはふくらんできた好奇心を満足させるかのように、ぴんと背筋を伸ばし、本のタイトルを読むのにすっかり夢中になっていた。やおら、長い腕を伸ばしてそのうちの一冊を抜き取り、もっと近くでよく確かめだした。

「愛書家の英知にかけて！」ようやく彼はつぶやき、顔をあげてウィーヴァーを見た。「おかしな取り合わせの愛読書だ！　きみの雇い主は『古生物学概論』なんて、堅いものを読む習慣があるのか、ウェス？　それとも、こいつはきみの学生時代の教科書の遺物なのかい。だけど、きみが格別、科学に興味を持っていた記憶はまったくないな。ジョン・モリソン老の本とはね」

「ああ、それか！」ウィーヴァーは一瞬、気まずそうに言った。「いや、それは――たぶん、ご老体のだよ、エラリー。そこにあるのは全部。白状すると、タイトルなんて見たこともなかった。いまなんて言った――古生物学？ あの人がそんなものに凝ってたなんて知らなかった」

エラリーは、ほんの一瞬、彼をじっと見つめてから、手の中の本をもとの位置に戻した。

「ほかのは――おっと、これはまた」彼は小声で言った。「驚き桃の木だね！」

「どうした？」ウィーヴァーは不安そうに言った。

「まあ、いまからタイトルを読み上げるから、よく聞きたまえ。スターニ・ウィジョフスキー著『十四世紀の貿易と商業』。きみにはなじみがないだろうが、まあ、デパート王なら商業の歴史に興味を持っても不思議はない……お次は――レイモン・フレイバーグ著『子供のための音楽史』だ。言っておくが、こいつは子供向けの本だよ。ヒューゴ・サリスベリー著『切手蒐集の発展』。切手集めにご執心とはね！ 実に、実におもしろい……それから――なんだこりゃ！――あのどうしようもない馬鹿者のA・I・スロックモートンが編んだ『ナンセンス傑作選』だって！」エラリーは顔をあげると、ウィーヴァーの困惑した眼を見つめた。「親愛なる若きデンマーク人くん（デンマーク王子ハムレットのこと）」ゆっくりと彼は言った。「ぼくはね、病的な書物狂いが、本人だけにわかる理由でこんなおかしな取り合わせの本を何冊も自分の机に並べておくのは理解できるんだが、ぼくの思う、悪徳撲滅協会の会長であり商業界の大立者《おおだてもの》であるサイラス・フレンチ像とは、あまりにかけ離れていて想像がつかない……ぼくにはきみの雇い主が、古生物学の現地調査をしたいという知的好奇心を持ち合わせ、切手蒐集に夢中で、中世の商業史に非常に興味があり、音楽の知識があまりに少ないために子供向けの音楽史の本を読む必要があり、ついには年間最高の――むしろ、最低の、かもしれないが――安っぽいナンセンスな胸糞悪い三文芝居のジョークに夢中になるような人間だとは、どうしても思えない！……ウェス、目を白黒させてる場合じゃないぞ」

「ぼくには何がなんだか」ウィーヴァーは椅子の中で、もじもじした。

「まあ、そうだろう、そうだろうね、我が友よ」エラリーは立ち上がると、向かって左側の壁際にある書棚に歩み寄った。そして、スラブ行進曲の主旋律をハミングしながら、ガラス戸の裏に並ぶ書物のタイトルを調べ始めた。しばらく綿密に調べたのち、机に戻ってくると、また椅子に坐って、ブックエンドにはさまれた本をぼんやりと指先でいじりだした。ウィーヴァーの眼が落ち着かない様子で彼の仕種を追う。

「書棚の本を見て」エラリーは再び口を開いた。「ぼくの疑念は、はっきりと形になった気がする。あそこには社会福祉関連の本のほかは、ブレット・ハート、O・ヘンリ、リチャード・ハーディング・デイヴィス等々の文学全集しかない。どれもこれも、きみの大事なご老体らしい、知的な上流紳士の趣味にぴったり当てはまる。それなのに、この机に並んでいる本は……」彼はつくづくとそれらを眺めた。「しかもまったく手つかずだ、読んでいないな、これは」むしろこの文学に対する冒瀆《ぼうとく》ともいえる犯罪の方に、よりいっそう憤慨しているようだった。

「このうちの二冊はだね、こんな具合に装丁されているということは、袋とじになっているべージが切り離されていない、ということだよ……ウェストリー、正直に答えてくれ、フレンチ氏はこういう分野に興味を持っているのか」彼は目の前の本に向かって指を振った。

ウェストリーはただちに答えた。「ぼくの知るかぎりでは、そんなことないよ」

「マリオンは？　バーニスは？　夫人は？　役員たちは？」

「フレンチ家の人たちのことなら、自信を持って答えられるよ、エラリー」ウィーヴァーは答えて、椅子から飛び出すと、机の前を行ったり来たりし始めた。「誰ひとりとしてそんなものは読まない。役員たちは——まあ、きみも会っただろ」

「グレイはこういう無茶苦茶なごった煮《メランジェ》に興味を持ちそうだけどね」エラリーは考えこみながら言った。「そんなタイプだ。しかし、子供向けの音楽史というのは……さて！」

彼は急にしゃっきりとなった。コートのポケットから取り出した小さな本の見返しに、机に並ぶ本のタイトルと著者名を慎重に書き留めた。やがてため息と共に鉛筆をベストのポケットに戻すと、再びぼんやりした眼で本を眺めた。片手で一方のブックエンドをもてあそびながら。

「フレンチ氏に、そこの本について訊くのを忘れないようにしなきゃな」ウィーヴァーにというよりも、自分に向けてつぶやいた。ウィーヴァーはさっきから、怒ったように部屋の中を行ったり来たりしている。「——坐れよ、ウェス！　きみがうるさくて考えられない……」ウィーヴァーは肩をすくめ、おとなしく腰をおろした。「これはすばらしい品だね」エラリーは世間話をする調子で、ブックエンドを指し示しながら言った。「オニキスの彫刻とは、またなかなかおもしろい」

「グレイさんは、かなり奮発したんだろうな」ウィーヴァーはつぶやいた。

「ほう、それじゃ、これはフレンチ氏への贈り物なのか」

「こないだの誕生日にグレイさんが贈ったんだ――三月に。舶来品ってことは知ってる――二、三週間前にラヴリが、これはずいぶん珍しくて美しいものだって誉めてたのを覚えてるよ」

「いま――三月って言ったか？」突然、エラリーは詰問口調になり、黒く輝くブックエンドを目の前に近づけた。「たった二ヵ月前だ、なのに――」素早く、もう片方のブックエンドを取りあげた。急に、細心の注意を払いながら、机のガラス板の上にふたつ並べて置いた。そしてウィーヴァーを手招きした。

「このふたつの違いがわかるか」声に興奮の色をまじえて訊ねた。

ウィーヴァーは身を乗り出し、片手を伸ばして一方をつかもうと……

「触るな！」エラリーが鋭く叱った。「どうだ？」

ウィーヴァーは、さっと身を起こした。「怒鳴らなくても聞こえるよ、エラリー」むっとしたように言った。「ぼくの見た感じだと、こっちの方の底に貼ってあるフェルトがちょっと色あせてるみたいだけど」

「ぼくの乱暴なマナーは気にしないでくれ、相棒」エラリーは言った。「この色の濃さの違いは、やっぱりぼくの気のせいじゃなかったんだな」

「なんでこっちとこっちで、緑のフェルトの色が違うんだろう」ウィーヴァーは不思議そうに言いながら、椅子に戻った。「ブックエンドはほとんど新品なのに。ご老体が受け取った時にはなんともなかったはず――いや、なんともなかった。だって、もし違っていれば、ぼくが気づいたはずだもの」

エラリーはすぐには答えなかった。ふたつのオニキスの彫刻をじっと見下ろしていた。どちらも円柱形をしていて、外側に彫刻がほどこしてある。円柱の底、机に触れる面には、上質の緑色のフェルトが貼ってある。大窓から燦々《さんさん》と射しこむ午後の強い日差しの中では、緑色の濃さの違いは一目瞭然だった。

「これはなかなか、すてきな謎だな」エラリーはつぶやいた。「そして、これが何を意味するのか、まあ、何かを意味していればの話だがね、いまのところ、ぼくにはわからない……」彼は、眼をきらりと光らせてウィーヴァーを見上げた。「このブックエンドは、グレイからフレンチ氏に贈られて以来、この部屋の外に持ち出されたことはあるか？」

「いや」ウィーヴァーは答えた。「一度もないよ。ぼくは毎日ここに来るから、移動させられていれば絶対に気づく」

「壊されたり、修理されたりしたことはあるか、この部屋の中ででもいい」

「いや、全然ないよ！」ウィーヴァーはびっくりして言った。「変なことを言うね、エル」

「しかし、重要なことだ」エラリーは腰をおろすと、鼻眼鏡《パンスネ》をくるくる回しだしたが、その眼は正面に置いたブックエンドに釘づけだった。「グレイはフレンチとかなり仲がいいってことかな」彼は唐突に訊いた。

「親友だよ。三十年越しの仲だ。ご老体が、白人奴隷（性的な奴隷として外国に売られる少女）や売春の問題にずいぶん熱心に取り組んでいるものだから、そのことであけすけにぽんぽんと言いたい放題の口喧嘩をするけど、普段はとてつもなく仲がいいんだ」

「そうなんだろうね」エラリーはうーんと考えこみ、しばらく集中していた。ブックエンドから眼をそらそうとしない。「もしかして……」彼の手が上着のポケットにもぐりこんだと思うと、小さな拡大鏡と共に現れた。ウィーヴァーはびっくり仰天して、友人を見つめ、そして腹をかかえて笑いだした。

「エラリー！　信じられないよ！　シャーロック・ホームズみたいじゃないか！」彼のおもしろがりかたは、ひととなりそのままにまったくいやみがなく、素直で心から愉しそうだった。

エラリーは照れたように笑った。「たしかに芝居がかっているけどね」彼は告白した。「でも、このちっちゃい道具がときどき、本当に役にたってくれたりするんだ」そう言うと、うんとかがみこみ、濃い方の緑のフェルトが貼ってあるブックエンドに拡大鏡を近づけた。

「指紋を捜してるの？」ウィーヴァーはくすくす笑った。

「馬鹿にしたものじゃないよ」エラリーは気取って言った。「まあ、拡大鏡で見ただけじゃ、あてにならないけどね。確実に見つけるためには指紋採取用の粉が必要……」ブックエンドから顔を離すと、もう一方の上にかがみこんだ。薄い方の緑のフェルトをじっくり調べていた手が、急にぴくりと引きつるように震えた。「どうした？」という、ウィーヴァーの叫び声も無視して、エラリーはオニキスとフェルトが触れあっている部分の隙間を、食い入るような眼で見つめている。隙間はほんのひと条《すじ》の線のようで、あまりに細く、裸眼では髪の毛ほどにしか見えないが、拡大鏡のおかげでほんの少しだけ大きく見える。ブックエンドの底をぐるりと囲んでいるこの条は、正確に言えば接着剤だった——フェルトをオニキスに貼りつけている接着剤だ。もう一方のブックエンドにも、同じ条が見えている。

「ほら、拡大鏡を持って、ウェス、このフェルトとオニキスのさかいめに焦点を合わせてみろ」エラリーはそう命じながら、ブックエンドの底面のまわりを示した。「何が見えるか言って——気をつけて、オニキスの表面に触るなよ！」

ウィーヴァーはかがみこみ、興味津々でレンズを覗きこんだ。「おや、なんだか接着剤に埃みたいなのがくっついて——埃だよな、これ？」

「いわゆる普通の埃ではなさそうだ」エラリーは重々しく言うと、レンズをつかみ、再び、フェルトの接着剤の部分を丹念に調べ始めた。しばらくすると、レンズをブックエンド本体に近寄せ、表面をすべらせるようにして、じっくりと眺めた。そして、もう片方のブックエンドも同じように見ていった。

ウィーヴァーが、あっと短く声をあげた。「なあ、エル、ひょっとして、きみがバーニスの口紅ケースの中から見つけたのと同じ物じゃないのか。ヘロインって言ってたよね、きみ」

「なかなか鋭いぞ、ウェストリー」エラリーは微笑みながら、忙しくレンズの中を見つめている。「だが、まじめな話、そいつは疑わしい……分析が必要だな、しかも早急に。ぼくの識閾《しきいき》下《か》で、何かが警告を発している」

彼は拡大鏡をテーブルに置き、いま一度、ブックエンドをしげしげと見つめてから、電話機に手を伸ばした。

「ヴェリー部長を頼む――そう、部長刑事だ――すぐ電話に出してくれ」そして、求める相手が電話に出るのを待つ間、早口にウィーヴァーに語りかけた。「もし、この物質が、ぼくの想像している物だとしたらだね、相棒、この事件はポタージュなみにどろどろってことだ。ま、すぐにわかる。洗面所の戸棚から脱脂綿をたっぷり持ってきてくれないか、ウェス？　もしもし、もしもし――ヴェリーかい」エラリーが受話器に向かって話し始めると、ウィーヴァーは真鍮の鋲を打った扉の向こうに消えた。「ぼくだ、エラリー・クイーンだよ。そう、上階のアパートメントからだ……ヴェリー、きみの部下の腕利きをひとり、すぐによこしてほしい……誰？……ああ、ピゴットかヘッスならうってつけだ。大至急頼む。それからウェルズに何か訊かれても、このことは絶対に喋らないでくれ……いや、きみの手助けはいらない――いまのところは。まあ、待っていたまえ、猟犬君！」くすくす笑いながら受話器を置いた。

ウィーヴァーが、脱脂綿のいっぱいはいった大きな箱を持って戻ってきた。エラリーはそれを受け取った。

「よく見ていてくれよ、ウェス」彼は笑って、宣言した。「気を引き締めて、注意して見ていてくれ。もしかすると、そう遠くない将来、ぼくが今日、ここですることを証人席で証言しなきゃならなくなるかもしれないからね……用意はいいかい？」

「目ん玉ひんむいて見ているさ」ウィーヴァーはにやりとした。

「よし、行くぞ《アレ・ウップ》！」奇術師のように派手な仕種で、エラリーは上着の大きなポケットから、不思議な金属製のケースを取り出した。小さなボタンを押すと、勢いよく蓋が開く。内側にしきつめられた薄いざらざらの黒い革張りのパッドには、蠟引きの糸が数本、小さな輪を作るように通してあり、糸の輪それぞれに、ぴかぴか光る小さな器具が差しこまれ、固定されている。

「これこそ」エラリーは整った白い歯を見せた。「ぼくの自慢の宝のひとつだ。去年アメリカ人の宝石泥棒のドン・ディッキーを罠にはめるために、ちょっと協力をした礼がわりに、ベルリンの市長殿《ヘル・ビュルガーマイスター》がこれをくれた……なかなかのすぐれものだろ?」

ウィーヴァーはたじろいでいた。「いったいなんなんだ、それは」

「いま現在に至る、人類の知恵が生み出した中でもっとも手軽に扱うことのできる、犯罪捜査のための新発明の道具だ」エラリーは答えながら、薄い革の中敷きの上を忙しく指でまさぐっている。「これは、ベルリン市長殿とドイツ中央警察に協力した時に感謝のしるしとしてわざわざ、きみの前にいるふつつかなしもべのために特別にあつらえてくれた物なんだ。実は、ぼくの注文どおりに設計してもらったんだよ――ぼくの欲しい物を知ってるのはぼくだからね……このびっくりするほど小さいアルミケースの中に、どれだけたくさんの物がはいっているか、まあ見てみたまえ――それはそうと、アルミを使ったのは軽量化のためだ。中にはいっているのはどれも、一流の探偵が科学捜査をする時に必要になりそうな物ばかりだよ――極小サイズとはいえ、丈夫で、かさばらなくて、非常に実用的な代物だ」

「たまげたね!」ウィーヴァーは叫んだ。「きみがこういう方面に、そこまで本気でいれこんでたなんて知らなかった」

「ぼくの本気をわかってもらうために、自慢の道具箱の中身を披露しよう」エラリーは微笑した。「ここに拡大鏡の補助レンズが一枚ある——ちなみにメーカーはツァイスだ——普通のより度が強い。それから、ワンタッチで巻き取れる、長さ九十六インチのスチール製小型メジャー。裏返すとセンチメートル表示になる。赤、青、黒のクレヨン。小型の製図用コンパスと特注の鉛筆。黒と白の指紋採取用の粉をおさめた瓶が二本と、ラクダの毛のブラシとスタンプ台。グラシン紙の封筒がひと束。小型カリパスと小型ピンセット。アンテナのようにいろいろな長さにサイズ調節できる探り棒。強化スチールのピンと針。リトマス試験紙と二本の小型試験管。刃が二枚、コルク抜き、ドライバー、錐《きり》、やすり、へらが収納された万能ナイフ。特別に設計させた方位磁針——こら、笑うな。捜査がどれもこれもニューヨークのど真ん中で行われるとはかぎらないんだぞ……これでしまいってわけじゃない。赤、緑、白の、糸のように細いが、実に強靭な紐。封蠟。小型ライター——こいつもぼくの特注品だ。はさみ、そしてもちろん、世界でも最高の時計職人のひとりが作ったストップウォッチ——ドイツ政府に雇われているスイス人だよ……どうだい、ぼくの携帯用道具箱は、ウェス」

ウィーヴァーはすっかりたまげていた。「まさか、それ全部が、そんなおもちゃみたいに小さいアルミ缶の中にはいってるってのかい」

「そのとおり。このすてきな仕掛け満載の箱は、幅が十二センチ、長さ十八センチ、重さは九百グラムにやや満たない。並程度の本一冊分の厚みってところだ。ああ、そうだ！　このアルミケースの蓋の裏に鏡が埋めこまれているのを言い忘れた……とりあえず、そろそろ仕事にかかった方がいいな。よく見ていてくれよ！」

革のパッドからエラリーはピンセットを引き抜いた。ポケットにはいっていた拡大鏡に、度の強いレンズを足すと、エラリーはひとつ目のブックエンドを慎重に机の上に置きなおし、左手に持った拡大鏡を覗きながら、右手のピンセットを注意深く操り、怪しげな粉末をくっつけて固まっている接着剤をほじくり始めた。そして、ウィーヴァーに半透明のグラシン紙の封筒を開いて持たせ、肉眼では見えないほど小さい粉のつぶをつまみ出しては、丁寧に封筒の中に落としていく。

やがて、拡大鏡とピンセットを置き、即座に封筒に封をした。

「だいたい全部、採取できたと思う」彼は満足げに言った。「取り残した分はジミーが取ってくれるだろう……どうぞ！」

ピゴット刑事だった。彼は入り口の扉をそっと閉めると、好奇心もあらわに、書斎にはいってきた。

「あなたがお呼びだと部長に言われてきました、クイーンさん」そう言いながら、彼の眼はじっとウィーヴァーを見ている。

「そのとおりだよ。ちょっと待ってくれ、ピゴット、あとできみにしてもらいたいことを言うから」エラリーは封筒に黒ぐろと何やら書きつけた。それにはこうあった。

ジミーへ。この封筒の中の粉末を分析してほしい。Aのしるしをつけたブックエンドの接着剤の条に、まだ粉末が残っていれば、それも取り出して分析を頼む。Bのしるしをつけたブックエンドにも同じ粉末が付着しているかどうか調べてほしい。分析したあとで（それまではだめだ）両方のブックエンドから、ぼくの物以外の指紋が出るかどうか、確認してくれ。ぼくでも調べられるが、きみならその場で撮影して、すぐに写真に焼けるからね。すっかりすんだら、情報はすべてぼくに電話で教えてほしい、ぼくにだけだ。ぼくはフレンチズ・デパートの、フレンチの私室にいる。詳細はピゴットから聞いてくれ。

E・Q

そして赤いクレヨンでブックエンドにA、Bというしるしをつけ、脱脂綿で両方ともくるんでから、机の中からウィーヴァーが見つけた紙でぐるぐる巻きにすると、その包みと封筒を刑事に手渡した。

「本部の鑑識のジミーに、できるだけ大急ぎで届けてくれ、ピゴット」くどいほど力をこめて言った。「絶対に誰にも邪魔をされるな。途中でヴェリーかおやじに問いただされても、ぼくの用事だと言ってごまかし通せ。警察委員長には、きみがこの建物から何を持ち出そうとしているのか、まかりまちがっても知られちゃいけない。さあ、行った！」

ピゴットはひとことも言わずに出ていった。彼はクイーン父子の流儀をよく叩きこまれており、いちいち質問などしなかった。

扉からそっと部屋の外に出たとたん、曇りガラスのパネルの向こうに、のぼってくるエレベーターの影が見えた。ピゴットがすぐさまきびすを返して非常階段を駆け下りていくのと同時に、エレベーターの扉がすっと開いて、中からウェルズ警察委員長とクイーン警視、それに数名の刑事や警官のご一行が現れた。

18　錯綜する証拠

五分とたたないうちに、六階にあるフレンチのアパートメント前の廊下は、二十人もの人間でごった返した。ふたりの警察官がドアの前に陣取った。もうひとりがエレベーターに背を向けて立ち、すぐ近くの非常階段に続く扉を見張り始めた。控えの間では数人の刑事たちが煙草を吸っている。

エラリーはにこやかな顔で、書斎のフレンチの机のうしろに坐っていた。ウェルズ警察委員長は、ふうふう言いながら歩きまわり、刑事たちに命令を怒鳴りちらし、書斎からそれぞれの部屋に通じるドアを開けて歩き、ちょっとでも怪しい物を見つけては近眼のフクロウのように凝視している。クイーン警視はヴェリーとクルーサーと、屋根窓の近くで話していた。ヴァーは誰にも気づかれないまま、部屋の隅でしょんぼり立っている。眼が何度も控えの間のドアをちらちらと見ていた。その向こうにマリオン・フレンチがいると知っていたのだ……

「ということはだね、クイーン君」ウェルズはあいかわらず息を切らしたまま、太い声で言った。「その吸殻とカードのゲーム——ええと、なんだ！　なんというゲームだったかね——その、バンクだけが、カーモディの娘がここにいたという証拠かね」

「とんでもありません、委員長」エラリーは重々しく答えた。「クロゼットの靴と帽子をお忘れです。たしか家政婦たちによる確認作業について、詳しく説明申し上げたはずですが——」

「ああ、ああ、たしかにそうだ！」ウェルズは唸った。そして顔をしかめた。「きみ、指紋係！」彼は怒鳴った。「カード部屋の向こうにある小部屋も調べたのかね」返答も待たずに、今度はテーブルの上のカードや吸殻を撮影するのに忙しいカメラマンたちに向かって、わけのわからない指示を、がみがみと飛ばしていた。そしてようやく額をぬぐいながら、横柄《おうへい》にクイーン警視を手招きした。

「きみはどう思う、クイーン」彼は詰問した。「見たところ実に簡単明瞭な事件じゃないかね」

警視はちらりと横目で息子を見てから、冷ややかな笑みを浮かべた。「そんなことはありません、委員長。まず、その娘を捜し出す必要があります……捜査はまだ、ほとんど手つかずの状態です。たとえば、アリバイひとつさえ、確認が取れていない。いままでに見つかった手がかりは、たしかにバーニス・カーモディを指し示していますが、我々はまだ納得しとりません、実は深い裏があるかもしれませんし……」彼は頭を振った。「ともかく委員長、まだやらなければならない仕事が山積みですのでね。あなたが直接、尋問したい人物はいますか。外の廊下に、関係者を全員集めておきましたが」

警察委員長の顔がこわばった。「いや！　いまの段階でそうするには及ばない……」彼は空咳をした。「で、次にきみは何をするのかね。私はこれから市役所におもむいて、市長と懇談することになっているんだ。いつまでもこればかりに、かまけていられん。それで？」

「いまだにはっきりしていない点を二、三、確認しようと思っとります」クイーン警視は淡々と答えた。「外の数名の事情聴取をするつもりです。フレンチ氏本人にも――」

「フレンチか。ああ、ああ。そうだな、気の毒だが。ひどい打撃だろう」ウェルズはそわそわと見回して、声をひそめた。「ところで、クイーン、その、これは職務の逸脱というものにはまったく当たらないと思うのだがね、つまり――その――フレンチは自宅に帰して、医者の手にあずけるのが賢明というものだろう……それと、義理の娘に関することだが――」彼は気まずそうに言葉を切った。「――もう完全に高飛びしてしまったんじゃないかね。もちろんきみには、入念に足取りは追ってもらうが……残念だ。まったく――では！　もう行かなければ」

いきなり回れ右すると、安堵したようなため息をもらしながら、どすどすと扉に向かって歩いていった。そのうしろを護衛の刑事たちがついていく。控えの間にはいると、警察委員長はくるりと振り向き、大声で怒鳴った。「早急に解決してほしいものだな、クイーン――先月から未解決の事件が多すぎるぞ」そして、でっぷりした横腹を最後にひと揺すりして姿を消した。

控えの間に続く扉が閉じて数秒ほど、沈黙が落ちた。やがて警視がひょいと肩をすくめると、部屋を横切ってエラリーのそばに来た。エラリーは父親のために椅子を引きずってくると、それから、かなり長いこと、ひそひそと話しあっていた。ときどき「剃刀《かみそり》の刃」……「ブックエンド」……「本」……「バーニス」……といった単語が、繰り返し聞こえてきた。老人の顔は、エラリーが語れば語るほど、どんどん憂鬱そうになっていった。ついには、絶望したように頭を振って、立ち上がった。

控えの間の扉の向こうから口論の声がして、書斎の男たち全員が、はっとそちらに顔を向けた。女の激しくたかぶった声と、男のだみ声がもつれあって響いてくる。ウィーヴァーが鼻孔を震わせたかと思うと、脱兎の勢いで部屋を突っ走り、勢いよく扉を開け放った。

控えの間では、マリオン・フレンチが必死になって、刑事のごつい身体を押しのけようとしている。

「でも、クイーン警視さんに会わなくちゃいけないんです！」彼女は叫んだ。「父が――やめて、触らないで！」

ウィーヴァーが刑事の腕につかみかかり、押しのけた。

「彼女に触れるな！」彼は吼えた。「レディの扱いかたを教えてやる、貴様……」

マリオンが両腕を投げかけて抱き止めなければウィーヴァーは、おもしろがっている刑事に殴りかかるところだった。そこに警視とエラリーが大急ぎで割りこんだ。

「おい！　リッター、下がっとれ！」警視は言った。「何があったんです、お嬢さん？」優しく訊いた。

「わたしの――父が」マリオンは言葉が続かなくなった。「残酷です、あんな、ひどすぎますわ……父がいま正気ではないのが、身も心も弱っているのがわかりませんの？　お願い、後生ですから、父を家に帰してください！　たったいま失神したんです！」

一同は争うように廊下に出た。人だかりができている。彼らが見下ろしているのは、大理石の床の上に、意識を失って倒れたまま、顔面蒼白で動かないサイラス・フレンチだった。小柄で色黒のデパート付きの医者は、弱り果てた顔で老人の上にかがみこんでいる。

「意識がないのかね?」警視は気遣わしげに訊ねた。

医師はうなずいた。「すぐにベッドに寝かせるべきでしょう、警視。このままでは危険です」

エラリーは父の耳に何ごとか囁いた。老人は参った、というように舌打ちして、かぶりを振った。「無理はさせられんよ、エラリー。あれはどう見ても病人だ」警視がふたりの刑事に合図すると、サイラス・フレンチは両腕をだらりと垂らしたまま、アパートメントの中に運びこまれ、ベッドに寝かされた。ほどなく、老人は意識を取り戻し、呻き声をあげた。

ジョン・グレイが警官たちを押しのけて無理やりはいってくると、猛烈な勢いで寝室に駆けこんできた。

「こんなことがまかり通ると思ったら大間違いだぞ、警視だろうが、なんだろうが!」きんきん声で彼は怒鳴った。「フレンチ氏を即刻、家に帰すことを要求する!」

「まあ、落ち着いてください、グレイさん」警視は穏やかになだめた。「すぐに帰してさしあげますから」

「私も同行するぞ」グレイは甲高く叫んだ。「きっと私が必要になる、私にいてほしいはずだ。このことは市長に報告するぞ、きみ。私は絶対に――」

「黙りたまえ!」クイーン警視は顔を真っ赤にして吼えた。そして、リッター刑事を振り返った。「タクシーをつかまえろ」

「お嬢さん」マリオンは驚いて、顔をあげた。警視は苛立ったように、嗅ぎ煙草をひとつまみ取り出した。「あなたもお父さんやグレイさんと一緒に帰ってよろしい。しかし、今晩我々がお宅にうかがうまでは、外出しないように。ご自宅を調べるかもしれませんし、体調次第では、お父さんに質問をさせていただくかもしれません。それと――本当にお気の毒です」

娘は濡れたまつ毛の奥で、微笑んだ。ウィーヴァーはこっそり彼女の隣に移動すると、少し離れた場所にひっぱった。

「マリオン――さっきの無礼な奴を一発殴ってやれなくて、本当にごめん」彼は口ごもった。「何かひどいことをされたかい?」

マリオンは大きく眼を見開いたが、そのまなざしは柔らかくなった。「お馬鹿さんね、ダーリン」彼女は囁いた。「警察と問題を起こしたりしちゃだめよ。わたしはグレイさんと一緒に父を家に連れ帰って、クイーン警視さんに言われたとおり、じっとしているわ……あなたは――大丈夫なの?」

「誰? ぼくかい」ウィーヴァーは笑った。「ぼくのことで、きみのかわいい頭を悩ませないでくれ――それから、店のことは、ぼくが全部、目を配っておくから。お父さんの気分がいい時に、そう伝えてくれ……ねえ、ぼくを愛してる?」

誰も見ている者はなかった。彼は素早く身をかがめ、キスをした。彼女の瞳が輝いたのが、その答えだった。

五分後、サイラス・フレンチとマリオン・フレンチとジョン・グレイは、警察に付き添われて出ていった。

ヴェリーが腹に響く足音をたてて、近づいてきた。「部下をふたり、カーモディの娘の追跡にあてました」彼は報告した。「警察委員長の前で報告するのはなんでしたのでね――あれこれせわしくて、たまりませんや」

クイーン警視は眉を寄せ、そして、くくっと笑いだした。「わしの手の者はどいつもこいつも、市の裏切り者というわけかね」そして言った。「トマス、昨夜、フレンチ夫人が屋敷を出たあとの足取りを、誰かに追わせろ。夫人は夜の十一時十五分ごろに家を出た。おそらくタクシーを使ったんだろう、ここに十一時四十五分に着いとるということはな。ちょうど芝居がはねる時間のラッシュに巻きこまれれば、そのくらいの時間帯に着く。いいかね」

ヴェリーはうなずき、立ち去った。

エラリーはまた机に腰をのせ、ぼんやりと虚空を見たまま、小さく口笛を吹いている。

警視は店長のマッケンジーを書斎に連れてこさせていた。

「従業員のチェックはすませたかね、マッケンジーさん」

「ついいましがた、補佐の者から報告がございまして」エラリーは熱心に耳を澄ました。「こちらで特定できたかぎりでは」スコットランド人は、報告書を片手に続けた。「昨日と今日に出勤して参りました従業員は全員、持ち場についておりました。今日は、まったく通常どおりです。もちろん欠勤者のリストも用意してあります。残りの従業員を、お調べになりたいのであれば、これがそのリストです」

「ぜひ」警視はマッケンジーからリストを受け取った。それを刑事に渡して指示を出していった。「さて、マッケンジーさん、仕事に戻って結構です。いつもの業務を再開してかまいませんが、この件に関して広報はもちろん、一切他言無用に願います。こちらからさらに指示を出すまでは、あの五番街に面したウィンドウは閉めきって見張りをつけてください。いずれにせよ、あそこは封鎖しておかなければなりませんが。そんなところです。では、帰ってかまいませんよ」

「ぼくは残りの役員たちに質問をしてみたいですね、もしお父さんの方に、彼らを取り調べるつもりがなければ」マッケンジーが出ていったあと、エラリーが言いだした。

「連中のことは特に考えていなかったが——まあ、訊いてみても損はあるまい」クイーン警視は答えた。「ヘッス、向こうからゾーンとマーチバンクスとトラスクを連れてこい。もう一度、当たってみよう」

刑事はすぐに三人の役員を連れて戻ってきた。皆、憔悴《しょうすい》して、頬がこけて見える。マーチバンクスは、ぼろぼろになった葉巻をやけになったように噛み続けていた。警視はエラリーに向かって、手をひと振りすると、一歩下がった。

エラリーは立ち上がった。「皆さん、ひとつだけ質問をさせてください、それがすみましたら、クイーン警視から、いつもの業務に戻る許可が出されると思います」

「そうしてもらっても、いい頃合いだがね」トラスクがくちびるに歯を立てながら、ぼそぼそと言った。

「ゾーンさん」影が薄いわりには、服も態度も気障《きざ》でいやみなトラスクは無視して、エラリーは続けた。「役員会議ですが、いつも決まって行われる定例のものはありますか」

ゾーンは、ずっしりとした金の懐中時計の鎖を、落ち着かない様子でいじくっていた。「はあ――ありますよ、もちろん」

「さしつかえなければ教えてください、それはいつです」

「隔週の金曜の午後です」

「それは決まっているわけですね、ずっと厳守されている？」

「そう――そうです」

「では、今朝はなぜ役員会議があったのですか――火曜日なのに」

「あれは特別会議だったんですよ。何かあれば、フレンチ会長が必要に応じて特別会議を招集するんです」

「しかし、月に二度の定例会議は、特別会議があろうがなかろうが、関係なしに必ず開かれるわけですか」

「そうですよ」

「ということは、前回の会議は、先週の金曜日だった？」

「そうです」

エラリーはマーチバンクスとトラスクを振り返った。「おふたかた、ゾーンさんの証言はだいたいにおいて正確でしょうか」

ふたりはむすっとした顔で、首を縦に振った。エラリーは微笑んで、礼を言うと、腰をおろした。警視もちらりと笑みを浮かべて礼を言い、もう行っていいと丁重に言い渡した。そのまま三人を入り口の扉まで見送ると、まわりからは聞き取れない小声で、見張りの警官に指示を出していた。ゾーンとマーチバンクスとトラスクはすぐに廊下からいなくなった。

「外におもしろい男が来とるよ、エル」警視が声をかけた。「ヴィンセント・カーモディ。フレンチ夫人の最初の夫だ。次は彼にいろいろ質問してみようか――ヘッス、二分くらいしたら、カーモディ氏を連れてこい」

「一階にいる間に、三十九丁目通りに面した夜間の貨物搬入口はすっかり調べましたか」エラリーは訊ねた。

「むろん調べた」警視は嗅ぎ煙草をひとつまみしながら、考えこんだ。「あれはなかなかおもしろい場所だな、エル。あの狭い詰め所で警備員とトラックの運転手がのんびりしてたんじゃ、建物の中に侵入するくらいお茶の子だろうさ、特に夜ならな。昨夜、殺人犯が侵入した方法というのは、あれが正解だろうよ」

「どうやって犯人が侵入したかという質問の答えにはなり得そうですがね」エラリーはのろのろと言った。「脱出した方法の答えにはなりませんよ。あのシャッターは十一時半にがっちり閉まっちまうんですから。あそこから抜け出したとすれば十一時半前に出たはずでしょう」

「しかし、フレンチ夫人は十一時四十五分までここに来なかったんだぞ、エルや」警視は反論した。「そしてプラウティは、夫人は深夜零時ごろに殺されたはずだと言っとる。なら、十一時半前にどうやって、倉庫のシャッターから出られるんだ？」

「その質問に対する答えは」エラリーは言った。「出ることは不可能だったのだから、犯人はあそこから出ていない、ということです。倉庫からデパートの中に忍びこめるドアみたいなものはあるんですか？」

「あるどころの問題じゃないぞ」警視はぶつくさと言った。「倉庫の奥の暗い片隅にデパートにはいれる通用口がある。しかも、あの馬鹿どもはドアに鍵をかけとらんのだ――かけたことがないとぬかした――外のシャッター扉さえロックされていれば、倉庫から店内に通じるドアに鍵をかける必要はないと思っとったらしい。ともかく、その通用口というのが、守衛室がある三十九丁目通りに面した売り場の通路と、エレベーターをはさんで平行した、もっと奥の売り場の通路に続いとるんだ。*暗がりなら、その通用口から忍びこんで、抜き足差し足で売り場をこそっと通り抜けて、通路の角を曲がって十メートル足らず歩けばエレベーターにも階段にもたどりつける。おそらくこれが答えだな」

「一階の守衛室に保管されているというマスターキーはどうです」エラリーは訊いた。「昼番の警備員は、それについて何か言っていましたか」

「いや、役にたつことは何も」警視は落胆の色もあらわに答えた。「オシェインという男なんだが、勤務中に鍵のかかった引き出しからマスターキーを出したことはない、と断言しとる」

扉が開くとヘッスが、男を案内してきた。異様なほど背が高く、突き刺すような鋭い眼をし、顎に灰色の無精ひげを生やしている、どこか世慣れた、ぞくっとするほど妖しい魅力を放つ色男だ。エラリーは、その細くとがった顎を興味深く見つめた。一見、無造作に装っているようだが、服は上物だ。色男はしゃちこばって警視に会釈すると、じっと立って待ち構えている。その眼はとどまることなく、室内の男たちをひとりひとり見回していた。

「一階では、あなたと話す機会がほとんどなかったのでね、カーモディさん」警視は愛想よく声をかけた。「二、三、お訊ねしたいことがあるのです。どうぞ、かけてください」

カーモディは椅子にすとんと腰をおろした。ウィーヴァーと眼が合うと、彼は秘書に向かって軽くうなずいたが、無言のままだった。

「では、カーモディさん」警視は、エラリーがおとなしく坐っている机の前を、きびきびと行ったり来たりしながら切り出した。「さして重要ではありませんが、必要な質問ですのでね、二、三、お答えください。ヘイグストローム、用意はいいか」じろりと一瞥《いちべつ》すると、刑事はうなずき、手帳をかまえた。警視は絨毯の上の行進を再開した。不意に、彼は顔をあげた。カーモディは燃えるような眼で、虚空の奥を睨んでいる。

「カーモディさん」唐突に警視は言った。「あなたは骨董品店、〈ホルバイン・スタジオ〉の個人オーナーということですが」

「そのとおりです」カーモディは答えた。彼の声は、はっとするほど――低音の、よく響く、

＊　十六ページの図を参照のこと。
(訳者) MからKに向かって進み、右折してIかHをめざす。

計算された声だった。

「あなたはかつてフレンチ夫人と結婚していた。七年ほど前に離婚しましたね」

「それも、そのとおりです」きっぱりとした口調は、聞く者の耳に突き刺さるような不快さを残した。この男は完全なる自制心からくるオーラを放っている。

「離婚以降、フレンチ夫人と会ったことは？」

「あります。何度も」

「社交的に？　おふたりの間には、特に気まずいものはなかったわけですか」

「まったく。ええ、社交的に会っていました」

警視は少しく苛立ったようだった。この証人は、質問されたことには答えるが、それ以上のことは何も言わない。

「どのくらい頻繁《ひんぱん》に会っていましたか、カーモディさん」

「社交シーズンには週に二度ほど、顔を合わせました」

「それで、最後に会ったのは――」

「先週の月曜の晩に、スタンディッシュ・プリンス夫人が屋敷で催した晩餐会で」

「フレンチ夫人とは話しましたか」

「ええ」カーモディは身じろぎした。「非常に骨董品に興味を持っていましてね、たぶん私と結婚していた間に、つちかった趣味でしょう」この男はまるで鋼《はがね》でできているかのようだ。感情のかけらをちらりとも見せない。「特に手に入れたがっているチッペンデールの椅子の話を、しばらくしていました」

「ほかの話はしましたか、カーモディさん」

「しました。娘のことを」

「ああ！」警視はくちびるをすぼめ、口ひげをひっぱった。「バーニス・カーモディ嬢は、あなたがたが離婚したのちに、お母さんに引き取られたわけですな」

「そうです」

「あなたはお嬢さんと、ちょくちょく会っていた？」

「ええ。向こうが娘の親権を持っていったとはいえ、離婚した時の取り決めで、私はいつでも好きな時に娘と会えることになっているので」声にほんのりと温かみがさした。警視はちらりと彼を見て、すぐに眼をそらした。そして、次に新たな方向からの質問で攻めこんだ。

「カーモディさん、今回の事件の説明になりそうであればどんなことでもかまいません、何か思い当たることはありませんか」

「いいえ、何も」即座にカーモディはいっそう冷ややかになった。そして、何気なくエラリーに視線を向けた彼の眼は、不意に鋭くなり、一瞬、動かなくなった。

「あなたの知るかぎりにおいて、フレンチ夫人に敵はいましたか」

「いいえ。あれは、たいして深みのない性格でしたからね。悪意なんぞ、誰からも持たれようもない」まるで赤の他人について話すような口ぶりだった。その口調も、振る舞いも、冷淡そのものだった。

「あなたからもですか、カーモディさん」警視は穏やかに訊ねた。

「私からもです、警視さん」カーモディはまったく変わらない、氷のような口調で答えた。「お知りになりたければ言っておきますが、私の妻に対する愛情は結婚生活の間にどんどん冷めていき、ついに完全に消えたと自覚したので離婚を決意したまでです。その時も、妻に対してなんら憎しみもなく、いまもありません。もちろん」口調をまったく変えずに、彼は淡々とつけ加えた。「証拠はありませんから、私の言葉を信じてもらうしかありませんが」

「最近、会った時のことを少し前までさかのぼって考えてください、フレンチ夫人は何か、気に病んでいる様子はありませんでしたか。誰にも言えない心配ごとをほのめかしたりは？」

「私たちの会話というのは、それほど親密なものではないんです、警視さん。変わった様子というのは特に気づきませんでした。そもそも、あれは想像力のない鈍感な女でね。あれこれくよくよ考えて心配ごとをかかえこむたちじゃない、絶対に」

警視が黙ると、カーモディも無言でじっとしていた。やがて彼は唐突に、なんの前触れもなく、なんの感情もまじえずに語り始めた。ただ口を開いて、話しだしたというだけだが、すっかり意表をつかれてぎょっとした警視は、内心の動揺を隠そうと慌てて嗅ぎ煙草をひとつまみ取り出した。

「警視さん、私がこの犯罪に関与しているんじゃないか、でなければ、何か決定的な情報を持っているんじゃないかと期待して、さっきから質問されているんでしょう。しかし、あなたは時間を無駄にしているだけだ、いいですか」ぐっと身を乗り出したカーモディの眼は異様にぎらついていた。「私が生きている彼女に——死んだ彼女でもいいが、これっぽっちも興味がないという言葉は信じてください。フレンチの一族郎党にも興味はない。私が気にかけているのは娘のことです。行方不明なのは聞いています。本当に行方不明だというなら、はめられたに決まっている。あの娘が母親殺しの殺人鬼だとほんの少しでも疑っているなら、あんたは大馬鹿だ……いますぐバーニスの居どころと、失踪の理由を捜そうとしないなら、あんたは無実の娘に対して大罪を犯すことになる。もし、そうしてくれるなら喜んで、おしみない協力を約束しましょう。しかし、娘をすぐに捜さないなら、私は私立探偵に行方を捜させる。言いたいことはそれだけです」

カーモディは見上げるほどの長身を伸ばしてぬっと立ち上がり、直立不動で待っていた。警視は身じろぎした。「今後はもう少し、口のききかたに気をつけた方がいいでしょうな、カーモディさん」そっけなく言った。「お引き取りいただいて結構です」

ひとことも言わずに、骨董商はきびすを返し、アパートメントを出ていった。

「ふむ、カーモディ氏をどう思うね？」クイーン警視は半分からかうように訊ねた。

「ぼくは、まったく変わったところのない骨董商にお目にかかったことは一度もありませんよ」エラリーは笑った。「しかし、なかなかすてきなお客さんだった……お父さん、ぼくはぜひ、ムッシュウ・ラヴリにもう一度会いたいですね」

書斎に連れてこられたフランス人は青ざめ、不安そうにそわそわしていた。恐ろしく疲れていたようで、すぐに椅子にへたりこみ、長い脚を投げ出して、ため息をついた。

「外の廊下に椅子を出しておいてくださってもいいと思いますよ」彼は警視に文句を言った。「いちばん最後に呼び出されるとは、まったく幸運もいいところだ！　それが人生ってやつでしょうが、ねえ？《セ・ラ・ヴィ・アン》」そう言うと、おどけたように肩をすくめた。「吸ってもかまいませんか、警視さん？」

そう言うと、返事も待たずに、彼は煙草に火をつけた。

エラリーは立ち上がると、ぶるっと身震いした。彼はラヴリを見つめ、ラヴリも見つめ返し、やがてどちらからともなく微笑んだ。

「ずばり率直に申し上げます、ラヴリさん」エラリーはゆっくりと言った。「あなたは世慣れたかただ。いつわりの遠慮に左右されることもないでしょう……ラヴリさん、この街に来てフレンチ一家と親しくされている間に、バーニス・カーモディが麻薬中毒者であると疑ったことはありますか」

ラヴリはぎょっとした顔になると、すきのない眼つきでエラリーをうかがった。「もう、突き止めたんですか。本人を見もしないで？　いやはや、感服しました、クイーンさん……いまの質問ですが、迷わずお答えしましょう――はい」

「馬鹿な！」片隅にひっこんでいたウィーヴァーが突然、抗議の声をあげた。「どうしてわかるんだ、ラヴリ？　あなたは会ったばかりじゃないか」

「私は症状を知っているんだよ、ウィーヴァー」ラヴリは穏やかに答えた。「血色が悪く、顔色は黄色っぽい。目玉が少し飛び出たようになる。歯がぼろぼろになる。異様に神経質で興奮しやすい。まるで隠し事をしているように、いつもこそこそして見える。いきなりヒステリーを起こしたかと思えばもう、けろっとしている。ひどく痩せているくせに、日を追うごとに、いっそうがりがりになっていく——そう、あのお嬢さんの症状を数え上げるのはまったく簡単だ」彼はエラリーに向きなおり、細い指をすっと振ってみせた。「いま並べたのは単なる私の見解であって、それ以上のものではないということを、はっきりさせておいてくださいよ。確たる証拠があって言っているわけじゃない。医者から特に反対の意見がないのであれば、私は素人として喜んで宣誓しますね、あの娘はかなり重度の麻薬中毒患者です！」

ウィーヴァーが呻き声をあげた。「ご老体が——」

「もちろん、その件に関しては、本当にお気の毒だと思っとるよ」警視が素早く口をはさんだ。「あなたは令嬢に会ってまもなく、中毒であると疑ったわけですな、ラヴリさん」

「ひと目でわかりました」フランス人は語気を強めた。「むしろ、私にさえあれほどはっきりわかるものを、ほとんどの人が気づいていないことの方が、ずっと不思議でならなかった」

「もしかすると気づいていたのかもしれませんよ——もしかすると」エラリーはつぶやきながら、眉根をきつく寄せた。とりとめのない考えを振り払い、彼はもう一度、ラヴリに訊ねた。「この部屋にはいったことはありますか、ラヴリさん」唐突に訊ねた。

「フレンチさんのアパートメントということですか？」ラヴリは叫んだ。「それはもう、毎日来ていますよ。フレンチさんは本当に親切なかたで、私はニューヨークに来てからずっと、この部屋を使わせてもらっています」

「では、これ以上はもう、何も訊くことはありません」エラリーは微笑んだ。「どうぞ、もしまだ間に合えば、講演会場にお戻りください、そして、アメリカをヨーロッパ化するという壮大な仕事を続けてくださいよ！」

ラヴリはお辞儀をして、一同に白い歯を見せると、大股にアパートメントを出ていった。

エラリーは机の前に腰をおろすと、かわいそうなほど痛めつけられた例の小さな本の見返しに、何やら熱心に書きこみ始めた。

19 意見と報告

クイーン警視は書斎の中央でナポレオンよろしく仁王立ちになり、かたきを見るような眼で控えの間に続くドアを睨みつけていた。ぶつくさと何やらつぶやくと、ゆっくりとテリアのように頭を回して左右を見る。

そして、デパート付きの探偵主任、クルーサーを手招きした。クルーサーはカード部屋で写真を撮るカメラマンのひとりを手伝っていた。

「クルーサー、おまえさんは今度の事件について、よく知る立場におるはずだな」警視は両方の鼻の穴に嗅ぎ煙草を詰めこんだ。ずんぐりしたデパート付きの探偵は、顎をかいて警視の言葉を待ち構えている。「そこのドアを見て思い出した。フレンチ氏はいったいどうして、外の廊下に出る扉に、特製のスプリング錠なんぞつけとるのかね。ときどきにしか使われない部屋のためには、厳重すぎるほどの戸締まりに思えるが」

クルーサーは処置なしというように笑ってみせた。「そんなことに頭を悩ませないでくださいよ、警視。あのご老体はやたらとプライバシーにこだわるんだ、理由なんかありゃしません。他人に邪魔されるのが何より嫌いって――それだけです」

「しかし、厳重に泥棒よけをしてあるデパートの中で、さらに泥棒よけの鍵が必要かね！」

「まあ」クルーサーは答えた。「そういう人なんだと素直に受け取るか、変人だとみなすかのどっちかしかないんですよ。実を言うとね、警視」彼は声をひそめた。「こだわりに関しちゃ、あの人はとにかく変わってるんです。あれはたしか、こんな日の朝だったな、おれがご老体から、じきじきに書面で指示をもらったんですがね、しょうもない指示が、ご丁寧にも、署名入りで書いてありましたよ、特別製の鍵を作れって。ちょうど、ここの部屋を改装工事していた二年前のことです。で、まあ、おれは命令どおりに、一流の鍵屋に例のからくりを外側の扉に取りつけさせました。ご老体はいたく気に入ってくれましたよ――アイルランド人の警官（ニューヨークの警官はアイリッシュが多い）のように大喜びでね」

「扉の外に見張りを置くというのは？」警視はさらに追及した。「あのオートロックさえあれば、邪魔ものはこの部屋に一切はいれんのだろう」

「まあ――そうなんですが」クルーサーはあやふやな口調で答えた。「うちのご主人様はプライバシーに関しちゃ、そりゃもう、うるさくて、ノックすらいやがるんです。たぶんそれで、何かっちゃあ、おれの部下を見張りにつけろと指示してくるんだと思いますがね。しかも毎回、廊下に立たせとくんで――みんないやがってますよ、うちの部下は全員。待合室にはいって坐ることも許されないんでね」

警視はしかめ面で、警察支給の靴をしばらく睨んでいたが、やがて、ウィーヴァーに指先を向けると、くいっと指を曲げた。

「こっちに来たまえ」ウィーヴァーは疲れた足取りで絨毯の上を横切った。「そのフレンチ氏のプライバシーに関する強迫観念は、裏に何かあるのかね。クルーサーの話じゃ、この部屋はたいてい、要塞なみにがっちり守られとるそうじゃないか。いったいここには家族以外の誰がはいることを許されとるのかね」

「それはご老体の変わった性癖のひとつというだけですよ、警視」ウィーヴァーは答えた。「そんなに深刻に考えることじゃない。あの人はもとから、ちょっと変わった人なんですから。この部屋にはいれるのは、本当にかぎられた人間だけです。ぼくと、フレンチ家のご家族と、役員たちと、それから先月からになりますがラヴリさん。それ以外は、この店の者は誰もはいることを許されていません。いや、ちょっと違うな。店長のマッケンジーがたまにご老体から直接指示をもらうので、呼び出されています――実際、先週もです。でも、マッケンジー以外の従業員にとって、ここはまったく未知の部屋のはずですよ」

「そうそう、そのとおりだ、ウィーヴァー君」クルーサーがおどけた口調で合いの手を入れた。「まあ、そんな感じですから、警視」ウィーヴァーは続けた。「クルーサーでさえ、もうこの部屋には何年もはいっていないはずです」

「今日より前に、おれが最後にこの部屋にはいったのは」クルーサーは訂正するように言った。「二年前の、この部屋を改築工事して、模様替えをしていた時ですね」そう言うと、心の奥に秘めていた屈辱がよみがえったのか、頬を紅潮させた。「店付きの探偵主任を扱うやりかたにしちゃ、まったくひどいじゃないですか、ねえ」

「きみは一度、公務員として働いてみるんだな、クルーサー」警視は苦い口調で言った。「黙って、楽な仕事に満足しとる方が幸せだぞ！」

「説明し忘れていたかもしれないので、付け足しておきますが」ウィーヴァーが言い添えた。「そのタブーはだいたい従業員に限定されたものです。ここには大勢の人が来ますが、たいていご老体と面会の約束を取りつけなければなりませんし、来客のほとんどは、悪徳撲滅協会の関係者です。ほとんどは牧師ですね。あとは、多くはありませんが、政治家とか」

「そのとおりですよ」クルーサーが口をはさむ。

「ふむ！」警視は目の前の男ふたりを鋭く一瞥《いちべつ》した。「事態はどうやらこのカーモディの娘に、非常に不利なことになっとるようじゃないかね。きみたちはどう思う」

ウィーヴァーはひどく苦しそうな表情になり、ふいと顔を半分そむけた。

「おれは、まあはっきりしたことは言えませんがね、警視」クルーサーがひどくまじめな口調で言った。「個人的な考えですが、この事件の――」

「ほう？　きみの個人的な考え？」警視は驚いた声をあげたが、口元に浮かびかけた笑みを消し、まじめくさった顔になった。「きみの個人的な考えとはなんだね、クルーサー。もしかすると、価値ある意見かもしれん——まずは聞いてみんことにはな」

エラリーは、それまでぼんやりと机の前に腰かけ、皆の会話を半分、聞き流していたのだが、急に小さな本をポケットにつっこんで、立ち上がると、のっそりと一同の方に歩いてきた。

「なんですか。検死でもおっぱじめるんですか」笑顔で彼は訊いた。「クルーサーさん、この事件に対するあなた個人の見解とは、どんなものです？」

クルーサーは一瞬、気恥ずかしそうに、もぞもぞと足を動かした。が、そのずんぐりした肩をそびやかすと、明らかに、演説者として注目を浴びることを愉しみつつ、とうとうと持論を述べ始めた。

「おれが思うに」彼は語りだした。

「ほう！」警視が言った。

「おれが思うに」クルーサーはまったく怖《お》じることなく、繰り返した。「カーモディ嬢は被害者ですね。間違いない、はめられただけの被害者だ！」

「まさか！」エラリーがつぶやいた。

「続けて」警視は興味をひかれたように言った。

「そりゃ、あなたの顔にくっついてる鼻と同じくらい——いや失礼、警視——明々白々ですよ。実の母親をぶち殺す娘なんて聞いたことがありますかね？　不自然すぎる」

「しかし、カードの件がある、クルーサー——靴も、帽子も」警視はやんわりと指摘した。

「そんなもの、なんの意味もありませんね」クルーサーは自信たっぷりに言った。「馬鹿馬鹿しい！　靴と帽子を仕込むくらい、朝めし前の小細工だ。いや、警視、カーモディ嬢があの仕事をやったなんて言わせませんよ。おれは信じちゃいないし、信じるつもりもない。おれは常識に従います、それだけです。娘が実の母親を撃ち殺すなんて！　いやいや、ありえない！」

「ふん、まあ、一理ないこともないが」警視はもったいぶって言った。「では、この犯罪を分析してくれているきみに訊ねたいが、マリオン・フレンチ嬢のスカーフについてはどう考える。あの娘も一枚嚙んでいると思うか？」

「誰ですって。あのお嬢さんが？」クルーサーは天を仰ぎ、鼻を鳴らした。「あんなもの、仕込みに決まってますよ。でなけりゃ、あの娘が間違ってここに置き忘れたか。おれはどちらかと言えば、犯人が仕込んでいったと考える方が好きですがね、実のところ」

「ということは」エラリーが口をはさんだ。「きみのホームズ流の推理をおしすすめると、この事件というのは結局――どんなものだ？」

「おっしゃる意味がよくわかりませんが」クルーサーは頑固に言った。「おれにはこれが、殺人と誘拐のように思えますね。それ以外に説明がつけられるとは思えない」

「殺人と誘拐」エラリーは微笑んだ。「それはまったく悪い考えじゃないね。ご高説、たしかに承ったよ、クルーサー」

探偵は嬉しそうな笑顔になった。ウィーヴァーは、口をはさみたいのをがんばって我慢していたが、外の扉をノックする音に会話が中断されると、ほっと安堵の息をついた。

外で見張りについていた警官が扉を開けると、頭がつるつるに禿げた、しなびた小男がはいってきた。ぱんぱんにふくらんだブリーフケースをさげている。

「やあ、よく来たな、ジミー！」警視は陽気に声をかけた。「その鞄は、いいものを持ってきてくれたのかね？」

「もちろんだ、警視」小さな老人はきいきい声で答えた。「なるたけ急いで来たよ――やあ、クイーン君」

「ようこそ、ジミー」エラリーの表情はまさに、期待でうずうずしている顔だった。ちょうどこの時、鑑識の撮影係や指紋係が、帽子やコートを身につけ、道具を片づけ終わって、書斎にどやどやとはいってきた。「ジミー」一同は名前を呼んで、老人に挨拶した。

「こっちは終わりました、警視」撮影係のひとりが声をかけた。「ほかにご指示は」

「いまのところはないね」クイーン警視は指紋係を振り返った。「誰か、何か見つけたか」

「指紋は山ほど出ました」ひとりが報告した。「ですが、ほとんどはこの部屋から検出したもので。カード部屋も、寝室も、クイーンさんのがいくつかあった以外は一切、出ませんでした」

「この部屋の指紋は手がかりになりそうか」

「それはなんとも言えません。この部屋が午前中ずっと役員会議で使われてたとすれば、検出した指紋は全部、正当な理由があることになります。まずはその該当者を全員つかまえて、指紋を取らせてもらう必要があるんですが。かまいませんか、警視」

「かまわんよ。しかし、なるべく悶着を起こさないように、お手柔らかにな」警視は、扉に向かって手を振り、一同を追い出した。「クルーサーもご苦労だった。またあとでな」

「はいはい」クルーサーは陽気に言うと、鑑識の者たちに続いて部屋を出ていった。

警視とウィーヴァーと〝ジミー〟と呼ばれた男とエラリーは、部屋の中央に取り残されて立っていた。クイーン警視直属の部下たちは控えの間にたむろし、小声で喋っている。老人は慎重に控えの間との境のドアを閉めると、急ぎ足で一同のもとに引き返し、素早く両手をこすりあわせた。

「申し訳ないが、ウィーヴァー君――」警視は言いかけた。

「いや、いいんです、お父さん」エラリーが穏やかに言った。「ウェスには隠し事をする必要はありません。ジミー、何か話すことがあるなら、手早く、わかりやすく、とにもかくにも手早く、ささっと頼む。いざ、話したまえ、ジェイムズ！」

「いいとも」困惑したように禿げ頭をかきながら、ジミーは答えた。「で、何を知りたいんだね」その手が、運んできた鞄の中に飛びこんだかと思うと、ふわふわの薄い紙で念入りにくるまれた物と共に現れた。彼が慎重に包みをほどくと、中からはオニキスのブックエンドの片割れが出てきた。ふたつ目のブックエンドも、同じく薄紙で厳重にくるまれており、ジミーはそれを、フレンチの机をおおうガラス板の上にのっているひとつ目の横に並べて置いた。

「それはブックエンドか？」クイーン警視はつぶやくと、ぐっと身をかがめて、フェルトと石の合わせ目にうっすら見えるか見えないかの接着剤の条《すじ》を、興味深そうに覗きこんだ。

「まごうことなきオニキス製ですよ」エラリーはおごそかに言った。「ジミー、さっきグラシン紙の封筒に入れて届けさせた白い粉末は？」

「普通の指紋採取用の粉だ」即座にジミーは答えた。「白色のやつだ。なんで、あんなところにはいりこんでいたのかは、きみなら答えられるんだろう――私には無理だがね、クイーン君」

「ぼくにもまだ無理だ」エラリーは微笑んだ。「指紋採取用の粉ねえ。接着剤の方には残っていたのかな」

「きみがほとんど全部、取っていた」禿げ頭の小男は言った。「ほんの少しだけ見つけたがね。むろん、関係のない物も少しあった――たいがい埃だな。しかし、あの粉末の正体はいま言ったとおりだよ。それから指紋はどっちにもついていなかった、きみの以外はな、クイーン君」

クイーン警視は眼をみはってジミーを見つめていたが、やがてウィーヴァーに、そしてエラリーへと視線を移した。その顔には奇妙な光が射してきた。彼の手はそわそわと嗅ぎ煙草入れをいじくりだした。

「指紋採取用の粉だと！」警視はすっかり毒気を抜かれたようだった。「まさか――」

「いや、お父さんが考えているようなことは、ちゃんと確かめておきましたよ」エラリーは冷静に言った。「ぼくが接着剤に貼りついた粉を見つけるまで、警察の人間は誰も、この部屋に一歩も足を踏み入れていません。実を言えば、ひと目見てすぐにこれは指紋採取用の粉かもしれないと思ったんですが、まず確認しておきたかったんです……いえ、もしお父さんの部下がこの粉をブックエンドにまきちらしたと考えているなら違います。不可能ですから」

「それがどういう意味を持つのか、もちろん、おまえは気づいとるだろうな」警視の声が興奮で甲高くなった。絨毯の上をせかせかと歩きまわる。「手袋を使う悪党どもの相手なら、わしはありとあらゆる経験をした」警視は言った。「法律破りをなりわいにしとる連中にとっちゃ、手袋は常識的な習慣らしいな――小説や新聞の暴露記事のせいで広まったんだろう。手袋、カンバス地、チーズクロス、フェルト――指紋を残さないようにするか、残したかもしれない指紋を拭き取るのに、どいつもこいつもそういった道具を使う。しかし今度のは――この仕事をやってのけた奴は――」

「超犯罪者ってことですか？」ウィーヴァーがおそるおそる提案した。

「まさにそのとおり。超犯罪者だ！」老人は答えた。「三文小説くさいじゃないかね、エルや。わしの口から言うのもなんだが――〝墓場《トゥームズ》〟（ニューヨーク市拘置所の俗称）でわしを待っとる、〈イタリア野郎〉のトニーや、〈赤毛〉のマクロスキーといった殺人鬼と並ぶ、超犯罪者だ。たいていの警察官は、超犯罪者などという言葉を言っただけで馬鹿にして笑う。しかし、わしは知っている――連中は実に珍しい、希少な生き物だと……」警視は挑戦するように息子を見た。「エラリー、その男は――女かもしれんが――とにかく、これをやってのけた奴はただの犯罪者ではない。彼は――彼女でもいい――この仕事を慎重にやりおおせるために、用心に用心を重ね、手袋をはめたのだろうが、それだけで満足せずに、警察官のよき友である犯罪捜査道具、指紋採取用の粉を部屋じゅうにばらまき、自分自身の指紋を探し出して、あとかたもなく消していくとは！……もはや一片の疑いもない――我々が相手にしとるのは、おつむの鈍いまぬけなお仲間とは月とすっぽんの、もっとも異常な生まれながらの犯罪者だ」

「超犯罪者ねえ……」エラリーはしばらく考えるそぶりを見せ、軽く肩をすくめた。「まあ、そんなふうに見えますよね、たしかに……この部屋で殺人を犯したあとで、恐ろしく手間をかけて、徹底的に掃除をするとは。犯人は指紋を残してしまったのか？　可能性はある。犯人がしなければならない仕事はあまりに細かい作業で、手袋をはめることができなかったのかもしれない——ということですね、お父さん」彼は微笑んだ。

「しかし、意味がわからん——特にその、最後のくだりが」クイーン警視はぶつぶつ言った。「手袋をしたままではできない作業というのが、見当もつかんな」

「それに関しては、ぼくにちょっとした考えがあります」エラリーは言った。「とりあえず、先に進みましょう。犯人はすくなくともひとつの、小さいが重要な作業をするために手袋を使わなかった、と仮定しますよ。そして、自分の指紋がブックエンドに残ってしまったと確信した——ということは当然、ブックエンドこそが、犯人のしなければならなかった作業と結びついていることになります。よろしい！　犯人はオニキスの表面をきれいに拭くことで、自分の正体を暴露する痕跡をすべて消し去ったと確信したでしょうか？　いいえ、しませんでした！　おもむろに指紋採取用の粉を取り出し、オニキスのひとつひとつの表面全体にまぶし、渦巻き型の染みを見つけるや、片っ端から消していったのです。こうすることによって犯人は、たしかに指紋をひとつも残さなかったと確信することができた。実に賢い！　もちろん少々面倒ではありますが——自分の命がかかっているわけですからね、ばくちを打って、運を天にまかすわけにいかない。そう——」エラリーはゆっくりと言った。「犯人は——運を天にまかせなかったのです」

　しばらくは、ジミーの手が無造作に禿げ頭をこする柔らかな音のほかは何も聞こえない静寂が続いた。

「すくなくともだ」警視がとうとう苛立ったように言った。「この部屋で指紋を捜しまわっても無駄ということがわかったな。こんなしちめんどくさい作業までする狡猾《こうかつ》な犯人だ、指紋なんぞ残しとらんだろう。ということは——指紋のことはいったん置いといて、別の方面から調べるしかない。ジミー、そのブックエンドを両方とも包んで、本部に持ち帰ってくれ。わしの部下に付き添ってもらえ——用心に越したことはない。きみが、その、ブックエンドをなくすような事故にあわんようにな」

「承知した、警視」鑑識屋は手早くブックエンドを薄紙でくるみなおすと、鞄の中に詰めこんで、陽気に「それじゃ！」と言い残し、部屋を出ていった。

「さて、ウィーヴァー君」警視は椅子の中でゆったりと坐りなおしながら言った。「どうぞ、そこにかけて。そして、今回の捜査の過程で会った人たちについて、いろいろ聞かせてもらいたい。おい、坐れ、エラリー、おまえのせいで落ち着かん！」

　エラリーはにやりとして、机に坐った。なぜか彼は俄然、この机に不思議なほど執着し始めたらしい。ウィーヴァーは諦めたように革張りの椅子に腰をおろして、ほっと息をついた。

「おっしゃるとおりにしますよ、警視」彼は助け船を求めるようにエラリーを見た。エラリーはあいかわらず、机の上の本をじっと見つめている。

「では、手始めに」警視はきびきびと口を切った。「きみの雇い主について話してもらいたい。かなりの変人のようじゃないかね。悪徳撲滅運動のせいで、ねじがはずれたのかな」

「たぶんあなたはご老体のことを、誤解してるんだと思います」ウィーヴァーはうんざりしたように言った。「あの人は世界一度量の広い、ほんとにいい人なんですよ。円卓の騎士顔負けの純粋な高潔さと、恐ろしく幅の狭い視野の両方を持ち合わせた人物、と考えていただければ、少しは理解してもらえるんじゃないでしょうか。あの人は世間一般で言うところの、いわゆる心の広い人というのとは違います。そしていくぶん鋼鉄の意志も持ち合わせています。それがなければ、悪徳に対して聖戦を挑むことはかないませんから。彼は本能的に悪徳というものを憎んでいますが、それはたぶん、これまで彼の家系に醜聞や犯罪の要素が、かけらもなかったからでしょう。だからこそ、今度のことであんなに打撃を受けてしまったんですよ。きっとブン屋がうまい獲物をめざして、よだれを垂らして襲いかかってくる様を予見したんです――悪徳撲滅協会の会長夫人、謎めいた殺されかたをする、とかなんとか。それに、ぼくは会長が夫人を心から愛していたと思います。夫人の方は愛していたとは思いませんが――」彼はためったが、忠実に言い添えた。「でも、夫人もご老体にはいつも優しく接していました、冷たく、自分勝手なやり方に見えましたが、夫人なりに精いっぱいに。まあ、夫人はかなり年下でしたから」

警視は小さく空咳をした。エラリーはむっつりしたまなざしでウィーヴァーを見ていたが、心ははるか彼方にあるようだった。もしかすると、本のことを考えていたのかもしれない。彼の指はずっと、机の上にある数冊の本の表紙をもてあそんでいたのだ。

「ちょっと訊きたいんだが、ウィーヴァー君」クイーン警視が言った。「何か気づいたことはないかな——つまり、変わったことに——フレンチ氏の最近の行動についてだが。いや、むしろ、ここ数カ月の間に、フレンチ氏がひそかに気を病むような個人的な問題を知らんか」

ウィーヴァーは長いこと黙っていた。「警視さん」ようやく口を開くと、クイーン警視の眼を真っ向から見つめた。「正直に言えば、ぼくはフレンチ氏と、そのご一家や友人知人のことまで、かなりのことを知っています。ぼくはゴシップ屋になりたくはない。ぼくが本当に苦しい立場であることをご理解ください。信頼を裏切るのは簡単なことじゃないんです……」

警視は嬉しそうな顔になった。「男らしく話すんだな、ウィーヴァー君。エラリー、おまえから友達に言ってやれ」

エラリーは気の毒そうな顔でウィーヴァーを見た。「ウェス」彼は言った。「ひとりの人間が冷酷に殺された。その命を奪った犯人を罰するのが、我々の仕事だ。きみの気持ちを尊重したいのはやまやまだけど——わかるよ、まっとうな考えかたをする人間にとって、よそ様の家庭の秘密を暴露するのは、難しいことだよな——でも、ぼくがきみなら話すよ、なぜなら、ウェス——」彼は言葉を切った。「——きみの前にいるのは警察官じゃない。きみの友達だ」

「じゃあ、話す」ウィーヴァーはついに諦めたように言った。「そして、これが最善であることを天に祈るよ——たしか、最近のご老体の行動におかしな点がなかったかというご質問でしたよね、警視。まさにど真ん中をつかれましたよ。フレンチ会長はひそかに心を痛めて、動揺していたんです。なぜかというと――」

「なぜかというと――？」ウィーヴァーは生気のない声で続けた。「数カ月前からフレンチ夫人が不適切な関係を続けていたからです――コーネリアス・ゾーンと」

「ゾーンだと？　不倫ということか、ウィーヴァー君？」クイーン警視は興奮を抑えた声で訊ねた。

「それは、まあ」ウィーヴァーは居心地悪そうだった。「あんな男のどこがよかったんだか――ええと、なんだか本当にゴシップ屋になった気がしますよ！　とにかくはっきりしているのは、あのふたりが最近あまりにも頻繁《ひんぱん》に会うものだから、この世でいちばん疑うということを知らない魂の持ち主であるご老体でさえ、どうもおかしい、と気づき始めたんです」

「ということは、確たる証拠はないわけか？」

「決定的にまずいことは起きていないと、ぼくは思っていますよ、警視。それともちろん、会長はそのことで夫人を責めたことは一度もありません。夫人の気持ちを傷つけるなんて、会長には想像もできませんから。ですが、このことで会長がひどく傷ついているのは知っています。一度、ぼくの前でうっかり口をすべらして、心の中のもやもやをさらけ出してしまったことがありますから。でも、会長は心の底からすべてが丸くおさまることを望んでいるに違いないと、確信しています」

「あのウィンドウの中で、どうもゾーンがフレンチ氏に対してよそよそしいと思ったんだ」警視は思い返しながら言った。

「そうでしょうね。ゾーンはフレンチ夫人に対する気持ちを隠そうともしませんでしたし。夫人は決して魅力のない女性ではなかったんですよ、警視。ゾーンは、ちびの醜男《ぶおとこ》ですが。あの男はご老体の妻に手を出して、長年の友情を裏切った。ぼくは思うんですが、むしろその裏切りの方が、ご老体の心にうんとこたえているんじゃないかと」

「ゾーンは結婚してるのか？」唐突に、エラリーが口をはさんだ。

「そりゃ、してるよ、エル」ウィーヴァーはすぐと友人を振り返って答えた。「ソフィア・ゾーンも変わった女性だ。彼女はフレンチ夫人を憎んでいたんじゃないかな――女性らしい優しさだの、気遣いだのを持ち合わせていない性分でね。まったく不愉快な性格だよ、あの女は」

「ゾーンを愛しているのかな？」

「それは答えるのが難しい。とりあえず、独占欲が異常なほど強いんだ、だからひどく嫉妬深いんだろうな。機会あるごとにそれを表に出すもんだから、居合わせる人間全員がものすごく気まずくなるんだよね」

「なるほどな」警視は苦笑して口をはさんだ。「まあ、よくあることだ。珍しい話じゃない」

「ありすぎですよ」ウィーヴァーはぷりぷりして言った。「まったく胸糞悪い茶番だ、何もかも。ぼくは、フレンチ夫人をこの手で絞め殺してやりたいと何度も思いましたよ、ご老体をあんなに手ひどく傷つけて！」

「こらこら、官憲の前で不穏なことを言うんじゃない、ウィーヴァー君」警視は微笑した。

「フレンチ氏の家族に対する感情はどんなものなのかね」

「もちろん、奥さんをとても愛していましたよ――あの年齢の人にしては珍しいくらい、こまやかに気を配って」ウィーヴァーは言った。「そしてマリオンには――」彼は眼を輝かせた。「――彼女のことはいつだって、目に入れても痛くないぐらいかわいがってきました。父親と娘の間の理想的で完璧な愛情が通いあっていました……ぼくとしては――少々、おもしろくないですが」彼は低い声で言い添えた。

「だろうね、きみたちふたりが挨拶する時の冷淡ぶりからそう思ったよ」警視は淡々と言った。ウィーヴァーは少年のように真っ赤になった。「それで、バーニスについてはどうなんだ」

「バーニスとフレンチ会長ですか？」ウィーヴァーはため息をついた。「まあ、そういう関係であなたが想像するとおりですよ。ご老体はそれでも公平な人です。公平さを重んじて、とにかくできるかぎりの努力をされます。もちろん、バーニスは彼の実の娘ではありません――だからマリオンを愛するようには、どうしたって愛することはできません。それでも、まったく同じ扱いをしています。同じだけ気を配られて、小遣いだって服だって同じだけ与えています――会長はできるかぎり、ふたりの扱いにまったく差をつけていません。ですが――どうしても、片方は実の娘で、もう片方は義理の娘ですから」

「ふむ、それはなかなか」エラリーは含み笑いをもらした。「鋭い警句じゃないか。ところで、ウェス――フレンチ夫人とカーモディの関係はどうなんだ？　きみも彼の言い分は聞いただろう――あれは全部本当のことなのか？」

「まったく本当のことを言ってるよ」ウィーヴァーは即座に答えた。「謎の男なんだ、カーモディってのは――バーニスのこと以外では、魚のように冷血でね。バーニスのためなら裸にでもなるだろうな。でも離婚後のフレンチ夫人に対しては、社交上の避けられないつきあいとしか思ってないみたいだ」

「そもそも、離婚の原因はなんだね」警視は訊いた。

「カーモディの不倫です」ウィーヴァーは言った。「――ああ、また！　なんだか井戸端会議好きのおばさんになった気がしますよ――まあ、カーモディは無分別すぎて、コーラスガールとホテルの一室にいるところを押さえられたんです。醜聞は一応もみ消されたんですが、真実がもれ出すのを防ぐことはできませんでした。当時は道徳の権化《ごんげ》だったフレンチ夫人は、ただちに離婚を申し立て、成立させました――それと共にバーニスの親権も勝ち取ったんです」

「夫人が道徳の権化とは思えないけどねえ、ウェス」エラリーは感想を言った。「ゾーンとの関係を考えると。むしろ――自分のパンのどっちの面にバターが塗ってあるのかを知っていて、不実な夫にしがみついてるよりは、大海に出た方がもっと魚を見つけられると踏んだんじゃないかな……」

「ずいぶんもってまわった言いかたをするね」ウィーヴァーは微笑んだ。「でも、きみの言う意味はわかるよ」

「だんだんフレンチ夫人のひととなりの片鱗《へんりん》が見えてきたな」エラリーはつぶやいた。「あのマーチバンクスって男は――夫人の兄だね？」

「見っていうだけだよ」ウィーヴァーはうんざりした顔で言った。「互いに毒蛇のように嫌いあってる。マーチバンクスは夫人の本性を見透かしてるんだろうね。あの男自身、純真無垢な白百合の花ってわけじゃなし。ともかく、ふたりはまったくの冷戦状態だ。ご老体にとっては気まずい状態だけどね、なんたってマーチバンクスは何年も前からずっとここの役員なんだから」

「そして酒を飲みすぎだな、見ればわかる」警視は言った。「マーチバンクスとフレンチ氏の関係は良好なのかね」

「社交上のつきあいはほとんどありません」ウィーヴァーは答えた。「仕事においては、とてもいい関係にあると思います。でも、だからこそご老体はとても気に病んでいるんです」

「あとはもうひとりだけだな、いまのところわしの好奇心を刺激する登場人物は」警視は言った。「それは、なかなか遊び好きに見える役員の、洒落者《しゃれ》の紳士トラスク氏だ。彼は仕事以外でフレンチ一家と関わりはあるのかね」

「〝仕事〟よりもむしろ〝以外〟のことの方が多いんですよ」ウィーヴァーは答えた。「もう毒を食らわば皿までだ、全部、喋りましょう。あとで口をたわしでこすって洗わなきゃ！――A・メルヴィル・トラスク氏は単に伝統で役員の席に坐っているんです。彼の父親がもともとの役員だったんですが、その大トラスクが亡くなる直前に、自分の息子にその地位を継がせてほしいと願ったんですよ。まあ、いろいろめんどくさい手続きだのなんだのがありましたが、ようやく取締役会は彼を引きこむことに成功して、以来、ずっとお飾りで席に坐っています。

あの頭には脳味噌がはいっていません。しかし、ずるさときたら――それこそあふれんばかりですよ！　というのも、トラスクはもう一年以上も前からバーニスを狙ってるんですから――はっきり言えば、役員の座について以来です」

「おもしろい」エラリーはつぶやいた。「どういうつもりだろう、ウェス――財産目当てか？」

「そのものずばりだ、エラリー。先代のトラスク氏が相場でぼろ負けしたものだから、息子のトラスクはどん底までおちぶれて、聞いた話じゃ、経済的には首をくくる寸前らしい。だから、財産目当ての結婚に賭けようと思ってたんだろう。そこにバーニスが現れた。彼は猟犬のように追いまわし、ちやほやし、デートに連れ出し、母親のご機嫌までとり始めた。もう何カ月も前からね。そうしてバーニスの心にじわじわとはいりこんだ――かわいそうに、バーニスに愛情を捧げる男がほかにいなかった！――そんなわけで、まあ、あのふたりは婚約しているようなものなんだ。実際に認められたわけじゃないが、まわりはそういう目で見ている」

「反対意見は？」警視は訊ねた。

「山ほどですよ」ウィーヴァーは苦い口調で答えた。「ほとんどはご老体からの反対ですが。義理の娘をトラスクのような性質の男から守るのが、自分の義務だと考えているんです。トラスクは最低最悪のげすのごろつきですよ。かわいそうに、あの娘は、あんなのと一緒になったら、みじめな一生を送るに決まっています」

「ウェス、どうして彼はバーニスに財産がはいると確信してるんだ」唐突にエラリーが訊いた。

「それは――」ウィーヴァーはためらった。「――つまりだ、エル、夫人は自分名義でかなりの財産を持っている。だからもちろん、これは公然の秘密なんだが、夫人が亡くなれば――」

「遺産がバーニスに転がりこむ」警視が続けた。

「おもしろいね」エラリーは立ち上がって、疲れたように、ぐっと伸びをした。「ところで全然関係ないけど、ぼくは今朝から何も食べてないことを思い出したよ。みんなでサンドイッチとコーヒーでも、つまみにいこうじゃないか。ほかに何かありますか、お父さん」

「何も思いつかん」老人はまたふさぎの虫に取りつかれたようだった。「もう、ここは封鎖して出ていこう。ヘイグストローム！　ヘッス！　あっちから煙草の吸殻とカードを取ってきて、わしの鞄に入れておけ――それから、靴と帽子も持ってこい……」

エラリーは机の上の五冊の本を取りあげて、ヘイグストロームに渡した。

「これもまとめて持っていくといい、ヘイグストローム」彼は言った。「いまのはみんな、本部に持っていくんですか、お父さん」

「もちろんだ！」

「じゃあやっぱり、ヘイグストローム、その本はぼくが持っていくよ」刑事は警察の七つ道具の中から取り出した茶色い紙で丁寧に本をくるむと、エラリーに返した。ウィーヴァーが寝室から自分の帽子とコートを取ってくると、警視とエラリーとウィーヴァーは刑事たちに先導されて、アパートメントを出た。

エラリーがしんがりだった。廊下に立った彼は、片手を外の扉のノブにかけたまま、部屋の中を見つめていた視線をゆっくりと、手の中の茶色い紙にくるまれた包みに移した。

「かくして」彼はひとりごとを言った。「第一課は終わりぬ」手が離れ、扉は音をたてて閉まった。

二分後、廊下にはただひとり、ぽつねんと残された制服警官が、どこからか調達してきた椅子に腰かけ、扉に背をもたせかけて、タブロイド紙を読んでいた。

第三の挿話

人間狩りとはあらゆる点で、世界でもっともスリルに満ちた職業だ。そのスリルの度合いは、狩人の気質と正比例する。もっとも完全な達成感を得る捜査官とは……犯罪における現象を細かく観察し、情報を正確な順序で並べなおし、神より賜った想像力を駆使して、すべての出来事をあますことなく考慮し、ほんの小さな事実のかけらさえ捨てることなく、推理を組み立てる者である……。洞察力、忍耐、情熱——これらが奇跡的に組み合わさった資質こそが、犯罪捜査の天才を生み出すのだ。こつこつとたゆみなく技術をみがく分野でないかぎり、この資質はどのような職業においても、天才を生み出すものである……

ジェイムズ・レディック（父）著『暗黒街より』

20　煙草

サイラス・フレンチ邸はリヴァーサイド・ドライブのダウンタウン寄りにあり、ハドソン川に面していた。古びてすすけたような屋敷は、大通りからぐっとひっこみ、きれいに刈りこんだ生垣に囲まれていた。低い鉄のフェンスが敷地を取り巻いている。

クイーン警視とエラリー・クイーンとウェストリー・ウィーヴァーが応接室にはいると、すでにヴェリー部長刑事が来ていて、別の刑事と熱心に話しこんでいた。三人がはいってくるや、刑事は素早く部屋を出ていき、ヴェリーはうろたえた顔で上司を見上げた。

「金鉱を掘り当てました、警視」いつもどおりの低いがらがら声で言った。「昨夜、フレンチ夫人がつかまえたタクシーですが、ほとんど即座にめっけましたよ。普段からこのあたりを流してるイエローキャブで。運転手は客のことをあっさり思い出してくれました」

「ふうん、わしが思うに――」警視は陰気くさく口を開いた。

ヴェリーは肩をすくめた。「自慢できるような成果はからっきしですな。運転手は、昨夜の十一時二十分ごろに、この屋敷の真ん前で夫人を拾ったそうで。五番街に行きたいと言われて、そのとおりにしたと。言われたとおりに三十九丁目通りで停めると、そこで夫人は車をおりました。運転手は料金を受け取って、そのまま去っちまいました。夫人がデパートに向かって道を横断するのを見たとは言ってますがね。それだけです」

「たいした情報じゃないね」エラリーはつぶやいた。「やれやれ。運転手はダウンタウンまでの道のどこかで車を停めたりしなかったのかい——夫人は途中で誰かと接触しなかったのかな」

「その点も訊きましたがね。全然ですな、クイーンさん。三十九丁目通りにはいるまで、夫人はほかの指示をひとつも出さなかったそうで。もちろん、道が混んでいたので、何度も停まっていますからね。渋滞待ちの間に誰かがこっそり乗りこんで、さっと出ていくこともできなくはないですが。運転手は、そんなことはなかった、何も異常なことには気づかなかったと言っています」

「鋭い奴なら気づいただろうにな、きっと」警視はため息をついた。

メイドがはいってきて、三人の帽子とコートをあずかるとすぐに、マリオン・フレンチが現れた。彼女はウィーヴァーの手をきゅっと握ってから、クイーン父子に力なく微笑みかけ、なんでもお答えします、と言った。

「いや、お嬢さん、さしあたってはあなたに訊くことはありません」警視は言った。「お父さんの容体はいかがですか？」

「ずっとよくなりました」そして、詫びるように少し顔を曇らせた。「先ほどはアパートメントでたいへん失礼な態度を取ってしまいましたわ、クイーン警視様。どうか許してくださいまし——父が卒倒したのを見て、気が動転してしまって」

「許すことなんて何もないよ、マリオン」ウィーヴァーは唸り声を出した。「警視の言葉を代弁させてもらうけどね、きっとクイーン警視はきみのお父さんの具合がどれだけ悪いか、気づいてなかったんだろう」

「お手柔らかに頼むよ、ウィーヴァー君」警視は穏やかに言った。「お嬢さん、お父さんは三十分ばかり我々と話をすることができそうですか？」

「そうですわね……お医者様がいいとおっしゃるなら、たぶん。あら、まあ！　かけてくださいませんこと？　わたし、ずっと慌ててしまっていて、この——混乱のせいで……」彼女の顔に暗い影がさす。男たちはすすめられたとおり、腰をおろした。「そうなんですの、警視様」マリオンは続けた。「父にはいまも看護婦が付き添っておりますし、お医者様もまだいてくださって。むかしからのお友達のグレイさんもですわ。あの、お医者様に訊いて参りましょうか」

「はい、助かります。それと、ホーテンス・アンダーヒルさんに、ちょっとの間、ここに来てもらえるように頼んでいただけますかな」

マリオンが部屋を出ていくと、ウィーヴァーはふたりにことわって、彼女を急いで追っていった。ほどなく玄関ホールの方から、驚いたような「あら、ウェストリー！」という娘の声が聞こえてきた。急にしんと静まり返ったかと思うと、続いて、ひそやかな柔らかい音がして、ようやく去っていく足音がした。

「いまのはおそらく」エラリーはまじめくさって言った。「ヴィーナスへの甘美なる挨拶の接吻でしょうね……それにしても、なぜサイラス老人はウェストリーを未来の娘婿として迎えるのに、眉をひそめるんですかね。娘にふさわしい男には財産と地位を求めているんでしょうが」

「あの御仁《ごじん》がそんなことを気にするかね?」警視は訊いた。

「ぼくはそう見ていますけど」

「ふん、そりゃ面倒な条件だな」警視はそっと嗅ぎ煙草をつまんだ。「トマス」彼は声をかけた。「バーニス・カーモディの線はどうなった。足取りは少しでもつかんだか?」

ヴェリーの面長の顔が、いっそう浮かない表情になった。「ひとつつかみましたが、ほんとにとっかかりだけで。カーモディの娘は昨日の午後に、この屋敷を出るところを、昼間の警備員に見られています——いわゆる臨時警官なんですが——近所のパトロールのために、個人的に雇われているそうで。その警備員はカーモディの娘だとひと目で見分けしました。話によると、娘は七十二丁目通りに向かってさっさと歩いていって——リヴァーサイド・ドライブをまっすぐ歩いていったそうです。途中で誰かに会うこともなく、どこかをめざしていたのか、かなり急いでいるように見えたと。警備員は、娘を特に念入りに観察する理由もなかったものですから、さっと見ただけで、どのくらい遠くまでリヴァーサイド・ドライブ沿いに歩いていったのか、それともどこかで脇道にはいったのかも、わからんそうで」

「ますます悪いな」警視は考えこんだ。「とにかく、その娘が鍵だ、トマス」警視はため息をついた。「必要ならもっと人員を投入しろ。草の根分けても捜し出せ。娘の特徴は全部聞き取ってあるんだろうな、服装やら何やら」

ヴェリーはうなずいた。「はい。すでに部下四名にあたらせてますから。何か手がかりがあれば必ず見つけ出しますよ、警視」

ホーテンス・アンダーヒルが重々しい足音と共に、部屋に現れた。

エラリーがはじかれたように立ち上がった。「お父さん、こちらがアンダーヒルさんです、家政婦の。こちらはクイーン警視です、アンダーヒルさん。警視からあなたに二、三、質問があるそうですよ」

「ええ、そううかがいましたが」家政婦は答えた。

「そう」警視はじっと彼女を見つめた。「せがれの話では、アンダーヒルさん、バーニス・カーモディ嬢はこの屋敷を、お母さんの意思に反して出ていかれたと――もっと言えば、こっそり抜け出していったということですが。そうなんですか?」

「そうです」家政婦は、にこにこしているエラリーに向かって、むっとしたような眼をぎろりと向けた。「それにどんな関係があるのか、わたしは知りません」

「でしょうな」老人は言った。「それはカーモディ嬢のいつもの行動なんですか――お母さんの目を盗んで抜け出すというのは」

「何を当てこすっておいでなのか、まったくわかりませんが、警視様」家政婦は冷ややかに言った。「でも、あのお嬢さんを今度の事件の巻き添えにしようとしてるんなら……ええ! そうですよ、月に二、三度、そうすることがありました。ひとことも言わずに抜け出して、三時間ほど留守にされて。帰宅されるといつも、奥様と喧嘩になっていましたが」

「あなたはご存じではないですよね」エラリーがゆっくりと訊ねた。「そういう時、お嬢さんがどこに行っていたのか。家に戻ってから、お母さんになんと言われていたのか」

ホーテンス・アンダーヒルは、不快そうにきりっと歯を鳴らした。「存じません。お母様も行き先はご存じでありませんでした。それで喧嘩になっていたんです。バーニスさんは絶対に明かそうとしませんでした。ただ、黙って坐っているだけで、お母様が大声で叱りつけるのを馬耳東風と聞き流して……もちろん、先週だけは違いましたけれども。あの時は本当に言い争いの大喧嘩になりましたから」

「ほう、先週は特別なことが起きたわけですね？」エラリーは言った。「ひょっとして、フレンチ夫人が何かを突き止めたのかな？」

家政婦は、その鋼鉄のように無表情な顔に一瞬、はっと驚きの色を走らせた。「はい。そうだと思います」それまでより穏やかな声で言った。そして、急に興味を持ったような視線をエラリーに向けた。「でも、それが何なのか、はっきりとは存じません。たぶんバーニスさんの行き先を突き止めて、そのことで言い争っていたのだとは思いますが」

「正確に、それはいつのことです、アンダーヒルさん？」警視が訊いた。

「一週間前の月曜です」

エラリーは柔らかく口笛を鳴らした。そして、警視と視線を交わした。

警視はぐっと身を乗り出した。「教えてください、アンダーヒルさん――カーモディ嬢はたいてい何曜日に姿を消しましたか――とりあえず、毎週、同じ曜日だったか、そうでなかったかは思い出せますかな」

ホーテンス・アンダーヒルは父子の顔を見比べて、一度口を開きかけたものの、もう一度考えてから、再び顔をあげた。「よく考えてみますと」ゆっくりと家政婦は言った。「毎回、月曜日というわけではありませんでした。火曜だったり、水曜だったり、木曜だったり……たしか、毎回、曜日を順番にずらしてお出かけだったと思いますよ！　まあ、これはいったいどういう意味なんでしょう」

「アンダーヒルさん」エラリーは眉間に皺を寄せた。「たぶんあなたには――そして、ぼくにも、思いつかないような理由があるんですよ……フレンチ夫人とカーモディ嬢の部屋は、今朝から誰もいじっていないんですか」

「はい。デパートで殺人があったという知らせを聞いてすぐに、おふたかたの寝室に鍵をかけました。なぜかはわかりませんけど、でも――」

「そうすることが重要かもしれないと思ったんですね」エラリーは言った。「いや、お手柄です、アンダーヒルさん……では、二階に案内していただけますか」

家政婦はひとことも言わずに立ち上がると、玄関ホールにはいり、広い中央階段をのぼっていき、三人の男たちもあとからついていった。彼女は二階で立ち止まると、黒い絹エプロンのポケットから鍵束を取り出し、そこから一本選んでドアの鍵を開けた。

「ここがバーニスさんのお部屋です」そう言うと、一歩脇にどいた。

三人は、同じ時代で揃えた家具に飾られた、緑と象牙色が基調のひろびろとした寝室にはいった。天蓋のついた巨大なベッドが部屋を支配している。何枚もの鏡、とりどりの色、異国情緒あふれる調度品の数々にもかかわらず、部屋はなぜかどんよりと陰気くさく、どうにも寒々しく見える。三枚の広い窓から流れこむ陽光は、室内の雰囲気に温かみを添えるどころか、おどろおどろしく、ひたすら陰気に見せる度合いを高めている。

一歩部屋にはいったエラリーの眼は、その不気味さにはまったく無頓着なようだった。彼の眼はすぐにベッド脇の、ごてごてした装飾の彫刻をほどこされたテーブルに吸い寄せられた。テーブルの上の灰皿には、煙草の吸殻があふれんばかりに盛り上がっている。エラリーは素早く部屋を突っ切ると、灰皿を持ち上げた。それをまたテーブルに戻した彼の眼には、異様な光が射していた。

「この灰皿は、今朝あなたが部屋に鍵をかけた時から、吸殻がはいっていたのですか、アンダーヒルさん」彼は鋭く訊ねた。

「はい。わたしはこの部屋の何にも触っておりません」

「では、ここは日曜からずっと掃除をしていないんですね？」

家政婦の顔が紅潮した。「月曜の午前中はバーニスさんがお目覚めになるまで、お部屋にはいれなかったんですよ」彼女は噛みつき返した。「わたしの家事のやりかたに対する文句なら聞く気はありませんからね、クイーン様！　わたしは――」

「だけど、どうして月曜の午後に掃除しなかったんです？」エラリーは笑顔で口をはさんだ。

「メイドがベッドを整えたあと、バーニスさんに部屋から追い出されたからですよ、文句ありますか！」家政婦はぴしゃりと言った。「あの子は灰皿を片づけさせてもらえなかったんです。これでご満足ですか！」

「満足です」エラリーはぼそりと言った。「お父さん――ヴェリー――ちょっとこっちに」

エラリーは無言で吸殻を指差した。灰皿にはすくなくとも三十本はあった。一本の例外もなく、それは全部同じ種類のトルコ煙草で、全体の四分の一の長さまで吸ったところで、灰皿に押しつぶしてあった。警視はそのうちの一本をつまみあげ、吸い口付近で金色に光る文字をじっと見つめた。

「なんだ、何を驚くことがある?」警視は詰問した。「どれもこれも、アパートメントのカードテーブルにあった吸殻と同じ銘柄の煙草だ。ふむ、たしかに恐ろしく神経質な娘のようだな」

「いや、長さですよ、お父さん、長さです」エラリーがそっと言った。「それはともかく……アンダーヒルさん、カーモディ嬢はいつも〈公爵夫人〉を吸っているんですか」

「はい、さようでございます」家政婦はいやみったらしく言った。「しかも、身体に悪いほどたくさん。なんだか派手な名前のギリシャ人から買って――クサントスとか言いましたね、たしか――その男は、いい家柄のご令嬢のために特別の注文を受けて、それぞれの好みの煙草をあつらえるんです。香料で香りづけまでして!」

「何度も繰り返し注文しているんでしょう、きっと」

「ええ、そのとおりですよ。バーニスさんは手持ちの分を切らすたびに、注文を繰り返されるんです、いつもの五百本入りの箱をひとつお願いって……たしかに、それはバーニスさんの欠点ですけどね、この程度のこと、あのかわいそうなお嬢さんの不利な証拠になんかさせませんよ、だって、同じ悪癖《あくへき》に染まっている若い娘さんは、ほかにも大勢いるじゃありませんか――

まあ、バーニスさんが、レディとしてどうかと思うほど吸われるのはたしかですけど。健康にも悪いし。お母様は一本も吸われませんし、マリオンさんも旦那様もお吸いになりません」

「ええ、ええ、ちゃんとわかっていますよ、アンダーヒルさん、ご協力感謝します」エラリーはグラシン紙の封筒を、例のポケットサイズの探偵道具の箱から取り出すと、汚らしい灰皿の中身を、そっと封筒にあけた。それを、彼はヴェリーに手渡した。

「これも、本部に持ち帰って保存するおみやげに追加しておくといい」エラリーは快活に言った。「きっと最後の最後で役にたつ……では、アンダーヒルさん、よろしければもう少し、あなたの貴重な時間を分けていただけませんか……」

21 鍵、再び

エラリーは、けばけばしい部屋を素早く見回し、横の壁の大きな扉につかつかと歩み寄った。それを開けると、低い満足そうな歓声をあげた。そこはクロゼットで、女物の衣装でぎっしり埋まっていた――ドレス、コート、靴、帽子が贅沢にあふれるほど詰まっている。

いま一度、ホーテンス・アンダーヒルを振り返ると、彼女は嫌悪の色をありありと浮かべて、じっとエラリーを睨んでいる。彼の手が、ラックにかかっている何枚ものドレスを、無造作にいじっているのを見て、家政婦はきっとくちびるを噛んでいた。

「アンダーヒルさん、あなたはさっき、カーモディ嬢が何カ月か前にアパートメントに行ったきり、もうずっとあそこに行ってないとおっしゃいましたね」

彼女は不承不承にうなずいた。

「その最後に行った時に、どんな服を着ていたか覚えていますか」

「よろしいですか、クイーン様」氷のような声で家政婦は言った。「信用してくださるのはありがたいですけどね、わたしの記憶力はそこまでよくないんですよ。どうしてわたしがそんなことを覚えていられるんです」

エラリーはにやりとした。「なるほど。ではアパートメントの、カーモディ嬢の鍵はどこにありますか」

「まあ！」家政婦はすっかり仰天していた。「不思議なこと――クイーン様、そんなことをお訊ねになるなんて。つい昨日の朝に、バーニスさんから頼まれたばっかりなんですよ、鍵をなくしたみたいだから合鍵を作るようにって」

「なくした？」エラリーはがっかりした顔になった。「たしかですか、アンダーヒルさん」

「いま、そう申し上げました」

「ふん、捜してみても、ばちは当たらないでしょう」エラリーは陽気に言った。「よし、ヴェリー、手を貸せ、ここの服をあらためよう。いいですね、お父さん？」ほどなく、エラリーと部長刑事は烈火の勢いでクロゼットを攻撃し始め、その間、警視のおかしそうな笑い声と、ホーテンス・アンダーヒルが憤慨のあまり窒息しそうにあえぐ声が聞こえていた。

「そもそも……」エラリーは、コートやドレスの間に手を素早く出し入れしつつ、食いしばった歯の間から声を出した。「人はね、そんなに簡単に物をなくすものじゃない。たいてい、そう思いこむだけで……今回の場合、カーモディ嬢はたぶん、ありそうな場所を何カ所か捜しただけで諦めてしまったので……きっと正しいポケットを捜さなか……ああ、やっぱりか、ヴェリー！　さすがだ！」

長身の部長刑事はずっしりと重たい毛皮のコートを持ち上げている。左のてのひらで、金のつまみつきの鍵がきらめいていた。

「内ポケットにはいってましたよ、クイーンさん。こんな毛皮のコートを着ていったということは、カーモディ嬢が最後に鍵を使った日は、かなり冷えこんだんじゃないですかね」

「なかなか鋭いな」エラリーは鍵を受け取った。ウィーヴァーの鍵と瓜ふたつだ。ポケットからウィーヴァーの鍵を取り出し、いましがた発見したものと見比べる――円形のつまみにB・Cというイニシャルが彫られているほかは、そっくり同じだ。

「どうして鍵を全部欲しがっとるんだ、エル」警視が質問した。「わしにはさっぱり理由がわからん」

「さすが慧眼《けいがん》ですね、お父さん」エラリーは重々しく言った。「どうして、ぼくが全部の鍵を欲しがっているとわかったんです？　そう、そのとおりですよ――ぼくは全部の鍵が欲しい、それもできるかぎり早くコレクションを完成させたい。理由は、クルーサーの言を借りれば、あなたの顔にのっかってる鼻と同じくらい明白ですよ……あのアパートメントには当分、誰も入れたくない。という実に単純な理由です」

エラリーは両方の鍵をポケットにおさめ、不機嫌そのものの家政婦を振り返った。「〝なくした〟鍵の替えを作れというカーモディ嬢の命令を実行に移しましたか？」彼は鋭く訊いた。

家政婦はふんと鼻を鳴らした。「いいえ」彼女は答えた。「いま思えば、バーニスさんが鍵をなくしたとおっしゃったのが、本気か冗談かもわからないというのが本音ですし。それに昨日の午後、あんなことが起きたものですから、本当に頼みどおりにしていいものやら自信が持てなくて、注文する前に、念のためにもう一度、バーニスさんにうかがってからにしようと思ったんですよ」

「あんなこととはなんですか、アンダーヒルさん」警視はゆっくりと静かに訊ねた。

「おかしな話なんですよ、実を言うと」考え考え、家政婦は答えた。不意にその眼がきらりと光ったと思うと、顔の表情にぐんと人間味が加わった。「本当にお力になりたいんです」家政婦は小声で言った。「考えれば考えるほど、あれはきっと大事なことだったような……」

「ああ、アンダーヒルさん、ぼくらはもう、興奮しすぎて気絶しそうですよ」エラリーは表情をまったく動かさずにつぶやいた。「どうぞ、続けて」

「昨日の午後、四時ごろに――いえ、むしろ三時半に近かったと思いますが――バーニスさんから電話がかかってきて、わたしが出たんです。バーニスさんがこっそり屋敷を抜け出したあとのことですよ――言うまでもないでしょうけど」

とたんに男三人は、はっと緊張で身をこわばらせた。ヴェリーが聞こえないほど小声で呪詛の言葉を吐くのを、警視はじろりとひと睨みで黙らせた。エラリーは身を乗り出した。

「それで、アンダーヒルさん？」彼はうながした。

「本当に不思議でしかたないんですけどね」家政婦は続けた。「だって、バーニスさんは鍵をなくしたことを、お昼食の前に何気なく話されたんですよ。なのに、午後に電話をかけてきて、いの一番におっしゃったのが、使いの者をやるからアパートメントの鍵を持たせてすぐに届けてほしいということだったんです！」

「もしかすると、お嬢さんは」警視はぼそぼそと言った。「あなたがもう新しい鍵を作っておいてくれたと思ったのでは？」

「いいえ、警視様」家政婦はぴしりと言い返した。「そんなことはまったく考えてもいなかった口ぶりでした。そもそも、鍵をなくしたことすら、まるっきり忘れていたみたいなんですから。ええ、すぐに思い出させてさしあげましたよ。鍵をなくしたから新しく作ってほしいと、おひる前におっしゃったでしょうって。そうしたら、ひどくがっかりしたお声になって、〝そうだったわ、ホーテンス！　すっかり忘れちゃって、わたしったら馬鹿ね〟とおっしゃって、続けて何か言おうとしたようなんですが、急に黙りこんで、しばらくしてから、〝気にしないで、ホーテンス、別にたいしたことじゃないから。夕方アパートメントに寄ってみようと思っただけなの〟と言われました。それでわたしは、どうしてもアパートメントにはいりたいのなら、守衛室のデスクからマスターキーを借りたらいかがですか、と申し上げました。そうしたらバーニスさんはもうどうでもよくなったみたいで、急に電話を切ってしまわれたんです」

短い沈黙が落ちた。やおらエラリーが、眼を好奇心できらめかせて顔をあげた。

「よく考えてみてくださいよ、アンダーヒルさん」彼は訊いた。「カーモディ嬢が途中で言いかけたのに、やっぱり思いなおして言わなかったのは、どんなことだと思いますか」

「たしかなことは言えませんけど、クイーン様」家政婦は答えた。「ただ、わたしの印象では、ほかのかたの鍵を借りてきてほしいと言うつもりだった気がします。間違っているかもしれませんが」

「かもしれませんが」エラリーはあまのじゃくのようないたずらっぽい口調で言った。「途方もない額を賭けてもいい、ぼくはあなたが間違っていないと思いますね……」

「それと」ホーテンス・アンダーヒルは、しばらく考えてから付け足した。「もうひとつ思ったんですけど、バーニスさんが何か言いかけてやめた時に、なんだか――」

「誰かが彼女に話しかけていたような気がしたんじゃありませんか、アンダーヒルさん？」エラリーが言った。

「ええ、ええ、そうなんです、クイーン様」

警視はびっくりした顔を息子に向けた。ヴェリーは巨体を前に軽くかがめて、警視にそっと耳打ちした。老人がにやりとした。

「鋭いぞ、トマス」彼はくすくす笑った。「わしもちょうどそう考えとった……」

エラリーが警告するように指を鳴らした。

「アンダーヒルさん、あなたに奇跡のごとき正確さを求めるのは酷かと思いますが」まじめに、敬意を払った口調で言った。「それでも、あえてお訊ねしたい――受話器の向こうであなたに話しかけていたのが本物のカーモディ嬢だった、と確信を持てますか?」

「そこだ!」警視が叫んだ。ヴェリーがにんまり笑う。

家政婦は、妙に虚ろに透けた眼で三人の男を順々に見つめた。不意に、電撃のようなものが四人全員の胸を貫いた。

「わたしは――あれは――バーニスさんだったと思い――ません」家政婦は囁くような声をもらした……

やがて、一同は行方不明の娘の寝室を出て、隣の部屋にはいった。こちらはもっと落ち着いた雰囲気の部屋で、塵ひとつなく清潔に整った部屋だった。

「奥様のお部屋です」家政婦は低い声で言った。辛辣《しんらつ》な性格も、度重なる悲劇を急に思い出したのか、やわらいだようだ。彼女の眼は深い尊敬の念をたたえてエラリーの姿を追っている。

「この部屋はいつもどおりで、まったく問題ないのかな、アンダーヒルさん?」警視が訊ねた。

「はい、警視様」

エラリーは衣装戸棚に歩み寄ると、整理されたラックを眺めて考えこんだ。

「アンダーヒルさん、ここを見て、マリオン・フレンチさんの持ち物がまぎれこんでいるかどうか、教えてもらえますか」

家政婦がラックを調べるのを、三人の男は見守っていた。彼女は丹念に調べていったが、やがて、きっぱりとかぶりを振った。

「ということは、夫人はマリオンさんの服を身につける習慣はなかったんですね?」

「あら、もちろんです!」

エラリーは満足げに微笑むと、例のありあわせの手帳に、秘密のメモを読みづらい文字でさっと書きなぐった。

22 本、再び

三人の男はサイラス・フレンチ老の寝室で気まずそうに立っていた。看護婦は廊下でやきもきしていたが、彼女と患者の間には、分厚い扉が立ちはだかっていた。マリオンとウィーヴァーは階下の応接室に追いやられていた。フレンチ老の主治医、スチュアート医師は大柄な、実に印象的な人物で、ベッド脇の自分の持ち場にでんと腰を据え、職業的な苛立ちに燃える眼で、クイーン親子を睨んだ。

「五分間——それ以上は無理です」彼はぴしりと言った。「フレンチ氏は話のできる状態じゃないんです!」

警視はまあまあとなだめてから、病人をあらためて見つめた。フレンチは巨大なベッドにぐったりと横たわり、不安そうな眼で、ふたりの審問官をかわるがわる、ちらちらと見ている。

締まりのない白い手が片方、絹布団の上に投げ出されていた。その顔はすっかり色を失い、練り粉のように真っ白く、すさまじく面変わりして、ひどく具合が悪そうだった。皺だらけの額に、ほつれた白髪がぱらぱらとかかっている。

警視はベッドに近づいた。そして、かがみこみ、そっと話しかけた。「クイーン警視と申します、フレンチさん。聞こえますか？　形式的な質問を二、三、させていただきたいのですが、かまいませんか。奥さんの――事故について」

水銀のようにゆらゆらし続けていた瞳が定まり、警視の老いた優しげな顔の上で動かなくなった。不意に、その眼に理性の光がきらめいた。

「はい……はい……」フレンチは吐息のような声をもらしつつ、真っ赤な舌で、青ざめた薄いくちびるを湿した。「なんでも……明らかにできるなら、この……この恐ろしい出来事……」

「ありがとうございます、フレンチさん」警視はいっそう前かがみになった。「奥様が亡くなったことに関して、何か思い当たることはありませんか」

涙ぐんだような眼がまたたいて、閉じられた。次に開いた時、その赤くなった眼の奥には、心の底からの困惑だけがあった。

「いえ……何も」フレンチは苦しそうな息をもらした。「何も……何ひとつ……あれは――妻は……友達が大勢いました……敵はひとりもいなかった……私は――とにかく……信じられない、まさか……そんな人間がいるとは……野蛮な……殺すなんて」

「そうですか」警視は口ひげをちょいとひっぱった。「では、奥様を殺す動機を持っていそうな人物に心当たりはありますか、フレンチさん」

「いえ……」しゃがれた弱々しい声に、俄然、力がこもった。「なんという恥だ——この醜聞……私は死んだも同然です……これまでずっと……悪徳の撲滅に身も心も捧げつくしてきた私が……こんな目にあうとは！……屈辱だ、なんという屈辱だ！」

彼の声はいっそう激してきた。警視が危険を感じてスチュアート医師に身振りで合図すると、医者は素早く病人の上にかがみこみ、脈を取った。やがて、とても優しい声で、医者が安心させるように語りかけ続けるうちに、患者の咽喉から聞こえていた、ごろごろという音が消え、布団の上で引きつっていた手から力が抜け、だらりと伸びた。

「まだあるんですか？」医者はつっけんどんな声で訊いた。「さっさと頼みます、警視！」

「フレンチさん」クイーン警視は穏やかに言った。「デパートの中にあるアパートメントの、あなた専用の鍵は、いつも手元に置いていますか」

眼が眠そうに、くるりと動いた。「ええ？　鍵？　はい……持っています……いつも」

「ここ二週間ほどの間に、誰かに貸したことなどはありませんね」

「ありません……絶対にそんな」

「鍵はどこです、フレンチさん」警視は優しいが、切迫した声で続けた。「二、三日、警察でおあずかりしてもかまいませんか。もちろん、法の利益になることです……どこですって？ああ、そうですか！　スチュアート先生、フレンチさんがあなたに、ズボンのポケットのキーリングから鍵を取ってきてほしいと。クロゼットですよ、クロゼットの中！」

無言で、巨漢の医師はのっそりとクロゼットに近づき、目にはいった最初のズボンを手探りするとほどなく、革のキーケースを持って戻ってきた。クイーン警視は、C・Fというイニシャルの刻まれた金のつまみつきの鍵を見つけ出すと、鍵の束からはずしてケースは医者に返し、医者はそれをさっさとズボンに戻しにいった。フレンチは腫れぼったいまぶたを閉じ、おとなしく横たわっている。

警視がサイラス・フレンチの鍵をエラリーに手渡すと、エラリーはほかの鍵と一緒に、ポケットにおさめた。そして彼は前に進み出て、病人の上に身をかがめた。

「どうぞ、楽になさってください、フレンチさん」彼は優しく囁きかけた。「あと、ふたつ三つ質問させていただいたら、すぐにおいとまして、あなたに何よりも必要な絶対安静の時間をお返ししますから……フレンチさん、アパートメントの書斎にあるあなたの机の上に、どんな本が置いてあったか覚えていますか」

老人のまぶたがさっと開いた。スチュアート医師は怒ったように、ぶつぶつと〝まったくのナンセンスだ……馬鹿な探偵ごっこもいいかげんにしてほしい〟というような言葉をつぶやいていた。エラリーはうやうやしい態度を崩さずに、だらしなく開いたフレンチの口元に頭を近寄せた。

「本?」

「そうです、フレンチさん。アパートメントの机に並べてあった本ですよ。題名を思い出せますか」穏やかな口調でうながした。

「本」フレンチはぎゅっと口を結んで、必死に集中しようとした。「そう、思い出せます……もちろん。私の愛読書ばかりで……ジャック・ロンドンの『冒険』……ドイルの『シャーロック・ホームズの復活』……マカッチャンの『グラウスターク』……ロバート・W・チェンバーズの『カーディガン』、それから……ちょっと待ってください……たしかもう一冊……そうだ！ リチャード・ハーディング・デイヴィスの『幸運の兵士』……そうだそうだ――デイヴィスだ……粗野だが、あれは……あれは、大人物だ……」

エラリーと警視は視線を交わした。警視の顔が押し殺した激情で真っ赤になっている。彼はつぶやいた。「なんとまあ！」

「たしかですか、フレンチさん」エラリーは、もう一度、ベッドの上に身をかがめて詰問した。

「むろん……むろんだ。私の本です……知らないわけが……」老人の小さな声に、弱々しいながらも、苛立ちがこもり始めた。

「ええ、まったくそのとおりですね！ ちょっと確かめただけで……ところで、フレンチさん、あなたはたとえば、古生物学や――切手蒐集や――中世時代の商業史や――民間伝承や――初歩的な音楽の教養に、興味をお持ちではありませんか？」

疲れきった眼が、びっくりして大きく開かれた。頭が二度、横に振られる。

「いいえ……そんなものにどうして私が興味を……私が勉強で読むまじめな本は、社会学だけと決まっている……悪徳撲滅協会の仕事のために……それはともかく、そこでの私の役職は……もう、ご存じでしょう」

「アパートメントの机にのっていた本が、デイヴィス、チェンバーズ、ドイル等々であるのは間違いないんですね?」

「私は——そう思うが」フレンチは口ごもった。「もう、あそこにずっと……何年もあった……だから、あるはずです……特に何も気づかなかった……」

「なるほど、なるほど。たいへん結構です。ありがとうございます」エラリーがちらりとスチュアート医師を見やると、いいかげんにしろ、と言わんばかりの形相で睨んでいる。「もうひとつだけ、フレンチさん、それをうかがったら失礼しますよ。ラヴリさんは最近、あなたのアパートメントにはいりましたか」

「ラヴリ? もちろんです。毎日。私の客人ですから」

「では、これでおしまいです」エラリーはうしろに下がると、もう隙間もないほど、びっしり書きつけられた小さな本の見返しに、素早く何かを書きこんだ。フレンチの眼が閉じられ、明らかにほっとした様子で全身の力を抜いて身じろぎした様子を見れば、完全に疲れきっているのは一目瞭然だった。

「どうぞ、静かに出ていってください」スチュアート医師は苦虫を嚙み潰した顔で言った。「あなたがたのおかげで、確実にまる一日、回復が遅れましたよ」

そうして、あてつけがましく、くるりと背を向けた。

男三人は忍び足で部屋を出た。

けれども、玄関のロビーに続く階段をおりながら、警視は囁いた。「あの本は、事件にどうからんでくるんだ？」

「そんなお通夜のような声で訊かないでくださいよ」エラリーは情けなさそうな口調で答えた。

「ぼくが知りたいくらいなんですから」

そのあとは、皆、黙って階段をおりていった。

23　確　認

三人がぞろぞろ客間にはいっていくと、マリオンとウィーヴァーがしんみりと寄り添って、しっかり両手を握りあい、何やら怪しげな沈黙に包まれて坐っていた。警視は咳払いをし、エラリーは何か考えこみながらやたらと鼻眼鏡《パンスネ》を拭き始め、ヴェリーは眼をぱちぱちさせたかと思うと、壁のルノワールを熱心に見つめだした。

青年と娘は飛び上がった。

「あの――あの、父のかげんはどうでしたの？」マリオンは早口に訊きながら、ぱあっと朱の散った頬に、ほっそりした片手を当てた。

「静かに休んでおいでです、お嬢さん」警視はいくらか気まずい顔で答えた。「ああ、その――あなたにも質問をひとつふたつさせてください、そうしたらおいとまします……エラリー！」

エラリーはずばりと要点にはいった。

「アパートメントのあなたの分の鍵ですが――」彼は訊いた。「――いつも手元にありますか」

「まあ、もちろんです、クイーン様。あの、まさか――」

「イエスかノーかでお答えください、お嬢さん」エラリーは無表情に言った。「その鍵があなたの手元を離れたことはないんですね、そう、この四週間のうちに」

「ありませんわ、絶対に、クイーン様。これは、わたしだけの鍵ですし、あの部屋にはいる機会のある人は全員、自分用の鍵を持っていますもの」

「実に明快なお答えです。あなたの鍵をしばらくの間、お借りしてもかまいませんか」

マリオンはまごついた眼で、おずおずとウィーヴァーを見た。ウィーヴァーは安心させるように、彼女の腕をさすった。

「エラリーの言うとおりにするんだよ、マリオン」

マリオンは無言でベルを鳴らしてメイドを呼ぶと、ほどなく、すでにエラリーが集めているのとそっくり同じだが、輝く金のつまみに美しく彫られた文字がM・Fであることだけが異なる鍵を、彼に手渡した。エラリーはそれをほかの鍵と一緒にしまいこむと、小声で礼を述べ、一歩下がった。

警視が入れ替わるように、進み出た。

「ひとつ、不躾《ぶしつけ》な質問をさせていただかなければならんのです、お嬢さん」彼は言った。

「わたし――わたしたちは、すっかりあなたがたの手の内にあるようですのね、クイーン警視

からさまな敵対関係にあったとか」
様」娘は弱々しく微笑んだ。

警視は口ひげをしごいた。「ざっくばらんに言って、あなたと、ええ、あなたの義理のお母さんと義理のお姉さんとの間柄は、どんな感じでしたか。友好的とか、緊張していたとか、あからさまな敵対関係にあったとか」

マリオンはすぐには答えなかった。ウィーヴァーはもじもじと足を動かし、顔をそむけた。やがて、娘のたとえようもなく美しい瞳が、老人の眼を正面からひたと見つめた。

「たぶん〝緊張していた〟という表現が、いちばんぴったりくると思います」澄んだ愛らしい声で答えた。「わたしたち三人の間には、愛情と呼べるものはほとんどありませんでした。ウィニフレッドはいつでも、わたしよりバーニスが第一でしたし――もちろん自然なことですけれど――そしてバーニスとわたしは最初から、そりが合わなかったんです。時がたつうちに――いろいろとありまして、溝は広がるばかりで……」

「〝いろいろと〟とは？」警視はうながすように口をはさんだ。

マリオンはくちびるを噛んで、赤くなった。「それは――いろいろと、つまらないことですわ」はぐらかすようにそう言うと、彼女は急いで続けた。「わたしたちは三人とも、嫌いあっている気持ちを隠そうと、懸命に努力して参りました――父のために。でも、うまくいかなかったみたいです。父はまわりが思うよりもずっと敏感な人ですから」

「なるほど」警視は思いやりをこめて、慰めるような声を出した。不意に、ぎょっとするほど勢いよく背を伸ばした。「お嬢さん、お義母《かあ》さんを殺した犯人につながる手がかりになりそうなことを、なんでもいいですから、ご存じではありませんか」

ウィーヴァーは息をのみ、真っ青になった。そして、激しく抗議しようと声を出しかけた。が、エラリーが彼の腕に手をかけて押しとどめた。娘は石のように動かなくなったが、怯《ひる》まなかった。そして、疲れたように額を指先でなでた。

「わたし——存じません」ほとんど囁くような声だった。

警視は小さくそんなはずはないという身振りをした。

「ああ、お願いですから、もうお訊きにならないで、あの——あの人のことは」急に、苦痛に満ちた声で叫んだ。「こんなこと、もう続けられません、義母《はは》の、本当のことを話そうだなんて、だって……」彼女の声はいくらか落ち着きを取り戻した。「……だって、あんまり悪趣味ですわ、こんなふうにそしるなんて、かわいそうな——亡くなった人のことを」マリオンは身震いした。ウィーヴァーが人目もはばからずに、彼女の肩に腕を回す。マリオンはほっと安心したように小さく吐息をもらすと、男の胸に顔を埋めた。

「お嬢さん」エラリーの口調は優しさそのものだった。「ひとつの点において、あなたはぼくらを助けることができるんです……お義姉《ねえ》さんは——どんな銘柄の煙草を吸っていましたか」

唐突にとんちんかんな質問をされて驚いたマリオンは、さっと顔をあげた。

「どんなって——〈公爵夫人〉ですわ」

「そうですよね。ところで、お義姉さんは〈公爵夫人〉のほかは絶対に吸わないのですか」

「ええ。すくなくとも、わたしが出会ってからの、あの人はそうです」

「お義姉さんは――」エラリーはさりげない口調で言った。「――吸いかたに何か特徴はありますか。なんでもいいですが、ちょっと変わった癖などは？」

かわいい眉が小さくしかめられた。「癖、とおっしゃるのが――」彼女はためらった。

「――かなり神経質な吸いかたをする、ということでよろしければ――ええ」

「その神経質な様子というのは、目立つ形で現れるのですか」

「ひっきりなしに吸うんですのよ、クイーン様。一本をほんの五口か六口以上は絶対に吸いませんの。落ち着いて吸うことができないようで。ぱっぱっと何度か吸ったと思うと、まだ長いままの煙草を押しつぶしてしまうんです、まるで――憎らしいように。あの人が吸ったあとの煙草はどれも折れ曲がってつぶれています」

「ありがとうございました」エラリーの引き締まったくちびるの両端があがり、満足げな微笑がこぼれた。

「お嬢さん――」警視が攻撃を引き継いだ。「――昨夜、あなたは夕食のあとで遅くに外出されました。そして夜の零時まで戻らなかった。この四時間の間、どこにいたんですか」

沈黙。ぞっとするその沈黙は、これまで隠していた感情がいきなり充満して、まるで実体を持ったかのように思えた。一瞬、その場は活人画と化した。油断なく警戒し、おのれを抑えながらも、ぐっと前に身を乗り出しているのは痩身の警視。まっすぐな身体をぴんと伸ばしたまま、筋ひとつ動かさないエラリー。力強い筋肉を張りつめさせ身構えているのはヴェリーの巨体。いつもは表情豊かな顔が、苦痛そのものの石の仮面と化しているウィーヴァー――そしてマリオン・フレンチのほっそりと華奢《きゃしゃ》な、打ちのめされた哀れな姿。

しかしそれもほんの、息をひとつする間のことだった。マリオンがため息をつき、四人の男はひそかに、ほっと緊張を解いた。

「わたしは……歩いていました……セントラルパークを」彼女は言った。

「ほう！」警視は微笑んで、会釈をすると、口ひげをなでつけた。「では、もうおしまいです、お嬢さん。ごきげんよう」

それだけ言うと、警視とエラリーとヴェリーは部屋を出て、玄関ホールにはいり、ひとことも言わずに屋敷を去っていった。

けれどもマリオンとウィーヴァーはあまりに深い不安と恐れの中に取り残されて、さっきまでとまったく同じ姿勢で寄り添っているのに、玄関の扉が、かちゃり、とやけに澄んだ音をたてて閉まってからも、長い間ずっと、互いに眼をそらし続けていた。

24　クイーン父子の検証

ヴェリー部長刑事が、杳《よう》として行方のわからぬバーニス・カーモディの消えた足取りを追うべく、すでに開始されていた捜索活動の指揮を執るために、クイーン父子に別れを告げてフレンチ邸の前から立ち去った時には、宵闇《よいやみ》が街の上におりてきていた。

ヴェリーの姿が消えてしまうと、警視は静かなハドソン川を見下ろし、次に暮れなずむ空を見上げ、そして息子を見つめたが、肝心の息子は熱心に鼻眼鏡《パンスネ》をみがきながら、歩道を睨んでいた。

警視はため息をついた。「少し外の空気に当たった方がいいな、おまえもわしも」彼は疲れた声で言った。「なんにしろ、わしはこの、こんがらがった頭の中をなんとかせにゃならん……エラリー、歩いて帰ろう」

エラリーはうなずき、ふたり肩を並べて、リヴァーサイド・ドライブをぶらぶらと歩いていった。角にたどりついて、東に曲がったふたりは、考えにふけるうちに、いっそう足取りが重くなっていった。まるまる一ブロック、そうして歩き続けたところで沈黙が破られた。

「実はいまになってようやく」エラリーがようやくそう言って、はげますように父の二の腕をつかんだ。「これまでに山ほどあがってきた要素をじっくりと考えることができたんですがね。なんとなんと、重大な要素ばかりだ。もの言う要素の宝庫ですよ、お父さん！　あまりに多くて、頭痛《マル・ア・ラ・テット》がしてきましたが」

「そうかね」警視は陰気にふさぎこんでいた。肩ががっくり落ちている。

エラリーは気遣わしげに父親を見つめた。そして、老人の腕をつかんでいる手に力をこめた。

「しっかりしてください、お父さん！　元気を出して。いま、お父さんが五里霧中なのは単に、最近、厄介ごとを押しつけられて、そっちの気苦労で頭がいっぱいだからですよ。その点、ぼくは最近、特に仕事に追われているわけでもなく、頭を自由に使えましたからね。おかげで、今日、この事件の驚くべき根本的な要素が浮き彫りになったのにも気づくことができたんです。ぼくの考えを口に出してみましょう」

「ああ、言ってみろ」

「この事件において、もっとも価値ある手がかりはふたつ。そのひとつは、五番街に面した実演用のウィンドウの中で死体が発見されたという事実です」

警視は鼻を鳴らした。「おおかた、おまえはもうこの仕事をやってのけた犯人を知っていると言うつもりなんだろう」

「はい」

度肝《どぎも》を抜かれた警視は、思わず足を止め、すっかりうろたえ、信じられないという眼でエラリーを見つめた。

「エラリー！　冗談だろう。どうしてそんなことがわかる？」やっとそれだけ、警視は言うことができた。

エラリーは真顔で微笑を浮かべた。「誤解しないでください。ぼくは、誰がフレンチ夫人を殺したのかを知っていると言ったんです。もっと正確に表現するなら、いくつもの状況証拠がどれもこれも、信じられないほどに一貫して、あるひとりの人物を指し示している、と言い換えましょうか。ぼくは確たる証拠を何ひとつ持っていない。この事件全体の十分の一もきちんと把握できていない。動機もまったく知りませんし、間違いなく薄汚いであろう裏事情も知らない……ゆえに、ぼくが誰を犯人と考えているのかは、いまは言わないでおきます」

「そうだろうよ」警視は不満げに唸って、歩き続けた。

「怒らないでくださいよ、お父さん！」エラリーは小さく笑い声をたてた。そして、デパートを出た瞬間から頑固にかかえている、フレンチの書斎の机にあった本の小さな包みを持つ手に、ぐっと力をこめた。「そうするだけのちゃんとした理由があるんです。そもそも、偶然の連鎖に惑わされて、ぼくが実はまったく見当違いの推理をしている可能性もある。その場合、ぼくがその人物を犯人と名指しすれば、赤っ恥をかくばかりか、屈辱をしのんで全面的に非を認めるはめになる……証拠をつかんだら――誰よりも先に、お父さん、あなたに教えます……いまはまだ、説明されていない、というよりもむしろ、説明が不可能にすら思えることが多すぎる。たとえばこの本ですよ……やれやれ！」

それからしばらく、彼は無言のまま、父親と並んで歩き続けた。

「すべての始まりは」ようやく、エラリーは口を切った。「フレンチ夫人の死体が、デパートのウィンドウで発見された、という事実の怪しさでした。すくなくとも、実際、怪しかったのです。我々が検証したあらゆる理由――出血量の少なさ、消えた鍵、ちぐはぐな口紅と塗りかけのくちびる、照明がないこと、そして何より、そもそもショウウィンドウという場所を犯行現場として選ぶという非常識さからして、どう考えても怪しかった。

フレンチ夫人が殺されたのは、あのウィンドウの中でないことは明らかでした。では、どこで殺されたのでしょうか。夜警によれば夫人は、アパートメントに行くと言い残しています。オフラハーティはさらに、エレベーターに向かう夫人がアパートメントの鍵を持っていたのを目撃していますが、あるはずのその鍵がどこにもない――これらの事実は、即刻、アパートメントを調べるべきだと示唆していました。ぼくはすぐにそのとおりにしました」

「先を話せ――そんなことは全部知っとる」クイーン警視はぷりぷりしながらがした。

「辛抱しなさい、ディオゲネス！」エラリーはくすくす笑った。「アパートメントは、まるで実際に事件を目の当たりにしているように、生々しく真相を語ってくれました。夫人があそこにいたことは、もはや疑う余地もありません。カードやブックエンドが語る物語から……」

「どんな物語か、わしにはわからん」警視はぶつぶつ言った。「指紋採取用の粉の話か？」

「いまは、まだです。よろしい、しばらくブックエンドのことは忘れて、別の――寝室の鏡台で見つけた口紅の話に移りましょう。あれはフレンチ夫人の物でした。色が夫人の塗りかけたくちびるの色と一致した。ご婦人というものは、よほど深刻な邪魔がはいらないかぎり、口紅を塗る作業を中断しないものです。邪魔とは殺人でしょうか？　その可能性はあります。ともかく、殺人につながる出来事であるのはたしかです……まあ、そんなこんなの理由を踏まえて、明日になればお父さんももっと細かい事情を知ることになるでしょう。こうしてぼくは、フレンチ夫人があのアパートメントの中で殺されたという結論に到達したわけですが」

「異議を唱えるつもりはないさ、きっとそれが真実なんだろうよ、いまのところ、おまえの言う理屈は噴飯《ふんぱん》ものだがな。しかし、まあ続けてみろ――もっと確たる証拠は出てこんのか」警視は言った。

「この点においては、ぼくを全面的に信頼してもらわないと」エラリーは笑った。「アパートメントについては、きちんと証明してみせますから、ご心配なく。とりあえずいまのところは、アパートメントが犯行現場である、というぼくの前提を認めてください」

「認めよう——いまのところはな」

「結構です。もしアパートメントが犯行現場であり、ウィンドウでないとすれば、ごく単純に考えて、死体はアパートメントからウィンドウに移動させられ、壁寝台の中に押しこまれたということになります」

「その場合は、そのとおりだ」

「しかし、なぜ？　ぼくは自問しました。なぜ死体はウィンドウに運ばれたのか。なぜ、犯人は死体をアパートメントに放置しておかなかったのか」

「あのアパートメントが殺人現場ではないと、思わせたかったからか。いや、そんなことは意味が通らん。なぜなら——」

「そうです、なぜなら、バンクのカードや口紅ケースという、フレンチ夫人がアパートメントにいたとわかる痕跡を、片づける努力がまったくなされていないからです——まあ、口紅は、単に犯人が見落としたのだと思いますが。つまり、死体が移動させられたのは、アパートメントが殺人現場であることを隠すためではなく、死体の発見を遅らせるためだった、ということになります」

「おまえの言う意味はわかる」警視はつぶやいた。

「もちろん、時間という要素が関わってきます」エラリーは言った。「殺人犯は、毎日十二時きっかりに、あのウィンドウで実演が行われることに加え、十二時より前は鍵がかかっていて、誰も中にはいらないという事実を知っていたに違いありません。ぼくは死体を移動させた理由を捜していました。正午を過ぎるまで絶対に死体が発見されることはなかったという事実は、まさに雷の一撃のように、ぼくに答えを与えてくれました。なんらかの理由があって、殺人犯は犯罪の露見を遅らせたかったのです」

「わしにはさっぱり理由が……」

「もちろん、すべてを正確に当てることは無理でしょうが、当面の目的を果たす程度に、大まかな想像をすることは可能ですよ。もしも犯人が、正午より前に死体が見つからないように細工したのであれば、それはすなわち、犯人には昼前に何か、やらなければならないことがあって、仮に死体がそれまでに発見されてしまうと、それができなくなりそうだったことを意味します。ここまで、いいですか？」

「まあ、辻褄は合うな」警視はしぶしぶ認めた。

「よろしい《アロン》――続けましょう《コンティニュエ》！」エラリーは言った。「犯罪が露見してしまうと、犯人が何ごとかを達成することが不可能になる、というこの推論は一見、判じ物のようですがね。しかしながら、我々はいくつかの事実をつかんでいる。たとえば、犯人はどんな方法でデパートに侵入したにせよ、ひと晩じゅう、デパートの中にいたに違いないという事実です。誰にも気づかれずに侵入するやり口はふたつありますが、殺人後に、人目を完全に避けて脱出するのは不可能だ。閉店時間が過ぎるまで、店内のどこかに隠れ潜み、その後、こっそりアパートメントに上がっていったのかもしれませんし、あの三十九丁目通りに面したシャッターから忍びこんだのかもしれない。従業員用の出入り口を通過することは無理です、なぜなら、オフラハーティがそこでひと晩じゅうがんばっていて、出ようとする者がいれば、きっと目撃していたはずですからね。そして、オフラハーティは誰も見ていない。貨物の搬入口から出ることも無理です、なぜなら、あそこのシャッターは夜の十一時半にロックされてしまうのに、フレンチ夫人がデパートに着いたのは十一時四十五分だった。もしもシャッター口から逃げたとすれば、殺人を行うことが不可能になる。それは間違いない！　シャッターは、あの夫人が殺されるすくなくとも三十分前に閉めきられていました。ということは——犯人はひと晩、デパートの中にいたに違いありません。

とまあ、そういうわけですから、犯人はすくなくとも翌朝の九時に、デパートの扉が開放されて、早く訪れた買い物客のふりをして堂々と歩いて出ていけるようになるまでは、脱出することは絶対にできなかったことになります」

「ふん、しかしだな、昼前に発見されないように、死体をウィンドウに放りこむなんて、しちめんどくさいことをしたのはなぜだ。そんな必要がどこにある？」警視は追及した。「やらなければならないことがあったんなら九時にデパートから抜け出した、その時点で、やればいいだろうが。その場合、死体がいつ発見されようとかまわんはずだ、九時に脱出した直後に、その仕事をやればいい」

「まさにそのとおりです」エラリーの声が熱を帯び、いっそう鋭く力がこもった。「もしも犯人が九時にデパートを自由に出て、そのままずっと外にいられたなら、死体の発見を遅らせる必要はまったくないのです」

「だが、エラリー」警視は反対した。「犯人は実際、死体の発見を遅らせとる！　もし――」

不意に、その顔に曙光《しょこう》が射した。

「そうです」エラリーはおごそかに言った。「もしも犯人がデパートの関係者であるなら、店内にいないことがばれてしまう。すくなくとも、殺人事件が発見されたあとは、気づかれてしまう危険があります。しかし、確実に正午までは見つからないと知っている場所に死体を隠してさえおけば、午前中のいつでも、そっと短時間、抜け出して、しなければならないことをするチャンスがある……

もちろん、ほかにも考慮すべきことがあります。フレンチ夫人をアパートメントで殺したあと、ウィンドウに隠すことまで前もって計画していたかどうかも、まだはっきりしません。ぼくはどちらかというと、死体の移動は犯行前の計画にはなかったと思っています。いいですか。いつもなら、あのアパートメントには朝の十時まで誰もはいってきません。ウィーヴァーは自分専用のオフィスがありますし、フレンチ氏はその時刻まで出勤してこない。ですから、犯人のもともとの計画では、そこで犯行に及んだのち、死体を残してくるつもりだったに違いありません。九時に脱出し、まあ、たとえば十時にデパートに戻ってくるとしても、時間はたっぷりある。朝の謎の仕事をすませたあとならば、いつ死体が発見されても犯人の身は安泰なのです。

ところがアパートメントにはいってすぐに――あるいは、犯行のあとかもしれませんが――犯人は、どうしても死体をウィンドウに移動させる必要があるような、何かを見てしまった」エラリーは言葉を切った。「机の上には、業務連絡の書かれた青い社用箋が置かれていました。月曜の午後からずっと置かれていたのですが、ウィーヴァーが、それは月曜に帰る前に自分が机に置いていったものだと証言しました。火曜の朝もまったく同じ位置にあったと。つまり、殺人犯もそれを見たことになります。その紙には、ウィーヴァーが九時に出勤してくる、と書かれていたのです！　単に役員会議が招集されるという、他愛のない業務連絡にすぎなかったのですが、犯人は絶体絶命のパニックに陥ったことでしょう。九時にアパートメントにはいってくる人間がいるとなれば、犯人がどうしてもやらなければならない仕事をするチャンスが失われてしまう。それが何なのかは、まだわかりませんが。そういうわけで、犯人は死体をウィンドウに運んだりなんだりしたんです。ここまで、いいですか？」

「話に穴はないようだな」警視はぶすっとした口調で答えたものの、瞳には興味津々な光が宿っている。

「ひとつ、大至急にやらなければならないことがあります」エラリーが考えながら言い添えた。「この犯罪をおかした者は、前日の晩から、店内に隠れて閉店時間を待っていたはずは、絶対にありません。理由はこうです。今回、捜査の対象となった関係者は全員、勤務記録表を確認されています。記録表には全員の退社時刻が記載されている。我々が興味を持った人間は全員、五時半かそれよりも前にデパートを出ています。ウィーヴァーと、書籍売り場主任のスプリンジャーだけは例外ですが、このふたりもまた、出ていくところを間違いなく目撃されているので、犯行のためにデパート内部に居残ったはずがない。ほかのお歴々を覚えていますか？ ゾーンやマーチバンクスやラヴリのようなお偉方は、いちいち自分で記帳しないものの、デパートを出る時に、守衛が全員の名前や時刻を記録します。昨日もそうでした。関係者全員がデパートの外に出たのですから、犯人はもうひとつ残った道から侵入したに違いありません――三十九丁目通りに面した貨物搬入用のシャッター入り口です。むしろこちらの道の方が犯人にとっては、より理にかなっていたことでしょう。こうすれば、あらかじめ夜のアリバイを作っておいて、十一時から十一時半の間に、店内に侵入する時間の余裕があるわけですから」

「昨夜の全員のアリバイを、もう一度、確認しなおさにゃならんな」警視は憂鬱そうだった。「また仕事が増える」

「無駄な骨折りでしょうけどね。ですが、必要であることには同意します。なるべく早くやった方がいい。

　さて」エラリーのくちびるが苦笑するようにきゅっとあがった。「この事件にはあまりにも多くの派生した問題があります」みずからの考察の流れを途中でぶったぎりつつ、すまなそうに言いだした。「たとえば――なぜフレンチ夫人はそもそもデパートに来たのでしょうか。お父さんも考えてくださいよ！ それから、夫人がオフラハーティに、上階のアパートメントに行くと言った言葉は嘘だったのか。もちろん、あの夜警は夫人がエレベーターを使ったのを見ていますし、彼女がまっすぐ六階に上がっていったと考えるのは、ごく当たり前のことです。

しかも我々は、夫人があの部屋にいたという確たる証拠を持っています。それに、ほかのどこに行けたでしょうか。ウィンドウですか？　てんで筋が通らない！　いや、まっすぐアパートメントに行ったと考えてかまわないでしょうね」

「ひょっとして、マリオン・フレンチのスカーフがウィンドウの中にあったのを、フレンチの細君は、なんらかの理由で取り戻したいと思ったのかもしれんぞ」警視が苦笑しつつ、考えを言った。

「なるほど、お父さんは」エラリーは言い返した。「マリオンのスカーフの一件に、まったく単純な説明がつくと考えていないわけですね。ぼくは断言しますが、どんなに怪しく思えても、あの娘は……ともかく、肝心な問題はこれです。ウィニフレッド・フレンチ夫人はデパートのあの部屋で、誰かと会う約束をしていたのか。まあ、この事件全体がまだまだ謎の部分が多いのは認めます――人気《ひとけ》のないデパートの中で密会するだのなんだのと――しかし、殺された女が、特定の目的のために、ある人物に会いに来たのだという仮説は、ただ捨てるにはもったいなくて、しのびない。その場合、夫人は共謀者が、のちに殺人者に転じる相手ですが、店内に侵入してきた方法を知っていたのでしょうか。それとも、自分と同じように夜警の前を通って堂々とはいってくると思っていたのでしょうか。明らかにそうではありません。なぜなら、夫人はもうひとりの人物について、オフラハーティに何も言っていないからです。何も隠すことがなければ、その人物のことを当然オフラハーティに伝えているはずなのに、それどころか夫人は、ふらっと立ち寄っただけという印象を故意に与えている。つまり、夫人は何かうしろ暗いことに関わっており、面会相手が人目を避けて店内に侵入するためになんらかの手段を講じると知っていた――当然のように、承知していたということになります。

面会の相手は、バーニスかマリオンだったのでしょうか。現場には、バーニスだったかもしれない、と信じるに足る理由が見受けられました。バンクのゲーム、バーニスの煙草、バーニスの帽子と靴――特に最後のふたつは、実に重大で、不吉な意味を持つように思われます。が、まずはバーニスに関する問題を、いくつかの側面から見てみましょう。

フレンチ夫人を殺した犯人が、彼女のアパートメントの鍵を持ち去ったと考えることに、異論はありませんよね。この事実は、真っ先にバーニスを指し示しているように思えます。なぜなら、その日の午後、バーニスが鍵を持っていなかったことを我々は知っていますから――実際、彼女が自分の鍵を持ち歩くことは不可能でした。今日、屋敷でクロゼットの中から我々が鍵を発見しましたからね。そう、状況としては一見、バーニスが昨夜、デパートに来ていて、母親の鍵を持ち去ったように思えます。しかし、はたして彼女は店内にいたのでしょうか？

さて、ついに来ましたよ、この怨霊を退散させる時が」エラリーはおどけた口調で言った。「昨夜、バーニスはフレンチのデパートにはいませんでした。そうだ、バーニスは母親を殺していないと、いまの時点で言っておいた方がいいでしょう。まず、あの母子がどちらも熱狂していたと広く知られている、バンクのゲームをした形跡が残っていましたが、煙草の吸殻が、でっちあげであることを明白に物語っています。麻薬中毒のバーニスはいつも必ず、彼女専用の煙草である〈公爵夫人〉を四分の一ほど吸ったところで、長いまま押しつぶしてしまうと指摘されていますが、そのことに疑いの余地はありません。にもかかわらず、我々が見つけた吸殻はひとつの例外もなく、吸い口まで几帳面に吸われていた。バーニスがあそこにいたことの確実な物証と考えるにはあまりに不自然です。一本か二本程度なら、そんな吸いかたもするだろう、とも思えますがね、一ダースですよ、一ダース！ いやいや、ありえませんね、お父さん。カードテーブルで見つけた吸殻は、バーニスが吸ったものじゃない。彼女が吸わなかったとなれば当然、別の人物が、失踪中の娘に容疑の目を向けさせようという明確な意思を持って仕込んだことになる。さらに、ホーテンス・アンダーヒルに、いかにもバーニスからかかってきたように思わせた電話の件もあります。怪しいですよ、お父さん――ぷんぷん臭っている！ バーニスは鍵をなくしているのにそんなまぬけな忘れかたをするわけがない。何者かが、電話をかけ、さらには使いの者と接触する危険をおかしてでも、彼女の鍵を欲しがったのです」

「あの靴は――あの帽子は」警視は急にそうつぶやいて、はっとエラリーを見上げた。

「そういうことです」エラリーは沈痛な面持ちで言った。「実に重大で、不吉な意味を持つと、さっきぼくが言ったとおりですよ。バーニスに罪をかぶせる細工がなされ、さらに犯行現場に、事件当日の彼女が身につけていた靴と帽子が残されていたということは――単純に、バーニスが襲われたことを意味する！ 彼女は被害者に違いありませんよ、お父さん。すでに殺されたのか、まだ生きているのかは、ぼくにはわからない。それはこの事件の裏で進行している物語次第だ。ですがいまの推理で、バーニスの失踪と彼女の母親の殺人が深く結びついたことは間違いありません。では、なぜ娘まで襲われたのか。おそらくですが、お父さん、彼女は、野放しにしておくと危険な情報源になってしまうとみなされたのではないでしょうか——犯人にとってたいへん危険な存在だと」

「エラリー！」警視が大声をあげた。興奮で身を震わせている。「フレンチ夫人殺し——バーニスの誘拐——しかも、あの娘は麻薬中毒……」

「ああ、やっぱりお父さんは」エラリーは温かな声で言った。「最高に鼻が利く……ええ、ぼくもその線だと思っています。バーニスが義父の家を、みずから進んでどころか、それこそ強行突破で抜け出したことを覚えていますか。彼女が、なくなりかけた手持ちの麻薬を補充するつもりだったと考えるのは——うがちすぎでしょうか？

可能性としてはいい線をいっていると思いますが、仮にそうだとすれば、事件におおいかぶさり、全体を複雑に込み入らせ、影で操る黒幕は——麻薬組織ということになります。つまり残念ながらぼくらは、実におもしろみのない、平凡でつまらない、ただの麻薬事件に巻きこまれた気がしているんですが」

「平凡でつまらんだと！」クイーン警視は怒鳴った。「エラリー、これで事件がますますはっきりしてきた。そして、麻薬の供給と共に増えてきた最近のごたごたは——もし、わしらがあの大がかりに取引をしている組織のメンバーの正体を暴くことができれば——特に組織の幹部を実際に捕まえることができたら——エラリー、これは大勝利の成果だ！　今度の事件にこんな裏を見つけたとフィオレッリに教えて、奴の顔を見るのが愉しみでならん！」

「ええと、あまり興奮しすぎないでください、お父さん」エラリーは慎重だった。「机上の空論かもしれないんですから。なんにしろ、このゲームのいまの局面においては、まだ単なる推論にすぎませんし、期待しすぎて有頂天になるべきではありません。

そしてぼくらは、別の角度から今度の犯罪の地図をもっと正確に描くのを助けてくれる証拠をつかんでいます」

「ブックエンドか？」警視の声は自信なさげだった。

「そのとおりです。これもまた純粋な推理にもとづいた結論ですが、最後の最後に正しいのはぼくらだと、どこの誰にでも、いくら賭けてもいい。一連の状況にこうもしっくりくる結論ですからね、正解である見込みはかなり高いと思いますよ……

ウェストリー・ウィーヴァーは、あのオニキスのブックエンドはジョン・グレイからフレンチに贈られて以来、一度として、修理されたことも部屋の外に持ち出されたこともないと断言しました。あのブックエンドを調べている時にぼくらは、底に貼りつけられたフェルトかラシャか正確にはわかりませんが、その緑色の布地の色合いが明らかに異なることに気づいたんです。ウィーヴァーは、おかしい、と感じました。なぜか？　それは緑の色合いの差に気づいたのが、その時初めてだったからです。ウィーヴァーはもう何カ月もブックエンドを見続けている。もらったばかりのまっさらのブックエンドは、フェルトが完全に同じ色合いだったのだから、いままでずっと同じだったはずだと、あいつは確信していました。

実のところ、その色の薄いフェルトがいつ出現したのかを、正確に立証する方法はないんですが、補強材料はひとつあります」エラリーは考えこみながら、じっと歩道を見つめた。「薄い色のフェルトが貼られた方のブックエンドは、接着剤がつけられたばかりだった。それはぼくが宣誓して証言してもいいです。接着剤は強力で、すでにだいぶ固くなっていましたが、まだ少しねばねばしていて、この怪しげなべたつきが事実を物語ってくれました。接着剤の条《すじ》には、粉末が付着していたのです——なんと、証拠はここにありました。ブックエンドは昨夜、犯人によっていじられたのですよ。指紋採取用の粉が使われてさえいなければ、フレンチ夫人を疑ったかもしれませんが。そんなのは、お父さんの言う〝超犯罪者〟の仕事であって、いい歳をした上流婦人のやることじゃありません」彼は微笑んだ。

「ブックエンドと、この犯罪をもっと密接に結びつけてみましょう」彼は眉間に皺を寄せて前方を睨み、不穏に黙りこんだ。老人は彼の隣で足を引きずるように歩きながら、移りゆく並木道の隙間の景色を追っている。「我々は犯行現場にはいりました。そして、異常の匂いがする物をいくつも見つけた。カード、口紅、煙草の吸殻、靴、帽子、ブックエンド——どれもこれも、何かが狂っていて正常とは言いがたい。我々は、ブックエンド以外のこれらすべての要素を今回の事件と結びつけました。しかし、可能性で考えれば——ブックエンドだって、結びつくんじゃないか？　ぼくは、これまでに知りえた事実と内容の釣りあう、すてきな仮説を組み立てることができます。たとえば、指紋採取用の粉です。犯罪につきものの小道具だ。そして実際に、犯罪は行われた。我々はその粉末が、新しく貼りなおされたフェルトのまわりにくっついているのを見つけました。しかもそのフェルトは、片割れとは明らかに色が異なっている。フェルトはもともと左右の色が違っていたのかもしれない、というのはまったくのナンセンスです。あんなに高価で珍しいブックエンドだ。そんなものが、いままで色がちぐはぐだったことに気づかれないなんて……いや、人知の及ぶかぎりどう考えてもすべての可能性が、ひとつの結論を指し示しているとしか思えない。つまり、昨夜、何者かが片方のブックエンドからもともとのフェルトをはぎとって、新しいフェルトを貼りなおし、ブックエンドに残したであろう指紋を検出するために粉を振りかけ、指紋を完全に拭き取り、その過程でうっかり、まだ乾ききっていない接着剤の条に粉を残してしまったという結論です」

「いまのところ、おまえの推理に満足しとる」警視は言った。「続けろ」

「では《アロール》！　ぼくはブックエンドを調べました。継ぎ目も空洞もないひと塊の、中までずっしりしたオニキス製です。対になるふたつの唯一の相違点は、片方がもともとのフェルトをはがされているということだけです。ぼくは、ブックエンドに手を加えた理由は、何かを中に隠そうとしたのでもなく、中から取り出そうとしたのでもない、と結論を出しました。このブックエンドには空洞がありません。ということは、問題はすべて表面にある。

　それを踏まえて、ぼくは自問しました。もし、何かを隠したり持ち去ったりした形跡を隠そうとしたのでなければ、ほかにどんな理由があって、あのオニキスの塊に手を加えることになったというのか？　とりあえず、手近なところに犯罪があります。この犯罪とブックエンドに手が加えられていることを、結びつけることはできるでしょうか。

　できます！　なぜフェルトをはがして、別のフェルトに交換する必要があったのか？　それはなぜなら、フェルトに何かが起きてしまい、そのままにしておくと、犯罪があったことがばれてしまうからです。覚えていますか、犯人にとってもっとも切実だったのが、午前中にどうしても果たさなければならない用件をすませてしまうまでは殺人があったことを誰からも隠し通すことでした。そして犯人は、朝の九時になれば書斎に人が来てしまうのでブックエンドに異変があればまず間違いなくばれる、と知っていました」

「血だ！」警視が叫んだ。

「まさにそれですよ」エラリーは答えた。「どう考えても、血痕以外の何ものでもないでしょう。ひと目見ただけで、怪しいとばれる性質の痕跡に違いありませんからね。でなければ、あんな手間ひまかけて証拠を全部取り除くわけがない。カードやほかのものは――死体が見つかる前であれば、殺人どころか、なんらかの事件があったとさえ疑われないでしょう。しかし血は！　これは殺人があったという、太鼓判そのものです。

そんなわけで、おそらくなんらかのいきさつを経て血がフェルトに染みこんだので、やむなく犯人はフェルトを交換し、〝お喋り〟な血まみれフェルトを処分せざるを得なくなったのだ、という結論に、ぼくは達したわけですが」

ふたりは長い間、無言で歩き続けた。警視はすっかり考えこんでいる。やがて、エラリーがまた口を開いた。

「お聞きのとおり」彼は言った。「ぼくは、十分に誉めてもらえる速さで、事件の物的な要素を組み立てました。そして血染めのフェルトに関する結論に到達した瞬間、ぼくの頭に、これまで置き去りにしていた、もうひとつの事実が飛びこんできました……。プラウティが、死体からの出血量が少なすぎるといぶかしんでいたのを覚えていますか。ぼくらがあの時即座に、殺人は別の場所で行われたと推測したことも。そう、これこそが失われた環《ミッシングリンク》だったのですよ」

「結構、実に結構だ」警視はつぶやきつつ、興奮して嗅ぎ煙草入れに手を伸ばした。

「ブックエンドは」エラリーは早口に続けた。「血で汚れるまでは、まったく重要なものでなかった。しかし、汚れてからはもちろん、一連の出来事が論理的な副産物として続くことになってしまった――フェルトを交換し、おかげでブックエンドを素手で触るはめになり、その際についたであろう指紋を残らず消すために指紋採取用の粉を振りかけるはめになり……

　それで、ぼくはブックエンドが血で汚れたのは事故だったに違いない、と結論づけました。ブックエンドはガラスでおおわれた机の上に、ごく普通に置かれていました。どうして血がついたのでしょうか。可能性はふたつあります。ひとつは、ブックエンドそのものが凶器として使われた可能性です。しかし、この仮説はいただけません。傷はあくまで拳銃の弾によるもので、ブックエンドで殴りつけたような打撲傷はひとつもなかった。となると残されたのは、血はまったくの手違いでつけてしまったという可能性だけになります。どうすれば、こんなことが起こりうるでしょうか。

　簡単です。ブックエンドはガラス板におおわれた机にのっています。血がブックエンドの底に届いて真っ赤に染めてしまう唯一の可能性は、血がガラスの上を流れて、フェルトに染みこんだ場合にかぎられます。お父さんなら、この意味がわかりますよね」

「フレンチ夫人は撃たれた時に机の椅子に坐っとったんだな」老人は陰気な声で言った。「夫人は心臓の下を撃たれとる。椅子の上で倒れかけたところで二発目を心臓にくらったんだ。一発撃たれて夫人が倒れる前に、血はどっとあふれた。二発目の傷からの血も、机の上につっぷした夫人の身体から流れ出て――フェルトに染みこんだ」

「それが」エラリーは微笑んだ。「完璧な模範解答でしょう。プラウティが、前胸部《プレコルディア》の傷は特別、気前よくじゃんじゃん出血するはずだと言っていたのを覚えていますよね。この時もそうなったんですよ……というわけで、さらに詳しくこの事件を再構築できます。もし、フレンチ夫人が机のうしろに坐っていて心臓を撃たれたのなら、犯人は夫人の正面に立って、机越しに撃ったということです。数メートルは離れていたでしょう、衣服に硝煙反応がありませんでしたからね。弾丸の入射角から、犯人のおおよその身長をはかることもできるかもしれない。まあ、あまりあてにならないと思いますがね、実際にどのくらい離れた場所から発砲されたのか、つまり、犯人がフレンチ夫人からどのくらい離れた位置に立っていたのかを、正確に知る方法はありませんし。ほんの数センチの誤差で身長の計算は大幅に狂ってしまう。お父さんの部下で、銃の専門家のケネス・ノウルズを呼んで調べさせるのも手でしょうが、たいしたことはわからないと思いますね」

「わしもだ」警視はため息をついた。「ともあれ、ここまで今回の事件を正確に把握できたのはありがたい。何から何まで辻褄が合っとるよ、エラリー――なかなかの推理だ。ノウルズにはすぐ仕事にかからせよう。ほかに何かあるかね、エルや?」

エラリーはかなりの間、無言のままだった。ふたりは角を曲がって、西八十七丁目通りにはいった。半ブロックほど進んだところにある、ブラウンストーン造りの古い邸宅をもとにしたアパートメントにふたりは住んでいる。父子は足取りを速めた。

「実は、ぼくがまだ詳しく言っていないことは結構たくさんあるんですよ、お父さん、あれやこれやの理由で」エラリーはぼそりと言った。「事件の痕跡はどれもこれも、誰の眼にも見えるところに転がっていました。ただ、頭を使って正しく組み立てることが必要なだけで。今回の現場ですべてをつなぎ合わせる能力があるのは、お父さんひとりでしょう、たぶん。ほかの連中では……だけど、お父さんはいま、気苦労ですっかり頭が鈍くなっていますね」そう言って、自分たちの城のブラウンストーンの階段にたどりついたところで、エラリーは微笑した。

「お父さん」いちばん下の段に足をかけながら、彼は言った。「今回の捜査では、ある局面において、ぼくもお手上げなんですよ。それがこの――」彼は小脇にはさんでいる包みをぽんと叩いた。「フレンチ御大の机からくすねてきた五冊の本です。今度の殺人事件に関係があると考えるのは、馬鹿馬鹿しい気もしますが――それでも、ここに隠れている秘密をいぶり出すことができれば、きっと何かを説明してくれるという不思議な予感がしてならないんです」

「おまえは考えすぎて、少し頭がおかしくなっとるな」警視はぶつくさ言いながら、苦労して階段をのぼっていく。

「それでも」エラリーは、彫刻をほどこされた、古風な大扉の錠前に鍵を差しこみ、言い返した。「ぼくはこの本を念入りに調べることに、今宵《こよい》を捧げるつもりでいますよ」

第四の挿話

東洋の警察は、西洋の警察ほど、アリバイというものに重きを置かない……我々は、どれほど狡猾《こうかつ》な悪知恵というものが存在しうるものか、知りすぎるほど知っている……嘘に嘘を塗り重ねた話にひびを入れて崩すことより、感情や本能というものに深く探りを入れることを好む。これは疑いようもなく、双方の民族の心理的な特性によって説明がつくことだ……東洋人は西洋人に比べてはるかに猜疑心が強いことは、つとに知られており、物事を見る時には上っ面ではなく、本質を見定めようとする……西洋人は成功している悪党には陽気にバンザイ!を叫んで賞賛するきらいがあるが、我々は罪人の耳を切り落としたり、軽い罪の場合はさらし者にしたり、重罪の場合は首を切ったりする——そうして見せしめにすることで(ここが、日本人の実に巧妙なところ、と言えるだろう)、罰を受けることがどれほどの屈辱であるかを、世に知らしめるのである……

タマカ・ヒエロ著『千の言の葉』英訳版まえがき

25 書物狂《エラリウス・ビブリオフィルス》エラリー

クイーン一家の居城は、西八十七丁目に何軒もいまなお生きながらえる過去の遺物、年経るブラウンストーン造りの屋敷のひとつの中にかまえられていた。この父子が、一世代分の年月をニスもかけられず、まったく手入れをされていない木材に囲まれて暮らす選択をしたことこそが、実は父親の意見よりも息子の意見の方がはるかに強いことを示す、いい例なのである。というのもエラリーの、年季のはいった古書の中の古書の蒐集や、骨董品の好事家《こうずか》としての旺盛な博学ぶりや、古き良き時代への愛着が、現代文明の便利さへの恩恵に傾きがちな心の自然な動きをはるかに凌駕《りょうが》し、警視の〝埃っぽくてかびくさい〟という不平不満の訴えをはねのけていたのだ。

というわけで、読者諸氏の期待どおり、クイーン父子が暮らすだだっぴろい古い邸宅の最上階の、古びていくらかもろくなった楢《なら》材の扉を開け（ここには利便性に妥協したとみられる唯一のもの――〈クイーン家〉と書かれた表札があった）、流浪《るろう》の民の血を引いたジューナ少年に出迎えられると、古い革と男所帯のにおいが鼻孔を襲ってきた。

待合室となる控えの間の壁には巨大なタペストリが（これはかつて警視が、とある事情に沈黙という配慮をしたことに対する返礼として、某公爵から贈られたものである）かかっていた。

この控えの間は、ごてごてしたゴシック趣味の調度品にあふれていたが、これもまた、警視がここにある古くさい家具やら何やらは一切合財、競売屋に引き渡してしまいたがるのを、エラリーが頑強に止めたのだ。

この奥には居間兼書斎があった。要するに、本が散らばり、本がぎっしり詰めこまれた部屋である。楢材の梁のある天井――幅の広い楢材の炉棚と、風変わりな古い鉄格子で仕切られた飾り気のない大きな暖炉――ニュルンベルクから届けられた二本の剣が勇ましくぶっちがいに交わって、暖炉を見下ろすようにかかっている――古いランプ、真鍮の細工、どっしりした家具。椅子、長椅子、足乗せ台、革張りのクッション、スタンドつき灰皿――これぞまことの、気ままな独身貴族のおとぎの国だった。

居間の隣には寝室があり、清潔で簡素な居心地のよい安息の場となっている。

そのすべてを切り盛りしているのが、小柄で陽気な元気いっぱいのジューナだった。この孤児の少年は、エラリーが大学で寮生活をしている間、寂しくてたまらなかったクイーン警視に引き取られたのだ。ジューナの世界は、愛する主人と自分たちの住居がすべてだった。彼は召使であり、料理人であり、家政婦であり、時に、心許せる相談相手でもあった……

五月二十五日の水曜日――すなわちウィニフレッド・フレンチ夫人の息絶えた身体がフレンチズ・デパートの中で発見された翌日の朝九時のこと。ジューナは居間のテーブルに遅い朝食を並べていた。エラリーが居間にいないことが、いつもと違う不自然な朝だった。警視はむっつりした顔で気に入りの安楽椅子に坐って、ジューナのよく動く褐色の手をじっと睨んでいる。

電話が鳴った。ジューナが受話器をつかんだ。

「あなたにです、クイーンお父さん」ジューナはすました顔で告げた。「地方検事さんですよ」

老人はのしのしと部屋を突っ切り、電話に歩み寄った。

「もしもし！　ああ、ヘンリ……うう、まあな、少しは進展があった。どうやらエラリーが何か嗅ぎつけた気がする。実際、あれが自分でそう言っとったがね……なに？……いや、わしはもうさっぱりだ。どこが頭か尾っぽか、何もわからん……お世辞を言っても何もでんぞ、ヘンリ！　わしは正直に言っとるんだ……現状をかいつまんで話すとだな」

そして警視は、絶望と興奮を行ったり来たりするような口調で長いこと話し続けた。ヘンリ・サンプスン地方検事は、じっと耳を傾けているようだ。

「で、これが」警視はしめくくった。「いま現在の我々の立ち位置だ。そしてわしの勘では、エラリーがまたおなじみの推理を働かせているらしい。せがれは、あのいまいましい本と首っ引きで夜遅くまで起きとった……ああ、もちろん、きみには随時、知らせるとも。もっとも、すぐにきみに来てもらうことになるかもしれんぞ、ヘンリ。エラリーはときどき奇跡を起こすからな、わしの来年の給料を全額賭けてもいいが――ああ、仕事に戻りたまえ！」

受話器を戻した警視は、まさにちょうどその時、盛大なあくびをしながら出てきたエラリーの姿を見た。ネクタイを結ぼうとしながら、ガウンの前を合わせようと、やっきになってばたばたしている。

「それで！」警視は不機嫌に言うと、椅子にどすんと腰をおろした。「いつベッドにはいったんだ、おまえは」

エラリーは器用に両方の作業を終えると、椅子に手を伸ばしつつ、肘でこっそりジューナの脇腹を小突いた。

「いきなり、がみがみ言わないでくださいよ」トーストに手を伸ばして彼は言った。「もう朝飯はすませましたか？　まだ？　この無精者を待ってたんですか。まあ、このオリンポスの神にふさわしい、みごとなコーヒーを飲んだらどうです——食べながらでも話はできますよ」

「何時に寝た？」警視は容赦なく繰り返すと、食卓についた。

「まあ、世間一般の表現で言うなれば」エラリーは口いっぱいにコーヒーを含んだ。「午前三時二十分でしたね」

老人のまなざしがやわらいだ。「そういうことはやめろ」ぶつぶつ言いながら、パーコレーターに手を伸ばす。「身体を壊すぞ」

「ごもっともです」エラリーはカップの中身を飲み干した。「が、是が非でも、なさねばならぬ仕事がありましてね……今朝は何か聞いていますか」

「数だけは山ほどな。つまり、何も聞いとらんということさ」警視は答えた。「今朝は七時から電話に出続けだ……サム・プラウティからは、検死の予備報告を受けたよ。麻薬を摂取した形跡も中毒の痕跡もまったくないということ以外に、サムが昨日言ったことにつけ加えることはないそうだ。あの女は〝ヤク中〟ではなかった、それはたしかだ」

「おもしろいですね、それに、まるっきり役にたたない情報ってわけでもない」エラリーはにこりとした。「ほかには？」

「銃器の専門家のノウルズは、まったくあいまいでつかみどころのない報告をしてきた。銃弾が身体に到達するまでの距離を何センチというところまで正確に知るのは無理だと言っとるよ。角度は簡単に特定できたが、犯人の身長の方は計算上、一五〇センチから一八〇センチの間としかわからんとな。あまり役にたつとは言えんだろう」

「まったくですね。そんなんじゃ決め手となる証拠としてまったく使えやしない。まあ、ノウルズを責める気にはなりませんが。ああいうのは、もともと、そこまで正確にわかる数値じゃない。昨日、デパートを欠勤した連中についてはどうです」

警視は渋面《じゅうめん》になった。「昨夜、部下のひとりがマッケンジーと一緒に、ひと晩かけて確認した。さっきマッケンジーから電話がはいったよ。全員、裏が取れた。欠勤の理由が疑わしい者や説明がつかなかった者はひとりもおらん。それからカーモディの娘だが、かわいそうなトマスが徹夜で捜索の指揮を執っとった。屋敷の隣近所をしらみつぶしに捜した。失踪人捜索課にも当たった。わしからトマスに、麻薬取引の関与を知らせてやったものだから、麻薬課の連中が心当たりを張り切って洗っとるがね。なんの進展もない。あの娘の影も形もない」

「この世からふっと消えてしまった、というわけですか……」エラリーは眉をひそめ、自分のカップにコーヒーを注ぎなおした。「実を言うと、ぼくはその娘のことが心配でしかたがないんです。昨日も言いましたが、すべての徴候がもう、彼女は始末されてしまった可能性を指している。もし、まだ殺されていないとすれば、よほど人目につかないところに、厳重に監禁されているとしか考えられない。ぼくが犯人なら、彼女も犠牲者リストにのせています……が、もしかすると運よく、まだ生きているかもしれませんよ、お父さん。ヴェリーには、いままでの倍もがんばってもらわないと」

「トマスのことなら心配いらん」警視は重々しく言った。「娘が生きていれば、トマスはきっと間に合うように見つける。もう死んでいるなら――ああ！　あの男は、やれるだけのことをやっとるよ」

またもや電話が鳴った。警視が出た。

「ああ、クイーン警視だが……」魔法をかけられたように、彼の口調が一変した。突然、馬鹿丁寧になった。「おはようございます、警察委員長。どういったご用件でしょうか……はっ、目下のところ、捜査は順調に進捗《しんちょく》しております。手がかりもかなり集まりまして、死体の発見から、いまだ二十四時間もたっていないのですが……ああ、いえいえ！　フレンチ氏は今度の事件で動揺されています。ですから、こちらとしても、気を楽にしていただけるように配慮を――心配ご無用です、委員長……はい、承知しております。フレンチ氏には現状できるかぎり安心していただ……いいえ、委員長。ラヴリは非の打ちどころのない、りっぱな評判の男です。むろん外国人ですが……は、なんですと？　いや、それは事実無根です！　我々は、マリオン・フレンチ嬢のスカーフについて、まったく自然な説明をつけることができます。ええ、正直なところ、私も安心しておるところで……早く解決しろと？　委員長、それよりは早く片をつけます！……はい、はい、わかっております……ありがとうございます、委員長。また、随時報告いたしますので。

いまのが」警視は憤怒に震える声で言いながら、慎重に受話器をおろし、激昂のあまり青ざめた顔をエラリーに向けた。「この街の、いや、我が国の歴史上もっとも頭がからっぽの、どうしようもない腰抜けの、口先ばかりの、まじりっけなしの気取り屋の、警察委員長の見本だ！」

エラリーは声をたてて笑った。「少しは落ち着かないと、いまに口から泡を噴きますよ。お父さんがウェルズのことで大荒れするたびに、ぼくはあのドイツの金言を思い出しますね。〝役職につく者は、非難や悪口雑言に耐えることを学ばねばならぬ〟」

「ところがだな、わしはウェルズから優しい言葉をかけられとるんだ」警視はいくぶん落ち着きを取り戻した声で答えた。「今度のフレンチの事件で、やっこさんは相当、震えあがっとる。無害な一介の社会改革活動家の年寄りにしては、フレンチはあまりにも強大な権力を持っとるからな、ウェルズはへたをうちたくないわけだ。それにしても、さっきの電話でわしがあの男にさんざんこびへつらっとったのを聞いたかね？　ときどき、わしは自分が自尊心をなくしちまった気がする」

しかし、エラリーは突然、考えにふけり始めた。彼の眼はすぐそばのエンドテーブルにのっている、フレンチの机から持ってきた五冊の本をじっと見ている。もごもごと同情の言葉を口にしつつ、彼は立ち上がってエンドテーブルに歩み寄ると、愛おしそうに本をなでていた。老人の眼がすがめられた。

「さあ、吐け！」警視は言った。「その本で何か見つけたんだな！」そして、油断ない目つきで椅子から立ち上がった。

「ええ、見つけた、と思います」エラリーはゆっくりと答えた。そして、五冊の本を取りあげると、食卓に運んできた。「坐ってください、お父さん。昨夜のぼくの夜更かしは、まったくの無駄ではありませんでしたよ」

ふたりは腰をおろした。警視は好奇心に眼を明るく輝かせ、適当に本を一冊選び取ると、ぱらぱらとページをめくった。エラリーはその様子をじっと見つめている。

「たとえば、お父さんが」エラリーは言った。「その五冊の本を手に取って、よく調べてみるとします。状況としてはこうです。いま現在、お父さんがその五冊を手にしている唯一の理由は、とある人物が所持しているにしてはあまりに奇妙な取り合わせだったという事実に着目したからにほかならない。その五冊がなぜそこにあったのか、説明がつく理由を捜し出そう、というわけです。さあ、どうぞ」

エラリーは物思いにふけりながら煙草に火をつけ、椅子の背にもたれると、羽目板の天井に向かって煙を吹き上げた。警視は本を五冊とも引き寄せると、一冊ずつ熱心に調べだした。一冊、また一冊と、見ていき、ついに五冊とも調べ終えた。額の皺が深くなっている。すっかり困惑した瞳で、警視はエラリーを見上げた。

「わしには、この五冊にどんなたいしたことがあるのか、さっぱりわからんぞ、エラリー。まったく共通点があるようには思えん」

エラリーは微笑すると、急に身を乗り出してきた。そして、長い人差し指で、強調するように本をとんと叩いた。「それこそがたいしたことなのです」彼は言った。「一見、これらに共通点があるように見えない。実際、たったひとつの小さなつながりのほかには、まったく共通点がないのです」

「おまえの言うことはさっぱりわからん」警視は言った。「わかるように話せ」

答えるかわりにエラリーは立ち上がると、寝室の中に消えた。そしてすぐに、奇っ怪な文字列を、何やらぎっしりと書きなぐった、細長い紙を持って現れた。

「これこそ」再び、食卓につきながらエラリーは宣言した。「昨夜、五人の作家の脳から生まれた亡霊と共に語りあった降霊会《セアンス》の結果ですよ……まあ、耳を貸してください、クイーンお父さん。

この五冊の題名と著者は次のとおりです――分析をわかりやすくするために、最初に言っておきますよ。ヒューゴ・サリスベリーの『切手蒐集の発展』。スターニ・ウィジョフスキーの『十四世紀の貿易と商業』。レイモン・フレイバーグの『子供のための音楽史』。ジョン・モリソンの『古生物学概論』。最後がA・I・スロックモートンの『ナンセンス傑作選』です。

では、この五冊について分析してみましょう。

ひとつ目。五冊の間にはひとつとして関連がありません。この事実により、書物の内容が捜査に関係があるという可能性を、捨て去ることができます。

ふたつ目。ほかのさまざまな小さな要素のおかげで、相違はいっそう顕著《けんちょ》なものとなります。

たとえば、どの表紙も違う色です。たしかに、二冊は青ですが、色合いはまったく違う。それから、本のサイズもばらばらです。三冊は大型本ですが、すべてが違う型だ。さらに一冊はポケットサイズで、残る一冊は普通サイズです。装丁も違う。三冊はクロース装ですが、全部違う素材を使っている。もう一冊は革装の豪華版で、あと一冊はリネンの装丁です。中身の体裁も違います。二冊は紙が薄い灰色で、三冊は白い紙が使われている。白い紙の方は、紙の厚さの違いが一目瞭然です。活字の書体も、まあ、ぼくはそっちの専門的な知識はほとんどありませんが、ざっと見て違っているのはわかります。ページ数も違う――実際に数えてみましたが、数字がなんらかの意味を持つとも思えない。まったくの無意味です……本そのものの値段も異なります。革装のは十ドル、二冊は五ドル、四冊目は三ドル五十セントで、ポケット判は一ドル半です。版元が違う。発行日、版数も違う……」

「しかしエラリー――そんなのは――最初から、わかりきったことだろう……」警視は抗議した。「こんなことから、何を導き出そうというのかね」

「分析の過程においては」エラリーは答えを返した。「見過ごしてよい些細なものなど、何ひとつありませんよ。まったく意味がないかもしれないし、どえらく意味のあるものかもしれない。いずれにせよ、こうして列挙したものは、この五冊の本に関する、厳然たる事実です。そして、これらが意味することはほかでもない、物体として、この五冊はどの角度から見ても異なっている、ということですよ。

三つ目――そして、これこそ初の心躍る進展と言えますが――うしろの遊び紙の右上の隅に

——もう一度、繰り返しますよ——うしろの遊び紙の右上の隅に——鉛筆でしっかりと日付が書かれています！」

「日付だと？」警視はテーブルから、がばっと一冊ひっつかみ、裏表紙をめくった。すると開いてすぐの右上の隅に、日付が小さく鉛筆で書かれていた。警視が残る四冊を次々に調べると、まったく同じ位置に、同様の鉛筆書きの日付があった。

「これを」エラリーは淡々と言った。「仮に日付順に並べなおすと、こうなります。

一九××年四月十三日
一九××年四月二十一日
一九××年四月二十九日
一九××年五月七日
一九××年五月十六日

カレンダーと照らし合わせてみると、日付の曜日がつながることに気づきました。水曜、木曜、金曜、土曜、そして、月曜と」

「おもしろい」警視はつぶやいた。「だが、なぜ日曜が抜けとるんだ？」

「それは実に貴重な着眼点です」エラリーは言った。「四冊に関しては、一週おいて一日ずつ曜日が続いていることがわかっています。一冊だけは一日——つまり、日曜が——抜けています。日付を書いた者の見落としとは考えにくい。とはいえ、本が一冊なくなったと考えるには無理がある。なぜなら、最初の四つの日付の間隔は八日間ですが、五つ目は九日間しかあいてない。ということは明らかに、日曜はそれが通常避けられる理由ではぶかれたのです――つまり、休日ですよ。それがどんな職業における休日なのか、現時点ではぼくも解答を持っていません。しかし、この日曜日がはぶかれている、というイレギュラーは、あらゆるビジネスの世界で見受けられる、ごく論理的なイレギュラーと考えていいでしょう」

「わかった」警視は相槌を打った。

「結構です。では、四つ目といきましょう。そして、これこそが実に興味深い点です。お父さん、その五冊を手に取って、日付順に題名を読み上げてみてください」

老人は従った。「『十四世紀の貿易と商業』、スターニ・ウィジョフスキー（Stani Wedjowski）著。それから……」

「ちょっと待って」エラリーが止めた。「うしろの日付は何日ですか」

「四月十三日だ」

「四月の十三日は何曜日ですか」

「水曜だ」

エラリーの顔が勝ち誇ったように輝いた。「どうです」彼は叫んだ。「関連性に気づきませんか？」

警視は苛立った顔になった。「それがわかれば世話はない……二冊目は『ナンセンス傑作選』

だな、A・I・スロックモートン（A. I. Throckmorton）の」

「日付と曜日をどうぞ」

「四月二十一日の木曜だろう……次は『子供のための音楽史』だ、著者はレイモン・フレイバーグ（Raymon Freyberg）――四月二十九日の金――おい、エラリー！　金曜だ、四月二十九日は！」

「そうです、続けて」エラリーははげますように言った。

警視は早口にしめくくった。「『切手蒐集の発展』、ヒューゴ・サリスベリー（Hugo Salisbury）――そして、これは土曜だ、五月七日の。……そして最後が『古生物学概論』、ジョン・モリソン（John Morrison）――もちろん月曜だ……エラリー、こいつは本当にたまげたな！　どの場合も曜日と著者の最初の二文字が一致しとる！」

「そしてこれこそが、ぼくの半徹夜仕事の主な成果のひとつというわけです」エラリーは微笑した。「どうです、なかなかでしょう。ウィジョフスキー（Wedjowski）と水曜（Wednesday）。スロックモートン（Throckmorton）と木曜（Thursday）。フレイバーグ（Freyberg）と金曜（Friday）。サリスベリー（Salisbury）と土曜（Saturday）。そしてご丁寧に日曜が飛ばされて、モリソン（Morrison）と月曜（Monday）。偶然でしょうか？　いえいえ、とんでもありませんよ、お父さん！」

「はかりごとが隠れとる、というわけだな、わかった」警視は急に、にんまりと笑った。「今回の殺人がらみという意味においては、特になんとも思わんが、それでもこいつは実におもしろい。暗号とはな、いやはや！」

「まだ今度の殺人事件で悩んでいるなら」エラリーは言い返した。「五つ目の分析を、とくと聞くことですね……我々はいまのところ五つの日付を入手しています。四月十三日、四月二十一日、四月二十九日、五月七日、そして、五月十六日、と。ここで聖なる論争をこころみるために、六冊目の本が地獄の辺土《リンボ》のどこかにあると仮定してみましょう。すると、この世のありとあらゆる蓋然性の法則にのっとって考えるならば、六冊目の本が仮に実在しているならば、五月十六日の月曜日から八日先の日付が記されていることになりますが、それは――」

　警視が椅子から飛び上がった。「いや、驚いたな、エラリー」彼は怒鳴った。「五月二十四日の火曜だ――その日は……」不意にその声は、失望でおかしなほどぺしゃんこになった。「いや、殺人のあった日じゃない。殺人の翌日か」

「ほらほら、お父さん」エラリーは笑った。「そんな些細なことで、いきなり腐らないでくださいよ。たしかにお父さんの言うとおり、驚きです。もし六冊目の本が存在するのであれば、そこには五月二十四日という日付が書かれているはずです。いまのところ、ぼくらにはこれといって打つ手がないわけですが、とりあえず、そういう六冊目の本がある、と仮定することだけはできる。ここまで継続しているのなら、この先も続くと考えるのが自然です。単なる偶然で、こんなふうになるわけがない……謎の六冊目こそが、その本の山と今回の殺人とを結びつける、初の確固たるつながりですよ……ねえお父さん、たしか我らが殺人犯には五月二十四日の火曜の朝に何かしなければならない仕事があったはずじゃありませんか？」

警視はまじまじとエラリーを見つめた。「つまりおまえが考えとるのは、この本が――」

「ああ、ぼくはそれはそれはたくさんのことを考えていますよ」エラリーはぼやくと、立ち上がって、すらりとした身体をぐっと伸ばした。「ともかく、六冊目が存在すると信じるに足る理由はいくらでもあると思いますね。そして、六冊目の本を捜す唯一の手がかりは……」

「著者の名前がTuで始まっているということだな」警視が間髪をいれずに言った。

「そのとおりです」エラリーは大事な証拠の本をかき集めると、大きな机の引き出しの中に、慎重にしまいこんだ。そして食卓に引き返すと、ところどころに丸い小さな薄桃色の肌が見える父親の白髪頭を見下ろして、じっと考えていた。

「夜の間ずっと」彼は口を開いた。「この世でただひとりの人物だけが、欠けている情報をぼくに――みずから進んで――与えることができるはずだと考えていました。お父さん、この暗号が隠された本には、もちろん裏があるでしょうが、間違いなく、今度の事件とつながっているはずですよ。ぼくはそう確信しています、〈ピエトロ〉の晩飯を賭けてもいいです」

「わしは賭けんぞ」警視は口調こそぶっきらぼうだったが、眼は輝いていた。「おまえが相手ではな、この頭でっかちめが。それで、その全知全能の賢者とやらは、どこの誰だ?」

「ウェストリー・ウィーヴァーですよ」エラリーは答えた。「それとあいつは、全部は知っちゃいません。たぶん、ぼくらにとっては解決の糸口になるかもしれないが、あいつにとっては特に意味のない情報を隠しているんだと思います。もし意図的に隠しているとすれば、理由はマリオン・フレンチに関係しているからです。かわいそうなウェスは、マリオンがこの泥沼に、膝までつかっていると思いこんでる。もしかするとあいつが正しいのかもしれませんが――まだわかりませんけど。ともかく今回の捜査の関係者で、ぼくが全面的に信頼する人間がいるとすれば、唯一、ウェストリーだけです。あいつはちょっとばかり鈍いところはありますが、まっとうな人間だ……ぼくはちょっとウェストリーと話してみようと思います。あいつをここに呼んで円卓会議を開いてみたら、全員にとって喜ばしい結果を出せるかもしれません」

彼は受話器を取りあげると、フレンチズ・デパートの番号を交換手に告げた。警視は半信半疑の顔で息子をじっと見つめて待っていた。

「ウェスか？　エラリー・クイーンだよ……ちょっとタクシーに飛び乗ってうちに来て、三十分かそこら、時間をもらえるかな、ウェストリー。とても大事なことなんだ……そうだ、いまやっていることは全部中断して、すぐに来てくれ」

26　バーニスの足跡

警視は熱に浮かされたように落ち着きなく、アパートメントの中をうろうろ歩きまわっていた。エラリーは寝室で洗面をすっかりすませ、父親が時折思い出したように、運命と事件と警察委員長に対する罵詈雑言を怒鳴りちらすのを、おとなしく聞いていた。ジューナはいつもどおり無言のまま、居間の食卓から朝食の皿を片づけ、台所にひっこんだ。

「ともあれ」警視はいくらか平静を取り戻して言った。「プラウティもノウルズもフレンチ夫人が二発目を撃たれた時には坐っていたことに間違いないと太鼓判を押しとる。なんにしろ、それはおまえの分析を一部、裏づけしとるよ」

「ありがたいですね」エラリーは靴紐と格闘しながら言った。「専門家の証言はどんな裁判においても多くて困ることはない、特にプラウティやノウルズのような大物の証言は」

クイーン警視はふんと鼻を鳴らした。「おまえはわしほど多く裁判を見とらんよ……それはそうと、気になるのは拳銃だ。ノウルズの話じゃ、弾丸が発射されたのは、そこらの故買屋《フェンス》で二束三文で手にはいる例の黒い三八コルトだそうだ。むろん、ノウルズがその銃を押さえることができれば、弾丸がそいつから発射されたのは鑑定で立証できるよ、弾丸に旋条痕がはっきり残っとるからな。ついでに言えば、どっちの弾も同じ銃から発射されたものだ。しかし、どうすればその銃を手に入れられる？」

「そんなことを訊かれても」エラリーは言った。「ぼくにはわかりませんよ」

「しかし、その銃がなければ、わしらは確たる物証をほとんど持たないことになる。フレンチズ・デパートの中にはない――部下が屋根裏から地下まで捜しまわった。ということは犯人が自分で持ち去ったということだ。わしらがそいつにお目にかかるチャンスは、まずもってないだろう」

「そうかなあ」エラリーはスモーキングジャケットの袖に手を通しながら言った。「ぼくはそこまで断言しようとは思いませんけどね。犯罪者というのは馬鹿なことをするものですよ、それはお父さんの方がよく知ってるじゃないですか。まあ、たしかにぼくも認めますが――」

呼び鈴がけたたましく鳴り響き、エラリーはぎょっとした。「まさか、ウェストリーがこんなに早く来たんじゃないだろうな！」

警視とエラリーが書斎にはいってみると、ひどくしかつめらしい顔をしたジューナが、フレンチのデパート付きの探偵、ウィリアム・クルーサーを部屋に通しているところだった。クルーサーは真っ赤な顔で興奮しており、いきなり喋りだした。

「おはようございます、おふたりとも、お邪魔しますよ！」探偵は陽気に叫んだ。「たいへんな一日のあとでおくつろぎのところでしたか、警視？ いや、ちょっと興味を持ってもらえそうなことをつかんだもので――まあ、そういうわけで」

「寄ってくれて嬉しいよ、クルーサー」警視は嘘をついたが、エラリーの方は、じっと眼をすがめ、クルーサーがどんな知らせをぶちまけるか予想しようとしているようだった。「お坐り、そして、話してくれ」

「いや、どうもどうも、すみませんね、警視」クルーサーはそう言いながら、警視の神聖なる肘掛け椅子に沈みこみ、盛大なため息をついた。「ここしばらく、まともに寝てないんです」そして前置きとしてくすくす笑ってみせた。「昨夜は扁平足《フラットフット》（警官の意味あり）になるくらい歩きまわったってえのに、今朝も六時からまた足を痛めつけてます」

「正直者は天からの褒美を要求せぬものなり」エラリーがつぶやいた。

「は？」クルーサーはきょとんとしたが、すぐに血色のよい顔に笑いが広がり、胸ポケットから、しっとりした上等な葉巻を二本取り出した。「ちょっとした冗談ってわけですか、クイーンさん。一本どうです、警視。クイーンさんは？……じゃあ、勝手にやらせてもらいますよ」探偵は葉巻に火をつけると、マッチの燃えさしを無造作に暖炉の中にはじき飛ばした。ちょうど、食卓から朝食の最後の皿を片づけようとしていたジューナの顔に、ぴりっと痙攣《けいれん》が走った。ジューナは家内を荒らされることに我慢のならないたちなのである。殺気のこもった眼でクルーサーの広い背中を睨みつけると、少年は足音荒く台所に消えていった。

「それで、クルーサー、なんだね」警視はいくらか苛立ちのまじる声で追及した。「とっとと吐くがいい！」

「はいはい、ただいま、警視殿」クルーサーは秘密めかして声を落とすと、ふたりの方にぐっと身を乗り出し、煙をゆらめかす葉巻を振って、ひとつひとつ言葉を強調しながら話し始めた。「いままでおれが何をしていたと思いますか」

「さあ、さっぱりわからない」エラリーは興味を示して答えた。

「おれは――いままで――追って――いたんですよ――バーニス・カーモディの足跡を！」クルーサーはよく響く低音の声で囁いた。

「ああ！」警視は失望を隠そうともしなかった。そして、むっつりとクルーサーを睨んだ。「それだけかね。わしも部下のうちでも特に腕利きの連中を選り抜いて、同じ仕事につけとるんだ、クルーサー」

「まあね」クルーサーは椅子に背中をあずけて、絨毯に葉巻の灰を叩き落とした。「いまの言葉だけで、キスしてもらえると期待しちゃいませんでしたよ、警視――わかってます……しかしですね」彼はまた、いたずらっぽく声をひそめた。「おれが手に入れたものを、おたくの部下はまだ手に入れてないと思いますが！」

「てことは、成果があったのか」警視はすぐと答えた。「それは聞く価値があるな、クルーサー。早合点してすまなかった……何を掘り出してきたのかね」

クルーサーは勝ち誇ったように、ちろりと横目で見た。「あの娘が街から出ていった足跡ですよ！」

エラリーは心から驚いて、眼をぱちくりさせた。「そんなところまでつかんだのか？」彼は笑顔で父親を振り返った。「これはヴェリーの負けのようですね、お父さん」

警視はむっとすると同時に、興味深そうな顔になった。「あのぼけなすめ、何をやっとるんだ！」ぶつくさと悪態をついた。「どうやってそんなことを？　いったいどういう具合にやってのけたのかね、クルーサー」

「まあ、ざっとこんな具合でした」クルーサーはすぐさま答えると、足を組んで、煙を大仰《おおぎょう》に、ふーっと吹き出した。この状況を大いに愉しんでいるようだ。「おれはずっとこんな前提で考えていました――もちろん、あなたにも部下の皆さんにもおれは敬意を払ってますよ、警視――ただ、バーニス・カーモディはとっくに片づけられたに違いない、とね。誘拐されたか、殺されたか――そこまではわかりませんが――まあ、そんなところじゃないか、と。あの娘が殺しをやったわけじゃないとは感じてました。たしかに、いろいろなしるしがあの娘を指し示してはいましたが……それで、昨夜、フレンチ邸のまわりを勝手に嗅ぎまわって、どうやって抜け出したのか、探れるだけ探ってみることにしたんです。家政婦にも会って、話を聞かせてもらいました。たぶんそちらに喋ったのと同じ内容だと思いますが、ええと、気を悪くしないですよね、警視？……ともかく、あの娘がドライブを七十二丁目通りに向かって歩いていくのを目撃したという臨時警官の情報も仕入れました。そこを起点に、とりあえず行けるところまでずーっと足跡をたどっていったわけです。ウェストエンド・アヴェニューと七十二丁目通りの交差点で、似た特徴の女を拾ったという流しのタクシーの運ちゃんを見つけました。個人タクシーの。ま、おれは単に運が良かったってだけです。この追跡って仕事は、半分は運で半分は汗みたいなもんですから――ねえ、実際、そういうもんじゃないですか、警視」

「ううむ」警視は苦い口調で言った。「たしかにおまえさんはトム・ヴェリーを出し抜いたようだな。で？　ほかに何かあるのか」

「もちろん！」クルーサーは葉巻に火をつけなおした。「運ちゃんはアスター・ホテルまで乗せていきました。そこで、待つように頼まれたそうです。娘はロビーにはいっていって、一、二分後に、スーツケースを引いた、身なりのいい金髪で背の高い男と一緒に出てきました。それから、ふたりで車に乗りこんできたと。運ちゃんの話じゃ、娘は少し怯えているようだったもののだんまりのままで、背の高い男の方が、セントラルパークを突っ切るように言ってきたそうです。パークにはいると、ちょうど真ん中へんで男が仕切り窓を叩いて、停めろと言いました――そこでおりるからと。運ちゃんは、こいつはやばいぞと思ったそうで――セントラルパークのど真ん中でおりるなんて客にお目にかかったことはないってんでね。答えられずにいたら、金髪男はきちんと料金を払って、失せろと言ったそうです。運ちゃんは言われたとおりにしましたが、その前に娘の顔を見ています。顔色が悪くて、ふらふらしていて——酒でもやってるようだったと。で、運ちゃんは知らん顔でゆっくりと車を出しながら、様子をうかがっていました。すると案の定、ふたりは十メートルちょっとばかり先に停めてある車に歩いていって、そいつに乗りこみ、アップタウンに向かって猛スピードで走っていったってんです！」

「ほほう」警視は抑えた声で言った。「そいつはたいした話だ。ぜひ、そのタクシーの運転手に会わにゃならん……その男はナンバープレートを見たのか」

「いや、遠すぎたそうで」クルーサーは、さっと顔を曇らせた。が、すぐに表情を晴らした。

「ですが、マサチューセッツ州のナンバープレートだと見分けることはできたそうですよ」

「すばらしいよ、クルーサー、実にすばらしい！」エラリーが突然、叫んで立ち上がった。

「いや、機転の利く人間がいてくれて実にありがたいね！　それで、どんな車種だったか——きみの証人は見てくれているのかな？」

「そりゃもう」クルーサーは誉められていっそう気が大きくなったように、にやりと笑った。

「箱型の——セダンです——ダークブルーで——ビュイックですよ。どうです？」

「お手柄だな」警視は不承不承に言った。「娘はもう一台の車に移る時にどんな様子だったと？」

「いや、運ちゃんもそこまでしっかりは見なかったそうで」クルーサーは答えた。「それでも、娘がよろよろしているのを、背の高い男が腕をつかんで無理やり歩かせているように見えたと」

「なるほど、なるほど」警視はつぶやいた。「その箱型の車を運転しとった人間は見たのか?」

「いえ。しかし、ビュイックの中には絶対に運転してた奴がいたはずです。運ちゃんの話じゃ、例のカップルが後部座席にはいると同時に急発進して、セントラルパークを飛び出したってんですから」

「背の高い金髪男についてはどうだ、クルーサー」エラリーは勢いよくぱっぱっと煙草を吸いながら質問した。「タクシーの運転手から、かなり正確な特徴を訊き出せるんじゃないかな」

クルーサーは頭をかいた。「男について訊くことは、とんと思いつきませんでした」彼は白状した。「それじゃ、警視――おたくの刑事さんに、おれのあとを引き継いでもらうってのはどうです。おれはデパートの仕事がたまってるんですよ、あっちはあっちで業務がぐちゃぐちゃのばらばらで……運ちゃんの名前と住所、いりますか?」

「もらうとも」クルーサーが名前と住所を書く間、警視は内心で、とある精神的な問題とひそかに格闘していた。デパート付きの探偵にそれを手渡された時には、明らかに美徳が勝利をおさめたようで、警視は弱々しく笑顔を見せて、手を差し出した。「おめでとうと言わせてもらうよ、クルーサー。ひと晩の仕事としちゃ、たいしたものだった!」

クルーサーは勢いよく警視の手を上下にぶんぶんと振って、にこにこした。「お役にたてて光栄ですよ、警視――ええ、本当に。おれたちのような部外者でも、ひとつふたつものを知ってるって証明できましたよ、ねえ? いつも言ってるんですが――」

呼び鈴が鳴り、手を握られていることの気まずさから、警視は解放された。エラリーと老人は一瞬、顔を見合わせた。そして、エラリーがドアに飛んでいった。

「お客を待ってたんですか、警視」クルーサーがずけずけと訊いた。「なら、邪魔しちゃ悪い。おれはこれで――」

「いやいや、クルーサー、そのままいてくれ！　きみがいてくれると、きっと助かると思うんだ」エラリーは控えの間に続くドアに向かいつつ、素早く引き留めた。

クルーサーは破顔して、また腰をおろした。

エラリーはドアを大きく、さっと開けた。ウェストリー・ウィーヴァーが、ぼさぼさの髪と心配顔で、せかせかと部屋にはいってきた。

27　第六の本

ウィーヴァーはその場にいる面々とひととおり握手をしつつ、クルーサーがいることに驚いた表情になりながらも（探偵は気まずそうに足をもぞもぞ動かし、にやりとしてみせた）震える手でごしごしと顔をぬぐい、腰をおろして、じっと待った。そして、不安でいっぱいの眼で警視を見つめた。

エラリーはそれに気づいて、微笑んだ。「そんなにびくびくしなくていいよ、ウェス」彼は優しく声をかけた。「別に拷問をしようってんじゃない。まあ、煙草に火をつけて、気を楽にして、ちょっとだけ話を聞いてもらいたいんだ」

一同は食卓のまわりの椅子を引いた。エラリーは爪を見つめて、じっくりと考えていた。

「ぼくらは、フレンチ氏のアパートメントの机から持ち出してきた本のことで、ずっと頭を悩ませていた」彼は口を切った。「そして、おもしろい事実をいくつか発見した」

「本?」クルーサーはめんくらった顔で叫んだ。

「本?」ウィーヴァーもおうむ返しに言ったが、淡々といぶかしげな口調だった。

「そう」エラリーは繰り返した。「本だ。あの時、ぼくが不思議がっていたのを、きみも見ていただろう、その五冊だ。なあ、ウェストリー」彼は青年の眼をぐっと覗きこんだ。「ぼくは、きみの心の奥に、役にたちそうな情報が隠されているのが見える気がしてならない。この本についての情報をね。いや、腹を割って話す。ぼくが最初にこの本に食いついた時、きみの様子がなんだかおかしいことに気づいた。いったい、きみは何が気にかかってるんだ――もし、気にかかってるとすればだ――ぼくがきみにしたこの話の何を気にしてるのかな――まあ、実際に何かがあるとすれば」

ウィーヴァーは顔をゆでだこのように真っ赤にして、口ごもりながら言いだした。「なんだよ、エラリー、ぼくは何も――」

「まあ聞け、ウェス」エラリーは身を乗り出した。「気にしてることがあるんだろう。もし、それがマリオンのことなら、いまここで、ぼくら全員が彼女に対しては、これっぽっちも疑いを持ってないと誓う。たしかに、あの娘の怯えた様子の裏には何かありそうだけど、それがなんであれ、犯罪がらみということはないだろう。フレンチ夫人殺しと直接の関係はないと思っている……いまのぼくの言葉で、きみの気がかりを少しは払いのけられないかな？」

ウィーヴァーは親友の顔を長い間見つめていた。警視とクルーサーは無言で坐っている。やがて青年は口を開いた――今度はまったく違う声音だった。新たな信頼の響きがこもっていた。

「うん、安心したよ」彼はゆっくりと言った。「マリオンのことがずっと心配だったんだ。今度の事件と関わりがあるかもしれないと思うと、本当は何も隠しちゃいけないのに、なかなか率直になれなかった。そう、ぼくはあの本については、たしかに知っていることがあるよ」

エラリーは満足げに微笑んだ。そしてウィーヴァーが考えをまとめるのを黙って待った。

「前に、きみたちは」ウィーヴァーはついに、はきはきとした語り口調で話しだした。「スプリンジャーという男の話をしていたことがあっただろう。たしか、警視さん、あなたが夜警の記録表を確かめていた時に、その名前が出たと思います。覚えているでしょう、月曜の晩にスプリンジャーが七時ごろまで店内に残っていて、彼が出てすぐに、ぼくもあとを追うように店を出たことを。全部、オフラハーティの記録表に書いてあります」

「スプリンジャー？」エラリーは眉を寄せた。警視はうなずいた。

ウィーヴァーは迷い顔でクルーサーを見やり、そして警視を振り返った。「その、いいんでしょうか――」彼は何やら気まずそうになった。

エラリーが即座に父親の代弁をした。「まったく問題ないよ、ウェス。クルーサーは最初からこの捜査に関わってるし、いずれ、必ず役だってくれると思う。続けてくれ」

「そうか、ならいいんだ」ウィーヴァーは言った。クルーサーは悦にいったように、ゆったりと椅子に背中をあずけた。「ふた月くらい前――正確な日付は忘れた――うちの経理からフレンチ会長に、どうも書籍売り場に不正めいた疑わしい動きがあると、警告というか報告がはいったんだ。スプリンジャーは、知ってのとおり書籍売り場の主任だよ。不正というのは金銭的な性質の問題で、つまり領収書の数字が実際の売り上げと見合っていないんじゃないか、というんだ。これは社内の極秘事項で、ご老体はこのことでひどく心を痛めていた。ただ、経理の報告は疑惑というだけで、確たる証拠もないし、何もかもがあいまいなものだから、ご老体は会計士たちに、このことはとりあえず全部忘れるように命じたうえで、ぼくひとりで内々に探偵仕事をしろと言ったんだよ」

「スプリンジャーだって?」クルーサーは眉を寄せた。「そんな話、おれは全然、聞いちゃいませんがね、ウィーヴァーさん」

「会長の考えなんだ」ウィーヴァーは説明した。「あまり多くの人間に知らせない方がいいと。そもそもこの疑惑は漠然としすぎていたから、内輪でことを進めなきゃまずかったんだよ。ぼくは、ご老体の用事を個人的にいろいろまかされているから、他人よりはぼくに声をかけやすかったのも当然なんだ……もちろん」ウィーヴァーは弱々しく言い添えた。「勤務時間中は、探偵のまねごとなんかできなかったよ。スプリンジャーがいつも持ち場にいたし。だから閉店後に調査をすることにした。店員がみんな帰ったあとで、書籍売り場の売り上げ伝票や帳簿を

三、四日かけて調べたんだが、ある晩、変なことがあった。それまで数日かけて夜中に調査をした間には何もなかったと言っていいと思う――何もかも、まともに思えたんだ」

クイーン父子もクルーサーも、いまでは緊張して耳をそばだてている。

「いま、言った夜の話になるけど」ウィーヴァーは続けた。「書籍売り場にはいろうとした時、普段と違って妙に明るいことに気づいた――照明がたくさんついてたんだ。真っ先に思ったのは、誰かが残業しているのかもしれないってことだ。そっと覗いてみて、やっぱりそうかと思った。スプリンジャーがひとりで、売り場の通路をうろうろしてたんだよ。ぼくは、自分でもどうしてかわからないけど、なんとなく身を隠した――無意識に彼のことを怪しいと思っていたのかもしれないね――とにかく、そうやって隠れて、スプリンジャーのやってることを、気をつけて見張ってたんだ。

すると、彼は壁に並んだ書棚に近づいて、こそこそと見回したかと思うと、一冊、素早く抜き取った。そしてポケットから、店用の長い鉛筆を抜き取って、本のうしろの方を開いて、さっと何か書いた。そして、ぱたっと本を閉じると、背表紙に何かしるしのようなものを書いて、すぐに違う棚にしまった。本の置きかたにやたらとこだわっているのがわかったな。しばらく調節してから、満足したようだった。それだけだったよ。彼は売り場の奥にある自分のオフィスにはいって、すぐに帽子とコートをつけて、また現れた。そのまま売り場から、暗がりの壁のくぼみにひっこんでいたぼくの身体をほとんどかすめて出ていったよ。何秒とたたないうちに、常夜灯の小さい電球ひとつふたつを残して、明かりがぱっと消えた。あとになって、スプリンジャーが夜警に、残業をして遅くなったと言い訳して、正式な退社の手続きをすませて帰ったので、オフラハーティが書籍売り場の照明を消したと知った」

「おれには特に変わった行動とは思えませんがねえ」クルーサーが言った。「おおかた、業務の一部だったんじゃないですか」

「怪しいと思って、ものを見るとな」警視は当たり障りのない口調で言った。「なんでも怪しく見えるものだ」

「ぼくも、そうは思ったんですが」ウィーヴァーは答えた。「それにしたって、スプリンジャーがあんな時間に仕事をしてたことが、ひっかかったんです――会長は残業を奨励していませんから。とはいえ、別にやましいところのない行動だったかもしれません。だからスプリンジャーがいなくなったあと、ぼくはさっきの棚に近寄って、彼がそこに置いた本を取り出して調べてみました。裏を返してみると、うしろの遊び紙に鉛筆で日付と所番地が書かれていたんです」

「所番地？」エラリーと警視は同時に叫んでいた。「どこのだ」警視は問いつめた。

「覚えてませんけど」ウィーヴァーは答えた。「でも、ポケットにメモを入れてあります。もし、ご覧にな――」

「いや、いまはいい」エラリーが妙に落ち着き払って止めた。「ぼくはまだ、このフレンチ氏の机から持ってきた五冊の本について、すっきりしていない。これはスプリンジャーが実際に書きこみをした本なのか？」

「違うよ」ウィーヴァーは答えた。「でも、たぶん順を追って出来事を話していった方がわかりやすいと思う。ちょっと込み入ってるんだよ……日付と所番地に気づいたものの、いったいどんな意味があるのか、ぼくにはさっぱり見当がつかなかった。とりあえずスプリンジャーが何か書いていた背表紙を調べてみた。すると、著者名の下に薄く鉛筆で線が引かれていたんだ」

「きみが背表紙について触れた瞬間から、ずっと気になっていたんだが」エラリーは考えこんだ。「なあ、ウェストリー、その線ってのは、名前全体の下に書いてあったのか？　最初の二文字ってことはないのか」

　ウィーヴァーは眼をみはった。「そう、そうなんだよ」彼は叫んだ。「なんでわかったんだ、エラリー」

「勘だよ」エラリーはあっさり言った。「しかし、それで辻褄が合う。これじゃ無理ないです」彼は父親を振り返った。「ぼくがそこの本からこれ以上のことを突き止められなくても、ねえ、お父さん。本物じゃなかったんだから……続けてくれ、ウェス」

「その時にはまだ」ウィーヴァーは続けた。「この本に関して思い切った処置を取る理由がなかった。だから、とりあえず所番地と日付を控えて、スプリンジャーが入れておいた場所に本を戻してから、スプリンジャーの帳簿を確認する作業に移った。実を言うと、ぼくはそれっきり忘れてたんだ。次の週——いや、正確には九日後だよ——その出来事を思い出したのは」

「スプリンジャーが同じことをしたんだな！」クルーサーが叫んだ。

「ブラヴォ、クルーサー」エラリーがつぶやいた。

ウィーヴァーはちらりと笑みを浮かべ、続けた。「そう、まったく同じ状況でスプリンジャーはまったく同じことを繰り返した。ぼくはお決まりの夜間調査で書籍売り場におりていたから、またその現場を見た。この時は、スプリンジャーが前回と細かいところまで完全に同じことを繰り返していたから、やっぱりおかしいぞ、と思った。だけど、どう考えても彼が何をやっているのかわからない。だから、もう一度、所番地と日付をメモしてから――前のとは全然違う住所だったよ、一応、言っておくけど――ぼくはいつもの調査をした。三度目になって――八日後だ――あまりにも怪しいものだから、ぼくはとうとう行動に移すことにした」

「それで」エラリーは言った。「きみは同じ本を持ち出したわけだ。その本ってのは『十四世紀の貿易と商業』だね、スターニ・ウィジョフスキーなる紳士の書いた」

「そのとおりだよ」ウィーヴァーは答えた。「三度目の正直ともなれば、いくらぼくでも、あの住所はものすごく重要なものだと思い至った。どういうふうに重要なのかはわからなかったけどね。だけど、なんらかの目的のために、本があそこに置かれるってのはわかったから、ちょっと実験してみようと思った。ウィジョフスキーの本の場合で言うと、スプリンジャーがいなくなってから、ぼくは同じ本を見つけてきて、念のために、うしろに日付を書いておき、新しく書きこまれた住所は別にメモしておいて、ぼくが日付を書いた方の本は書斎に持ち帰った。もしかしたら、この本の何かが手がかりになるかもしれないと思ったんだ。もちろん、本物の方はスプリンジャーが置いた場所に戻しておいた。

その本を、ぼくはそれこそ気が遠くなるほどしつこくひっくり返して調べた。でも何もわからなかった。それから四週間、同じ作業の繰り返しだ――スプリンジャーが八日おきに――それはぼくも気づいたよ――あの謎めいた小さな仕事をする――ぼくは同じ本を持ち帰って、念入りに調べ倒す。だけど結局何もわからなくて、ぼくは焦ってきた。つけ加えておくと、この間じゅう、ぼくはスプリンジャーの帳簿をずっと調べ続けていたんだが、そっちはそっちでようやく光明が見え始めていた。スプリンジャーは店の組織が部門別に独立していることの穴をついて、悪魔も真っ青の巧妙なやり口で、帳簿をごまかしてたんだ。だからこそ、ぼくはあの本は絶対に何か重要な意味を持っているはずだとわかった――ぼくのやっている調査と関係があるかどうかはわからないけどね。でも何か、うさんくさい意味があるに違いないということは、もう疑わなかった。

ともかく、六度目になると、ぼくはもう本当に絶望した気分になっていた。それが月曜の夜――殺人事件の夜だよ、その時にはあと数時間で何が起きるかなんて想像もしてなかったけどね。ぼくはいつもどおりにスプリンジャーを見張り、彼がお定まりの儀式をこなして、出ていくのを見届けた。だけど、この時には、ぼくはもっと大胆なことをする覚悟をしていた。原本を持ち出したんだ」

「偉いぞ！」エラリーは叫んだ。そして、震える指で煙草に火をつけた。「すばらしいよ、本当に。続けてくれ、ウェス。本当に興奮でぞくぞくしてるよ」警視は無言だった。クルーサーはウィーヴァーを見なおしたように、あらためて見つめている。

「ぼくは別の同じ本に、そっくり同じ書きこみをして偽物を作ると、スプリンジャーが本物を置いていった場所にその偽物を置いて、本物の方を持ち出した。できるだけ急いですませなきゃならなかった。というのも、この夜はスプリンジャーを尾行するつもりでいたんだ、彼の行動から何か手がかりがつかめるかと思って。運よく、スプリンジャーはオフラハーティと立ち話をしていてくれた。ぼくが、スプリンジャーのいちばん新しい本を脇にはさんで店を飛び出した時、ちょうど彼が五番街の角を曲がるのを見逃さずにすんだ」

「本職の探偵顔負けだな」クルーサーがひたすら感心したように言った。

「いや、全然だよ」ウィーヴァーは笑った。「とりあえず、ぼくはスプリンジャーがひと晩じゅうあちこち歩きまわるのを、ずっとつけていったんだ。あの男はブロードウェイのレストランにはいってひとりで食事をしたあと、映画館に行った。ぼくはぴったりあとをつけていったけど、なんだか馬鹿みたいだったな。スプリンジャーは怪しいことは何もしなかった。電話もしない、誰とも話さない、ひと晩じゅうひとりだった。とうとう、真夜中に彼は家に帰っていった——ブロンクスのアパートだ。ぼくは一時間くらいその部屋を見張った——部屋のある階まで、忍び足で上がっていきさえしたよ。スプリンジャーはずっと中にいた。それで、ぼくはとうとう帰ったんだ、スプリンジャーの本を持ったまま。でも、追跡を始めた時から、ほんの少しも賢さは増していなかったよ」

「いやいや、とんでもない」警視は言った。「とことんまで張りつくという判断を下したのはたいしたものだ」

「それで、第六の本はなんというタイトルで、いまどこにあるんだ？　どうしてフレンチ氏のアパートメントでぼくがあの五冊を見つけた時に、一緒に見つからなかったんだ？　五冊の本をあそこに置いたのはきみなんだろう、もちろん？」エラリーが早口に訊いた。

「一度にひとつずつ質問してくれよ」ウィーヴァーは笑いながら言い返した。「最後の本は『室内装飾における最新の流行』で、著者はルシアン・タッカー（Tucker）だった……」エラリーと警視は、ウィーヴァーが著者名を口にした瞬間、視線を交わした。「きみがあの五冊と一緒に見つけなかったのは、ぼくがあそこに置かなかったからだよ。家に持ち帰ったんだ。つまりね、複製の方は重要じゃない、とぼくはずっと思ってた。どう考えても、重要なのは本物の方だと。間違ってるかもしれないけど、とにかく六冊目の本はそれまでと違って本物だから、ほかの五冊よりも大事に違いないと考えたんだ。それで、月曜の夜に家に帰ってから、安全な場所にしまったんだよ――ぼくの寝室に。あとの五冊を店に残しておいたのは、手近に置いて空き時間に調べたかったんだ。ご老体をこの件でわずらわせたくなかった。会長はホイットニーとの合併交渉で手いっぱいだったし、そもそも細かいことはいつだって、ぼくにまかせっきりなんだ。それで、ぼくは一冊手に入れるごとに、ご老体の机のブックエンドの間にはさんでいった。そのたびに、数を合わせるために、もとからあったご老体の本を一冊抜き取って、本棚のほかの本の奥に隠したんだ。そうこうして、五週間がたつと、もとからあったご老体の五冊の本は全部本棚の中に消えて、ブックエンドの間に残ったのはスプリンジャーの本のぼくが作った複製だけになってしまった。ご老体が机の上の本が入れ替わっていることに気づいたら説明しようと思ってたんだけど、全然気づかないから放っておいたんだ。あの〝愛読書〟ってのは空気みたいなものなんだね、きっと。いつだって机の上にあるのを見ているから、いまも当然、あそこにあると思いこんでるんだよ。あれからもう何週間も、ご老体はアパートメントに出勤してきて机の上を見てるはずなのに。まあ、そういうものかもしれない……スプリンジャーがあの机の上のすり替えられた本に気づくことは絶対にない。彼が会長のアパートメントにはいる機会はないからね」

「要するに」エラリーは眼にゆっくりと興奮の光を宿しつつ、問いつめた。「きみは五冊の本を毎週一冊ずつ、ブックエンドにはさんでいったというわけだね。言い換えれば、一冊目のウィジョフスキーの本なんかは、六週間前からあの机にあったというわけか？」

「そのとおりだよ」

「それは実におもしろいな」エラリーはそう言うと、前のめりに浮かしていた腰をもう一度、椅子に沈めた。

入れ替わりに、警視が動きだした。「なあ、ウィーヴァー君、その住所を見せてもらおうか。たしか、いま持っていると言ったね」

答えるかわりに、ウィーヴァーは胸ポケットから手帳を取り出すと、はさんであった紙を抜き取った。警視とエラリーとクルーサーは興味津々で身を乗り出し、七つの所番地を読んだ。

「なんてこった――」警視の声はかすれ、かすかに震えていた。「エラリー、これがなんだかわかるか？　この中にはフィオレッリの手の者が何週間も前から、麻薬の取引現場と疑っていた場所がふたつはいっとる！」

エラリーは椅子に坐りなおして考えこみ、クルーサーとウィーヴァーは互いに顔を見つめあった。「特に驚くほどのことじゃないですね」エラリーは言った。「ふたつ、ですか？　ということは、七ヵ所全部が麻薬取引の現場という意味ですよね……毎週毎週、場所を移して……たしかに頭がいいな、疑う余地はない！」いきなり、彼はがばっと身を乗り出した。「ウェス！」ほとんど絶叫するような声だった。「六冊目の住所だ！　どこだ？　早く！」

ウィーヴァーは慌てて別のメモ用紙を取り出した。そこには東九十八丁目のある番地が書かれていた。

「お父さん」エラリーがすぐと言った。「これは僥倖《ぎょうこう》ですよ。ぼくらの手にはいったものが何かわかりませんか？　昨日の取引場所です！　日付は——五月二十四日の——火曜日だ——足跡はまだ熱々ほやほやで湯気がたっている！」

「なんたることだ」警視はつぶやいた。「おまえの言うとおりだ。もしもその九十八丁目の現場に売人どもがまだ残っていれば——そうでない理由はないからな——」警視は床を蹴って立ち上がると、電話に手を伸ばした。そして、警察本部の番号を交換手に告げ、ほどなくヴェリー部長刑事と喋っていた。早口に喋りまくると、今度は麻薬課に電話をつながせた。そして麻薬課長のフィオレッリにかいつまんで勢いよく話し終え、受話器を置いた。

「フィオレッリに情報を渡した。その九十八丁目の場所にいますぐガサ入れにはいるそうだ」警視は早口に言うと、慣れた手つきで嗅ぎ煙草をひとつまみ取った。「トマスも同行する。うちに寄ってわしらを拾ってくれるそうだ。わしも今度の捕り物では、ぜひその場にいたいからな!」警視は顎をしっかり食いしばった。

「ガサ入れですか」クルーサーは立ち上がり、ぐっと身体に力を入れた。「おれも一緒に行ってかまいませんか、警視。なかなかの見物になりそうだ——どうですかね」

「かまわんよ、クルーサー」警視はあっさり答えた。「おまえさんも、このショウを見物する資格は十分にある……フィオレッリは、わしがいま所番地に気づいた二ヵ所を手入れしとるが、どっちも連中はとうに店をたたんでずらかったあとだった。今度こそ間に合うといいが!」

エラリーは何か言おうとするように、口を開きかけたが、またしっかりとくちびるを閉じてしまった。そのまま急に、深く考えこみだした。

ウィーヴァーは自分が爆発させてしまった爆弾に、すっかり困惑しているようだった。彼は椅子の中にぐったりと沈みこんだ。

28　ほぐれる糸

一同は突然、不安に駆られて、エラリーを振り返った。クルーサーは半開きだった口を閉じて、頭をかき始めた。ウィーヴァーと警視は、同時に椅子の中でもぞもぞと坐りなおす。

エラリーはひとことも言わずに台所にはいっていった。ジューナに何やらぼそぼそ話す声が聞こえてくる。もう一度、姿を現したエラリーは、鼻眼鏡《パンスネ》を手探りにはずし、無造作に振りまわし始めた。「ちょっと心配なことがあるんですが――それでも」彼の顔が晴れやかになった。「いや、そう悪くはないな！」

彼は細い鼻梁《びりょう》に鼻眼鏡をのせなおし、せっかく坐ったのにまた立ち上がると、テーブルの前をうろうろと行ったり来たりし始めた。ジューナが台所からそっと現れ、アパートメントを出ていく。

「警察の車を待つ間に」エラリーは言った。「ウェストリーがもたらしてくれた新情報に照らして、もう一度、状況を検討してみませんか。

フレンチズ・デパートが、麻薬取引における重要な中継地点として利用されていたことに異議のある人は？」

彼は軽く挑戦するように一同を見回した。クルーサーのいかつい顔に、憤りの炎がついた。

「クイーンさん、そいつはちょっといただけませんねえ」彼は吼えた。「このスプリンジャーって野郎がワルだってことは否定しませんがね――否定できるわけがない――しかし、麻薬組織がうちの店の、しかもおれたち探偵の鼻の先で暗躍してるって、なんで決めつけられるんです」

「落ち着きたまえ、クルーサー」エラリーは穏やかに言った。「連中はフレンチズ・デパートに、手下をたったひとり置いただけだ。盲点をついたうまいやり口だよ」彼は感心するような口調で続けた。「麻薬組織としてはね！　さっきぼくが解いた、ごく単純で簡単な暗号を、一見なんてことのない本を介して伝える、そのすべての連絡場所として、悪徳撲滅協会の長の神聖なる王国を選ぶとは！　いや、天才の閃《ひらめ》きだね、まったく……それはともかく。この暗号に変更はないはずだ。暗号の出される間隔が八日間であることはわかっている——九日間という例外もあるが、これは日曜がはさまったからだろう——書籍売り場主任が所番地を——そして、ここがすべての計画の中でも美しい要素なんだが——あまり売れなさそうな、退屈な本ばかりを選んで書きこむ……それぞれの本の日付が、実際にスプリンジャーが書きこんだ日ではないことに気づいているか？　そう、どれも翌日の日付なんだよ。水曜（Wednesday）を表すために、Weで始まる名前の著者の書いた本にしるしがつけられ、いつも同じ棚に置かれる……毎週、同じ棚なんだろう、ウェス？」

「そうだよ」

「というわけで、水曜のしるしがつけられた本は火曜の夕方に、ほかの本の間にまぎれるように置かれる。その翌週水曜の夕方には、木曜のしるしがついた本が置かれるというその繰り返しだ。これは何を意味しているのか。明らかに、スプリンジャーは、所番地を書きこんだ本を仕込む夜と、それが拾われる時との間に、間隔をあけたくなかったんだ！」

「拾われるだと？」警視が口をはさんだ。

「そりゃそうですよ。何もかもが、このよく組み立てられた計画におけるスプリンジャーの主たる仕事は、本という媒介を通じて誰かに住所を伝えることだと、指し示しています。もしスプリンジャーがその、ひとりか複数かは知りませんが、問題の人物に口頭で伝えることができるなら、どうしてこんなややこしい本の暗号システムが必要なんです？　必要ないでしょう。

おそらくスプリンジャーの方は、自分が細工した本を持っていく人間を知っていた。が、相手は単なる駒にすぎませんから、スプリンジャーの正体を知らなかったんでしょうね。しかしいま、問題なのはそこじゃない。いちばんのキモは、スプリンジャーは仕込んだ本をいつまでも棚に並べておきたくなかったという事実です。その本が全然無関係の客に買われてしまうかもしれない。本に住所が書きこまれていることが、まかりまちがって外部の人間に知られてはまずい。お父さん、もしお父さんがスプリンジャーなら、その本を拾っていく時間を、いつに指定しますか？」

「それは考えるまでもないだろう。スプリンジャーが夜にそいつの仕込みをやっとったんなら、朝に取っていかせるさ」

エラリーは微笑した。「そのとおりです。では、彼のおかす危険というのは、どんなものでしょうか。スプリンジャーは勤務時間後に所番地を本に書きこみますが、夜の間、その本は合法的な手段では誰にも持ち出される心配はありません。そして翌朝、お待ちかねの使いの者が、棚からそれを取る――もちろん、この計画が作られた時に、本の置き場所はあらかじめ決めてあります。つまり、使いの者が翌朝、できるだけ早く来れば危険はほとんどないということですよ――おそらく、デパートが開店する九時きっかりに。適当に売り場をうろついて、最後にその棚に近寄って、あらかじめ仲間に知らされているしるしに従ってその本を取る。このしるしについてはあとで説明します。そのあとごく当たり前の客のふりをして金を払い、情報を小脇にはさんで店を出る――実に安全で、鮮やかな、馬鹿馬鹿しいくらい簡単な手口です。

さて！　ここでふたつばかり、推論を引き出さなければなりません。使いの者は、朝にやってきた時はスプリンジャーとまったく接触をしていない、と考えざるを得ないでしょう――何もかもが、スプリンジャーと使いの者が完全に接触を断っていることを示している。片方か、互いにかは定かでありませんが、相手の素姓を知らないはずだ。つまり、使いの者にとって、前の晩に細工された本を探し出す唯一の手がかりは、前もって示し合わせてある暗号か何かの決まりごと、ということになります。まあ、それは当然の考えでしょうね。しかし、その暗号とはどんなものでしょうか。これこそが、計画の美しいところですよ。

ぼくは自問したものです。なぜ、著者の名前を――すくなくとも、最初の二文字を――使いの者が本を取っていく日の曜日と揃える必要があるのだろう？　その疑問は、もしも使いの者が詳細をまったく知らされていないと仮定するなら、納得がいきます。仮に、その使いの者が雇われた時に最初に与えられた指令がこんな具合であれば、すべての事情の疑問が明らかになるのです。〝毎週、フレンチズ・デパートの書籍売り場に行って、所番地の書かれている本を探してこい。その本はこれこれの場所にある書棚の、いちばん上の四つ目の仕切りのどこかにあるはずだ。目的の本はいつも必ずその場所にある……いいな。毎週、きみには違う曜日に出向いてもらう。正確に言えば、八日おきだ。八日目が日曜の時には九日目にずらす――つまり、前の週が土曜なら、次の週は月曜ということだ。仮に、きみが朝、本を取りにいく日が水曜だとしよう。ならば、きみが取ってくるのは、水曜（Wednesday）に呼応する、姓の最初の二文字がWeで始まる作者の本だ。間違いなく見分けられ、かつ、できるだけ早く書籍売り場を脱出するために、くだんの書棚の本を一冊一冊確認せずにひと目で区別できるよう、作者の姓の最初の二文字の下に鉛筆で薄く線を引いておく。きみは本を取り、うしろの遊び紙に所番地が間違いなく書かれていることを確かめてから本を買い、その足で店を出てくるのだ〟……とまあ、こんな線で妥当だと思いませんか」

三人の男たちはいっせいに、勢いよく口ぐちに同意の声をあげた。

「まったく、悪魔も裸足で逃げ出す、悪賢い計略ですね」エラリーは考え考え言った。「少々、込み入っていますが。とはいえ、この複雑な計画も、時と共に、慣れっこのお決まりの手順になるでしょうが。この計画の美しいところは、使いの者が指令を受ける必要があるのはたった一度、初回のみで、あとはそれこそ無限に、何ヵ月でも、失敗なく続けられることです……。次の木曜（Thursday）は、最初の二文字がＴｈで始まる姓の、鉛筆でしるしがつけられた著者の本を探せばいい。次の週の金曜（Friday）にはＦｒ始まりの著者。同じ要領でえんえんと、いつまでも続けられるのです。見たところ、この麻薬組織はみごとに中央の幹部だけで仕切られていて、ゲームに参加させられた手駒どもは、自分たちの仕事についてごく最低限のことしか知らされていないようですから、手下のまとめ役や組織の親玉の正体を、まったく知らないんじゃないかな。ここで当然、持ち上がってくる疑問は――」

「でも、どうして」ウィーヴァーが質問した。「八日間隔なんだ？　どうして毎週同じ曜日じゃだめなんだ？」

「いい質問だ、その答えは単純だと思うよ」エラリーは答えた。「この連中は、万が一にも危険を招くようなまねは一切しないくらい用心深いんだ。もし、決まった人間が書籍売り場に毎週月曜の九時きっかりに通えば、ひょっとすると顔を覚えられて、誰かの口の端《は》にのぼるかもしれない。しかし、月曜に行って、次は火曜、水曜と、毎週一日ずつずらしていけば、見覚えられる危険性はほとんどなくなる」

「とんでもない野郎どもだ！」クルーサーがつぶやいた。「おれたちがまったく気づかなかったのも無理はない！」

「賢いなんて言葉じゃ言い表せんな」警視はため息をついた。「つまりエラリー、おまえはこの所番地は全部、この地域で麻薬を売るための〝出店〟と考えとるわけだな？」

「疑いの余地なしですよ」エラリーはもう一本、煙草に火をつけた。「そしていま、せっかく連中の賢さについて話しているわけですから、この点についてどう思いますか？　組織は絶対に同じ場所を二度は使わない！　それは毎週、住所が変えられていることから、間違いないでしょう。そしてまた、この取引方法を見れば、商売が規則正しく、毎週、行われていることも明らかです。もし、麻薬取引の場所が一ヵ所に決まっていて、毎週、そこばかりが使われていたなら、お父さんのところの麻薬課のお仲間が突き止めるチャンスはきっとあったでしょうね。怪しげな動きや人の出入りはきっと周囲の人々に気づかれるでしょう。その場所の住所や、さまざまな噂が、暗黒街に張り巡らされた闇の情報網を伝って、あっという間に広まるはずだ。しかし、いくら警察とはいえ、毎週違う場所で取引をするギャングのしっぽを、どうやってつかまえますか？　いや、まったく、よくできた仕組みだ。たしかに、フィオレッリは飼い犬やおとりを使って、二ヵ所の住所を突き止めることに成功しました。しかし、それ以外の住所をまったく知らずにいるということは、組織の取引方法が完璧に近いことを示している。当然、警察の手入れがはいった時には、とうのむかしに引き払われたあとで――もぬけの殻、というわけです。おそらく組織の連中は、毎週〝夜会《ソワレ》〟を開いては、最後の客が出ていくとすぐに、きれいさっぱり店をたたんで、とっととずらかってしまうんですよ。

ここで、この組織がどれだけ安泰であるものか、検証してみましょうか。とりあえず、連中には何か、顧客と連絡を取るための決まった手段があることは間違いありません――そのお得意さんの数ですが、そこそこかぎられていると、ぼくは推測します。あまり大人数では、人数の多さそのものが危険になる。つまり、顧客は裕福で、おそらくは社交界に属する人間で、毎週、電話がかかってくると――そう、住所だけを教えられる。それ以外のことはすでに知っているわけですからね。そのあと客はどんな行動を取るでしょうか。何を望むでしょうか。我々は中毒者のどうしようもなく切実で抑えきれない麻薬に対する渇望がどんなものか知っています。その目の前に、実に安全でなおかつ、ここがさらに重要な点ですが、安定的な麻薬の供給源を差し出すというわけだ。それに――顧客が秘密を喋ることは絶対にない。これよりおいしい商売がありますか？」

「わしは頭がくらくらしてきた」警視はつぶやいた。「なんたる計略だ！　しかし、今度こそ手入れが間に合えば――！」

「ぼくは、よく事情に通じた新聞の見出し《カップ》と、もっとよく事情に通じた人物の口《リップ》から出る話を、参照するだけでよくなりますね」エラリーは笑った。「ま、どうなるか、期待しましょう。

ついさっき言ったとおり、もっと殺人事件そのものに直結した疑問がいくつか浮かびます。まず、バーニスはこの組織の顧客のひとりである――であった、と考えてよろしいでしょう。さて、ぼくは、これまで影すらつかむことのできなかった謎の動機が、闇の奥から白日のもとに浮かび上がってきたと信じているのですよ。ウィニフレッド・フレンチ夫人は麻薬中毒者ではなかった。なのに、ヘロイン入りのバーニスの口紅を自分のバッグに入れていた……そして、それを持ったまま死んでいた。実に強いつながりですよ、お父さん！　実に、非常に強力な……興味深いじゃありませんか、我々はこの事件に関する、動機らしい動機をほかにまったく見つけていないんですから。しかし、この事件のもつれた糸を解きほぐすのに、動機はほとんど意味がなさそうですね、残念ながら。肝心なのは、殺人犯を追いつめ、麻薬組織を一網打尽にすることだ。両方の仕事をなしとげろというのは、推理でくたくたのぼくの頭には、ちょいと難問ですが……

さて、もうひとつ疑問があります。スプリンジャーという駒はこの麻薬ゲームにおける単なるポーンなのか、それともキングなのか。ぼくの考えでは――彼はたしかに組織の内側の人間で、内情を把握しているものの、幹部クラスではない気がしますね。そして、次に自然と持ち上がる疑問は――スプリンジャーが、あの死の凶器をフレンチ夫人の心臓に向けて発砲したのか。これについては、いまは触れないことにしましょう。

そして最後に、この麻薬組織の仕事は、ウィニフレッド殺しと――バーニスの失踪が――ふたつの無関係な事件ではなく、ひとつの事件の切り離すことのできないふたつの要素であることを示しているのではないか、という疑問があります。ぼくはそうだと思っていますが、しかし、この真相を突き止めるには――とにかく、何かしら事件が起きてくれないと、どうにもこうにも手の打ちようがない。さしあたって本証人は完全に手詰まりの状態ですので、おとなしく坐って、事件を総括《イン・トト》するために、頭をひねることにします」

そしてエラリーはそれ以上、ひとことも言わずに腰をおろすと、まるっきり放心した体《てい》で鼻眼鏡をもてあそび始めた。

警視とウィーヴァーとクルーサーは同時に、はーっとため息をついた。

そうして無言で互いを見つめたまま坐っていると、下の通りから短く警笛が響き、フィオレッリとヴェリーと急襲部隊の到着を告げた。

29 急襲！

刑事と警官をぎっしり詰めこんだ警察のヴァンは、ウェストサイドを突っ切り、アップタウンめざして疾駆《しっく》した。けたたましいサイレンの前に、車列は魔法をかけられたように道を開けた。何百もの眼が、その無謀とも言える運転ぶりを、唖然として見送っている。

警視は車の咆哮に負けない大声で、ひどく悔しそうな苦虫を嚙み潰したような顔のヴェリーに向かって、クルーサーが個人タクシーの運転手を見つけたことと、マサチューセッツ州のナンバープレートをつけた怪しい車について、説明して聞かせた。部長刑事は陰気な声で、ただちにその運転手の話の裏を取ることと、行方不明の娘を捜索中の部下全員に、この新情報を広めることを約束した。警視の手からタクシー運転手の住所氏名のメモを受け取るヴェリーの隣で、クルーサーは悦にいったように咽喉の奥で笑っていた。

ウィーヴァーはすでに彼らと別れ、ヴァンが到着すると同時に、フレンチズ・デパートに引き返していった。

フィオレッリは黙りこんで、ひたすら爪を嚙んでいた。警視をそっと隅に引き寄せた彼の憔《しょう》悴《すい》した顔は、狂気じみた熱を帯びてぎらぎらしていた。

「うちの連中をひと山、九十八丁目の例の家のまわりに配備した」腹に響くしゃがれ声で彼は言った。「野郎、高飛びなんざ絶対させねえ。部下は奴らに気づかれねえように、身を隠してる、ネズミ一匹逃がさねえぞ!」

エラリーはヴァンの中に無言で坐ったまま、往来の通行人が視界に飛びこみ、飛び去るのをぼんやり見ていた。その指は視界をぼやけさせている金網をリズミカルにとんとん叩いている。力強い大型車は九十八丁目に巨体をねじこみ、東に向かって疾走した。街並みが次第にごみごみして、みすぼらしくなってくる(このあたりは特に治安の悪いイーストハーレム地区)。ヴァンがイーストリヴァーに向かってさらに突き進むと、あたりを取り巻く建物も人もますますおんぼろになっていき……

ついに、警察の車はタイヤをきしらせて停まった。私服の男が突然、とある家の戸口から通りの中央に飛び出してきて指差したのは、板は腐りかけ、ペンキははげかけ、滑稽なほど傾いて歩道の上におおいかぶさっている、低い二階建ての家だった。そよ風に吹かれてもひっくり返ってばらばらに崩れて、溝の中の瓦礫《がれき》と化しそうなあばら家だ。玄関のドアは閉まっている。窓には厚くカーテンが閉めきられている。家はまるで空き家のようで、人気《ひとけ》がまったく感じられない。

最初のタイヤがきしる音と共に、一ダースもの私服の男があちこちの角や戸口から、ばらばらと駆け寄ってくる。荒れ果てた庭に潜んでいた数名が銃を抜き、家の裏手に回りこむ。警官と刑事がヴァンの中からなだれのようにあふれ出し、フィオレッリ、ヴェリーを先頭に、そして警視とクルーサーをしんがりに、崩れかけた木の踏み段を駆け上って玄関に突進する。

フィオレッリがひび割れた戸板を乱暴にがんがん叩いた。中からはしわぶきひとつ返ってこない。クイーン警視の鶴のひと声で、ヴェリーとフィオレッリがそのたくましい肩をドアに当てて、ぐっと力をこめる。板がはじけ飛び、ドアが音をたてて壊れると、薄暗くかびくさい室内が現れ、壊れた古いシャンデリアと、二階に続く、敷物のない階段が見えた。

警官隊がなだれこみ、一階と二階に同時に散らばり、銃をかまえたまま、ドアというドアを開け放ち、隅々までくまなく調べていく。

エラリーは一同のうしろでぶらつきながら、奇跡のように家のまわりに出現した人だかりの、警官たちの警棒に止められ、口をあんぐりと開けて見入っている野次馬根性の心理を観察しておもしろがりつつも、この急襲が失敗に終わったことは、すぐに見てとっていた。

家はもぬけの殻だった。人のいた気配ひとつ、残さずに。

30　挽歌《レクイエム》

一同は、埃まみれのがらんとした空き部屋のひとつで――不運の日々に没落したことを声なく語る、ヴィクトリア朝の崩れた暖炉がある古めかしい居間で――立ったまま、静かな声であれこれ話していた。フィオレッリはどこにもぶつけようのない憤怒で我を忘れていた。肉厚の浅黒い顔は、あまりの怒りにどす黒く染まっている。と思うと、すすけた薪《まき》のかけらを部屋の反対側の壁まで蹴り飛ばした。ヴェリーは普段以上にぶすっとした顔でいる。警視は手入れの失敗という結果を冷静に受け止めていた。嗅ぎ煙草の香りを吸いこむと、刑事のひとりに、この家の大家か管理人が近所に住んでいないか捜してくるよう命じた。

エラリーは無言だった。

くだんの刑事はほどなく、大きな図体をした、どことなく青ざめた黒人を連れて戻った。

「おまえさんがこの家を管理しとるのか」警視はずばりと黒人に訊いた。

黒人はくたくたの山高帽を脱ぎ、もぞもぞと足を動かした。「はあ、まあ、そんなもんで！」

「おまえさんはここの何だね――管理人か、大家か？」

「へえ、まあ、そんなもんでさ、旦那。ここんブロックの家さ全部、面倒見とるんだよ。店子《たなこ》が来たら、家主《やぬし》のかわりに、おいらが貸す手続きしてやるんで」

「なるほどな。この家は昨日、誰かが使ったのかね？」

黒人は勢いよく、首を縦に振った。「そうだよ、旦那！　四日か五日前に、何人かで来て、この家まるごと借りてえって言われた。紹介所の中継ぎさんが、そん人たちをうちに連れてきた時、そう言われたんだよ。ほんで家賃を現金でまるまるひと月分、ぽーんって中継ぎさんに払ったんだ。こん眼で見たから間違いねえ」

「その店子というのは、どんな男だった？」

「わりと背が低くて、長くて真っ黒い口ひげ生やしとったよ」

「いつ、ここに移ってきた」

「その次の日さ——日曜だな、うん、間違いねえ。ほんで、家具をちょっと積んだトラックがここに入《へえ》ってきたんだ」

「トラックの車体に運送業者の名前は？」

「いやあ、見とらん。なんも書いてなかった。荷台んとこに黒い幌《ほろ》かけた、普通のトラックだった。名前も何も全然、トラックには書いとらんかったよ」

「その黒い口ひげの男は、このあたりでよく見かけたのか」

黒人は短いふさふさの髪の頭をかいた。「いやあ、見とらんねえ。昨日の朝、また見るまでずっと」

「昨日、見た時はどうだった？」

「ここから出てこうとしてたよ、旦那。おいらにゃ、なんも挨拶しに来んかったけど、昼の十一時ごろにおんなじトラックが来て、運転手ともうひとりが家ん中さ入《へえ》って、あっちゅうまに家具を全部、家から運んで、トラックに積んでさ。そしたら、その親分みてえな男が家から出てきて、トラックの運転手たちに、なんか言ってから歩いていっちまった。トラックもどっか行っちまってさ。親分は行っちまう前に、紹介所から渡された鍵を、家の階段とこにぽんって投げてった。そんなふうだったよ」

警視は低い声でしばらくヴェリーに何やら話してから、また黒人に向きなおった。

「その四日間に、この家に誰かがはいるのを見たかね」警視は訊ねた。「特に知りたいのは火曜の午後——昨日だが」

「おやまあ——それなんだけどね、へえ、旦那、でも昨日だけだよ。うちのおっかあはたいてい、いちんちじゅうそのへんをほっつき歩いとるんだが、昨夜、そんなことを言っとったね。昼の間ずーっと、白人が次から次へと、この空き家に押しかけてきてたって。けど、家が閉まっとるの見て怒っとったらしいよ。うん、十人かそこら、いたみたいだねえ。で、誰も彼も、来たと思ったらすぐに帰っちまったって」

「なるほど、わかった」警視はゆっくりと言った。「おまえさんの名前と、仕事を請け負っとる不動産屋の名前と住所を、そこの刑事に教えてから帰れ。それからいまの話はひとことももらすんじゃないぞ、わかったな!」

黒人はびくんと硬直し、もごもごと答えつつ、言われたとおり、麻薬課の刑事に名前などをつっかえつっかえ話し終わると、早足でそそくさと出ていった。

「まあ、これでわかったな」クイーン警視は、集まっていたヴェリーと、フィオレッリと、エラリーと、クルーサーに言った。「連中はまずいと嗅ぎつけてずらかったんだ。何かの原因でやばいと悟って、さっさと引き上げたわけだな——お得意たちに麻薬を配るまもなく。つまり今日、この街には十人がとこ禁断症状に苦しむ中毒者がおるわけだ」

フィオレッリは胸糞悪いというような身振りをした。「くそ、引き上げるぞ」彼は唸った。「よくもケチをつけてくれたぜ、野郎ども」

「運が悪かったんですね」クルーサーが言った。「よほど逃げ足が早かったに違いない」

「そのトラックを突き止められるかどうか、やってみよう」ヴェリーは言った。「どうだ、手伝うか、クルーサー?」彼は凄みのある笑みを見せた。

「いやいや、遠慮しますよ」クルーサーは愛想よく言った。

「こら、くだらん喧嘩をするな」警視はため息をついた。「ああ、やってみてくれ、トマス、しかし、わしはそいつが組織の仕事のためだけに使われる、個人所有のトラックだと思うぞ。それに、こうして連中を警戒させてしまったんだ、しばらくは連中のしっぽを押さえることはできまい。なんだ、エラリー?」

「提案しますが」エラリーは手入れが始まって以来、初めて口を開いた。「家に帰りませんか。我々は大敗を喫したわけですから。まあ、うんと控えめに言って——」彼は悲しげに微笑んだ。「——まったくの無駄足でしたね」

フィオレッリとヴェリーは部下を集めると、警察のヴァンで本部に戻っていった。九十八丁目のぼろ家の外には制服警官がひとり、見張りとして残された。クルーサーは、巨漢の部長刑事がのっそりとヴァンに乗りこむ時に、茶目っ気たっぷりにその脇腹を小突いてから、さっさとフレンチの店に引き上げていった。

「そろそろ、店じゃおれを捜して騒ぎになりそうですしね」彼はにやりとした。「まあ、サボってたわけじゃないが」

そして、大声をあげて流しのタクシーを停めると、西に向かい、次に南に向かって去っていった。クイーン父子は別のタクシーを拾い、あとを追って自宅に向かった。

車内で、エラリーは銀色の薄い懐中時計を取り出し、愉快そうなまなざしで針を見ている。警視はいぶかしげに息子を見た。

「どうして家に帰りたいのかわからん」警視は文句を言った。「わしは出勤時間をとうに過ぎとるんだ。机には仕事が山積みになっとるだろう。しかも、ここ何カ月で初めて朝礼をサボってしまったし、きっとウェルズがまた電話をかけてきただろうし、それに——」

エラリーはじっと懐中時計を見つめたまま、くちびるにかすかな笑みを浮かべているだけだった。警視はついに、もごもごと黙りこんだ。

八十七丁目の、かつてブラウンストーン造りの高級邸宅だった自分たちのアパートメントの前にタクシーが停まると、エラリーは料金を払い、父親を優しく上階に追い立て、ジューナがふたりの背後で扉を閉めるまで、何も言わなかった。

「十分間だ」満足げに言うと、エラリーはぱちんと音をたてて懐中時計の蓋を閉じ、ベストのポケットに戻した。「これが平均的な所要時間ってことでしょうね、九十八丁目の東の川っぷちから、八十七丁目の西側に来るまでの」にんまりして、軽い上着を脱ぎ捨てた。

「おまえ、気はたしかか？」警視は呆れた声を出した。

「たしかもたしか、大たしかでございますとも」エラリーは答えると、受話器を取りあげ、交換手の番号を伝えた。「フレンチズ・デパートですか？　書籍売り場のスプリンジャーさんにつないでください……もしもし、書籍売り場ですか？　スプリンジャーさんを……は？　ええと、あなたはどなたです？……ああ、そうなんですか……いや、いや、いいんです、結構ですよ。どうも、ありがとう！」

彼は受話器を置いた。

警視は何やら予感したらしく、不安でたまらない顔で口ひげをひねりまわしている。彼はエラリーを睨みつけた。「まさかおまえは、スプリンジャーが――」雷鳴のように轟く声で言いかけた。

エラリーはまったく動揺していないようだった。「おもしろいことになりましたよ」いたずらっぽく、天真爛漫な顔で言った。「スプリンジャー氏は、若い女性店員の話によれば、ほんの五分ほど前に、気分が悪くなった、今日はもう戻らないと言い残して、やけに大急ぎで早退してしまったそうです」

老人はがっくりと椅子の中にへたりこんだ。「そこまで頭が回らなかった」警視は愚痴《ぐち》った。

「奴は当然、ずっと店にいると思いこんどった。今日は戻らないと言ったのか？　永遠に奴の顔を拝むことはできまいよ！」

「いえいえ、できますとも」エラリーは優しく言った。

さらに付け加えて曰く、「〝仕度こそが戦の半分であるぞ、用心して失うものは何もないのだぞ〟。かの善良なるスペイン人（ドン・キホーテのこと）が、実に平凡な真理を語っていますよ、お父さん《パードレ》！」

31　アリバイ：マリオンとゾーン

うまうまと逃げおおせたジェイムズ・スプリンジャーの頭上に呪詛の言葉をぶつぶつと浴びせつつ、警視は本部にちょっと顔を出すと言ってすっ飛んでいき、残されたエラリーは開いた屋根窓の前でぬくぬくと丸まり、煙草を吸いながら考えていた。ジューナはいつもどおりまるで猿のようにしなやかに現れ、エラリーの足元の床に坐りこむと、室内に降り注ぐ柔らかな陽光にまたたくこともなく、じいっとおとなしくしている……二時間後、警視が戻ってみると、エラリーはまだ煙草を吸いながら、机の前でメモの束を何度も読み返しているところだった。

「まだ、やっとるのか」クイーン警視は心配そうに訊ねて、帽子と上着を椅子の上に放り投げた。ジューナが音もたてずに拾い上げ、クロゼットにしまう。

「まだ、やっとるんです」エラリーは答えた。が、その眉間には深い皺が刻まれている。立ち上がり、メモを見ながら考えこみ、やがてため息をついて机に戻し、ひょいと肩をすくめた。やがて、父親のぼさぼさの口ひげと、紅潮した顔が目にはいると、エラリーの額の深い皺は、かすかな笑い皺にあっという間に溶けこんで、消えてしまった。

「ダウンタウンで、何か新しいことは?」彼は気遣うように訊いて、また窓辺に腰をおろした。

クイーン警視は苛立ったように絨毯の上を行ったり来たりし始めた。「たいしたことは何もない。トマスはクルーサーの見つけたタクシー運転手と会ってきた——それでかえって袋小路にはまることになったようだ。運転手は、背の高い金髪の誘拐犯の人相をかなりはっきり教えてくれた。もちろん東部全域にその情報は流した。特にマサチューセッツ州を念入りにな。加えて、車の特徴とバーニス・カーモディの人相書きもだ。あとは待つしかない……」

「ふうむ」エラリーは煙草の灰を、とんと落とした。「待っても、バーニス・カーモディを墓場から連れ戻すことはできませんよ」唐突に、ひどく熱をこめて言った。「いや、まだ生きている可能性だってあるんだ……ぼくなら北東部だけに指名手配を限定しませんね、お父さん。このギャングどもは頭がいい。もしかすると、ナンバープレートを交換するという古くさいトリックを使ったのかもしれない。それとも、実際は南へ逃げて車を替えたかもしれない——連中の使いそうな手はいくらでもある。それどころか、バーニス・カーモディを、生死はともかく、このニューヨークで発見しても、ぼくはちっとも驚きませんね。なんたって、追跡はセントラルパークで途切れたわけだから……」

「トマスが眼を光らせとるし、あいつの部下たちも駆けずりまわっとる」そう言う警視の声は沈んでいた。「それに、トマスはおまえと同じくらい、そのたぐいのトリックに通じとるよ。だから、ほんの少しでもにおいが残っていさえすれば、必ずあとを追える――そして娘だけでなく、一味の連中も見つけるはずだ」

「女を探せ《シェルシエ・ラ・ファム》ですか」エラリーは軽く言ってから――坐って考え始めた。警視は両手を小柄な背中のうしろで組み、行ったり来たりしながらいぶかしそうにエラリーをしばらく見ていた。

「マリオン・フレンチが本部のわしのところに電話をしてきたよ」唐突に警視は言った。

エラリーがゆっくりと顔をあげた。「ほんとに？」

老人はくすくす笑った。「これならおまえの気をひけると思った！……本当だ、わしが家にいる間、あの娘は本部に何度か電話してきたらしい。やっとわしが出勤したら、ずいぶん興奮しとって――いや、興奮というより、慌てとった感じだ。それで、わしはおまえのことを考えてな――言っておくが、わしはおまえ自身より、おまえのことをずっと考えとるんだよ――うちに来てくれるように頼んだ」

エラリーは微笑んだだけだった。

「たぶん、ウィーヴァーがあの娘に何か話したんだな」警視は怒ったような声で言った。

「お父さん！」エラリーは声をたてて笑った。「ときどき、お父さんの眼力には、ほんとにたまげさせられますね……」

呼び鈴が鳴り、ジューナが走って出ていった。マリオン・フレンチが、おとなしい黒いスーツ姿で、小さな黒い帽子を髪に留め、顎を魅力的だが挑戦するような角度にくっとそらして、扉の外に立っている。

エラリーは慌てて立ち上がり、手探りでネクタイを整えた。警視が急いで進み出て、控えの間のドアを大きく開け放った。

「どうぞ、はいってください、お嬢さん！」警視は父性の権化《ごんげ》よろしく、顔いっぱいに優しい笑みを浮かべていた。マリオンは戸惑ったようにジューナに微笑みかけると、沈んだ声で警視に挨拶して、居間にはいってきた。エラリーの温かな歓迎の言葉に頬を染めたマリオンは、警視がぜひにとすすめた警視自身の肘掛け椅子に歩み寄ると、革張りのシートの端にちょこんと腰をのせ、両手をしっかり握りしめ、くちびるをきつく結んで坐った。

エラリーは窓辺に立った。警視は娘の近くに椅子を持ってきて、正面から向きあって坐った。「それで、わしに話したいことというのは何ですかな、お嬢さん」警視は世間話をするような口調で訊ねた。

マリオンはおどおどした眼でちらりとエラリーを見てから、視線を戻した。「わたし――あの、お話ししたいのは――」

「月曜の晩にゾーン氏の自宅を訪問したことについてですか、ミス・フレンチ」エラリーは微笑みながら訊いた。

マリオンは息をのんだ。「まあ――まあ、ご存じでしたの！」

エラリーは申し訳ないというような身振りをした。「知っていたというほどでは。まあ、あてずっぽですね」

警視の眼はマリオンの眼をまっすぐに射抜いていた。しかし、声はいまや、優しかった。「ゾーン氏があなたの弱みを握っているのか――いや、あなたのお父さんにもっと直接関係することなのかな」

娘は自分の耳が信じられないというように、ふたりの顔を見比べた。「わたしったら――」彼女は、小さくヒステリックな笑い声をたてた。「誰にも知られていない秘密だとばかり思っていましたのに……」急に、その顔からふっと影が抜けた。「最初から筋立ててお聞きしたいでしょうね。あの、もう聞いていらっしゃるんでしょう、ウェストリーがわたしにそう言っていまし――」そこでくちびるを噛み、真っ赤になった。「――まあ、わたしったら、うっかり――わたしたちが話しあったことは、特に言わないようにと釘をさされていましたのに……」

警視もエラリーも、令嬢の無邪気さに声をたてて笑った。「ともかく」マリオンは弱々しく微笑みながら続けた。「ご存じなのですよね――義母《はは》とゾーンさんの関係について……そんなのはただの噂だけで、実際は何もないんです！」彼女は叫んだ。が、すぐに落ち着きを取り戻した。「でも、わたしも確信を持っていたわけではなくて。ええ、わたしたちは皆、必死でした――本当に一生懸命に――けがらわしい噂が父の耳にはいらないように。でも、完全には成功しなかったみたいで」令嬢の眼に、不意に恐怖の炎が燃え狂った。彼女は口をつぐみ、床をじっと見つめた。

エラリーと警視は眼を見かわした。「どうぞ先を、お嬢さん」警視は同じ、安心させるような優しい口調で声をかけた。

「それから――」マリオンは前よりも早口になった。「――本当に偶然ですけれど、噂話の一部が正しいと裏づけるような話を耳にはさんだんです。ふたりの間には、やましいことは何もございませんでしたけれど――そこまで、深刻なことにはなっていませんでしたが、それでも、だんだん危険が増しているのはたしかでしたの。わたしでさえ、気づいたんですもの……それが月曜の状況でした」

「お父さんには話したんですか？」クイーン警視は訊ねた。

マリオンは身震いした。「いいえ、そんな！ でもわたしは、父の健康も、名誉も、それに――心の平安も守らなければと思いつめて。このことではウェストリーにさえ相談していません。あの人からは、きっと止められますもの――わたしの決意を。わたし、ゾーンさんと――奥様を訪ねたんです」

「それで？」

「あのご夫婦のアパートメントを訪ねました。本当に、そこまで思いつめていたんです。夕食のあとでしたから、ふたりとも家にいるはずだとわかっていました。わたしは特に、奥様にその場にいてほしかったんです、だって、奥様はとっくにご存じで――魔女のように嫉妬してらしたんですもの。脅迫めいたことまで――」

「脅迫ですと？」警視が問いただした。

「あら、いいえ、なんでもないんですの、警視様」マリオンは慌てて言った。「でもそれで、奥様がたしかに、何が起きているのかご存じなのだとわかりました。それに、ゾーンさんが――ウィニフレッドに懸想《けそう》されたのは、奥様の落ち度でもあるのは間違いありませんもの。奥様は――とても恐ろしいかたで……」彼女は弱々しく微笑んだ。「わたしを、ひどいゴシップ好きな女とお思いでしょうね……でも、まずふたりのうち、ゾーンさんから先に問いつめました。それで――もう、こういう関係はやめていただかなければ困ります、と訴えましたの。そうしたら奥様がひどく怒りだして、ひどい言葉をどんどん投げつけてきたんです。奥様の憎しみはウィニフレッドに向けられていました。恐ろしい脅し文句を次々に言って。ゾーンさんはわたしに何か言い返そうとしていましたけれど――でも、きっと女ふたりから責め立てられると思ったら、うんざりしたのかもしれませんわ。なんだかぷりぷりして、ひとりで出ていってしまって、わたしとあの恐ろしい奥様を残していかれましたの。奥様はもう、気が狂ったみたいになって……」マリオンはぶるっと震えた。「それで、わたしも少し怖くなって――ええ、あんまり怖くて、逃げ出してしまったんです。ドア越しに、廊下まで奥様の怒鳴り声が聞こえてきて……それで――それだけですわ、警視様。それだけなんです」マリオンは口ごもった。「ゾーンさんのお宅を失礼したのは十時少し過ぎでした。身体じゅうの力が抜けて、気分が悪くなってしまって。昨日、お話ししたように、わたしがセントラルパークの中を歩いていたというのは本当なんです。歩いて、歩いて、歩いて、歩き疲れて、倒れてしまいそうになるまで歩いて、それから家に帰りました。ちょうど夜中の十二時ごろでした」

　短い沈黙があった。エラリーは表情を変えずに娘を見守っていたが、ふいと視線をはずした。

警視は空咳をした。

「そのあと、すぐに寝ましたか、お嬢さん」

令嬢はまじまじと警視を見つめた。「えっ、どういう意味ですの……わたしは――」恐怖がまた眼の奥に燃え上がる。しかし、彼女は勇気を振り絞って答えた。「はい、警視様、すぐに休みました」

「あなたが家にはいるところを誰かが見ていましたか」

「いえ――いいえ」

「誰にも会わず、誰とも話さなかった？」

「はい」

警視は眉を寄せた。「ふむ！　まあ、ともかくお嬢さん、あなたは正しいことを――唯一の正しい道を選んだ――わしらに話してくれた」

「話したくはなかったんです」小さな声で答えた。「でもウェストリーが、今日、わたしがあの人に打ち明けたら、そうしなければいけないって。だから、わたし――」

「どうして話したくなかったんです」エラリーは訊いた。マリオンが話を始めてから、これが初めて彼の発した言葉だった。

令嬢は長い間、口を開かなかった。ついに、毅然とした表情で顔をあげた。「そのご質問にはお答えしたくありませんわ、クイーンさん」そして、立ち上がった。

警視もさっと立ち上がった。そして、無言のまま玄関口まで送っていった。

父親が戻ってくると、エラリーはくすくす笑っているところだった。「天使のように素直でわかりやすい令嬢ですね」彼は言った。「そう、しかめ面をしないでくださいよ、お父さん。我らがよき友、サイラス・フレンチ殿の行動は洗ったんですか」

「そっちか！」警視は陰気な顔になった。「ああ、昨夜、ジョンソンに確認させたよ。今朝、報告書を受け取った。たしかにグレイトネックでホイットニーの家に泊まったそうだ、間違いなくな。月曜の夜は九時ごろに軽く腹痛を起こしたらしい。それですぐに寝たそうだ」

「偶然ですかね」エラリーはにやりとした。

「なんだって？」クイーン警視はひどく顔をしかめた。「すくなくとも、それはフレンチにとって有利な事実だろう」

「そうですか？」エラリーは腰をおろし、長い脚を組んだ。「これは単なる頭の体操ですけどね」彼はいたずらっぽく言った。「別に有利でもなんでもありませんよ。いいですか、サイラス御大は九時に寝ました。仮に、泊めてくれた家のあるじに知られないように、彼がニューヨークに戻りたいと考えたとしましょう。突然に。その夜のうちにです。彼は家をそっと抜け出し、通りをすたすた歩いて……いや、待った！　朝早く、彼がホイットニーの車で出発するのを見た人間はいるんですか？」

警視は眼をみはった。「運転手がおるさ、もちろん——ニューヨークまで乗せてきた男が。ジョンソンの話では、ホイットニーの家の者がまだ誰も起き出さないうちに、フレンチはニューヨークに向けて出発したそうだ。しかし、運転手がおる！」

エラリーはくすくす笑った。「ますます仮説に都合がいい」彼は言った。「運転手なら黙らせることができる。そんなことは珍しくもない……我らが尊き悪徳撲滅界の大立者《おおだてもの》は、宿泊先の家をこっそり抜け出す。おそらくは共犯であるところの運転手君が、鉄道の駅まで車でこっそり送っていく。そのくらいの時間に、ニューヨーク行きの列車があるんですよ。ぼくは三週間前の月曜に、ブーマーの家から帰る時にそれに乗ったので知ってるんです。あの列車ならニューヨークまで三十分かそこらで、ペンシルヴェニア駅に帰ってこられる。それなら貨物搬入用のシャッター入り口から店内に忍びこむには十分間に合う……」

「しかし、店にはいりこんだら最後、ひと晩じゅう、閉じこもらにゃならんだろうが！」警視は反駁《はんばく》した。

「そうですね。でも気の利いた運転手がアリバイを作ってくれれば……ほら、簡単でしょ？」

「馬鹿馬鹿しい！」警視はわめいた。

「そうでないとは言ってませんよ」エラリーはいたずらっぽく眼を光らせた。「でも、可能性として心に留めおくべきです」

「たわごとだ！」警視は唸り、そしてふたり揃って大笑いした。「それはそうと、わしは連中のアリバイを調べるよう、指示を出したよ。ゾーンには本部から電話をかけて、ここに来るように伝えてある。マリオン・フレンチの話と辻褄が合うかどうか知りたい。それから、昨夜、十時以降に何をしていたのかも」

エラリーから冗談めいた空気が消えた。何か気に入らない様子で、弱々しく額をこする。

「それが賢明かもしれませんね」彼は言った。「とりあえず、全員のアリバイをはっきりさせておくのは。ゾーン夫人をここに呼ぶのも悪くないかもしれませんよ。ぼくはそれまで、ストア派の哲学者を気取って、待つことにしましょう」

かくして警視はあちこちに電話をかけ、ジューナは猛スピードで電話帳をめくり、その間、エラリーは安楽椅子の中にぐったり沈んで、眼を閉じていた……

三十分後、クイーン家の居間ではゾーン夫妻が並んで坐り、クイーン警視と対峙していた。エラリーは部屋のずっと離れた片隅の、飛び出た書棚の陰にほとんど隠れるように潜んでいる。

ゾーン夫人は骨太で、肉付きがよく、血色もやたらとよかった。不自然なほど金色の髪は、恐ろしくまっすぐで鋭い断髪《ボブ》に切り揃えられている。冷たい翠《みどり》色の瞳、大きな口。一見、三十を越えていないように見えるが、近くでよく見ると、口元や眼のまわりの細かな皺で、最初の見かけより十歳は老けているのがわかった。流行の最先端の装いで身を包み、傲岸不遜《ごうがんふそん》な雰囲気をあたりに漂わせている。

マリオンの話とは違い、ゾーン夫妻はたいへん仲睦《むつ》まじく見えた。夫から警視に紹介されて、ゾーン夫人は女帝のごとく堂々と上品に挨拶した。さらに、ゾーンに何か話しかけるたびに、甘ったるい声で「ねえ、あなた……」と呼びかけるのを忘れなかった。

警視は鋭い眼で彼女を観察したが、余計なことは言わないと決めたようだった。

彼はまず、ゾーンに向きなおった。「あなたをこうして呼んだのは、今回の捜査において当然、踏むべき手順として、先日の月曜の晩にどこで何をしていたのかを訊くためです」

重役氏の手が、禿げ頭の上でさまよった。「月曜の晩？　それは――殺人の夜ですか、警視」

「そのとおり」

「まさか、この私が――」どっしりした金縁眼鏡の奥で眼から怒りが噴き出すのが見えた。ゾーン夫人が指を一本、小さく動かすと、ゾーンは魔法をかけられたようにおとなしくなった。

「夕食をとりましたよ」まるで何ごともなかったように、しれっとした顔で答えた。「家内と、我が家で。私も家内も夕方はずっと家にいました。十時ごろになって、私は家を出て、五番街と三十二丁目通りの角にあるペニー・クラブまで、寄り道をせずにまっすぐに向かいました。そこでグレイと会って、三十分くらい、ホイットニーとの合併計画について話しあいました。そのあと別れを告げて、私はクラブを出ました。五番街をずっと歩いて、実際、七十四丁目の我が家まで歩いて帰りました」

「家には何時に着きましたか、ゾーンさん」警視は訊いた。

「十一時四十五分ごろだったかと」

「奥さんは起きていましたか――あなたが帰ったのを見ましたか」

大柄で血色のよい女は、夫のために答える気になったようだ。「いいえ、警視さん、全然ですのよ！　あたくし、主人が宅を出ましてから、その晩はもう使用人たちにひまを取らせて、休みましたの。すぐに眠ってしまって、主人が帰ってくる音も聞きませんでしたわ」そして、大きな真っ白い歯をこれ見よがしにあらわして笑った。

「その、わしにはわからんのですが、どうして――」警視がおそるおそる訊ねた。

「主人とあたくしは寝室を別にしておりますのよ、クイーン警視さん」彼女はえくぼを見せた。

「ふうむ」警視はもう一度、ゾーンに向きなおった。この問答の間、ゾーンはぴくりとも動かずに坐っていた。「歩いて帰る間に誰か知り合いと会いましたか、ゾーンさん」

「いや――まったく」

「帰宅された時、アパートメントの誰かがあなたの帰るところを見ていますか」

ゾーンはふっさりした赤い口ひげをひねりまわした。「残念ですが。十一時以降は配電盤のところに夜警が詰めていますが、私が帰った時にはちょうど席をはずしていたようで」

「エレベーターは、ひょっとすると、自分で操作するのですか」クイーン警視は淡々と訊ねた。

「そう――そのとおりです」

警視はゾーン夫人に顔を向けた。「あなたはご主人を朝の何時に見ましたか――火曜の朝のことですが」

夫人は金色の眉を弓なりにきゅっとあげた。「火曜の朝――ちょっと待ってくださいな……ああ、そうそう！　十時でしたわ」

「すっかり身支度を整えてですか、奥さん」

「ええ。あたくしが居間に出てきた時には、朝刊を読んでいましたわ」

警視はやれやれ、と疲れたように微笑み、立ち上がると、行ったり来たりし始めた。ついに、警視はゾーンの真正面でぴたりと足を止め、鋭い眼で見据えた。「なぜ、月曜の夜にフレンチのお嬢さんがおたくを訪問されたことを、話してくれなかったのですか」

ゾーンは石のように動かなくなった。マリオンの名がゾーン夫人にもたらした効果は驚くべきものだった。顔からは音をたてて血の気が引き、瞳孔が残忍な虎の眼《まなこ》のように大きく開いていく。最初に口を開いたのは彼女だった。

「あの——!」低いが激しい口調だった。その身体は怒りに引きつっている。上品な仮面がはがれ落ち、老婆のごとき顔が下から現れた——性悪で残酷な。

警視は何も聞こえていないようだった。「ゾーンさん?」

ゾーンはちろりと舌でくちびるを湿した。「そう、そのとおりで——間違いないです。そんなに大事なことだとは思わなかったので……はい、お嬢さんが訪ねてくれました。十時ごろに帰られましたが」

警視は苛立ったそぶりをした。「フレンチ夫人とあなたとの関係について、話したわけですね、ゾーンさん」

「はい、はい、そうです」その言葉はほっとしたように、転がり出た。

「奥さんはものすごく怒った?」

女の眼が冷たい翠の炎に燃えた。ゾーンがぼそぼそとつぶやいた。「はい」

「奥さん」眼にベールがかけられた。「あなたは月曜の夜、十時少し過ぎにベッドにはいってから、翌朝十時まで、一度も寝室を出なかったわけですか」

「そうですわ、警視さん」

「ならば」警視はしめくくった。「もう何も言うことはありません——いまのところは」

ゾーン夫妻が部屋を出ていったあと、警視はエラリーが忘れられた部屋の片隅に坐りこんで、声もたてずにひとりで笑っているのを見つけた。

「何がおもしろい」老人は仏頂面《ぶっちょうづら》だった。

「やれやれ、お父さん――だって、めちゃめちゃじゃないですか！」エラリーは叫んだ。「人生は混乱《ラ・ヴィ・セ・コンフュゼ》だ！　あれもこれも、全然、かみ合わない……いましがたの取り調べをどう思いますか」

「おまえが何を言っとるのかさっぱりわからん」警視はがみがみと言った。「しかし、わしだってひとつのことはわかるぞ。月曜の夜十一時半から火曜の朝九時までの間に、本人を目撃したという証人がいない者は誰でも、あの仕事をやってのけられたということだ。いいか、仮に、だ。容疑者をXとする。Xは月曜の夜十一時半以降、誰にも見られていない。X本人は家に帰って寝たと主張しとる。だが、目撃者はない。それならXは家に帰らなかったかもしれん。実はフレンチズ・デパートに、貨物用のシャッター入り口から忍びこんだかもしれん。Xは翌朝九時に店を出る。帰宅し、うまいこと誰にも見られずに自分の部屋にはいり、十時半ごろに再び外に出て、大勢の人間の前に姿をさらす。こうすることでXは、ひと晩じゅう自宅で寝ていたのだから殺人を犯すことは不可能だ、とまわりに思わせることはできる。しかし、物理的には殺人が可能なのだ……」

「まさにそのとおり、そのとおりですよ」エラリーはつぶやいた。「さて、次の犠牲者を呼び出しましょう」

「なに、じきに来るころだ」警視はそう言うと浴室に行き、汗びっしょりの顔を洗った。

32 アリバイ：マーチバンクス

マーチバンクスは仏頂面《ぶっちょうづら》だった。何やら心に恨みごとでも抱いているような顔をしている。そっけなく警視に会釈し、エラリーを無視した。ジューナがステッキと帽子を受け取ろうとするのを横柄《おうへい》に拒否し、音をたててテーブルに叩きつけた。そしてすすめられてもいないのに、さっさと椅子に腰をおろし、不機嫌そうに指で肘掛けをこつこつと叩き始めた。

「さて、ようやく」警視は胸の内でつぶやいた。「おまえさんを料理させてもらう番だ」これ見よがしに嗅ぎ煙草をつまんでから、マーチバンクスを上から下までしげしげと眺めた。「マーチバンクスさん」警視は鋭い声で言った。「月曜の晩から夜にかけて、どこにいましたか」

死んだ婦人の兄はいっそう顔をしかめた。「なんだ、これは——拷問か？」

「お望みとあればそうしよう」警視はとっておきの凄みのある声で言い返した。「繰り返す——月曜の夜、どこにいた」

「どうしても知りたけりゃ言うが」マーチバンクスは苦々しげに言った。「ロングアイランドだ」

「ほう、ロ、ン、グ、ア、イ、ラ、ン、ド、に！」警視は大いに感銘を受けたようだった。「いつ、どこに、どのくらいいた？」

「警察ってのはどうして必ず〝物語〟を要求するのかね」マーチバンクスはいやみたっぷりに言うと、敷物の上で足を踏ん張った。「まあ、いい。月曜は夕方七時にニューヨークを出たんだ。私の車で……」

「自分で運転したのか」

「そうだ、私は――」

「一緒にいた者は？」

「いない！」マーチバンクスはわめいた。「私の話を聞きたいのか、聞きたくないのか？　いいかげん――」

「続けて」警視はけんもほろろに言った。

マーチバンクスはものすごい顔で睨んだ。「いまさっき言いかけたように――月曜の夕方七時に車で街を出た。リトルネックに向かって――」

「リトルネックだと？」警視が苛立ったように口をはさんだ。

「ああ、そうだ、リトルネックだ」マーチバンクスは怒鳴り返した。「悪いか？　私はただ、そこに住んでいる友達のホームパーティーに招かれて――」

「友達の名前は？」

「パトリック・マローン」マーチバンクスはやれやれ、というように答えた。「私が着いた時には、マローンの家には使用人しかいなかった。使用人の話では、時間ぎりぎりに、マローンが仕事で呼び出されてしまったので、パーティーはお流れになってしまったと……」

「そういう事態になるかもしれないと予想はしとったのかね」

「マローンが仕事で呼び出されるかもしれないのを知ってたかという意味なら――まあ、一応は。その日の昼間に電話をかけてきて、もしかするとだめになるかもしれないとは言われていた。どっちにしろ、友達がいないのにぐずぐずしていてもしかたがないから、すぐにそこを出て、幹線道路をドライブして、そこからさらに数キロほど離れた場所にある私のささやかな別荘に向かった。私は――」

「あなたの別荘に使用人は？」

「いない。ほんの小さい丸太小屋のようなものだ、そこでくつろぐ時はひとりになりたいのでね。その小屋にひと晩泊まって、次の日、車でニューヨークに帰ってきた」

警視は冷笑を浮かべた。「つまり、夜から朝にかけて、あなたのいまの言葉を裏づけてくれる証人はひとりもいないということかね」

「どういう意味かわからんな。いったい何を言いた――」

「いるのか、いないのか？」

「……いない」

「ニューヨークには何時に戻った？」

「十時半ごろだ。起きるのが遅かった」

「それで、月曜の晩、そのマローンとかいう友人の家に着いて、そこの使用人と話したのは何時だ」

「そうだな、八時から八時半の間というところだな。正確には覚えとらんが」

警視は無言のまま、おもしろそうな眼で部屋の離れたところにぽつんといるエラリーを見た。やがて、肩をすくめた。マーチバンクスは血色のよい顔をどす黒く染め、不意に立ち上がった。

「もう何もなければ、クイーン警視、失礼させてもらう」彼は帽子とステッキを取りあげた。

「ああ！　あともうひとつだけ。まあ、坐りたまえ、マーチバンクスさん」マーチバンクスはしぶしぶ、もう一度、腰をおろした。「妹さんが殺された件をどう説明する？」

マーチバンクスは嘲るように嗤《わら》った。「訊かれると思っていたよ。もうお手上げか、え？　まあ、驚かないがね。この街の警察ときたら――」

「質問に答えてもらおう」

「説明なんぞしないし、できない！」マーチバンクスが突然、怒鳴りちらした。「それはあんたらの仕事だろう！　私が知ってるのは妹が撃ち殺されたってことだけで、望みは、殺した奴を電気椅子で焼き肉にしてほしいってことだけだ」そこで息が切れて、彼は声を出せなくなった。

「ああ、ああ、復讐を求めるのが自然な気持ちなのはよくわかる」警視は疲れたように言った。「もう、帰って結構です、マーチバンクスさん。しかし、この街から出ないでいただきたい」

33　アリバイ：カーモディ

次の訪問者はヴィンセント・カーモディだった。その寡黙《かもく》ぶりはあいかわらずだ。見上げるばかりの長身を折りたたむようにして、審問を受ける席に音もなく腰をおろす。そして身じろぎもせずに待ち構えていた。

「ああ――カーモディさん」警視は気まずそうに切り出した。骨董商はわかりきったことをいちいち口にするな、と言わんばかりに、この呼びかけを冷たく黙殺した。「その――カーモディさん、あなたに少しばかり相談したいことがあって、こうして来てもらったわけです。我々はフレンチ夫人と直接、または間接的に関係のあった全員のアリバイを確かめています。純粋に形式的なものとご理解いただきたい……」

「ふううむ」カーモディは顎の無精ひげをなでている。

警視はそわそわと、愛用の茶色い嗅ぎ煙草入れに指をつっこんだ。「さて、では恐縮ですが、月曜の夜の行動について聞かせていただきたい――殺人事件があった夜です」

「殺人事件」カーモディはどうでもいいというように言った。「そんなものに興味はありませんよ、警視。私の娘はどうなったんです？」

警視は次第に苛立ちをあらわにし、カーモディの無表情な痩せた顔を睨みつけた。「お嬢さんの捜索は、当局が責任を持ってやっとる。まだ見つかっちゃいないが、結果につながりそうな新情報を見つけた。だから、わしの質問に答えてほしいんだが」

「結果！」カーモディは意外なほど苦々しさをこめて吐き出した。「警察でその単語がどういう意味で使われるか、よく知っている。やはり警察はもうお手上げで、あんたもそんなことはよくわかってるんだ。この事件に、私は私立探偵を雇うことにする」

「どうか質問に答えていただきたい」警視は歯ぎしりせんばかりに言った。

「落ち着いてもらいましょうか」カーモディは言った。「月曜の夜の私の行動がこの事件になんの関係があるのか、まるでわかりません。私はもちろん自分の娘を誘拐したりしていない。しかし、どうしても知りたいと言うなら、そう、こんな具合でした。

　月曜は遅くに、私の使っている目利き屋から電報を受け取りました。コネチカットのど田舎で、アーリーアメリカンの家具が文字どおりぎっしり詰まった家を見つけたと、報告してきたんです。私はそういう掘り出し物は、必ず自分の眼で見て確かめる性分でしてね。グランドセントラル駅から列車に乗って――九時十四分のです。スタンフォード駅で乗り換えて、真夜中近くにやっと目的地に着きました。そこから、まあ、草ぼうぼうの道をずっと行ったところでね。住所はわかっていたので、すぐにその家具の持ち主の家族を訪問しました。ところが、その家には誰もいなかった。いまだに、どういう行き違いがあったのかわからない。まわりに泊まるところもない――宿のたぐいが一切ないんです――そのままニューヨークにとんぼ返りですよ。しかし、乗り換えがなかなかスムーズにいかなくて、朝の四時にようやく我が家に帰りました。それで終わりです」

「いや、まだ終わりじゃない、カーモディさん」警視は考えこんだ。「あなたがニューヨークに戻ってくるところを見た人はいますか——あなたのアパートメントに住んでいる人とか」

「いや。時間が時間ですからね。誰も起きていませんでした。それに私はひとり暮らしなので。朝食は十時に、アパートメントの食堂でとりました。ボーイ長が覚えているはずです」

「でしょうな」警視はあまり信用していない口ぶりだった。「旅の道中、あなたを覚えていそうな人と会っていませんか」

「いいえ。車掌が覚えていてくれないかぎりは」

「ふむ！」クイーン警視は両手でばしんと腰を叩き、嫌悪の色を隠そうともせず、カーモディを睨んだ。「あなたの行動を細大もらさず紙に書いて、本部のわしのところに郵送してもらおうか。もうひとつだけ。お嬢さんのバーニスさんが麻薬中毒であることを知っていましたか」

カーモディは犬のように大声で吼えて、椅子から飛び上がった。一瞬にして、うんざりしたような無関心な態度が、渦を巻いて燃え上がる憤怒に変わった。片隅にいたエラリーは椅子から腰を浮かせかけた。ほんの一瞬、骨董商がまるで警視に殴りかかるように見えたのだ。しかし、老人はじっと動かず、冷ややかにカーモディを見つめている。カーモディは両手をしっかり握りしめ、椅子に再び腰をおろした。

「なぜ、わかったんです？」首を締めつけられているような声を絞り出した。三角形にとがった顎は、浅黒い肌の下で筋肉がぴくぴくとさざなみを打っている。「誰にも知られていないと思っていた――ウィニフレッドと私以外には」

「ああ、ということはフレンチ夫人もご存じだったと？」警視は即座に問い返した。「ずっと前から知っていたのかな？」

「とうとう、ばれてしまったのか」カーモディは呻いた。「なんてことだ！」げっそりと憔悴《しょうすい》した顔をあげて、クイーン警視を見上げた。「私は一年くらい前に知りました。ウィニフレッドは――」彼の顔は険しくなった。「――まったく知らなかった。母親の欲目とかなんとかでしょう」彼は苦々しげにつけ加えた。「まったく！　そもそもあれは自分のことしか考えない女だった……そう、私が教えたんです――二週間前に。あれは信じなかった。大喧嘩になりましたよ。しかし、あれもやっと知ったのです――あれの眼を見て、わかりました。私はもう数えきれないほど何度も、そのことでバーニスに説教を続けてきました。馬耳東風でした。麻薬の入手先についても頑として口を割らない。万策《ばんさく》つきて、それで私はウィニフレッドを頼ったんです。私はだめでも、ウィニフレッドなら娘を説得できるかもしれないと。もうほかにどうしていいか、わからなくて……」声はかすれ、囁きになった。「私はバーニスを連れ出すつもりでした――どこか――どこでもいいから――治療できるところに……そうしたら、ウィニフレッドが殺されて、バーニスが――いなくなってしまっ……」声がぷつりと消えた。両眼の下が大きくたるんでいる。この男は苦しんでいる――どれほど深く、どれほど理不尽な思いで傷ついているのか、部屋の片隅で静かに坐っているエラリーにだけはわかった。

そしてカーモディは、もうひとこともなんの言い訳もせずに、ばっと立ち上がると、帽子をひっつかみ、クイーン父子のアパートメントから走り出ていった。警視が窓から見下ろすと、狂気に憑《つ》かれたように走っていく姿が見えた。手に、帽子を握りしめたまま。

34　アリバイ：トラスク

トラスクは約束の時間に三十分遅れて、クイーン父子のアパートメントに来た。めんどくさそうに現れ、めんどくさそうにふたりのクイーンに挨拶し、めんどくさそうに椅子に沈みこみ、めんどくさそうにマッチをすって、いかにも放蕩者が使いそうな翡翠の長いホルダーに差しこまれている煙草に火をつけ、めんどくさそうに警視の質問を待った。

月曜の夜はどこにいた？　ああ、ニューヨークですよ——めんどくさそうな身ぶりで、あいまいに答え、口ひげの先をちょいとひねった。

〝ニューヨーク〟のどこに？　そうですねえ——思い出せませんね。ふらっと初めてはいったナイトクラブみたいなところですが。

何時に店にはいった？　たしか店は十一時半からだったような。

十一時半より前はどこにいた？　ああ、友達と会う約束をすっぽかされて、ブロードウェイのどこかの劇場に、開演ぎりぎりに飛びこんでひまをつぶしましたが。

ナイトクラブの名前は？　いやあ、思い出せないんですよねえ、これが。

〝思い出せない〟というのはどういう意味だ？　まあ——ぶっちゃけますとね、ちょっとばかり密造酒をやったんですが、どうもあれにヘロイン《ダイナマイト》がはいってたんじゃないかなあ——あっはっは！　いや、もう、ノックアウトですよ。泥酔もいいとこだ。朝の十時に冷たい水で顔を洗ったことしか覚えてないなあ。火曜の朝の、ペンシルヴェニア駅のトイレでね。服も髪もぐちゃぐちゃで。ひどい夜だったに違いないですよ。きっと朝になって、ナイトクラブから蹴りだされたんじゃないかなあ。まあ、それだけです。家に走って帰って、着替えるだけの時間はありましたがね。そのあとはフレンチズ・デパートで役員会議に出席しましたよ。

「ほほう！」警視はぼそりと言ってトラスクを、まるで不快な小動物でも見るような眼つきで見た。トラスクは灰皿がある方向に手の先を向けて、適当にぽんと灰を落とした。

「トラスク！」クイーン警視の鞭のような声に、放蕩者の重役のだらしない長軀が、びくんと姿勢を正す。「はいったナイトクラブを思い出せないというのは本当かね」

「いまだから言いますがね」トラスクはめんどくさそうに言うと、再びだらしなく姿勢を崩した。「前回、ぼかぁ、あんたにひどく怖がらされたからね、警視。何も覚えてないと言ったじゃないですか。頭からすぽーんと抜け落ちちまったんですよ。思い出せませんねえ、なんにも」

「ふん、そりゃ残念だ」警視は唸った。「それじゃトラスク、さしつかえなければ、——バーニス・カーモディが常習的な麻薬使用者だったことを知っとったかね」

「いや、ほんとですか！」トラスクはしゃっきりと背筋を伸ばした。「じゃあ、やっ、ぱり、ぼくは正しかったんだな！」

「何度も疑いましたよ。バーニスはしょっちゅう、様子が変になりましたからね。症状も何もかも、そのまんまだし。ぼかぁ、何人も見てるんです」彼は胸にさしたくちなしの花から、めんどくさそうな、いやそうな表情で、灰を払い落した。

「では、疑ってたのか?」

警視は微笑した。「カーモディ嬢との婚約の話を進めることに、腰が引けなかったのかね?」

トラスクは高潔そうな顔になった。「いえいえ——まったく! 結婚したあとに、治療させるつもりでしたよ。彼女の家族に知られないようにね。いや、まったく——まったく残念だ」

トラスクはひとつため息をついた。そして再び、ため息をついてみせた。

「サイラス・フレンチときみの関係は?」警視は苛々しながら訊いた。

「ああ、それですか!」トラスクの顔は明るくなった。「まったく良好そのものですよ、警視。だって、そりゃ——ねえ——誰だって、自分の未来の義理の父親とは、うまくつきあっておくもんじゃないですか。はっはっはっ!」

「出ていけ」警視はぴしゃりと言った。

35 アリバイ:グレイ

ジョン・グレイは手袋を几帳面にたたみ、上等な黒い山高帽の中におさめ、陽気に微笑みかけながら、ジューナに手渡した。そして礼儀正しく警視と握手し、エラリーには心のこもった会釈をしてみせ、警視の求めに素直に応じて席についた。

「いやいや！」彼は白い口ひげをなでながら、笑いを含んだ声で言った。「実に魅力的なおすまいですな。本当に！　それで、捜査の進み具合はいかがですか、警視。えへん、えへん！」活潑な年寄りのおうむのように喋りまくり、きらめく眼はあちこち落ち着かずにさまよっている。

警視は空咳をした。「ちょっとした確認です、グレイさん。これは、形式的なものでしてね。お呼び立てして、ご迷惑でしたか？」

「いやいや、全然」グレイは愛想よく答えた。「ちょうどサイラスを――サイラス・フレンチ、ですな――見舞いに来たついでですから。それはそうと、ぐっと回復していましたよ、ぐっとぐっと」

「それはよかった」警視は言った。「では、グレイさん、形式的な質問ですが――月曜の夜のあなたの行動について教えていただけますか」

グレイはぽかんとした。やがて、その顔にゆっくりと笑みが広がってきた。そして、こらえきれないように、くくっと笑いだした。「なるほど、なるほど！　賢いですな、警視、実に賢い。あなたはすべてを正確に把握しておきたいわけだ。実に興味深い。ひょっとして、全員がこの部屋に、同じ質問をされに来るわけですか」

「はい、そうです」警視は安心させるように言った。「今日はもう、あなたのお仲間が何人もうちの絨毯を踏みつけていきましたよ」ふたりは大笑いした。グレイはそこで居住まいを正した。

「月曜の夜ですね？ ちょっと待ってくださいよ」彼は口ひげをひっぱった。「そうだそうだ！ 月曜の夜は行きつけのクラブでひと晩過ごしました。ペニー・クラブです。そこで常連たちと夕食をとって。ビリヤードをして——いつもどおりです。たしか十時ごろだったような気がしますが、もしかすると少し過ぎていたかもしれない、ゾーンが——ゾーンは覚えておいででしょうな、私の同僚の役員ですが——話をしに立ち寄ってくれました。今後の合併話について、次の日の朝にフレンチやほかの連中と役員会議で細部を詰める、その前段階としてちょっと話したんです。三十分ほどしてから、ゾーンは頭が痛いと言って出ていきました」

「なるほど、実にぴったり話が合います」クイーン警視は笑顔で言った。「ついさっき、ゾーンさんもここに来て、あなたとペニー・クラブで会ったことを話していかれたのですよ」

「そうですか」グレイは微笑した。「では、私から申し上げることはほとんど残っていないようですね、警視」

「いやいや、グレイさん」警視は陽気に笑った。「とりあえず、報告書を完璧にしたいので——その晩は、それからどうしました？」

「ああ！ まあ、普通に過ごしましたよ。十一時ごろにクラブを出て、歩いて家に帰って——私はクラブからそう遠くないところに住んでいますのでね、マディソン街に。家に帰ってそのまま寝ました」

「おひとりで住んでいるんですかな、グレイさん？」

グレイは渋い顔になった。「残念ながら、私は女性が苦手でして、家族がいないのです、警視。年寄りの家政婦が家の切り盛りをしてくれています——私は長期滞在用のホテルに住んでいるんですよ」

「では、その家政婦はあなたがクラブから帰った時に起きていましたか？」

グレイはさっと両手を広げた。「いいえ。ヒルダは土曜の夕方に、ジャージーシティの病気の弟を見舞いに行って、戻ってきたのが火曜の午後です」

「なるほど」警視は嗅ぎ煙草をつまんだ。「しかし、誰かが、あなたの帰宅されたところを見ているでしょう、グレイさん？」

グレイは驚いた顔になり、やがて、また眼を輝かせて微笑んだ。「ああ、なるほど、私の——アリバイ、というやつですかな」

「そう、まさにそれです」

「でしたら、くどくどと話す必要はないですね」グレイは嬉しそうに答えた。「フロントの夜勤のジャクソンが、私がホテルにはいるところを見ていますよ。私もジャクソンに郵便物は来ていないかと訊いたり、世間話をしたりしました。そのあと、エレベーターで自分の部屋に戻ったんです」

警視の顔が晴れやかになった。「では、本当に、これ以上は何もお訊きする必要はありませんな。ただ——」彼は一瞬、悩ましい顔になった。「——その夜勤のフロント係と立ち話をして、部屋に戻ったのは何時でしたか」

「十一時四十分きっかりです。自分の腕時計があっているかどうか、ジャクソンのデスクにのっていた時計と見比べたのを覚えていますから」

「そのホテルの住所は？」

「マディソン街と三十七丁目通りの角ですよ、警視。バートンホテルです」

「では、わしはもう――そうだ、エラリー、おまえからグレイさんに訊きたいことはあるかね」

老いた小柄な重役は、すっかり驚いた顔で、さっと振り向いた。部屋の隅で静かに坐って、会話に耳を傾けていたエラリーの存在をすっかり忘れていたらしい。グレイがじっと待ち構えているのを見て、エラリーはにこりとした。

「ありがとう、お父さん――ぼくもグレイさんに訊きたいことがあります。もし、ご迷惑でなければ」彼は問いかけるように客人を見た。

グレイはどうぞどうぞと言わんばかりに答えた。「いえいえ、迷惑などとんでもありませんよ、クイーンさん。なんでも、お力になれるなら――」

「はい、では遠慮なく」エラリーは細身の身体を起こすように椅子から立ち上がり、ぐっと筋肉を伸ばした。「グレイさん、ちょっとおかしな質問をさせていただきます。理由は、あなたが沈黙を守ってくださると信用していることが、まずひとつ。加えて、あなたのフレンチ氏に対するまごうことなき忠実さと、家族を亡くして悲しみの底にあるフレンチ氏を思いやるお気持ちを信頼しています。だからこそ、ありのままに包み隠さず話していただくよう、お願いしたいのです」

「おっしゃるとおりにしますよ」

「では、仮に、という話をしましょう」エラリーはすぐに続けた。「仮に、バーニス・カーモディが麻薬中毒者だとします……」

　グレイは眉をひそめた。「麻薬中毒者？」

「まさに。そして、母親も義理の父親も、彼女の病気や症状をまったく疑っていないとします。ところが、仮に、フレンチ夫人が真実を知ってしまったとしましょう……」

「なるほど、なるほど」グレイはつぶやいた。

「この仮の問題から、さらなる仮の問題が発生します。あなたは、フレンチ夫人がどのような行動を取ると思いますか？」エラリーは煙草に火をつけた。

　グレイはじっと考えこんだ。やがて、まっすぐにエラリーの眼の奥を覗きこむように見つめた。「まず、私の頭に浮かぶことはですね、クイーンさん」彼はあっさりと言った。「奥さんはサイラスに打ち明けないだろう、ということです」

「それは興味深い。あのふたりを、あなたはよくご存じなわけだから……」

「そうです」グレイは小さな皺だらけの顎に、ぐっと力をこめた。「サイラスは生涯の友ですよ。私はあの奥さんのことを知っています——もとい、知っていました——フレンチ家の親しい友人が知る程度には。私はサイラスの性格をよく知っていますし、奥さんがサイラスの性格を熟知していることもわかっているので、彼女がそんなことを打ち明けるはずはない、と断言できるのですよ。奥さんは自分ひとりの胸の内にとどめおくでしょう。もしかすると、ひとりめの亭主のカーモディになら相談したかもしれないが……」

「そこまでは考えなくて結構です、グレイさん」エラリーは止めた。「しかし、なぜ夫人はフレンチ氏に秘密にするのでしょうか」

「それは」グレイはあけすけに言った。「サイラスが悪徳に、それも麻薬中毒には、過敏なほどに神経質だからですよ。サイラスは老いてからのほとんどの時間を、ニューヨークから悪徳の名がつくものをできるかぎり排除することに捧げてきました。自分の家族の中にそんな悪徳を見つけたりすれば、きっと狂ってしまうに違いない……まあ、もちろん」彼は急いでつけ加えた。「サイラスは知らないわけですから。ええ、奥さんはきっと、そんなことは胸ひとつにとどめておくはずですよ。こっそり、自分ひとりで娘を治療させようとするかも……」

エラリーはずけずけと言った。「そのような場合にフレンチ夫人が口をつぐんでいる主な理由のひとつは、もしかすると、彼女のご亭主の遺産を、娘のために気前よく切り分けてもらう権利を守るためでしょうか？」

グレイは居心地悪そうに、ぎょっとしていた。「それは……さあ……まあ、真実を知りたいとおっしゃるなら、ええ、そう思いますな。奥さんはなかなか計算高い人で――いや、悪い意味で言っているわけじゃありませんよ――ただ、計算高く、非常に現実的な考えかたをする人です。たぶん、母親として、彼女はサイラスが亡くなる時には、彼の遺産が相当、バーニスにも分け与えられるはずだと思いこんではいたでしょう……ほかに質問は、クイーンさん？」

「いまので」エラリーは微笑した。「十分です。言葉につくせないほど感謝していますよ、グレイさん」

「では」警視がしめくくった。「これで結構です」

グレイはほっとした顔になると、コートと帽子と手袋をジューナから受け取り、礼儀正しく辞去の言葉をつぶやいて、去っていった。

警視とエラリーの耳に、下の通りに向かって階段を足早におりていく軽い足音が聞こえてきた。

36 〝時は来た……〟

クイーン父子は沈黙のうちに夕食をとった。ジューナは沈黙したまま給仕をし、食後は沈黙を守ってテーブルを片づけた。警視は嗅ぎ煙草入れの茶色い中身に没頭し、エラリーはまず紙巻き煙草と、次にパイプと、そしてまた紙巻き煙草と親交を温めた。それは、クイーン家においては珍しくない、心地よい沈黙に抱かれたひとときだった。

ついにエラリーはため息をつくと、暖炉の中を見つめた。しかし、最初に口を開いたのは、警視だった。

「わしに関しては」警視は苦い失望と共に言った。「今日はまったくの無駄な一日だった」

エラリーは両眉をあげた。「お父さん、お父さん。やれやれ、なんだか日いちにちと短気になっていきますね……お父さんが最近、どれだけ気をもまされて、働かされすぎなのかを知らなければ、いくらぼくでも呆れてしまいますよ」

「わしの頭の鈍さにかね？」警視はからかうような光を眼に浮かべて訊ねた。

「いいえ、いつもの強気をなくしたことにです」エラリーは頭《こうべ》を回して、にやりと父親に笑いかけた。「今日のことすべてが、お父さんにとっては無駄骨だったと言うつもりですか？」

「手入れはぽしゃった、スプリンジャーはずらかった、呼び寄せた連中のアリバイはどれもこれも役にたたん――祝う理由がどこにあるのか、さっぱりわからんね」警視はやり返した。

「あれあれ！」エラリーは眉を寄せた。「ぼくは楽天的すぎるのかな……しかし、何もかもがとてもはっきりしているんですが！」

彼はさっと立ち上がると、机の引き出しをかきまわし始めた。そして、分厚いメモの束をひっぱり出すと、警視の疲れて、ぼうっとした目の前で忙しくめくり始めた。やがて、彼はそれをもとの保管場所に、ばさりと音をたててしまいこんだ。

「すべて終わりました」彼は宣言した。「全部、終わり。足りないのは、解決の発表と――証拠だけですね。ぼくは手がかりの糸をすべて握っています――というよりも、フレンチ夫人の殺人犯へと無慈悲につながる、すべての糸を。ところが、そのすべてが、我らが尊敬すべき法の裁きの場や、我が国の検察制度が要求する、確固たる証拠になり得ないときた。こういう場合、お父さんならどうしますか？」

警視は自分が情けなくなったのか、鼻に皺を寄せた。「どうやらわしにとっては五里霧中の迷路が、おまえには見通しのいい大通りのようだな。まったくいまいましい！　手塩にかけて育てたのがフランケンシュタインの怪物で、この歳になっていじめられることになるとは……」そして、彼はくすくす笑うと、わずかに弱々しくしなびた手をエラリーの膝にのせた。「おまえはいい子だよ」警視は言った。「おまえがいなかったら、わしはどうしていいかわからん」

「やめてくださいよ」エラリーは顔を赤らめた。「しかも、急に感傷的になったりして、お父さん……」ふたりの指はこっそり触れあった。「さて、それじゃ、警視！　ぼくがどうすればいいか、今後の方針を決めるのを助けてくれないと！」

「うん、うん……」クイーン警視は気恥ずかしそうに、椅子に再び背をもたせかけた。「おまえはいま、事件のあらましと、真相の説明をつかんではいるが、証拠を持っていないというわけだな。そういう場合はどんな手を使うか……はったりだ、エラリー。いいか、いまのおまえは、賭け金を上げて新しい札を引いたものの、できた手は四のワンペアで、しかもどうしても負けられない敵がじっとおまえの顔を観察している、という状態と同じだ。なら、やることも同じだ、はったりをかませ。そこでずぶとく、もう一度、賭け金を上げろ！」

エラリーは考えこんだ。「しかし、もう十分、崖っぷちなんですがね……あっ！」突然、何かを思いついたように、眼を輝かせた。「ぼくはなんて馬鹿なんだ！」いきなり叫んだ。「最高のカードを袖の中に隠していたくせに、すっかり忘れていた！　はったりですね？　ぬらりくらりとすり抜ける、我らが友人の足元をこっちからすくってやる!」

彼は電話機を引き寄せると、躊躇《ちゅうちょ》してから、警視を振り返った。父親は意気消沈しているものの、愛情がこもったまなざしで息子を見つめている。

「これがリストです」エラリーは言いながら、紙に書きつけ始めた。「重要な人物たちの。それじゃ、ぼくはこの厄介なメモの束をがんばって暗記しますから、お父さんはほら貝を吹き鳴らしてくれますか?」

「時間は――」警視は素直に従って訊ねた。

「明日の朝九時半です」エラリーは答えた。「それから、地方検事殿に電話をかけて、我らが友、スプリンジャーを捕らえるように言っておいてください」

「スプリンジャーだと!」警視は叫んだ。

「スプリンジャーです」エラリーは答えた。そのあとは沈黙が続き、警視が電話に向かって話す声が、時折それを破るのみであった。

幕間、そして、読者への挑戦状

ミステリ小説を愉しむにあたり、解決の直前に一度じっくりと間をおき、論理的な分析で犯人の正体を突き止めようとすることは、脳を刺激する実によい頭の運動になる。私はしばしばそのように実感している……緻密《ちみつ》な物語の味に目のない多くの食通《グルメ》の諸兄におかれては、読書そのものと同じくらい、推理そのものに興味をお持ちだと、そう信ずる私は、れっきとしたスポーツマンシップにのっとり、読者諸兄に友情をこめた挑戦状を捧げることにした……解決のページを読む前に、諸兄よ——誰がフレンチ夫人を殺したのか、もうおわかりだろうか?……推理小説の愛好家の間では、まったくの勘を働かせることにばかり努力を注いで犯人を〝当て〟ようとする傾向が著しいようだ。たしかに、ある程度まで勘が必要なのは認めるが、論理《ロジック》と常識こそが重要で、さらに大いなる愉しみのもとでもあるのだ……ゆえに遠慮なく、私はここに宣言しよう。読者は『フランス白粉の謎』の物語のこの時点において、犯人の正体を知るために必要な事実をすべて知っている。存分に頭脳を働かせ、これまでに起きた出来事をじっくりと検討すれば、あらゆるデータから、結局はこれしかないと納得のいく明確な答えを引き出すことができるはずだ。では、また会う日《ア・リヴェデルチ》まで!

E・Q

最後の挿話

パリ警視庁《シュルテ》に四十年間も奉公していれば、人間狩りに対する情熱の刃が鈍くなるのではないか、と懸念する者もいるかもしれない。しかし、なんともありがたいことに、そうはならないのだ！　すくなくとも私の場合は、いついかなる時も興味のつきない日々が続いている。たとえば……愛すべきアンリ・タンクヴィルは、モンマルトルの隠れ家に追いつめると、私の目の前で自分の咽喉をかき切った……ちびのシャーロは、取り押さえられる前の乱闘で、私の忠実な部下ふたりを撃ち殺したのみならず、善良なるムーソン部長刑事の鼻を嚙みちぎった……ああ、いや！　思い出にふけるうちに、つい感傷的になってしまった……ともかく、要するに言いたいのは、今日《こんにち》、いくら私が老い衰えたとはいえ、追跡もいよいよ大詰めというところで、追いつめられて息を切らし、絶望しきって壁に背を押しつけた獲物に最後の一撃を振り下ろす、あの瞬間のスリルを諦める気は、さらさらないということだ──たとえトルコの極楽にて、永遠に続く至福を約束されようとも！……

オーギュスト・ブリヨン著『パリ市警視総監の回顧録』

37　用意！

彼らは、ひとりずつはいってきた――びくびくと、珍しそうに、無表情に、飽き飽きした顔で、しぶしぶと、見るからに不安そうに。皆、そっとはいってきた。ものものしく包囲する警察や、びりびりと震えるような緊張した空気や、ひとりひとりの一挙手一投足を観察して推《お》し量《はか》る鋭い視線や――そして何よりも、重苦しくのしかかる破滅を、ひしひしと肌に感じつつ。破滅が、いったい誰の身にどれほど激しく降りかかるのかは、彼らにはまったくわからず、想像するしかないのだ。

運命の木曜日の朝、九時半だった。無言のうちに、一同がぎこちない足取りではいっていった入り口の扉には〈私室　サイラス・フレンチ〉と書かれている……飾りのない、お高くとまった雰囲気の控えの間を通り抜け、書斎の重苦しい静寂の中へと進んでいき、まるで軍隊風にずらりと屋根窓に顔を向けるように並べられた、まったく場違いな折りたたみ椅子に、それぞれが腰をおろしていく。

部屋は人でいっぱいになった。最前列にはサイラス・フレンチ老人そのひとが、真っ青な顔で全身を震わせながら坐っていた。彼の指は、隣に寄り添うマリオン・フレンチの指に、必死にすがるようにからみついている。ウェストリー・ウィーヴァーは寝不足でやつれた顔を苦悶に歪め、マリオンの隣の席におさまっていた。フレンチ氏の左隣には、主治医であるスチュアート医師が職業的な、豹《ひょう》のように鋭い眼でじっと患者を見守っている。スチュアート医師の隣には、小粋な小鳥を思わせるジョン・グレイが坐り、時折、医者のでっぷりした腹越しに身を乗り出しては、病人の耳元に何やら話しかけている。

後列には、家政婦のホーテンス・アンダーヒルと、メイドのドリス・キートンがいた。ふたりとも身を硬くし、ひそひそと囁きあい、怯えた眼であたりを見回している。

そうして、さらに何列もぎっしりと並べられた椅子には……ぜいぜいと咽喉を鳴らしているマーチバンクス、懐中時計の鎖をもてあそんでいるでっぷりしたゾーン、毛皮と香水をまとったゾーン夫人が坐っていた。ゾーン夫人が嫣然《えんぜん》と微笑みかけているのは、難しい顔で短い顎ひげをなでているフランス人のポール・ラヴリ。襟《えり》に花をさしているものの、顔面蒼白で、眼の下に大きな鉛色の隈を作っているトラスク。むっつりした顔で取りつく島のない、陰気な骨董商のヴィンセント・カーモディ。その長身は椅子に坐っていてさえ、ほかの面々よりも頭ひとつ高く、ぬっとそびえて見える。遠慮深くちぢこまっている店長のアーノルド・マッケンジー。フレンチ夫人の死体を発見した黒人の女、ダイアナ・ジョンソン。四人の夜警たち――オフラハーティ、ブルーム、ラルスカ、パワーズ……。

会話はほとんどなかった。控えの間の扉が開くたびに、人々は坐ったまま身体をひねり、鶴のように首を伸ばしてそちらをうかがってから、何か悪いことでもしたかのように気まずく互いに顔を見合わせ、また窓に視線を戻すのだった。

会議用の長いテーブルは壁際に押しやられていた。そのテーブルの前に並べられた椅子の列では、トマス・ヴェリー部長刑事とデパートの探偵主任のウィリアム・クルーサーが小声で喋っている。凄みのある強面《こわもて》の麻薬課のサルヴァトーレ・フィオレッリは、名状しがたい思いをくすぶらせているのか、黒く光る眼がぎらつき、浅黒い肌の下で傷跡がゆっくりと脈打つように蠢《うごめ》いている。鑑識の指紋の専門家の、小柄な禿げ頭のジミーもいる。控えの間に続く扉の前ではブッシュ巡査が、扉の番人という大役をまかされて立ちはだかっている。さらには刑事の一団が、クイーン警視のお気に入りの刑事たち——ヘイグストローム、フリント、リッター、ジョンソン、ピゴット——をまじえて、会議用テーブルとは真向かいの壁際にかたまっている。そして四隅にはひとりずつ、制服警官が帽子を手に無言で立っている。

クイーン警視もエラリー・クイーンも、いまだに姿を見せていなかった。人々はその事実に気づいて、ひそひそと囁きあった。そして、ブッシュ巡査の広い肩がしっかりと押さえている、控えの間の扉を何度となく横目で見やっていた。

少しずつ、ひしひしと確実に、さらなる沈黙が場をおおいつくしていく。囁く声は震え、ためらいがちに揺らぎ、やがて止まった。あたりをうかがう視線はさらに人目をはばかりだし、椅子のきしむ音がいっそう頻繁《ひんぱん》に鳴りだす。サイラス・フレンチが激しく咳きこんだ。身体をふたつに折って苦しんでいる。スチュアート医師の眼に、心配の色がさざなみのように揺れる。老人の発作がどうにかおさまると、不意にウィーヴァーがぐっと横に身を乗り出した。マリオンは驚いた顔になった。が、すぐにふたりの頭はそっと近づき、触れあった……

クルーサーは片手で顔をぐいとこすった。「何をぐずぐずしてるんですかねえ、部長」ヴェリーは陰気に首を横に振った。「なんなんですか、この集まりは?」

「知らん」

クルーサーは肩をすくめた。

沈黙はいっそう濃くなった。全員が石のように身動きひとつしなくなった……一秒ごとに、沈黙はさらに気まずいものになり――沈黙はふくれあがり、息を始め、命を吹きこまれて……

その時、ヴェリー部長刑事が奇妙な動作をした。膝にのせたへらのような人差し指で、三回、はっきりとリズムを刻んで膝を叩いたのだ。ヴェリーの隣にいたクルーサーでさえ、その合図に気づかなかった。けれども、ずっと部長刑事の手を見つめて待機していた警官は、すぐさま行動を開始した。何かが起きることに、痛々しいほどに飢えていた全員の眼が目ざとく、この生命のしるしに飛びつくように、さっと彼の上に集まった。警官は、薄い防水布でおおわれた机に歩み寄ると、うんと前かがみになって、慎重におおいの布をはずしていった。そして、うしろに下がると、防水布をきちんとたたみ、再び持ち場である部屋の片隅にひっこんだ……

けれども、すでに警官の存在は忘れられていた。まるで、サーチライトの光線にまっすぐ机の上を照らされたかのように、室内の誰もが、己が魂の深淵から浮かび上がった魅了という感情に支配され、布の下から明らかにされた品々を見つめた。

たくさんの、それこそ雑多な品物があった。机をおおうガラス板の上に整然と並べられたそれらの前には、ひとつひとつ小さなカードのラベルが置かれている。エラリーが寝室の鏡台で見つけた、W・M・Fとイニシャルのはいっている、金の口紅ケース。実演展示用のウィンドウで死んだ女のバッグから見つかった、Cのモノグラム入りの銀の口紅ケース。金色のまるいつまみがついた五本の鍵——すべてこのアパートメントの鍵で、そのうちの四本にはサイラス・フレンチ、マリオン・フレンチ、バーニス・カーモディ、ウェストリー・ウィーヴァーのイニシャルが彫られ、五本目にはマスターの文字が記されている。彫刻をほどこされたオニキスのブックエンドがふたつ、白い粉のはいった小瓶とラクダの毛のブラシをはさむようにして並んでいる。フレンチのこの机の上でエラリーが見つけた五冊のおかしな本。洗面所の戸棚にはいっていたひげ剃りセット。煙草の吸殻でいっぱいの灰皿がふたつ——片方の灰皿にはいっている吸殻は、もう片方の吸殻よりもずっと短い。被害者の首からはずされた、M・Fのイニシャルがはいった透けるように薄いスカーフ。警察がカード部屋にあったカードを持ち出し、発見時の状態とまったく同じに並べておいたボード。タイプライターでいくつも打たれた名前のうち、サイラス・フレンチの名のみにしるしをつけられた、青い社用箋。ホーテンス・アンダーヒルとドリス・キートンが、寝室のクロゼットの中で見つけて、バーニス・カーモディが姿を消した日に身につけていたものと断言した、青い帽子と散歩靴。黒の三八口径のコルトのリボルバー。その銃口の近くには、いまや赤く錆びたようなふたつのつぶれた金属と化した、もとは死をもたらした弾丸がふたつ、並べられている。

そして、ひとつだけ離れたところに、一同の誰からもよく見えるように置かれているのが、鈍い光を放つ鋼鉄の手錠——それは象徴だ。これから起きることの不吉な前触れ……

それらすべてがそこに鎮座していた。捜査の過程で丹念に集められてきたもの言わぬ証拠品の数々が、エラリー・クイーンに招かれた不安に怯える客人たちの、食い入るような視線の前にさらされたのだ。一同は再び、はっと眼を見開いてひそひそと話し始めた。

しかし、今度はもう長く待つことはなかった。外の廊下のかすかなざわめきが、書斎まではっきりと聞こえてきた。ヴェリー部長が重々しく音をたてて立ち上がると、足早に控えの間の扉に近寄りつつ、ブッシュ巡査に向かって脇にどくように合図した。そのまま部長刑事が姿を消し、扉は大きくばたんと閉じた。

今度はこの扉こそが、なかば怒り、当惑した人々の視線が集まる焦点となっていた——その向こう側から、数人が短い言葉を囁くように唱える、低くくぐもった声が聞こえてくる……そして、まるでナイフですぱっと切られたように、声がぷつりと消え、一瞬の沈黙ののち、ドアノブががちゃりと音をたて、扉が押し開かれ、新たな八人の男が部屋の中に足を踏み入れてきた。

38　すべての終わり

ドアノブにかかっているのはエラリー・クイーンの手だった——どこか雰囲気が変わり、やつれた面差しの青年は、鋭い視線でさっと室内をなでるように見渡してから、控えの間を振り返った。

「どうぞ、委員長」小声で言い、扉を大きく開けて支えた。スコット・ウェルズ警察委員長は唸り声を返し、でっぷりした身体を現した。険しい口元をきっと結んだ三人の私服の男が――ボディガードたちだ――机に向かって部屋の真ん中を横切っていく委員長のまわりに張りついている。

次に、集まった面々の前に全身を現したのは、こわばった背を無理に伸ばしてはいるが、別人のように面変わりしたリチャード・クイーン警視だった。警視は青い顔をしていた。そして無言のまま、警察委員長のあとに続いた。

クイーン警視のあとにはヘンリ・サンプスン地方検事と、その助手の赤毛のティモシー・クローニンがはいってきた。彼らは室内の人々にはまったく無頓着《むとんちゃく》に、ひそひそと話し続けている。

しんがりをつとめたヴェリーは、控えの間に続く扉を慎重に閉めると、短い指でブッシュ巡査に持ち場に戻るように合図し、自分はクルーサーの隣の席に腰をおろした。デパートの探偵はもの問いたげに部長刑事の顔を見上げた。ヴェリーは何も言わずに、巨体を椅子の上に落ち着けた。そしてふたりは揃って、新たに入室してきた人々に眼を向けた。

部屋のいちばん前の机のそばにエラリー・クイーンとその仲間たちが立つと、一瞬、室内がざわめいた。クイーン警視は、並べてある革張りの会議用の椅子のうち、机の少しうしろですぐ右側に置かれた椅子に坐るよう、警察委員長にすすめた。ウェルズはいつもより、もの悲しげで思慮深そうに見えた——彼はひとことも言わずに坐ると、机の前に静かにたたずむエラリーの姿をひたと見つめている。

三人のボディガードたちは、ほかの刑事たちにまじって部屋の壁際に下がった。クイーン警視自身は机の左側にある大きな椅子に坐り、その隣にクローニンが腰をおろした。地方検事は警察委員長のすぐ隣の席についた。間に挟まれている机では、さまざまな品物が皆の注意をひきつけている。机の左右に二脚ずつ置かれた椅子は、警察関係者たちが占めて、場を圧している……

舞台はととのった。

エラリー・クイーンは辛辣《しんらつ》なまなざしで、室内の一同をいま一度、ぐるりと見回してから、委員長の無遠慮な問いかけに対し、これで満足したと伝えた。エラリーは机のうしろ側に歩いていくと、屋根窓を背にして立った。うつむいた彼の眼はじっと机の上を見つめている。その手は机をおおうガラス板に向かってそろそろと伸ばされ、ブックエンドの上をさまよい、白い粉の瓶をおもむろに触り……不意にエラリーは微笑むと、しゃんと背を伸ばし、頭をあげ、鼻眼鏡《パンスネ》をはずし、おとなしくなった聴衆を見渡して、じっと待った……完全に沈黙がその場を支配すると、やっと彼は口を開いた。

「紳士、淑女の皆さん」なんと陳腐《ちんぷ》な始まりの言葉か！　しかしその時、漠然とした薄気味悪い何かが部屋の空気を震わせた。それは大勢の胸からいっせいにもれた、ため息だった。

「紳士、淑女の皆さん。六十時間前に、この建物の中でウィニフレッド・フレンチ夫人が射殺されました。四十八時間前に、夫人の遺体は発見されました。今朝、こうしてお集まりいただいたのは、高みの見物を決めこんでいる殺人者を奈落の底へと引きずりおろすべく、ごく内輪でワーテルローの戦い、すなわち最終決戦の場をもうけるためであります」エラリーは穏やかに話し、そしてほんの一拍、間をおいた。

　しかし、ついさっきの、いっせいに《アン・マス》もらしたため息のあとは、人々は息ひとつするのさえ、おそるおそるだった。誰も喋らなかった。誰も囁こうとしなかった。ただひたすら坐り、待ち構えていた。

　不意に、エラリーの声に鋭い切れ味が加わった。「よろしい！　まずはいくつか予備的な説明が必要ですね。ウェルズ警察委員長――」こころもちウェルズの方に顔を向けた。「私が、この非公式な審問を執り行うのは、あなたの許可を得てのことですね？」

　ウェルズは一度だけ、うなずいた。

「では、さらに説明させていただきますと」エラリーは、再び聴衆の方を向いて続けた。「私は単にクイーン警視の代理をつとめているにすぎないということを、皆さんにはお含みおき願います。警視は軽く咽喉を痛めておりまして、長時間、話すことが苦痛、かつ困難であるために、今回の役目が果たせないのであります。そうですね、警視？」エラリーは父親のいる方向に向かって、うやうやしく頭を下げた。警視はいっそう青くなりつつも、無言でうなずいた。

「さらにまた」エラリーは続けた。「今朝のこの講義のようなもので、〝私〟という一人称を使う時には、いかなる場合においても、便宜《べんぎ》的なものでしかないということを――つまり、実際にはクイーン警視本人が捜査の過程を説明していると、そうご理解ください」

　唐突にそこで口をつぐみ、挑むような視線を室内に投げかけたが、どの顔も大きく眼をみはり、一心に耳を澄ましているのを見て、エラリーはすぐとフレンチ殺人事件の分析に取りかかった。

「紳士淑女の皆さん、私はこの犯罪の捜査過程を皆さんと共に」彼は鋭い、きっぱりとした声音で話しだした。「一歩一歩段階を踏んで、推理に推理を重ね、検証に検証を重ねた末に、唯一の避けがたい結論にたどりつくつもりであります。ヘイグストローム、記録は取っているね？」

　エラリーの視線の先を、人々の眼が追いかけた。刑事たちが集まっている壁際のあたりで、ヘイグストローム刑事は椅子に腰をおろし、速記用のノートの上で鉛筆をかまえていた。ヘイグストロームは首を縦に振った。

「今朝、これから、ここで明らかにされることは」エラリーはほがらかに説明した。「公式の事件記録の一部となるわけです。さて、余談はこのくらいにしておきましょうか！」彼は空咳をした。

「ウィニフレッド・マーチバンクス・フレンチ夫人は死体となって発見されました——二発の弾丸を、一発は心臓に、もう一発は心臓より下の前胸部《プレコルディア》に撃ちこまれて殺されたのです——発見時刻は火曜の正午を十五分ほど過ぎたころでした。現場に着いたクイーン警視はいくつかの事実に気づき、次のように信じるに至りました——」彼は間をとった。「——一階の実演展示用のウィンドウは、実は本当の犯行現場ではないのだと」

部屋は死んだように静まり返った。自失、恐怖、嫌悪、悲嘆――ありとあらゆる感情が、じっと聞き入っている蒼白な顔それぞれの上で入り乱れている。エラリー・クイーンは早口に先を続けた。

「この初動捜査において、発見された五つの主たる要素のそれぞれが」彼は言った。「殺人はウィンドウの中で行われたのではない、という結論を示していました。

第一の要素は、月曜の夜に、フレンチ夫人はこのアパートメントの合鍵を持っていたのに、死体となって発見された火曜の朝には、鍵を身につけておらず、持ち物の中にもなかったという事実でした。夜警主任のオフラハーティは、夫人が月曜の夜十一時五十分に、守衛室の前を離れて、エレベーターで上階に上がろうとした時、夫人が鍵を持っているのをたしかに見たと証言しています。しかし、鍵は消えていました。デパートの中も外もくまなく捜しましたが見つからなかった。ここから推理して導き出されるのは、いかなる結論でしょうか。それは、鍵と今回の犯行の間になんらかの関連があるということであります。では、どのように？　とりあえず、鍵はこのアパートメントのものです。その鍵がなくなっているということは、アパートメントそのものが、今回の犯罪のどこかに関わってくることを示唆《しさ》しないでしょうか。すくなくとも、鍵が紛失した事実だけで十分、アパートメントこそが犯行現場であったかもしれない、と信じるに足るだけの疑念は生じるはずです」

エラリーはそこで一度、言葉を切った。目の前の、いくつものしかめられた顔をおもしろがるように、一瞬、ちらりと口元がほころんだ。

「私の言葉を疑っていますね？　皆さん、信じられないと顔に書いてありますよ。しかし、心に留めおいてください。たしかに、鍵が消えているという事実は、それだけではなんの意味もない――ですが、これからお話しする、ほかの四つの事実と合わせると、急に重要な意味を持ってくるのです」

彼はすぐに本題に戻った。

「第二の要素は、グロテスクでもあり、おもしろいものでもあるのですが――ちなみに、犯罪の推理というものは、目立って派手な事実ばかりを集めた、そのうえに築くのではなく、むしろ、今朝、私がこれから並べるような、ちょっとした矛盾や違和感を土台に、丹念に組み上げていくものだということが、皆さんにもおいおいわかってくることでしょう……それはさておき、まずは、この犯罪が深夜零時を少し回ったころに行われたに違いないという事実をお伝えしておきます。これはプラウティ博士の報告書から単純に計算して割り出した事実で――プラウティ博士は検死官補でありますが――フレンチ夫人は発見時、死後およそ十二時間を経過していたということでした。

仮にフレンチ夫人があの実演展示用のウィンドウの中で、深夜零時過ぎに撃たれたとするとですね、紳士淑女の皆さん」エラリーの眼に、茶目っ気のある光がきらめいた。「殺人者は真っ暗闇の中で、さもなければ懐中電灯の弱々しい光に頼って、犯行を行ったことになるのです！　なぜなら、あのウィンドウの中には生きている照明がない――事実、電球がありません――いや、そもそも、あの実演用のモデルルームには配線がないのです。ということはつまり、犯人は被害者と面会し、会話をし、おそらく口論になって、二カ所の致命的な部位に正確に狙いを定めて銃弾を命中させ、死体を壁寝台の中に隠し、血痕をきれいに掃除し、あれこれ始末をし――そのすべてを、最高にいい条件でも懐中電灯の光しかないウィンドウの中で、やり遂《と》げたと考えざるを得なくなります！　いや、それはあまりに無理がありすぎる。ゆえにクイーン警視は実に論理的に、と言ってさしつかえないでしょう、犯行があの実演用のウィンドウの中で行われたはずはない、と結論を出したのです」

　興奮したざわめきが起きた。エラリーは微笑んで、先を続けた。

「しかしながら、警視がそう確信した理由は、それひとつではありません。ここで第三の要素の登場となります。それは口紅ケースです――長い、打ち出し模様をほどこした銀のケースで――Cの頭文字のついているそれが、フレンチ夫人の死体近くにあったハンドバッグから発見されました。この口紅が明らかにフレンチ夫人の物でないことについて、現時点でくだくだしく論じるつもりはありません。決め手となった要因は、こちらの口紅が、亡くなったご婦人のくちびるに塗られた口紅よりも、ずっと濃い色合いであると、ひと目でわかったことです。この事実は、フレンチ夫人自身の口紅が――彼女のくちびるについている、もっと薄い色の口紅が――どこかにあるはずだ、ということを意味します。しかし、なかったのです！　では、どこにあるのでしょう。殺人者が持ち去ったのでしょうか。それはまったくのナンセンスに思えます。いちばんもっともらしい説明としては、このなくなった口紅が、デパートの建物のどこかにありそうだ、ということです……なぜ、デパートの中なのか――なぜ、フレンチ夫人の自宅、もしくはそこまで断定せずとも、デパートの外ではないのか？　それは、こんなりっぱな理由があるからです。つまり、フレンチ夫人のくちびるは——死んでもの言わぬくちびるは——もっと薄い赤で塗られていましたが、その口紅は塗りかけだったのです！　口紅は上くちびるに二ヵ所、下くちびるに一ヵ所、ぽつんぽつんとのせられていました。口紅はのばされずに——指でのせただけで、そのままにされていた……」エラリーはマリオン・フレンチに向きなおった。そして優しく言った。「あなたは、口紅を塗る時にどうしますか、お嬢さん？」

令嬢は囁いた。「あなたがいまおっしゃったようにいたしますわ、クイーン様。口紅を三ヵ所にのせます、上くちびるは左右にふたつ、下くちびるは中央にひとつだけ」

「ありがとう」エラリーは微笑んだ。「つまり我々はここに、とあるご婦人が口紅を塗ろうとしたものの、最後まで作業をやり遂げなかった、という事実を示す、明らかな証拠を発見したわけです。しかし、これは実に不自然なことであります。ご婦人がこの繊細な作業を、途中でやめてしまう原因なんてそうはない。そんなことはまず、ないと言っていい！　あるとすれば、たとえばなんらかの暴力による邪魔がはいった時かもしれない。暴力による邪魔とは？　そう、殺人が起きています！　では、その邪魔とは殺人なのでしょうか？」

エラリーは口調をあらため、どんどん説明を進めた。「たしかに、そう考えるのが自然なように思われます。なんにせよ、夫人が口紅を塗ったのは実演用のウィンドウの中ではありません。口紅はどこにあったのか。のちに、我々がそれをこのアパートメントの中で見つけたことこそ、推論の裏づけです……

第四の要素は生理的なものです。プラウティ博士は、死体がほとんど出血していないという事実を不思議がっていました。傷はふたつとも——特にそのうちのひとつは——大量出血をするはずだったからです。前胸部《プレコルディア》という場所には主要な血管や筋肉が集まっているのですが、ここが弾丸によってひどく引き裂かれて、傷口が大きく破れたようになっています。血はどうなったのでしょうか。犯人がきれいに拭き取ったのでしょうか。しかし暗闇の中、もしくは、薄暗がりの中では、これらの傷口から大量に流れ出て飛び散った血の跡をすべて拭き取ることは不可能でしょう。かくて、我々はまたもやこの結論に達することになります。すなわち、血が流れ出たのは——別の場所であると。つまりそれは、フレンチ夫人が実演用のウィンドウの中ではなく、別の場所で撃たれたことを意味するのです。

そして五つ目の要素は心理的なものであり、さらに私は危惧《きぐ》しているのですが——」彼は寂しげに微笑んだ。「——おそらく法廷ではあまり重要視されないでしょう。しかし、私にとっては、それの示唆する事実は圧倒的に大きな意味を持っていました。つまり、実演用のウィンドウが犯行現場であると考えることに、私の心はどうしても抵抗を覚えたのです。あの場所はこれから殺人を犯そうという人間の視点から見てみると、どうしようもなく馬鹿げた、危険きわまりない、愚の骨頂としか言いようのない舞台だ。密会して殺すつもりなら、秘密裡に行い、できるだけ人の眼を避けることが大前提というものです——そのためには、具体的にいろいろな条件が必要になってくる。しかし、あの実演用のウィンドウは、その条件を一切満たしていません。まず、ウィンドウは夜警主任が常駐している守衛室から十五メートルも離れていない。おまけにあの区域は、定期的に夜警が何度も巡回する。そもそも拳銃が撃たれたはずなのに——銃声はまったく誰にも聞かれていません。いや！　クイーン警視ばかりでなく、私自身も——ただいま述べた五つの理由は、たしかにどれひとつとして決定打となり得ませんが、総合して考えあわせることにより、非常に重要な意味を持つと——それによって、犯行はあの実演用のウィンドウの中で行われたのではないのだと、感じたのであります」

エラリーは言葉を切った。聴衆は熱心に、大きく息をつきながら、じっと耳を傾けている。ウェルズ警察委員長は小さな眼に新たな光を浮かべてエラリーを見つめている。警視は深く考えに沈みこんでいる。

「現場がウィンドウでなかったとすると」エラリーは続けた。「どこだったのでしょうか。鍵はアパートメントを指し示しています——人目から隔離された空間、照明、口紅を使って当然の場所——たしかに、アパートメントはいちばんアパートメントはいちばん見込みのある候補と思われた空間、照明、口紅を使って当然警視自身は、まだ完了していない初動捜査の指揮を続けなければならず、ウィンドウを離れることができなかったので、警視は私の判断力と洞察力を信用したうえでアパートメントに行き、何か見つけられるか調べてくるように、私に、代理を命じたのであります。そして、私は警視の指示に従い、興味深い事実をいくつか発見しました……

まず、私がアパートメントの中で見つけたのは、フレンチ夫人自身の口紅で、これは寝室の鏡台の上に転がっていました」エラリーは机から金色の口紅ケースをつまみあげると、ちょっとの間、かかげてみせた。「もちろん、この口紅の存在によってすぐに、フレンチ夫人が月曜の夜にこのアパートメントの中にいたことが証明されました。口紅が、真珠母のトレイの曲がった端の下に隠れて見えなかったという事実から、おそらく殺人者によって見逃されたのでしょう。実際、犯人にはこちらの口紅を捜す理由さえありませんでした。なぜなら、犯人はフレンチ夫人のバッグの中にはいっている口紅を見ることもなく、ゆえに、夫人のくちびるに塗られた口紅とは色が違うことに、気づかなかったと思われるからです」エラリーはきらめく金属のケースを机の上に戻した。

「さて、私は鏡台で口紅を見つけましたが、これは何を意味するでしょうか。フレンチ夫人が寝室の鏡台の前で口紅を使っていた時に、邪魔されたことは、明白に見えます。しかし、口紅が私の見つけた場所、すなわち鏡台にそのままあったということは、私には、フレンチ夫人が寝室で撃たれたわけではないという事実を示しているように思えました。では、この邪魔とはなんだったのでしょうか。明らかに、それは外につながる扉がノックされたか、殺人者がアパートメントの中に侵入してきた物音のはずです。ですが、後者ではありえない。というのも、犯人はこのアパートメントにはいるための鍵を持っていなかったからですが、これについてはのちほどすぐに証明します。しかも、フレンチ夫人は客を待っていたに違いありません。なぜなら、夫人はすっかり慌てたか、それがとても重要な面会だったかしたために、すぐに口紅を置き、くちびるが塗りかけであることもかまわず、急いで書斎を通り抜け、控えの間にはいり、深夜の訪問者を迎えに出たのです。おそらく、扉を開けて訪問者を室内に入れ、ふたりで書斎に戻ってから、フレンチ夫人は机のうしろに立ち、訪問者は夫人と向かいあうようにして、右手に立ちます——わかりやすく言いますと、フレンチ夫人は、いま私がいる位置に立ち、殺人者は、現在ヘイグストローム刑事が坐っているあたりに立っていたわけです。

なぜ、そんなことがわかったかと申しますと」エラリーは急いで続けた。「実に単純なことです。書斎を調べていて、私はこの机にのっていたブックエンドが——」彼はオニキスのブックエンドをふたつ、慎重に持ち上げて、皆によく見えるようにかかげた。「——細工をほどこされていることに気づきました。片方の底に貼られた緑色のフェルトが、対になっているもう片方のフェルトよりも色が薄いのです。ウィーヴァー氏が、ブックエンドは二ヵ月前にグレイ氏から、フレンチ氏の誕生日のプレゼントとして贈られたばかりであり、受け取った時には完全な状態で、フェルトの色は両方とも同じ濃さだったという情報を提供してくれました。しかも、このブックエンドはこれまで一度たりとも部屋の外に持ち出されるどころか、机の上を離れることもなかった。ならばどうやら、フェルトの変化はその前の夜に起きたわけです。そのことは、強力な拡大鏡でよく調べるうちに、フェルトをオニキスに張り合わせた継ぎ目の接着剤の条《すじ》に、白い粉末が少々くっついているのを見つけた時に証明されました!

接着剤はまだ少しねばついていました。つまり、ごく最近、貼りつけられたことを意味します。この粉末は、私がざっと調べ、警察の指紋の専門家が分析した結果、ごく一般的な指紋採取用の粉末、ちょうど警察で使われるような、普通の粉であることが判明しました。オニキスに指紋はひとつもありませんでした。それはつまり、指紋が拭き取られた、ということを意味します。では、なぜ指紋採取用の粉が残っているのか。明らかに、まず、指紋が残っていないかどうか調べるために粉を振りかけ、次に、見つかった指紋を拭き取ったに違いありません。それは火を見るよりも明らかなことです。

しかし、ここでさらに大きな疑問が生まれます——そもそも、このブックエンドはなぜ、いじくられたのでしょうか？」エラリーは微笑んだ。「これは重要な疑問で、回答は重要な事実を物語ることになります。さて、我々はこのブックエンドの片割れがフェルトを貼り替えるために触られたことを知っています。しかし、なぜフェルトは貼り替えられたのでしょうか？」

彼の眼がいたずらっぽく、挑戦するように一同を見た。「ここに唯一の論理的な答えが導き出されます。犯罪があった痕跡を隠す、もしくは、取り除くためです。しかし、どのような痕跡でありえるでしょうか——フェルトをまるごと慎重に取り外し、デパートの店内に駆け下りてフェルトが置いてある売り場に走り（これがどれほど危険な行為か想像はつくでしょう！）、フェルトと接着剤を持って引き返し、やっとこさブックエンドの底のフェルトを新しく貼り替える、というそれほどの作業が必要な痕跡とはなんでしょうか。致命的な痕跡に違いありません。犯罪の痕跡としてもっとも致命的であろうと、私に想像できるものは——血痕です。そして、それこそが答えなのです。

なぜなら、プラウティ博士は大量の血液が流れたはずだと断言しています。つまり、私はフレンチ夫人の心臓の血液が体内から流れ出た、まさにその場所を発見したわけです！　この時に起きた出来事を再構築してみましょう。ブックエンドは机のずっと端の、ちょうど私がいま立っているのと正反対の位置に置かれていました。血液が流れたのは、ちょうどいま私が立っているのと同じ位置からに違いありません。もし、フレンチ夫人がここに立っている時に撃たれたと考えるなら、最初の弾丸は腹部に近い前胸部に当たり、血液は机の上にどっと流れ出て、ブックエンドのあたりまで広がり、底部を血の池にひたしたのです。立っていた夫人は椅子に坐るように崩れ落ち、机の上に前のめりに倒れる寸前に、同じ位置から発射された弾丸によって、今度は心臓を直接、撃ちぬかれました。この時にも少し出血したはずです。ブックエンドは片方だけが血に染まりました――机の中央に近い方です。それがあまりにも血で汚れてしまったために、犯人はどうしてもフェルトをはぎとり、新しい物と交換しなければならなくなった。なぜ、犯人がどうしてもこの犯罪の痕跡を隠さなければならないと感じたのかについては、のちほど説明します。新しいフェルトの色合いが異なる点については――色というものは、人工の照明を当てたのでは、日光のもとでより見分けるのが困難、というのが視覚的な事実です。夜には、間違いなく、このふたつの緑はほぼ同じ色に見えたのでしょう。ですが、私は日光のおかげで、ひと目で色の違いに気づいたというわけです……

これで、フレンチ夫人が殺害された時に実際にいた場所を、我々がどのように特定したのか、皆さんにもおわかりいただけたことと思います。襲撃者の位置は、銃創の角度から判定しました。弾丸は身体の左側に向かって進み、派手に引き裂くような傷を作っているので、犯人は夫人のかなり右寄りにいたはずだと」

エラリーは言葉を切り、ハンカチで口元を軽く押さえた。「先ほどから私は少々、説明の本筋から脱線しておりますが」彼は言った。「これは、殺人がアパートメントの中で行われたに違いないと示す、まごうことなき証拠を私が握っていることを、どうしても皆さんに納得していただく必要があるからです。ブックエンドが細工されている事実が見つかるまでは、そうだと確信できませんでした。そのカードや煙草の吸殻を見つけてはいたのですが――」彼はちょっとの間、それらを皆によく見えるように持ち上げてみせた。「――隣のカード部屋で」

彼はカードをのせてあるボードをおろした。「ロシア風バンクのゲームが中断された状態でこのカードが並んでいることは、ひと目見て気づきました。ウィーヴァー氏は、カード部屋が前日の晩はきれいに片づいていたと証言しています。それが意味するのはもちろん、何者かが夜の間にカード部屋を使ったということです。ウィーヴァー氏はさらに、フレンチ家のご家族、友人、知人の中で、このバンクのゲームに夢中になっているのが、フレンチ夫人と、彼女の連れ子であるバーニス・カーモディのふたりだけという事実も証言してくれています――それどころか、このふたりがバンクにすっかり夢中になっていることは、広く知られているとも。灰皿の中の吸殻には、〈公爵夫人《オダール》〉という銘柄の文字が残っていました――これもまたウィーヴァー氏によって、カーモディ嬢がいつも吸っているものと同じだと確認されました。彼女の気に入りの、すみれの香りがつけられたものです。

というわけで、現場を一見したところ、どうやらフレンチ夫人とカーモディ嬢が月曜の夜にこのアパートメントに一緒にいて、カーモディ嬢が彼女専用の珍しい煙草を吸い、ふたりの大好きなバンクのゲームをしたように思われました。

そして、寝室のクロゼットの中から、我々は帽子と靴を発見したのですが、そのどちらもフレンチ家の家政婦のアンダーヒルさんとメイドのキートンさんによって、カーモディ嬢が月曜日、すなわち殺人のあった日に家を出て行方不明になった時に身につけていたものであると確認されました。クロゼットからはもともとあったはずの帽子がひとつと靴がひと組消えていたので、令嬢が濡れた帽子と靴を、そのクロゼットから消えた乾いた帽子と靴に取り換えたように見えました。

さて、この話はこのくらいにしておきましょう」エラリーは言葉を切り、あたりを見回したが、その眼は異様な光を放っていた。聴衆からはしわぶきの音ひとつ聞こえなかった。一同はまるで催眠術をかけられたかのように、目の前で、有罪を証明する証拠を丹念に組み上げ、推理が構築されていく様に、すっかり心を奪われていた。

「きわめて重要な点を申し上げますと……さて、こうして私はこのアパートメントこそが犯行現場であったことを知りましたが、ここでひとつ、避けられない疑問が持ち上がります。なぜ、死体は階下のウィンドウの中に移動させられたのでしょう？　いったいどんな目的があったのか。必ずなんらかの目的があったはずです――我々はここまで、実にずる賢い緻密な計画の片鱗をいくつも見せつけられてきました。この殺人者がなんの理由もなしに行動する、まったくの狂人とは信じられない。

まず、第一に考えられるのは、このアパートメントが犯行現場ではないように見せかけるために死体を移動させた、という推論です。しかし、これはさまざまな事実から理屈が合わない。

犯人がこのアパートメントから、犯罪があった痕跡をすべて消したいと考えたのなら、なぜ、バンクのゲームをしたカードや、煙草の吸殻や、靴や帽子も取り除かなかったのか。たしかに、もしも死体が発見されないか、もしくは、殺人があったことを疑われなければ、このような品物が見つかったとしても、犯罪に結びつけられることはないでしょう。しかし死体を永久に隠しておくことは望めない。いずれどのみち死体は見つかることになる、そうなればアパートメントはすっかり調べられ、カードや吸殻やほかの品々が、この部屋こそ、実際に犯行が行われた現場であると示すに違いないのです。

　すると明らかに、死体はまったく違う理由で移動させられたということになります。どんな理由でしょうか。答えは、結果からさかのぼって考えることで出てきました――死体の発見を遅らせるためです。なぜこのような答えにたどりついたか。単純な計算です。実演は毎日、正午きっかりに行われます。これは不変の決まりごとです。ウィンドウには実演まで誰もはいることはありません。それは周知の事実です。つまり、死体をあの壁寝台に隠しさえすれば、十二時十五分までは死体が絶対に発見されない、という保証を、犯人は得ることになります。ここに、我々の捜し求めていた理由はあったのです――これこそが、明らかな不利益が多々あるのにどうしてウィンドウが使われたのかといった疑問がいくつも複雑にからみあった混沌の中に射しこんだ、ひと条《すじ》の光明であります。そう、殺人者が死体をかついで六階分の階段をおり、実演用ウィンドウの中に運びこむという、たいへんな手間をかけたのは、こうすれば死体が翌日の正午までは発見されないと知っていたからである、ということにもはや疑いの余地はありません。

となると、論理的に次の疑問が導き出されます。なぜ殺人者は死体の発見を遅らせたがったのか。よく考えてみれば、納得のいく答えはひとつしかないことに、皆さんも気づかれるはずです――犯人は、火曜の朝にやらなければならないことがあり、死体が発見されると、それをすることがあやうくなる、それどころか、まったくできなくなりかねないからです！」

一同はエラリーの言葉に、いまや息を詰めて聴き入っている。

「なぜ、できなくなるのでしょうか」エラリーの眼がきらめいた。「少し、別の方面の話に移りましょう……どのように店内に侵入したのかはひとまずおいておいて、犯人がひと晩、店内に潜んでいたのは間違いないでしょう。侵入の方法は三通りありますが、誰にも見られずに外に出る方法はひとつもありません。侵入するには、昼のうちに店内に隠れているか、閉店後に従業員用の出入り口からはいるか、夜の十一時に貨物トラックが翌日に使う食品をおろしている倉庫の入り口から忍びこむ、という方法がありました。おそらくは最後の方法がとられた可能性が高い。オフラハーティは従業員用の夜間出入り口からはいってきた人間は誰もいないと証言していますし、五時半から深夜まで店の中に隠れ潜んでいるよりも、夜十一時に店内に侵入する方が、犯人にとっても都合がよかったからです。

しかし、どうやって外に出たのでしょうか。オフラハーティは、守衛室の前の扉からは誰も出ていっていないと報告しています。そして、そこ以外の出口はすべて、鍵をかけたうえに、かんぬきがかかっている。三十九丁目通りに面した倉庫のシャッター扉は十一時半に閉まります。その時刻は、そもそもフレンチ夫人が店に到着する十五分前であり、夫人が殺される三十分も前のことです。となると、犯人は夜通し店内に潜んでいるしかなかったことになります。つまり翌朝、開店時刻の九時に、店じゅうの扉が開けられるまで、脱出できなかったのです。しかし、この時間が来れば、朝早い客のふりをして正面から堂々と外に出ることができる。

とはいえ、ここで別の要素がからんできます。もしも、犯人が九時の開店時刻に自由に出ていくことができたとすれば、なぜ、死体の発見を遅らせるためにウィンドウの部屋に移し替えるなどという面倒な手間をかけたりせずに、しなければならない仕事とやらをすることができなかったのでしょうか。ポイントは、犯人が手間をかけてでも死体を移動させたという点です。つまり犯人は、開店時刻の九時にデパートから、自由に出ていくことができなかった。発見を遅らせることが必要だった。そう、犯人は九時を過ぎても店内にとどまらなければならなかったのです！」

室内のあちらこちらで同時に、はっと息をのむ音がした。エラリーは素早く見回した。驚愕もしくは恐怖でショックを受けたのは誰なのか、特定しようとするかのように。

「どうやら、皆さんの中には、その意味がわかりかけたかたがいらっしゃるようですね」彼は微笑した。「我らが殺人者が、九時以降も店内にとどまらなければならなかった理由はひとつしかありません――それは、犯人がこのデパートの関係者であるということです！」

今度は、仮面のようなそれぞれの顔すべてに、信じられないという思いや、疑念や、恐怖がありありと表れた。全員が無意識のうちに、隣からそっと身体を離した。まるで、この最後の告発の条件に当てはまる人間が大勢いることに、突然、気がついたかのように。

「そうです、それこそが最終的に、我々のたどりついた結論です」エラリーは感情のない声で続けた。「もし、我々の謎の犯人がデパートの従業員か、公式、もしくは非公式の資格で店に関係している人間なら、殺人事件の発覚直後に持ち場にいなければ、その事実は間違いなく気づかれてしまいます。自分の不在を誰にも気づかれるわけにはいかない。それこそ、とてつもなく重要なことでした。が、犯人は難しい立場にありました。この社用箋が――」彼は目の前の机に置かれた青い用紙を皆に示した。「――ウィーヴァー氏によって、前日からここに置かれていたために、犯人はそれを読んで、ウィーヴァー氏とフレンチ氏が翌朝九時に、この部屋に来るのを知ったのです。もし、死体をアパートメントの中に放置していけば、事件は午前九時に発覚して、上を下への騒ぎになるのは必至です。そっとデパートを抜け出して、秘密の仕事をしにいくことができなくなる。それどころか、電話も監視されるでしょう。それで犯人は、店を抜け出すか、せめて電話一本かける時間をかせぐために(特に監視する理由がなければ、どこにかけたのか突き止められたりしませんから)、その間は死体を隠し通さなければならなくなった。死体の発見を確実に遅らせる手段として犯人の知っていた唯一の方法が、実演用のウィンドウの中に死体を隠すことでした。犯人はそれを実行に移し、みごとにやりおおせたのです。

ここに至ってついに我々は、いかにして犯人がデパートに侵入したのかという、些細な点を明らかにすることができるようになりました。我々は月曜の勤務記録表を入手しています。犯人は、先に申し上げたとおり、デパートの従業員、もしくは、なんらかの形で店に関わっている人物です。しかしながら、この勤務記録表には全員が、通常どおりきちんと正式な手続きを取って店を出た記録が残されている。ということは、犯人は唯一残った手段である、貨物用のシャッター扉から侵入したに違いありません。

いまこうして、犯人が死体の発見を遅らせたいと望んでいた点について話しているうちに、もう一点……私は、もちろん間違いなく皆さんもそうでしょうが、我々の謎の犯人は、みずからの犯行の後始末をするために尋常でない危険をおかし、数々のややこしい山を越え谷を越え、ずいぶんご苦労なことをしたものだと感じました。たとえば——犯人は死体を階下に運んでいます。しかしこれは、犯人が翌日の朝になんらかの用事を（いまはまだそれがなんであるか明らかではありませんが）すませたいがために時間かせぎをしたのだ、という説明がつきました。ではまた——なぜ、犯人はわざわざ新しいフェルトに取り換え、きれいに現場の血を拭き取ったり、その他もろもろの作業をしたのか。実はこの疑問もやはり、犯人が朝の時間をかせごうとしたという答えで説明がつくのです。もしも血染めのブックエンドがウィーヴァー氏によって、仮に午前九時きっかりに発見されれば、ただちに犯罪のあったことが疑われ、犯人が用事をすませるチャンスに、間違いなく深刻な邪魔がはいってしまう。明らかに、犯人がしなければならなかった用事というのは、非常に差し迫った重要な仕事に違いない——あまりに差し迫っていたので、その用事をすませるまでは、犯罪があったと疑われる危険をおかすことができなかったのです……」

エラリーは言葉を切り、胸ポケットから取り出した一枚の紙を読み返して確認していた。「我々の求める人物が、このデパートの公式、もしくは半分公式な関係者である、という結論から、このあたりで一度、離れる必要があります」ようやく、彼はまた口を開いた。「これから私が、まったく別の道から推理をする間も、いまの言葉は胸に留めおいてください……

ほんの少し前に私は皆さんに、バーニス・カーモディ嬢が月曜の夜にこのアパートメントの中にいたことを示す四つの確固たる証拠に注目してもらいました。それらを発見の順番どおりにあげますと、カーモディ嬢と母親のふたりが特に没頭していたバンクのゲームをしていた痕跡、カーモディ嬢の特注品として知られているすみれの香りづけをした〈公爵夫人〉という煙草の吸殻、カーモディ嬢が月曜の午後に行方不明になる前に身につけたところを目撃されている帽子、そして同じ条件のカーモディ嬢の靴、この四つです。

さて、私はこれらの証拠品が、月曜の夜にカーモディ嬢がここにいたことを証明するどころか、まったく逆のことを証明していることを、皆さんに示そうと思います」エラリーはきびびと続けた。「バンクのゲームの痕跡は、我々の小さな反駁《はんばく》になんの材料も与えてくれません。カードは型どおりに並べてあっただけで、ひとまず、これに関しては触れずに先に進みます。

しかしながら吸殻は、私の主張をさらに明白なものとして、後押ししてくれるのです。こちらの――」彼は展示物を並べた机の上から、片方の灰皿を取りあげた。「――吸殻はカード部屋で発見されました」彼は灰皿の中から吸殻を一本つまみあげ、高くかかげてみせた。「ご覧のとおり、この煙草はほとんど根元まで吸ってあります――実際、銘柄の名前が印刷されている、吸口近くのほんの端の部分しか残っていません。灰皿の中にある十本以上の煙草はどれも一本の例外もなく短く、ちびた吸殻になるまで吸いきってあるのです。

対して、フレンチ邸のカーモディ嬢の寝室では、こちらの吸殻を発見したのですが」彼はふたつ目の灰皿を示すと、灰とごたまぜになった吸殻の山の底から、一本つまみ出し、聴衆に見せた。「この吸殻もまた、もちろん〈公爵夫人〉ですが、四分の一そこそこしか吸ってありません――カーモディ嬢は明らかに、五、六服しただけで、煙草を灰皿で押しつぶしています。カーモディ嬢の寝室の灰皿にあった吸殻は一本残らず、同じありさまでした。

言い換えれば」彼はかすかな微笑みを浮かべた。「同一人物が吸ったと思われるふた組の吸殻が、それぞれまったく正反対と言っていい性質の吸いかたをされている、という、実に興味深い現象を、我々は目にしているわけです。調べを進めるうちにカーモディ嬢は、のちほど明らかにさせていただく某事情により、かなり神経質な女性であるとわかりました――あまりに神経質なので、令嬢をよく知る人々は皆、口を揃えて、彼女が気に入りの煙草を吸う時にはいつもこのようにもったいない、発作的な吸いかたをして、それ以外の吸いかたをするのを見たことがないと言っています。

ここから、どんな推論が導き出されるでしょうか？」長い間。「それは単に、カード部屋で見つけた吸殻は、カーモディ嬢が吸ったものではなかったということです。カーモディ嬢が煙草を吸う時には必ず、四分の一を吸っただけで長いまま捨ててしまう、という不変の習慣を知らない人物によって吸われた、もしくは用意されたのです……

「さて、お次は靴と帽子ですが」エラリーは、たったいまの最後の言葉を一同が消化する時間を与えることなく、続けて言った。「我々は、さらなる小細工らしきものを発見しました。どうやら見かけとしては、月曜の夜にカーモディ嬢がここに来て、昼過ぎからの雨に降られたせいで濡れた帽子と靴を脱ぎ、このアパートメントの寝室に少しばかり置いてあった着替えの中の帽子と靴に取り換えて、出ていったというように思えます。しかし我々は、帽子が帽子箱の中に、つばを下側にしてしまわれているのを発見しました。さらに靴は、靴ポケットの袋の縁からヒールが飛び出すようにしまわれておりました。

そのような片づけを普通はどんな手順で行うものなのか実験をしてみたところ、女性は圧倒的多数の割合で、帽子を帽子箱にしまう際には、頭の部分を下にし、つばが上になるようにひっくり返すものだと知りました。そしてまた、靴に大きなバックルがついている場合、女性はヒールを靴ポケットの内側に入れるようにしまい、バックルがポケットの布にひっかからないようにすることもわかりました。ところが、どちらの品物も、それらを片づけた人間は、女性なら誰でも知っている習慣について無知であるしるしをありありと示している。ここから推論される結果もまた明らかです――カーモディ嬢があの靴や帽子を片づけたわけではないということです。片づけたのは、男です。帽子のつばを下にしてしまうのは男性の習慣であり、そしてまた、靴のバックルに気をつかう必要があるなど男は気づきもしません。ラックにしまわれていたほかの靴はすべてヒールをポケットの外側に出していたのですが、それはたまたまバックルのついた靴が一足もなかったからでした。カーモディ嬢の靴をラックにしまった人間は、深く考えずにほかの靴の片づけかたをまねたわけですが、女性であれば、まず間違いなく、そんなしまいかたをするはずはないのです。

ところで、これらの要素をひとつひとつばらばらに取りあげたのでは、たしかに証拠としては弱く、決定的なものにならないことを告白いたしましょう。ですが、この三つを考えあわせると、見過ごすにはあまりにも重大すぎる証拠となるのです――煙草を吸ったのも、靴を片づけたのも、帽子をしまったのも、カーモディ嬢ではなく別人である――すなわち、男であると」

エラリーは空咳をして咽喉のかすれを整えた。声は次第にしゃがれてきたが、熱を帯び、刃のように鋭くなってきた。「いまの最後の事柄と関連して、もうひとつ非常に興味深い物があります」彼は続けた。「洗面所を調べていて、ウィーヴァー氏とぼくは興味深い窃盗事件にぶち当たりました。ウィーヴァー氏は月曜の午後五時半過ぎに安全剃刀《かみそり》を使用したのですが、この刃が最後の一枚であり、翌朝、またここでひげを剃らなければならなくなるとわかっていたので、氏は剃刀の刃を洗って、ケースにしまいなおしたのです――その刃がなんと、火曜の朝にはなくなっていました。ウィーヴァー氏は月曜の夜は多忙で、新しい替え刃の用意を忘れたまま、翌日の火曜の朝早く――正確には八時半にこのアパートメントに出勤してきました。というのも、九時にフレンチ氏が来る前にいくつかの仕事をすませ、報告の準備をしなければならなかったからです。ウィーヴァー氏はアパートメントでひげを剃るつもりでした。ところが前日の夕方に氏がたしかにしまっておいた剃刀の刃は消えていたのです。ひとこと申し上げておきますと、フレンチ氏はご自身の手でひげを剃ることがなく、この部屋に自分の剃刀を置いていません。

さて、それではなぜ剃刀の刃は消えたのでしょうか。もちろん、この部屋にウィーヴァー氏が来る前の、月曜の夜か火曜の早朝に剃刀が使われたに違いありません。剃刀を使えたのは誰でしょうか。ふたりのうち、ひとりです——フレンチ夫人か、あるいは犯人か。フレンチ夫人が何かを切るために使った可能性はありますし、犯人が使った可能性もある。

このふたつの選択肢のうち、もっともらしいのは、当然ふたつめの方です。犯人が店内で夜を明かさなければならない状況に追いこまれたことを思い出してください。もっとも安全に隠れていられる場所はどこでしょうか。もちろん、このアパートメントの中です！ 真っ暗な店内を見つからないようにうろうろと移動したり、潜み隠れたりすることは、この部屋でおとなしくしているほど安全ではありえません——ひと晩じゅう、夜警がうろついているのですからね！ さて——我々は剃刀の刃が使われたという事実を発見しました。普通に考えれば、ひげを剃ったと想像できます。剃っていけないことはない。朝になれば、犯人がこのデパートの従業員か関係者として、人前に現れなければならないことを、我々は知っています。アパートメントの中に一時的に居候している間に犯人がひげを剃って、なぜいけないのでしょうか。まさに冷血漢としか言いようがありませんが、しかしそれはむしろ想定する犯人像に反するどころか、むしろ、ふさわしい人格と言えます。では、なぜ剃刀の刃はなくなったのでしょうか。明らかに、何かが起きたのです。いったい何が起きたのでしょうか。刃が折れたのでしょうか。そう！ 折れていけないことはない。刃は数回、使用されています。もろくなっていたことでしょう。本体に留めるのに、少しきつく締めすぎただけで、簡単にぱりんといってしまってもおかしくありません。まあ、そうだったと仮定してみましょう。なぜ、犯人は折れた刃をそのまま残していかなかったのでしょうか。それは、犯人が実に狡猾《こうかつ》な悪党であり、奴にとって心理学はお手のものだからです。仮に、折れた刃を残しておけば、前日から折れていたと思われるよりむしろ、前日は折れていなかったことを思い出される可能性が高い。ですが、刃がなくなっていれば、疑いや記憶を刺激することはない。変化した物は、なくなった物よりもずっと強力に人の心を刺激する。すくなくとも、私が犯人の立場であればそう考えます。結果として、これをもくろんだ人間が刃を持ち去ったのは正しい判断でした――犯人の視点から見て正しい、という意味ですよ。それが証拠に、ウィーヴァー氏は私がその事実を彼の中から無理やりほじくり出してやるまで、剃刀の刃のことなどほぼ、いや、まったくなんとも思っていませんでした。私はこの事件の捜査にあたり、先入観を持たず、主観も偏見もなしに観察していたからこそ、その事実を引き出すことができたわけです」

エラリーはにやりと笑った。「先ほどから、私が憶測と、根拠の弱い推論によって、話を組み立てているのは、皆さんもご承知のとおりです。しかしながら、私がこの十分間で並べたばらばらの証拠をひとまとめに考えあわせてみれば、ただちに皆さんの常識が、この剃刀はひげを剃るのに使われ、壊れてしまったために持ち去られたのだと、声高に叫びだすことでしょう。その剃刀の刃が正当な目的以外の使いかたをされた、という証拠はまったく見つかっていません。これまた、こちらの主張をいっそう補強するだけです。では、この問題を考えるのはひと休みして、まったく別の、そしてある意味では、捜査全体のうちでもっとも大事な問題を考えてみることにしましょう」

硬い椅子の上でこっそりと身じろぎする物音や、はっと息をのむ音があちらこちらであがった。エラリーを見つめる目はどれもゆらぐことなく動けずにいる。

「皆さんも思いついたのではないですか」彼はにべもない口調で静かに言った。「この犯行には、ひとり以上の人間が関わっている可能性があると。つまり、もしもカーモディ嬢が自分で靴や帽子を片づけなかったのだとしても――あの煙草の吸殻という確たる証拠はひとまずおいておきますよ――令嬢もこの部屋にいたのかもしれないと。つまり、もうひとりの人物――男が――靴や帽子を片づけている間に、令嬢はそばに立っているか、でなければ何かほかのことをしていたのかもしれないと。では、その疑いを、私は一撃で打ち砕いてみせましょう」

彼は両方のてのひらを机につけ、軽く身を乗り出した。「紳士淑女の皆さん、このアパートメントに正当にはいる権利を持っていたのは誰でしょうか？　お答えします。五人の鍵の持ち主です。すなわち、フレンチ氏、フレンチ夫人、カーモディ嬢、マリオン・フレンチ嬢、そして、ウィーヴァー氏ということになります。オフラハーティの机のマスターキーは厳重に保管されており、彼、もしくは昼間の守衛であるオシェインの目を盗んで持ち出すことは、まず不可能です。そして、そんなことが起きたという報告はまったくないのですから、マスターキーを計算に入れる必要がないのは明らかです。

存在する《イン・エッセ》六本の鍵のうち、その五本までは数えることができます。フレンチ夫人の鍵は紛失したままです。ほかはすべて、それぞれの持ち主の手元を離れたことは絶対にないと確認されました。フレンチ夫人の鍵は警察が総力を集め、捜索を続けています。が、いまだに発見されていない。どういうことかというと、月曜の夜にフレンチ夫人がデパートにはいる時に鍵を持っているのを間違いなく見た、とオフラハーティが断言しているにもかかわらず、鍵はいま現在、この建物の中にはない、ということです。

本日、私はこの即席の説明会の冒頭にて、犯人はおそらく鍵を持ち去ったはずだと申し上げました。しかし、いまここで私は、犯人がそれを持ち去ったばかりではなく、持ち去らなければならなかった、と言いなおしましょう。

実は、犯人が鍵を欲しがったという確たる証拠をひとつ、我々は持っているのです。月曜の午後、カーモディ嬢がこっそりフレンチ邸を抜け出してまもなく、家政婦のアンダーヒルさんが一本の電話を受けています。かけてきた人物は、カーモディ嬢を名乗りました。そして、アンダーヒルさんに、いますぐに使いの者をやるから、自分のアパートメントの鍵を渡すように用意しておいてほしいと言いました。ところが、カーモディ嬢はまさにその日の朝、鍵を紛失したと思いこみ、アンダーヒルさんに、ほかの人の鍵を借りて、合鍵を作るように注文してほしいと頼んでいたのです！

アンダーヒルさんは、電話の主がカーモディ嬢であることに疑いを抱いています。令嬢が朝に鍵をなくしたことや合鍵を作る指示を出したことについて電話の相手に話した時には、受話器の向こうにもうひとり別の誰かがいて、電話の主に返事のしかたを教えていたことを、アンダーヒルさんは、いつでも証言する用意ができているそうです。そして、電話の主はしどろもどろになって、電話を切ってしまったと……

このことから、何が推測できるでしょうか。言うまでもなく、電話をかけてきたのはカーモディ嬢ではなく、このアパートメントの鍵を手に入れるために電話をかけさせられた共犯者か、犯人に雇われた人間だったということです！」

エラリーは大きく息を吸った。「さて、これがいったいどんな興味深い事実を意味するか、ここでちょっと、皆さん自身でよく考えてみてくださいよ……では、またひとつ別の結論にたどりつくために、皆さんを新たなる論理の迷宮にご案内するとしましょう――そう、いま論じているこの話の冒頭で、私が言ったことの結論です。

なぜ、犯人は鍵を欲しがったのでしょう？　むろん、このアパートメントにはいる手段を確保するためです。手に入れないかぎり、鍵を持っているほかの人間の力を借りなければ、部屋にはいることができない。おそらく犯人は、夫人に招き入れてもらう腹づもりでいたでしょうが、慎重に犯行計画を練るうちに、鍵を手に入れておくことが重要だと考えたのです。それなら、あの電話や〝使いの者〟を仕立てあげようとした説明がつく。さて、問題の要点です！

犯人はフレンチ夫人をアパートメントの中で殺害しました。犯人の目の前には死体があり、先ほど私が並べたさまざまな理由から、死体を実演展示用のウィンドウに運ばなければならないのですが、ここではたと気づきます。犯人はアパートメントの扉には、自動的に鍵のかかるスプリング錠が取りつけられていることを知っていました。バーニス・カーモディ嬢の鍵を手に入れそこねたので、鍵を持っていない。しかし、この死体はどうしても部屋の外に運び出さなければならない。しかもそのあとにアパートメントの中でやらなければならない仕事が山ほど残っています――証拠となる血痕をきれいに取り除き、靴と帽子、バンクのカード、煙草の吸殻などの手がかりを〝植えつける〟。たとえ犯人が死体を運び出す前に、部屋をきれいにして偽の証拠を〝植えつけた〟としても、結局、中にもう一度はいる手段が必要なことに変わりはありません。ブックエンドを細工するためには、必要なフェルトや接着剤やその他もろもろの道具を、忍び足で店内を歩きまわってあちこちの売り場から集めてこなければならない。そのあと、どうやってアパートメントの中に戻る？　しかもこの犯人は、明らかにアパートメントの中に泊まるつもりでいました――繰り返しますが、どうすれば部屋に戻れる？　おわかりでしょう、犯人が部屋をきれいにするのが死体を階下に運ぶ前だろうとあとだろうと、結局、アパートメントの中にもう一度はいる手段はどうしても必要だったわけです……

　おそらく、犯人の頭に最初に浮かんだのは、扉と床の間に何かを噛ませて、スプリング錠が完全に閉まらないようにすることだったに違いありません。しかし、夜警が回ってきたら？　犯人はこう考えたはずです。〝夜警はここの廊下を毎時間、巡回している。扉が半開きになっていれば、当然、気づかれて中を調べられてしまう〟。いやいや、扉は閉めておかなければなりません。しかし――ここで閃《ひらめ》きます！　フレンチ夫人が鍵を持っているはずだ、彼女自身の鍵を――夫人がアパートメントにはいるために使った鍵を。それを使えばいい。机につっぷして血を流して死んでいる夫人を横目に、犯人が死者のバッグを開け、鍵を捜し出し、自分のポケットにしまいこみ、死体をかかえて、アパートメントの外に出たところで、これで身の毛のよだつ仕事をすませてから部屋に戻る算段がついたと安心してほくそえむ様が、目に浮かぶようではありませんか。

ところで──」エラリーは凄みのある笑みを浮かべた。「──犯人はアパートメントの中にもう一度、戻るためには、どうしたって鍵を持って上がってこなければならなかったわけです。だから、死体は鍵を身につけていなかった。もちろん、犯人は上階に戻り、掃除をすませてから、鍵を返しに階下におりてくることもできました。しかし──むろん、馬鹿げています──どうやって、そのあとアパートメントに戻ればいいのですか。それだけじゃない、危険に遭遇するかもしれない──見つかる危険をおかしてまで、再びウィンドウに忍びこむために、一階にまたおりるなどと……。一度目もすでに十分、危険でしたが、それはやむにやまれず、なしとげたことです。いや、犯人はきっと、このまま鍵をポケットに入れておいて、朝になってデパートを離れたら外で処分するのがいちばんいいと判断したのでしょうね。もちろん、アパートメントに置きっぱなしにしておくこともできましたよ、たとえば、カードテーブルの上にでも。しかし、鍵がアパートメントの中になかったという事実から、犯人が持ち去ったことがわかります──犯人にはふたつの選択肢がありましたが、そのうちのひとつを選んだわけです。

以上のことからわかるのは──」エラリーはほんの一瞬、間をとった。「──我らが犯人は、共犯者を持たずに殺人を犯した、ということです。

おや、何人か疑っている顔が見えますよ。しかし、これは自明の理です。共犯者がいたのであればそもそも、鍵を盗らなければならない事態に追いこまれることはなかったはずです！……犯人はただ死体を階下に運び、仕事をすませて上階に帰ってきたら、アパートメントの中に残しておいた共犯者に扉を開けてもらえばいい。わかりませんか？　犯人が鍵を是が非でも手に入れなければならなかったという事実そのものが、単独犯のしわざだということを示しているのです。反論もあるかもしれませんね。〝いや、ふたりいたかもしれない。死体をふたりで階下に運んだかもしれない〟と。しかし、これに対して私は〝ノー！〟と自信を持って答えます。なぜなら、二重のリスクをはらんでいるからです——ふたりの人間はひとりよりも、夜警に見つかりやすい。この犯罪はきわめて入念に計画を練られている——その計画者ともあろうものが、発見されるリスクを無駄に引き上げることをするはずがありません」

そこでエラリーは唐突に口をつぐみ、自分のメモの束を見下ろした。誰も身じろぎひとつしなかった。次に顔をあげたエラリーの口元は、きっと引き締められ、誰にも理由をうかがい知れない、彼の心の緊張を物語っていた。

「紳士淑女の皆さん、これでようやく私は」彼は感情のない淡々とした声で宣言した。「つかみどころのなかった犯人の人物像を、ある程度まで特定できる段階までたどりつきました。私の思い描く犯人像を、お聞きになりたいですか、皆さん？」

彼は挑むようなまなざしで、ぐるりと部屋を見回した。思わず怯《ひる》んだ一同の、興奮にこわばっていた身体が、はっと力を失う。皆いっせいに顔をそむけた。声ひとつ、あがらなかった。

「お聞きになりたい、と、そう受け取ってよろしいですね」あいかわらず淡々と続ける口調は、どこか脅して、愉しんでいるようだった。「では、参りましょう！」

エラリーはぐっと身を乗り出し、眼をきらめかせた。「我々の求める殺人者は男性であります。靴や帽子をクロゼットにしまった方法に加え、剃刀の刃が紛失しているという証拠もまた、犯人が男性であることを指し示しています。死体などを隠すために必要な体力。そこここで見受けられる、非常に冷静な判断力と、頭の回転の速さ。冷血さ、悪を悪とも思わぬ大胆不敵さ。――これらの特徴はすべて狙いあやまたず、男性を示すものです。お望みなら、毎日のひげ剃りが必要な毛深い男である、とつけ加えましょうか」

一同は息を殺して、彼のくちびるの動きを眼で追っている。

「我々の求める男は共犯者を持たずに、ひとりで犯行に及びました。私がいままで長々と時間をかけて説明してきた、なくなった鍵についての推論がこのことを示しています」

室内には、身じろぎする気配すらなかった。

「我々の求める単独犯の男は、この店の関係者であります。階下のウィンドウに死体を運んだ事実をはじめとして、その他、やはり長々とお話ししてきた付随する複雑な事情が、これを証明しています」

そこで、エラリーはわずかに緊張を解いた。再び小さな笑みを浮かべて、室内を見回した。ハンカチをくちびるに当て、ちらりとウェルズ警察委員長を見やると、汗をかいて、椅子の中で妙に緊張している。視線を父親に向けると、ぐったりと疲れたように椅子にもたれ、華奢《きゃしゃ》な片手で両眼をおおっている。その左側には、刑事たちが微動だにせず控えている。右側には、ヴェリー、クルーサー、ジミー、フィオレッリが坐っている。エラリーはまた、続きを話しだした。

「あるひとつの点について」感情のない声で彼は言った。「まだ、はっきりとした結論に至っていませんでした。つまり、犯人が火曜の朝にどうしてもやらなければならないと固執した仕事がどんな性質のものであるか、ということです……

ここで、我々がこの机の上で発見した五冊の本に関する、実に興味深い事柄が問題になってきます——その本というのが、古生物学、音楽の初歩、中世《モワイヤナージュ》の商業、切手の蒐集、悪趣味な駄洒落《だじゃれ》傑作選という、なんともめちゃくちゃな寄せ集めでした」

エラリーは手短に、五冊の本についての詳しい描写と、書きこみと、スプリンジャーに裏の顔があることを発見したウィーヴァーの話と、その書きこみの所番地が実は麻薬の取引場所であったという真相を話し、最後に、ウィーヴァーが持っていた六冊目の本に書きこまれていた、九十八丁目の住所にある家を手入れしたが失敗に終わったことも明らかにした。

「スプリンジャーが六冊目の本を用意した時には」エラリーは、いっそう緊張する聴衆に向かって先を続けた。「本の暗号が外部の人間に知られたり、いじくられたりしているとは、疑いもしていなかったことでしょう。疑っていたなら、いつもどおりに本の細工をして、ウィーヴァー氏の調査する手の中に落としていくことなどしなかった。そう、月曜の夜に店を出たスプリンジャーは、ウィーヴァー氏にあとをつけられている間じゅう、六冊目のルシアン・タッカーによる『室内装飾における最新の流行』が、我らが若き素人探偵の手中にあるとは知りませんでした。スプリンジャーは、ブロンクスのアパートメントに帰ってからも、ひと晩じゅう誰とも会わず、話さずにいたので（警察は電話会社を通して、彼が帰宅後にまったく電話を使っていないことを確認しています）、本の暗号が何者かにいじられたことは、もっとも早くても、翌日の火曜の朝に職場に出勤したあとでなければ、知りようがなかった。言い換えれば、殺人のあと、ということです。もし、スプリンジャーではなく別の人間が、暗号が見つかったことを第三者から警告されたと推測するなら、デパートの中から外に連絡を取る唯一の手段が電話であることを忘れてはいけません。なぜなら、その人物は夜間、デパートの外に出ることができなかったからです。さらに、デパート内の電話ですが、夜間は回線が切られることになっており、唯一、つながっているのはオフラハーティの机にある電話の回線だけです。そしてこれは、オフラハーティ本人の言によれば、一度も使われていない。

となると、例のウィーヴァーが持ち去った六冊目の本がすりかえられているという事実を、第三者がスプリンジャーやほかの人間に知らせて警告したくとも、月曜の夜から火曜の早朝にかけて店内にいた人間には不可能だったと、断定せざるを得ません」

エラリーは早口に先を急いだ。「麻薬組織が、翌朝の火曜日に混乱に陥ったという事実――火曜の午後に取引で使う予定だった九十八丁目の家を突然、引き払ったことが、何よりの証拠です――そうなったのは、組織の一味の誰かが夜の間に、暗号が何者かにいじられていることを発見したからにほかなりません。もう一度繰り返しますが、スプリンジャーは月曜の夕方にいつもどおり六冊目の本に暗号を隠しているわけですから、その時までは組織がこの暗号のやり取りは安全だと考えていたことは明らかです。しかし、翌朝までに組織は警告を受け、麻薬中毒の得意客たちに品物を提供するまもなく、慌てて九十八丁目の取引場所から逃げたのです。すると、繰り返しになりますが、そういう事態になった理由の論理的な説明は、何者かが前日の夜の間にまずい事態になったのを発見してしまったから、ということになります。

これを発見することができる場合というのは、その一、月曜の夜にウィーヴァーが出ていったあとに――つまり、デパートから最後に出ていった人間よりもあとに、書籍売り場のくだんの書棚にあるはずの六冊目の本がすりかえられているのに気づく。その二、月曜の夜に、フレンチ氏の机の上に並んだ五冊の複製の本を見つける。その三、両方とも気づいてしまう。この三つのどれかの条件を満たした場合にかぎられます。となると、組織が大慌てで予定を取り消そうと決めたのが殺人事件後の朝ということは、その警告を発した人間は月曜の夜間にどちらかの、もしくは両方の異変を発見した人物ということになります。その人物とは――より詳しく説明するなら――スプリンジャーとウィーヴァーがデパートを出ていったあとも店内に残っていた人間であり、だからこそ、火曜の朝はどんなに早くても九時になるまで、デパートの外に出ることも、外部と連絡を取ることもできなかった人間であります」

エラリーの前に並ぶいくつかの顔に、理解の曙光《しょこう》が射し始めた。彼は微笑んだ。「皆さんのうちの何人かは、避けられない必然の結論の予想がだいたいついたようですね……この書誌学上の新発見をひとつ、もしくはふたつともなしとげることのできた、あの夜、デパートの中にいた人間とは何者でしょうか。答えは、殺人犯です。例の五冊の本が堂々と目につく場所に置かれていた部屋でフレンチ夫人を殺した人間にほかならない。のちのち犯人が取った行動の中に、アパートメントにあった五冊の本を、たしかに発見したと証明するような動きがあったでしょうか。ええ、ありました。犯人が死体を実演展示用のウィンドウに運んで、翌朝の〝仕事〟をすませるために時間かせぎをしたという事実です——犯人の仕事というのが何だったのか、これまで謎でしたが……

推理の鎖は、紳士淑女の皆さん」エラリーは異様に響くほど勝ち誇った声で言い放った。「あまりに強く、隙間なく完全に溶接されていて、これこそが真相としか考えられません。犯人の仕事とは、すなわち、火曜の朝に麻薬組織に警告することだったのです。

言い換えれば、少しずつはっきりしてきた犯人の特徴にもうひとつ要素がつけ加えられたということです——我らの求める殺人犯は男性であり、単独犯であり、デパートの関係者であり、よく統率された大きな麻薬組織の一員でもあります」

彼は言葉を切ると、繊細な指先で机の上の五冊の本をもてあそんでいた。「我々はいま、ますますはっきりしてきた殺人犯の特徴に、さらにもうひとつ新たなる限定条件を加えうる段階にたどりつきました。

つまり、麻薬組織の一味でもある殺人犯が、殺人の夜以前にフレンチ氏の私室であるこのアパートメントの中に、はいったことがあるならば——この〝以前〟というのは、運命の夜より前の六週間のうちならいつでも、という意味ですが——犯人は机の上の本を見たはずであり、そうなれば疑念を抱いたはずであり、すぐさま、書籍売り場の本を使った暗号による連絡をやめるよう、組織に通達したはずであります。そして、殺人当夜まで例の本の暗号が使われていたということは、殺人犯はこの前の月曜の晩から数えて一週間から六週間の間、フレンチ氏のアパートメントにはいっていないという結論に、非常に美しくつながるのです……。我々は再び、机の上の本を見たのが殺人犯であるという確証を得ることになりました。というのも、汚れたブックエンドを調べ、のちに元どおりに直す過程で、犯人はまず見逃すはずがないのです――例の五冊の本を――そして、その重大な意味に気づいて恐怖したことでしょう……

実のところ」エラリーは素早く続けた。「机の上で声高に悪事を告発する本を見つけた犯人が、すぐさま階下の書籍売り場にこっそりとおりていき、懐中電灯を片手に、六冊目の本も同様に誰かに触られているのを確認したであろうことは、難なく推測できます。そして当然、犯人は本物が消えているのを見つけます――まさしく絶体絶命の危機を発見してしまったわけで、すぐに試合終了の合図を仲間たちに知らせることが、どうしても犯人がやらなければならない、いちばんの仕事となります。ここまで実にすっきりと筋の通った推論をお話ししてきましたが、まもなく、いまの推論にさらに納得のいく裏づけを取ってみせると、いまここで、私は喜んで皆さんにお約束しておきましょう！」

その言葉と共に不意に口をつぐむと、ハンカチで額を拭き、その指は無意識に鼻眼鏡のレンズを拭き始めた。会話のさざなみが場の静かな空気をかき乱し始め、最初はごくかすかなざわつきだったのが、ついには興奮したやり取りにまでふくれあがり、やがてエラリーが沈黙を求めて片手をあげた瞬間、しんと静まった。

「分析を完璧にするために」彼は眼鏡を鼻の上に戻し、再び話しだした。「おそらく、皆さんは不愉快に思われるでしょうが、これから、プライバシーに踏みこんだ話に移りたいと思います。言い換えれば、あなたがたひとりひとりを、ただいまの分析で私が作り上げたものさしにかけていくということです!」

たちまち室内は怒号、憤慨、驚愕、困惑の絶叫が渦巻く、阿鼻叫喚《あびきょうかん》の騒ぎとなった。エラリーは軽く肩をすくめ、ウェルズ警察委員長を振り返った。警察委員長はきっぱり「やりたまえ!」と宣言し、目の前に集められた一同を睨みつけた。水が引くようにじわじわと声が消えていく。

エラリーは薄く笑みを浮かべて、聴衆に向きなおった。「おやおや」彼は言った。「とんでもなく意外なことを、唐突に持ち出したつもりはないのですがね。ここにいる誰からも――いや、ほとんど誰からも、と言うべきでしょうか――抗議を受けるいわれはないはずですが。ともかく、この実にわくわくする、ちょっとした消去法ゲームを始めさせていただきましょう。

では、私のものさしにおける第一の目盛《めもり》の単位――殺人犯は男性であるという事実、これによって――」エラリーは言った。「まあ、頭の体操みたいなものですがね、さて、この事実から我々は即座に、マリオン・フレンチ嬢、バーニス・カーモディ嬢、コーネリアス・ゾーン氏の夫人は、まったく無実とみなし、除外することができます。

第二の単位――単独犯であるという事実は――人物像を特定するには、まったく不適切で用をなさない単位ですので、これは飛ばして第三の単位、つまり殺人犯の男がこのデパートの関係者であるという話に進みます。さらに第四の単位、犯人は過去六週間、このアパートメントにはいったことがない、という事実も、同時に考えていきましょう。

まず、ひとりめは、サイラス・フレンチ氏です」エラリーは、すっかり憔悴《しょうすい》した老大富豪に向かって、屈託なく会釈をした。「フレンチ氏はもちろん、この店と関係があります。さらに言えば、フレンチ氏は物理的に犯行が可能かどうかという観点から見るなら、たしかに可能でした。先ほど、私は個人的に検証してみたのですが、仮にフレンチ氏が、招待主のホイットニー氏に手配された運転手を買収し、月曜の夜にグレイトネックからニューヨーク市内に送り届けたうえですべてを忘れるよう口止めしたなら、フレンチ氏は例の貨物用のシャッター入り口の開いている時間に十分間に合い、そこを通って、このアパートメントに忍びこむことが可能なのです。おまけにフレンチ氏は、滞在したホイットニー邸で、月曜の夜の九時に気分がすぐれないと言って寝室に引き取ってからは、運転手以外の誰にも姿を見られていないということでした。

しかしながら――」エラリーは、フレンチの紫色に染まった顔を見て微笑みかけた。「――フレンチ氏はもちろん、過去六週間にわたり、この部屋にはいっています――毎日、それこそ、何年もの間です。もし、これが決定的な証拠にはならないとお思いなら、フレンチさん、ご安心ください。先ほどから私が故意に言わずにいる、とある理由により、心理的にあなたは絶対に有罪となり得ないのです」

フレンチは、ほっと身体の力を抜いて、震える老いた口の両端が、ほのかな微笑に少しだけ上向いた。マリオンがぎゅっと老人の手を握る。「次は」エラリーはきびきびと先を急いだ。「渦中のブックエンドの贈り主であり、フレンチ一家とは家族ぐるみの親しい仲の友人でいらっしゃるジョン・グレイさん。グレイさん、あなたは」小粋な老いた重役に向かって、エラリーは重々しく呼びかけた。「多くの理由によって除外されます。たしかにあなたはここの重鎮《じゅうちん》として、この店と大きな結びつきを持った関係者であり、さらに火曜の朝のアリバイがないことは重大な事実でありますが、あなたもまた過去六週間にわたり、このアパートメントに始終出入りされている。そもそも、金曜にこの部屋で行われた役員会議に出席していますね。また、月曜の夜にアリバイがありますが、こちらで調査したところ、あなたが思っているより、ずっとたしかなものであると判明しました。月曜の十一時四十分に立ち話をしたというあなたの言葉を、ホテルの夜勤のフロント係が裏づけたおかげで、デパートに忍びこむことは間違いなく不可能と断定されたのですが、実はそればかりでなく、あなたがまったく気づいていなかった人物――同じホテルの住人が――十一時四十五分に、あなたが自分の部屋にはいっていく姿を偶然、見かけていたのです……まあ、こんな目撃情報なしでも、あなたが有罪であるなどと、本気で考えるのも馬鹿馬鹿しいですがね、あなたの友人であるところの夜勤のフロント係が正直者でないと考える理由はひとつもありませんし。実のところ、フレンチ氏の場合における、ホイットニー氏の用意した運転手が嘘つきであると考える理由がないのと、まったく同じですよ。先ほどフレンチ氏について検証した時に、買収の可能性があると申し上げたのは、もちろん、あくまでもそういう可能性がないわけではない、というだけの話で、まずとうていありえないことです」

グレイは、奇妙なため息と共に、再びぐったりと椅子に沈みこみ、小さな両手を上着のポケットにうんと突き入れた。エラリーは次に、不安そうにそわそわして真っ赤な顔で懐中時計の鎖をいじくっているコーネリアス・ゾーンに向きなおった。「ゾーンさん、あなたのアリバイは脆弱《ぜいじゃく》で、奥さんに口裏を合わせてもらいさえすれば、殺人を犯すことは可能でした。ですが、あなたもまた、このデパートの重鎮たる役員であり、何カ月にもわたって、このアパートメントの中にすくなくとも半月に一度ははいっています。さらに、あなたもまた私が先ほど触れた、心理的にまず無理であるという理由によって、フレンチ氏やグレイ氏と同じく無罪放免とさせていただきます。

マーチバンクスさん」エラリーは、ずんぐりした体格でしかめ面の、死んだ女の兄を振り返った。「ロングアイランドまでドライブし、リトルネックのあなたの別荘で一夜を明かし、その間、あなたを見たと証言してくれる人にひとりも出くわさなかったというお話ですが、それはつまり、デパートに忍びこんで殺人を犯すのに間に合うように、ニューヨークに戻ってくることが物理的に可能ということです。しかし、あなたは昨日、あんなに憤慨《ふんがい》されることはなかった――あなたもまた、私が秘密にしている条件によって除外されますし、そればかりか、役員会議に出席するためにこの部屋に何度も出入りしているという、ゾーン氏と同じ条件によって無罪放免となります。

そして、トラスクさん――」エラリーの口調がわずかに険しくなった。「――月曜の夜から火曜の朝にかけて、あなたは酩酊《めいてい》して街をふらふら徘徊していましたが――」トラスクは茫然として、あんぐりと口を開いた。「――あなたもまた、私がまだ明かしていない秘密の条件により、ものさしからはずれます」

エラリーはそこで言葉を切ると、ヴィンセント・カーモディの無表情な浅黒い顔を、じっと物思うように見つめた。「カーモディさん。多くの事柄に関してあなたは、我々の謝罪と心からの同情を受け取る資格を十分すぎるほどお持ちです。あなたは、このデパートとはまったく無関係であるという事実によって、我々の推理の枠から完全に除外されます。たしかに、夜の間にコネチカットまで行ったというあなたの話にはまったく裏づけがありませんから、実はそれがいつわりで、殺人を犯していたと考えられないこともありませんが、あなたにはフレンチ夫人の死体をわざわざ、階下の実演展示用ウィンドウに移動させる必要はない。なぜなら、九時になれば、不在を気づかれることを恐れずに、堂々とデパートを出ていくことができるのですから。あなたはこの店とまったく無関係な人物だ。さらに偶然ですが、あなたもまた私がいまだ隠している、魅力的なちょっとした条件によって除外されるのです。

そしてお次は」エラリーは続けて、ポール・ラヴリの不安げな、フランス人らしい顔に向きなおった。「あなたの番ですが。いやいや、そう怯えないでください!」彼は微笑んだ。「――あなたは犯人ではありません! 絶対に違うと確信していましたから、あなたには月曜の夜のアリバイを訊くことすらしませんでしたよ。あなたは何週間も、このアパートメントに通っていましたし、フランスからここに来たのはつい最近のことです――この国やこの街に密に張り巡らされた強力な麻薬組織のギャングに関わりがあるなどと、疑うことすら可能性の範疇《はんちゅう》を越えているとしか言いようがない。それにあなたもまた、私がいまだ明らかにしていない最後の点をものさしにすると、論理的に条件に合わないので、我々の求める犯人にはなり得ないのです。さらに、細かく精神分析に照らし合わせるなら、あなたほど洗練された、大陸風の知性を備えたかたであれば、我らが尊敬すべき謎《ミステリオーソ》の人物が困るような、残念な失敗を犯すはずがない。つまり、私の見たところ、ここにいる男性のうちでご婦人が帽子箱にどのように帽子をしまうのか、そして、バックルつきの靴をどんな具合に靴ポケットにしまうのかをご存じなほど世事に通じた人は、あなたひとりだけだからです……

ここまでで、我々は」エラリーは愛想よく続けたが、その瞳は熱を帯びてぎらついていた。「容疑の範囲をかなりせばめました。さて、そろそろこのデパートの従業員であり、店長という立場にあるマッケンジーさんについても、もちろん論じますよ。いやいや、マッケンジーさん、立ち上がって抗議しなくても大丈夫――我々はとっくにあなたを除外しています。そろそろ明らかにする、例の最後の条件にあなたは当てはまりませんし、そもそもこの六週の間にアパートメントに出入りしていた。ところで、この店に何百人といる従業員のうち、このアパートメントに一度もはいったことがなく、月曜の夜のアリバイがない者なら誰でも、犯人という可能性はあるはずですね。それについては、まもなく触れることにします。さて、紳士淑女の皆さん――」エラリーが控えの間に続く扉の前にいるブッシュ巡査に向かって素早く合図を送ると、巡査はすぐさまうなずいて、扉を開けっぱなしにして出ていった。「――ここに、これまでほぼ謎の存在であった紳士をご紹介しましょう。その紳士とは誰あろう、ほかならぬ――」廊下に通じる扉の向こうからざわめきが聞こえてきた。扉が開いてブッシュがはいってくるとそのあとから、ひとりの刑事が、手錠をかけられた青白い顔の男の二の腕をしっかりつかんで、はいってきた。「――ジェイムズ・スプリンジャー氏であります！」

エラリーは冷笑を浮かべ、わずかに退いた。刑事が捕虜を室内の一同の前に引きずっていくと、またたくまに随行の警官のひとりが二脚の椅子を用意した。男ふたりは腰をおろしたが、スプリンジャーの方は手錠をかけられた両手を力なく膝にのせ、穴が開くほど床を見つめている。線のとがった容貌の、白髪まじりの中年男だ。右頰の青黒いあざは、つい最近の乱闘を示す、もの言わぬ証拠だった。

室内の全員が、無言で彼を見つめた。フレンチ老は裏切り者の従業員を前にして、憤怒のあまり言葉も出せずにいる。ウィーヴァーとマリオンが、老人の震える腕に手をかけて押さえていた。しかし、聴衆からはひとこともれ聞こえてこなかった――ただ、熱く食い入るような視線が向けられるのみで、全体がひと塊に凍りついたように微動だにせずにいる……

「スプリンジャー氏は」エラリーは静かに語り始めた――が、その声は室内の緊迫した空気の中では、砲弾のように炸裂した。「司法取引に応じ、共犯者について証言することに快く同意してくれました。スプリンジャー氏は、警察を出し抜けるかもしれないという望み薄の考えに取りつかれて逃亡をこころみましたが、警察があらかじめ包囲網を張っていたおかげで、高飛びをしようとしたまさにその日に捕えられたのです。この逮捕は極秘にされていました。スプリンジャー氏は、我々だけではとても推理することが不可能だった、組織に関する多くの細かな部分を明らかにしてくれました。

たとえば、今回の殺人犯は、麻薬組織におけるスプリンジャー氏の上役だったこと。この組織はいま散り散りになり、全国で手配されています。殺人犯は、このニューヨークにおける組織の〈頭脳〉という呼び名が雄弁に人となりを語っている黒幕の右腕であること。さらにバーニス・カーモディ嬢はかなり重度の麻薬中毒患者であるらしいと我々の捜査でも判明しているのですが、氏によると、令嬢はヘロインの悪習に染まり、道を踏み外して〈頭脳〉と出会い、組織の暗号等を教えられ、麻薬にすっかり依存するようになり、ついにはみずからの社交の範囲から新しい顧客を勧誘するに至り、ある意味、組織の一員となっていたそうです。カーモディ嬢の忌まわしい中毒が家族からまったく疑われなかったことは、我々にもわかっていますが、実の父親であるカーモディ氏は疑いを抱き始め、ついに元の夫人であるフレンチ夫人に伝えました。フレンチ夫人はその後、娘を観察するようになり、やがて、カーモディ氏の言葉が真実だと悟ります。夫人は持ち前の強引さで、麻薬中毒になったことを真っ向から責め立て、娘の弱った意思を打ち砕き、すべてを——フレンチズ・デパートの関係者で、麻薬を彼女に直接供給していた人間の名前まで、一切合財を白状させます。おそらくフレンチ夫人は、この手の悪徳を極度に嫌悪しているご主人に、真実を打ち明けていないでしょう。そして夫人は先週の月曜に、カーモディ嬢が新たに手に入れた、特別製の口紅ケースの二重底の下に隠しておいた麻薬を取りあげてしまいました。さらに、夫の店の従業員であるその男に直接会って娘にはもうかまわないでほしいと頼むために――知っていることをすべて警察に話すと脅すことで男の手から娘を自由にして、母親の手でひそかに治療をほどこすために――月曜の深夜零時に密会するよう男に約束させろと、娘に命じます。約束はカーモディ嬢を通して、日曜に取りつけられました。その男はすぐさま自分のボスである、神のごとき〈頭脳〉に一大事を報告したところ、〈頭脳〉はいつもどおりの冷酷さで、いまや生かしておくにはあまりに多くの致命的な情報を知りすぎたフレンチ夫人と、組織の中で脆弱な歯車であることが明らかになったカーモディ嬢を、ふたりとも殺すように男に命じました。男もまた、自分の命かわいさに、計画を練ったうえで密会の約束をします。店の従業員として、貨物用のシャッター扉が毎晩きっかり三十分間、開いていることを知っていたので、男はそこから侵入しました。店内のトイレに隠れて深夜零時になるのを待ち、こっそりと六階のアパートメントに上がり、ノックし、ほんの数分前に来たばかりのフレンチ夫人に迎え入れられます。我々が推測したとおり、夫人は机のそばに立ち、男と口論になりました。男は夫人がバッグに入れていたヘロイン入りの口紅ケースに気づきませんでした。気づいていれば当然持ち去っています。男が躊躇《ちゅうちょ》なく夫人を撃つと、その身体からおびただしい血が流れ、ブックエンドに染みこみました。机の上にかがみこんだ男は五冊の本を目にして、何者かが自分たちの暗号通信をいじくっていることを知ります。さらに、翌朝九時にウィーヴァー氏とフレンチ氏がこの部屋に来ることを知らせる、青い社用箋も見つけました。そして男は、たった今知ったばかりの不測の事態を警告しようにも、誰とも連絡を取れないことに気づきます。なぜなら翌朝まで、デパートの外に出ることも、外に電話をかけることもできないからです。かくて男は死体を実演用ウィンドウに隠すことを決意します。こうすれば、翌朝、そっと抜け出し、一味の者に危機を知らせるための十分な時間を確保できる。もしも死体をアパートメントの中に放置し、九時に発見されてしまうと、デパートの外に出れば我が身を危険にさらすことになるわけですから、絶対に出られない。というわけで、男はついに我々の発見した場所に死体を置いたのです。男はアパートメントにとって返すついでに、店内の書籍売り場に立ち寄り、六冊目の本物がやはり消えているのをその眼で見て、疑念を確信に変えました。そしてまた、昼間に偽電話をかけてバーニス・カーモディ嬢の鍵を手に入れようとした計画が失敗に終わったために、男はフレンチ夫人の鍵を持ってアパートメントに戻ります。それから、アパートメントの中をきれいに掃除し、ブックエンドを元どおりに直し、カーモディ嬢に不利な証拠を〝植えつけ〟、ひと晩泊まり、夜が明けてからひげを剃り、剃刀の刃を折ったのでそれを持ち去ることにし、九時が来て朝早い買い物客にまぎれて外に出ると、すぐに従業員用出入り口からもう一度店内に引き返し、出勤記録を残しました。その後まもなく、すきを見て店を抜け出し、本の暗号が露見したことを一味のリーダーに警告しにいきます……」

エラリーは空咳をすると、容赦なく先を続けた。「スプリンジャー氏はまた、カーモディ嬢の誘拐事件についても、不明な点を明らかにしてくれました。フレンチ夫人に麻薬の備蓄を取りあげられて、切羽詰まった令嬢は、日曜に殺人犯に連絡を取ったのです。これは犯人の計画に都合がよかった――男は令嬢に、新しく麻薬を補給してやるから、下町の密会の待ち合わせ場所に来るように指示しました。令嬢は月曜の午後そこに向かい、即座に誘拐され、一味の者にブルックリンの隠れ家に連れていかれ、殺されました。衣類は奪い取られ、殺人犯のもとに届けられます――と言っても、この時はまだ自分の手は汚していないわけですが。犯人は令嬢から奪った衣類、つまり帽子と靴を、怪しまれないように小さな包みにまとめて、月曜の夜にアパートメントの中に持ちこみます――帽子も靴も雨で湿っていたおかげで、細工にはますます真実味が加わりました。

さて、いよいよ待望の解決《デヌマン》に進みます前に、あとひとつだけ……実はこれこそがバンクのカードや、煙草や、靴や、帽子を〝植えつけ〟て、まるでカーモディ嬢自身がこの犯罪に関わりがあるかのように見せかけた理由です。そして、これについても――しぶしぶながらも――スプリンジャー氏があらましを説明してくれました。氏は単なる歯車とはいえ――おそらくは重要な歯車であり――邪悪な大きな車輪の要《かなめ》にいたのです……

殺人犯は、カーモディ嬢が部屋にいたことを示す証拠を残しました。なぜなら、令嬢は必然の結果としてすでに消されていたからです。彼女がひそかに殺害され、行方知れずとなれば、このふたつの出来事――令嬢の失踪と母親の殺人事件は当然、結びつけられることになる。そうなれば、いかにも令嬢が犯罪をおかしたかのように見えることでしょう。しかしそれは真相と異なりますから、殺人犯は、とりあえずは警察を混乱させて正しい道から目をそらすことはできるだろうと考えていた。このごまかしが長い間、通用するとは本気で思っていませんでした――単に、本当の足跡がわからなくなるようにばらまかれたおとり《レッドヘリング》のひとつにすぎませんが、犯人にしてみれば、自分とはまったく別の方向に、追跡者の鼻を誘ってくれるものならこの際、なんでもありがたかったわけです。〝でっちあげ〟の作業そのものは、たいした手間がかかりません。煙草は、カーモディ嬢がひいきにしている煙草屋のクサントスから手に入れました。以前、令嬢本人が、自分の煙草をどこから仕入れているのか話していたのです。バンク好きについても、カーモディ嬢本人から聞いています。あとは子供だましです……」

いまや一同は、硬い折りたたみ椅子の端にちょこんと腰をのせ、うんと身を乗り出し、ひとことも聞きもらすまいと緊張していた。時折、戸惑ったように互いに顔を見合わせ、これまでの分析の結末がどこに行きつくのか、まだはっきりとは見えていない様子でいる。エラリーは次の言葉で、一同の注意を引き戻した。

「スプリンジャー！」その名は、鋭く響き渡った。囚人は身を硬くし、顔から血の気をなくし、そっと眼だけで上を見た。その視線はすぐに、さっきからずっと熱心に観察し続けている絨毯に戻った。「スプリンジャー、私はきみの話を忠実に――そして完全に伝えたかね？」

男は突然、両のまぶたを苦痛に耐えるようにしばたたき、眼窩の奥でぎょろりと目玉を動かしつつ、目の前でゆらめく人の波の中にひとつの顔を必死に捜そうとした。次に口を開いた彼の、抑揚のないかすれ声の言葉は、きき耳をたてている一同の耳に、やっと届くほどかすかだった。

「はい」

「結構、では！」叫んで、ぐっと身を乗り出したエラリーの声には、力強い勝利の響きがこもっていた。「私はまだ、先ほどから、あえて秘密にすると言い続けている事柄について、説明しなければなりません……

ブックエンドの話をした時に、オニキスの本体と新しいフェルトの間の接着剤に、粉末のつぶがいくつか付着していたと言ったのを覚えていますか。その粉末とは、ごく一般的に使われている、指紋採取用の粉でありました。

粉末の正体を知った瞬間、目の前にかかっていたベールがはがれ、私は真相に気づいたのです。紳士淑女の皆さん、我々は最初」彼は続けた。「指紋採取用の粉末まで使うほどの犯人とは、第一級の頭脳の持ち主なのだろうと考えていました——いわば超犯罪者であると。警察の商売道具を使うような犯人です——そう考えるのが自然でしょう……

しかし——」その言葉は、すさまじい勢いで皆に襲いかかった。「——実はもうひとつの推論も引き出されるのです——ただひとりを除いて、すべての容疑者を一気に除外してしまう推理が……」眼に炎が燃え盛った。声からかすれが消えた。エラリーは慎重に身を乗り出し、机の上に散乱する証拠品越しに、彼自身の引力でもって一同の注意をしっかりとひきつけた。「すべての容疑者を——ひとりを除いて」ゆっくりと繰り返した。

大いなる意味をはらんだ一瞬が過ぎ去ると、彼は口を開いた。「そのひとりとは、男性であり、このデパートの関係者であり、すくなくとも過去六週間はこのアパートメントにはいったことがない者。前科のない共犯者を使って、実際にはすでに死亡していたバーニス・カーモディ嬢の、〝動き〟に関する偽情報を仕立てあげ、警察の追跡の目をくらまそうとした者。と同時に、カーモディ嬢は〝はめられた〟のだと警察が信じたとみるや、実際に令嬢に濡れ衣を着せる細工をした当人であるにもかかわらず、自分も濡れ衣だと思う、といけしゃあしゃあと言ってのけるほど頭のきれる者。暗号の仕込まれた本とスプリンジャーの裏切りについて話している場に最初から最後まで居合わせ——ついでに言えば、容疑者の中で唯一、その場に居合わせ——万が一スプリンジャーが捕まれば、自分の身に深刻な危険が及ぶと察知し、すぐさま彼に警告を発した者。そして、これが何よりも重要な条件ですが、今回の捜査に関わった人間の中で、指紋採取用の粉を使うことが、本人にとってはごく自然で、完全に理にかなった、当たり前の行為であるという、ただひとりの人物……」

彼は急に言葉を切り、心からの期待と、狩る者の情熱のこもった眼を、部屋の片隅にきっと向けた。

「そいつに気をつけろ、ヴェリー！」突然、突き刺すような鋭い声で彼は叫んだ。

誰もが、振り返るまもなく、すぐそこであまりに素早く、命がけで繰り広げられる寸劇の意味をのみこめずにいるうちに、短い激しい乱闘の音と、怒りに満ちた牡牛のような唸り声と、荒々しい息づかいに続いて、最後に、鋭く、すさまじい、耳をつんざく銃声が一発轟き……

エラリーはぐったりと、力つきた様子で、机の前の持ち場に立ったままでいた。皆が申し合わせたように、いっせいに部屋の四方から、静まり返った一点に、わっと押し寄せる間も、彼は微動だにしなかった。その一点には、すでに死んでこわばった男の身体が、血だまりの中に横たわっていた。

最初に、電光石火のように飛び出して、ねじれた死体のそばにたどりついたのは、クイーン警視だった。絨毯の上に素早く膝をつき、真っ赤な顔でぜいぜいとあえぐヴェリー部長刑事にどくように合図する。いまだにびくびくと痙攣《けいれん》している、みずから命を絶った男の死体をひっくり返し、もっとも近くにいる者にさえ聞き取れない声でつぶやいた。

「法的証拠はひとつもない――はったりがきいてくれた！……せがれのために、本当によかった……」

現れた顔は、デパートの探偵主任の顔だった。ウィリアム・クルーサー。

解説　名探偵VS全世界の物語

芦辺　拓

今、何の予備知識もなくこの本を手に取られた、おそらくは若い読者のあなたへ――。

本書は、作家であり優れた批評家であったアントニー・バウチャーが「エラリー・クイーンこそが、アメリカの探偵小説なのだ」とたたえ、今日の日本の作家たちにも強くリスペクトされているエラリー・クイーンが、その才気を発揮した最初期の傑作であり、本格ミステリにおける論理《ロジック》とは何か、それにもとづく謎解きとはどんなものなのかを知るに最も好適な一冊です。

かつての創元推理文庫では、この作品をふくむ〈国名シリーズ〉が真鍋博氏の装幀によって、背表紙からでも一目でわかる造りとなっており、とりわけこれと『オランダ靴の謎』は、まもなく本格ミステリというジャンルにはまることになる人々にとって読み始めの一冊でした。訳者は、ヴァン・ダインの全訳でも知られる井上勇《いさむ》氏。

そうした古手のファン諸氏にとっては、今さらすぎるかもしれない話をあえてさせていただくと、これは、フレデリック・ダネイとマンフレッド・リーという従兄弟どうしのコンビが、自分たちの合作ペンネームと同名の名探偵エラリー・クイーンを登場させた第二作。さらに今さらではありますが、〈国名シリーズ〉といっても本書はフランスが舞台だったり、事件にかかわったりするわけでないのは、同じく中村有希さんによる新訳が出た『ローマ帽子の謎』とローマの関係と大差ないことを付け加えておきます。

ちなみに作家クイーンとしての彼らは、右に記した『オランダ靴の謎』(こちらも早晩、中村さんによる新訳で披露されることでしょう)のあと出版エージェントのすすめで、今日の日本どころではない大恐慌下のアメリカで、広告マンという安定した職業を捨て、作家専業に踏み切ります。その成果は、フランシス・M・ネヴィンズJr.によれば、

一九三二年から一九三五年にかけて、二人はエラリイ・クイーンの小説を六冊追加し、バーナビイ・ロスの名前で書いた探偵小説を四冊とエラリイ・クイーン短篇集一冊を出版している。そのうえ、短命ではあったが今では伝説となった《ミステリ・リーグ》誌の編集をした。(『エラリイ・クイーンの世界』より、間山靖子・訳)

という輝かしいもので、追加された六冊とは『ギリシア棺の謎』から『スペイン岬の謎』までの〈国名シリーズ〉、ロス名義の四冊は現在はクイーンの作品と知られている『Xの悲劇』『Yの悲劇』『Zの悲劇』『レーン最後の事件』で、短編集とは『エラリー・クイーンの冒険』を指し、全て創元推理文庫で読むことができます。

この『フランス白粉の謎』こそは、そうした飛躍を可能にした一冊であり、これを書いたとき、ダネイとリーの両人は何とまだ二十五歳の青年でした!

物語の舞台は、ニューヨーク五番街にそびえる〈フレンチズ・デパート〉。さまざまな人間関係がからみ合うその店内に、実にセンセーショナルな形で死体が出現します。その少し前、麻薬組織壊滅のための策を論議していた市警殺人課のリチャード・クイーン警視は、その報を受けて現場に駆けつけ、息子のエラリーも捜査に加わることになるのです。

やがて、エラリーは死者は唇に口紅を塗りかけた途中で、しかも当人のバッグに入っていたものとは色が異なっていることを皮切りに、当然持っているべき鍵の行方不明、思わぬところにまぎれこんでいた白い粉、ブックエンドの底に貼られたフェルトの色の食い違い――といった一見ささいな手がかりを発見、これらのパズルピースを組み合わせることに夢中になります。そして、惨劇が起きたと思われる前夜、デパートへの出入りは厳重に監視されていた。

……と、ここまで書くと、こんな風に早合点される読者があるかもしれません。「ははん、これはデパートという閉ざされた空間内での犯罪であって、その中に区切られた容疑者から犯人を捜せばいいのだな！」と。

ところが、あいにくというかうれしいことにというか、決してそうではないのです。この物語の中で捜査範囲とされるのは、フレンチズ・デパートの内と外。建物のある五番街一帯が大雪やがけ崩れに見舞われたりして、出入り口がふさがれたりすることもありません。ですから、容疑者となりうるものはニューヨーク全体、ことによったらアメリカをふくめた全世界に散らばっていることになります。言うなれば、これはクローズドならぬ開《オープン》かれたサークル、名探偵VS全世界の物語。

にもかかわらず、われらが探偵エラリー・クイーンは、自ら探り出した手がかりをもとに、自分の脳内に組み立てた論理によって、それらの中からただ一人（そう唯一無二の！）犯人を指摘してみせるのです。とても不可能なことに思えるでしょうか？　その不可能を作者エラリー・クイーンはみごとにやってのけたのです。

では、デパートという舞台は、当時の先端的な時代風俗として、一種の彩りにしか使われていないのかというと決してそうではありません。本作品においてフレンチズ・デパートは一種のフィルターとして作用しており、推理のための不可欠な舞台装置として機能しているのです。

そのプロセスと驚くべき結果は、実際に読んでいただくに越したことはないのですが、ここで一つ忠告を。読者におかれては、どうかこの解説ページの直前をチラ見したりされませんように。できれば、終盤六十ページほどはパラパラめくるのも禁止です。そして、全編の一割以上を占める解決編をたんのうするためにも、それまでのときに退屈と思えるかもしれない問題編を熟読されることをおすすめしておきます。

もともと推理小説というものは、都市小説としての顔を強く持っています。始祖エドガー・アラン・ポーは、当時は都会として未発達で、司法・警察組織も未熟だったニューヨークではなく、パリを舞台に名探偵オーギュスト・デュパンを活躍させていますし、実際にこのジャンルが早くから成長したのも同じ地でした。

匿名性が強く、奇怪で残虐な事件が続発し、怪しい隣人がいると思ったら実は警察の密偵だったり（本文庫『日本探偵小説全集1』収録の「血の文字」黒岩涙香・訳を参照）、犯罪者は次から次へと名前や服装を変えるが、指紋というものが知られていないために前科者の身体特徴や手口のデータベース化を迫られたり……。もちろんイギリスではクリスティ、日本では横溝正史といった作家たちが、田舎の持つ閉鎖性や因襲に謎を見出し、論理のメスを入れた傑作群をものすることになるわけですが、推理小説のふるさとはあくまで都市、それも大都会《メトロポリス》でした。

そう、〈探偵〉とは、空漠としてろくに海図もない、まるで大海のような都市の犯罪空間に、観察眼というコンパス、論理というアストロラーベのみを頼りに船出する新しいヒーロー。デュパンしかりシャーロック・ホームズしかり、わが明智小五郎もまたまぎれもない〝都市の子〟でした。

そんな中で、エラリー・クイーンこそは最も偉大な航海者といっても過言ではないでしょう。アメリカのどこにでもありそうな地方都市をまるごと描き切った〈ライツヴィル・シリーズ〉第一作『災厄の町』（一九四二）の冒頭で、彼が「ぼくは提督になったようだ。コロンブス提督だ」（青田勝・訳）と新大陸への到達者になぞらえたのもゆえなきことではないのです。

そして、一九四九年の『九尾の猫』では、ついに作家クイーンは探偵クイーンをして、彼の本来のフィールドであるニューヨーク全体を狩り場とする連続絞殺魔〈猫〉の犯行に立ち向かわせます。三百平方マイルに及ぶ犯罪空間には、区切りのためのフィルターもなく、彼は互いに何のかかわりもなく、したがって共通項も見出せない犠牲者たちの命を奪った〈猫〉の正体を、見も知らぬ七百五十万市民の中から暴き出さねばならなくなるのです。

この作品はミッシング・リンク・テーマ――一見無関係ないくつもの事件の関係性を見出そうとするもの――の好例としてとりあげられますが、はたしてそうでしょうか。むしろ作家クイーンが追求し続けた都市小説としてのミステリの到達点と見るべきなのではないでしょうか。そう考えるとき、その最初の開花ともいえる本書『フランス白粉の謎』を読む意義はますます大きいものがあると思えてくるのです。


私はときどき考えることがあります。クイーンの影響は、わが国の本格ミステリにおいて、大きくかつ重い。ほぼ創元推理文庫だけが彼らの作品を流通させ続けていたころとは違い、その作品の多面性、高級雑誌《スリック・マガジン》への進出やラジオメディアにおける推理番組の開拓など、今やその全貌が明らかにはなりつつありますが、はたしてクイーンの聖典《キャノン》を範とし崇拝しつつも、その多面性や進取の精神は学びえているかどうか。たとえば、都市小説としての本格ミステリを構築することなどは最も忘れられている一つではないでしょうか。

冒頭に引いたアントニー・バウチャーの言葉を再び借りれば、「大部分の作家は――特に探偵作家は――早々と居心地の良い形式の中に居を構え、そこに定住してしまう。それなのにクイーンは、探偵小説と共に、常に成長を続けてきたのだ」そして「自らの独自の個性を損なうことなく、クイーンの小説は、アメリカの探偵小説の〝今その時〟になっているのだ」と。

そのことを理解し咀嚼《そしゃく》し、わがものとして実現させるのは、ひょっとしたら新しい世代のみなさんなのかもしれません。その期待をもこめて、今から八十年以上前に書かれた『フランス白粉の謎』新訳版を強くおすすめする次第です。

バウチャーの言葉は、飯城《いいき》勇三《ゆうさん》氏の訳出になる「エラリー・クイーン　二重のプロフィール」(「QUEENDOM」91号)から引用しました。また同氏からは、本稿執筆に際し重要なサジェスチョンをいただきました。ここに記して感謝いたします。

検印
廃止

訳者紹介　1968年生まれ。1990年東京外国語大学卒。英米文学翻訳家。訳書に、ソーヤー『老人たちの生活と推理』、マゴーン『騙し絵の檻』、ウォーターズ『半身』『荊の城』、ヴィエッツ『死ぬまでお買物』、クイーン『ローマ帽子の謎』など。

フランス白粉の謎

2012年9月28日　初版
2024年9月6日　4版

著者　エラリー・クイーン

訳者　中《なか》村《むら》有《ゆ》希《き》

発行所　（株）東京創元社
代表者　渋谷健太郎

162-0814/東京都新宿区新小川町1-5
電話　03・3268・8231-営業部
03・3268・8204-編集部
URL　http://www.tsogen.co.jp
暁印刷・本間製本

乱丁・落丁本は、ご面倒ですが小社までご送付ください。送料小社負担にてお取替えいたします。

ISBN978-4-488-10437-5　C0197